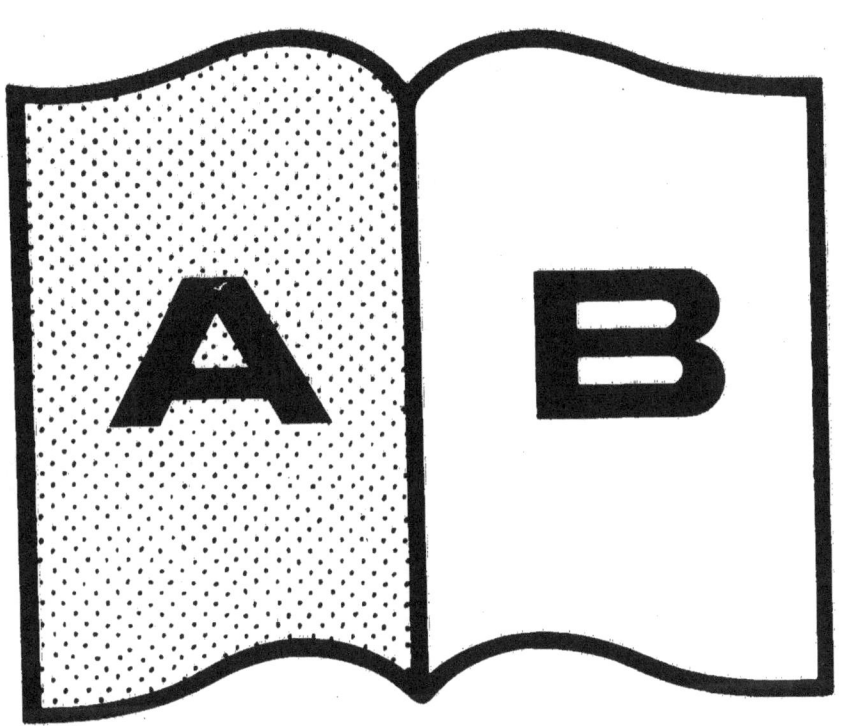

Contraste insuffisant

NF Z 43-120-14

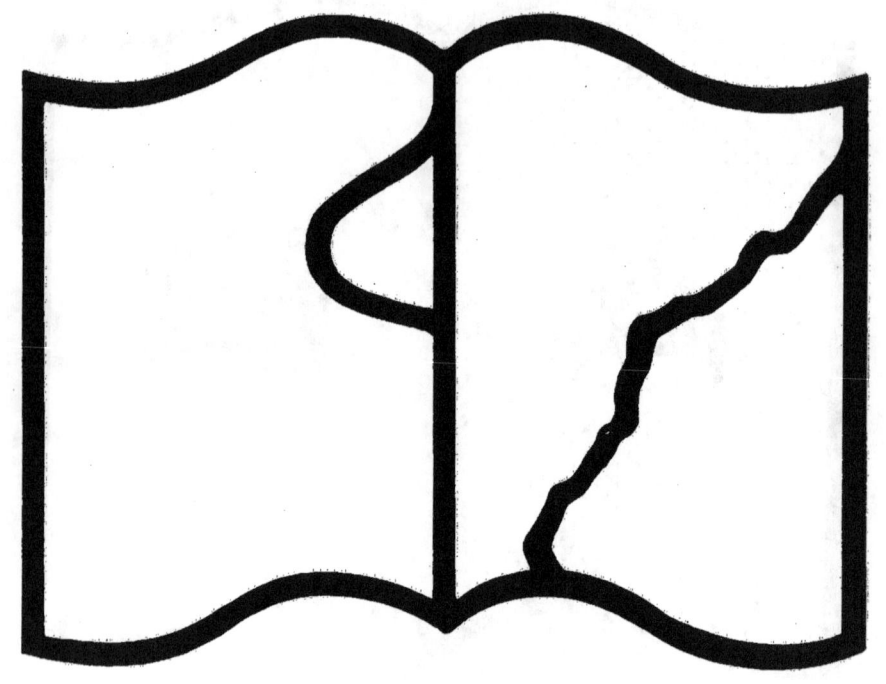

Texte détérioré — reliure défectueuse

NF Z 43-120-11

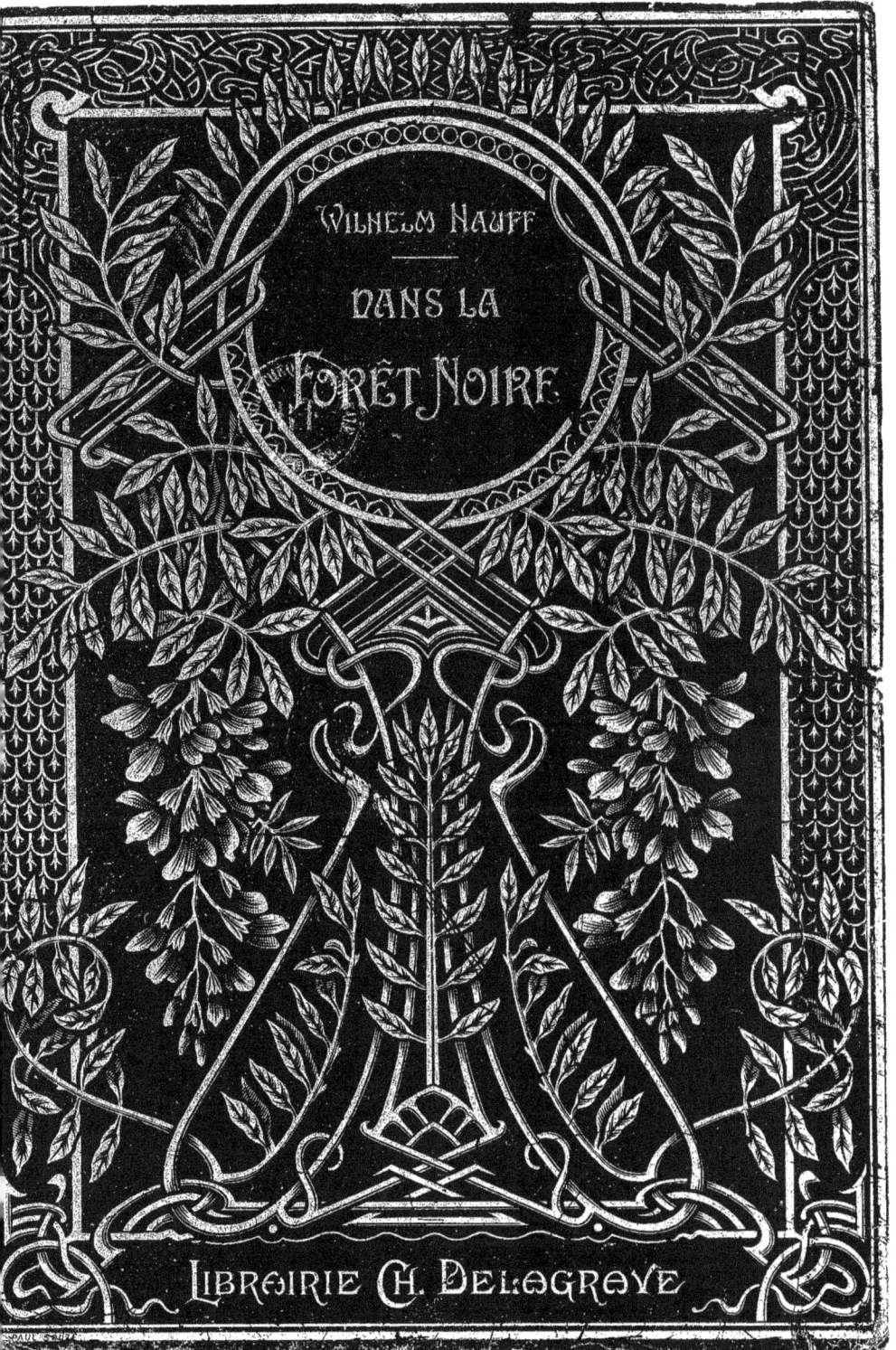

WILHELM HAUFF

DANS LA

FORÊT NOIRE

LIBRAIRIE CH. DELAGRAVE

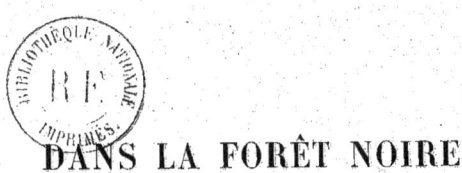
DANS LA FORÊT NOIRE

Fol. Y² 213

SOCIÉTÉ ANONYME D'IMPRIMERIE DE VILLEFRANCHE-DE-ROUERGUE

Jules Bardoux, Directeur.

WILHELM HAUFF

DANS

LA FORÊT NOIRE

TRADUCTION DE A. LAVALLÉE

Illustrations de R. LEINWEBER

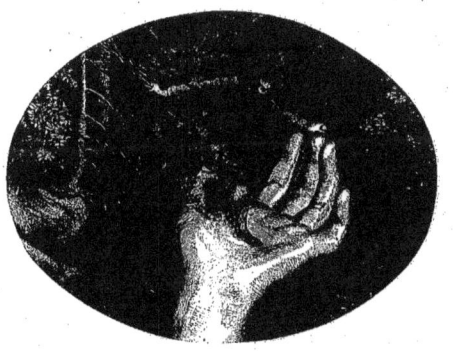

PARIS

LIBRAIRIE CH. DELAGRAVE

15, RUE SOUFFLOT, 15

DANS

LA FORÊT NOIRE

I

DANS LA FORÊT NOIRE

Dans le temps où les routes de la forêt Noire n'étaient ni aussi bonnes ni aussi fréquentées que de nos jours, deux jeunes gens traversaient cette forêt.

Le plus âgé, qui pouvait avoir dix-huit ans, était ciseleur sur métaux ; l'autre était ouvrier orfèvre : il ne comptait certainement pas plus de seize ans, et devait faire son premier voyage de longue haleine.

Le jour baissait déjà ; l'ombre s'épaississait sous les sapins et les hêtres énormes, entre lesquels se glissait le chemin étroit suivi par les deux compagnons. Le ciseleur allait d'un pas léger, en sifflant un air ou en tenant conversation avec son chien Friquet ; il ne semblait pas prendre beaucoup de souci de ce que la nuit était plus proche que l'auberge. Félix, l'orfèvre, se retournait souvent d'un air peu rassuré; si le vent secouait les arbres, il se figurait entendre des pas derrière lui; si les buissons remuaient, il s'imaginait que des voleurs y étaient cachés.

Ce n'était pourtant ni un trembleur ni un superstitieux que ce Félix, et même à Wurzbourg, où il avait fait son apprentissage, il passait, parmi ses camarades, pour un garçon qui n'avait pas froid aux yeux. Seulement aujourd'hui, ce n'était plus la même chose évidemment, et cela se conçoit : on lui en avait tant raconté sur la forêt... D'après les bruits qui couraient, l'immense boisé était devenu le domaine exclusif d'une bande de brigands redoutables; nombre de voyageurs avaient été dévalisés par eux, on disait même assassinés. Félix ne se sentait donc pas tranquille : qu'auraient-ils pu faire pour sauver leur vie, s'ils avaient été attaqués par une demi-douzaine de bandits armés jusqu'aux dents? Aussi se reprochait-il amèrement d'avoir cédé aux instances du ciseleur, qui avait voulu doubler l'étape.

« Ce sera ta faute, lui dit-il, si je suis tué cette nuit et si on me prend tout ce que j'ai. C'est toi qui m'as entraîné.

— Voyons, est-ce qu'un compagnon doit avoir peur de quelque chose? répliqua l'autre. Ma parole, je ne te comprends pas. Alors tu crois que ces messieurs les brigands de la forêt vont nous faire le grand honneur de nous mettre à mort? Ils ne se dérangent pas pour si peu, mon petit. La belle opération qu'ils feraient là! mon costume du dimanche dans mon sac, quelques pièces blanches dans ma poche; ils me feraient des excuses après. Non, il faut reluire comme une châsse et rouler carrosse pour mourir de la main de ces gentilshommes.

— Tiens, on siffle, reprit Félix tout frissonnant.

— Bien sûr qu'on siffle, mais c'est le vent dans les branches, Jeannot. Dépêchons-nous, nous serons plus vite arrivés.

— Tu en parles à ton aise, toi; on voit bien que tu n'as rien à perdre en dehors de ton costume du dimanche et de tes trente sous, tandis que moi j'ai de l'or et des bijoux. S'ils veulent me fouiller, ils feront bien de me tuer d'abord.

— Si nous les rencontrons, ils ne se donneront pas tant de peine, c'est moi qui te le dis. Ils te coucheront gentiment en joue en te priant poliment d'accepter leurs services pour porter à leur tour ce que tu as dans ton sac, et tu leur répondras avec empressement : « Tout de suite, mes bons Messieurs. » Et tu ouvriras ton sac, et tu leur passeras ton gilet jaune, ton habit bleu, tes deux chemises, tes broches, tes bracelets et tes tours de cou; puis tu les remercieras de ne t'avoir pas pris la vie en même temps.

— Eh bien, tu te trompes si tu crois que les brigands auraient la tâche si facile avec moi. Ce que j'ai dans mon sac, c'est la parure de ma marraine, une parure qu'elle a commandée chez mon patron et que j'ai faite à moi tout seul. Et ma marraine, c'est comme ma mère, entends-tu? C'est elle qui m'a élevé, c'est elle qui a payé mon apprentissage et qui m'a défrayé de tout. Tu comprends bien que j'aimerais mieux me faire hacher en morceaux que de leur donner de bon gré les bijoux de ma marraine.

— Es-tu bête!... Crois-tu qu'ils iront les porter à domicile quand ils t'auront haché comme chair à pâté? C'est bien plus simple de les leur laisser pour t'en tirer avec tous tes membres. »

Félix ne répliqua rien; la nuit était complète maintenant, et si noire que, malgré une mince lune, ils ne voyaient pas à cinq pas devant eux. L'orfèvre était de plus en plus inquiet; il se serrait contre son compagnon, tout en se demandant s'il devait approuver ou condamner les raisonnements de celui-ci. Une heure se passa ainsi, au bout de laquelle une pâle lueur leur apparut dans le lointain. Félix pensa tout de suite que c'était la maison des brigands; le ciseleur lui fit remarquer avec raison que les membres de cette honorable corporation n'ont pas pour habitude de se loger au bord

des grandes routes; c'était plutôt l'auberge dont leur avait parlé
l'homme qu'ils avaient rencontré à la lisière de la forêt.

C'était une construction basse et allongée, devant laquelle un
chariot était dételé; on entendait des chevaux hennir et piaffer dans
l'écurie. Le ciseleur fit signe à Félix de s'approcher doucement, et, en
se haussant sur la pointe des pieds, ils purent voir ce qui se passait
à l'intérieur par la fenêtre, dont les volets n'étaient pas fermés. Un
homme dormait dans un fauteuil au coin du poêle; à en juger par
ses vêtements, ce devait être un roulier, et probablement le maître
du chariot dételé. A l'autre coin, une femme et une jeune fille s'occupaient à filer. Un autre homme était attablé devant un verre de
vin près de la porte; il avait posé ses deux coudes sur la table et
sa figure dans ses mains, de sorte qu'on ne pouvait le reconnaître,
mais le ciseleur augura à la mise que c'était certainement « un
monsieur ».

Les deux compagnons en étaient là de leurs observations quand
un chien aboya au dedans. Friquet s'empressa de répondre, et la
porte s'ouvrit immédiatement : une servante s'informa de ce qu'ils
demandaient. On leur promit le souper et le gîte; ils entrèrent et
s'en allèrent déposer leurs sacs, leurs bâtons et leurs chapeaux
dans un angle du mur; puis ils prirent place à la même table que
le « monsieur ». Celui-ci se redressa quand ils lui souhaitèrent le
bonsoir; ils virent alors qu'il était jeune et élégant. Il leur rendit
amicalement leur salut.

« Vous êtes bien tard sur les routes, leur dit-il; vous n'avez
donc pas peur de traverser la forêt la nuit? Je vous avoue que, pour
ma part, j'ai préféré mettre mon cheval à l'écurie ici que de pousser
plus loin.

— Et vous avez eu joliment raison, Monsieur, riposta le ciseleur; le trot bien cadencé d'un cheval fringant est une musique que
les détrousseurs entendent à plus d'une lieue. Pour de pauvres dia-

bles comme nous, auxquels ils seraient exposés à donner plutôt qu'à prendre, ils ne se dérangent aucunement.

— On sait qu'ils ont souvent fait un mauvais parti à un pauvre hère, pour le plaisir de faire le mal, intercala le roulier, que le bruit avait réveillé et qui était venu s'asseoir près d'eux ; quelquefois aussi ils le forcent à faire partie de la bande : ça s'est vu.

— Dans ces conditions, nous ne sommes guère en sûreté ici, reprit Félix. Nous voilà quatre, cinq si vous voulez avec le valet : je me demande ce que nous ferions s'ils s'avisaient d'envahir l'auberge à une dizaine. Sans compter, continua-t-il en baissant la voix, que personne ne peut répondre que les gens d'ici soient honnêtes.

— Quant à ça, vous auriez tort de vous méfier d'eux, reprit le roulier ; il y a dix ans et plus que je m'y arrête, et je n'y ai jamais rien vu d'inquiétant. L'homme n'est pas souvent à la maison, par exemple : on dit qu'il place du vin dans les alentours. La femme est une personne bien tranquille, qui ne dit jamais un mot plus haut que l'autre. M'est avis qu'on peut avoir confiance, Monsieur.

— Eh bien, moi, je ne suis pas tout à fait de votre opinion, mon brave, riposta le cavalier ; vous n'avez pas l'air de vous souvenir de la disparition inexpliquée de certains voyageurs. Plusieurs avaient annoncé qu'ils coucheraient ici. Comme on n'avait plus de nouvelles d'eux, on allait aux informations, on interrogeait l'aubergiste, et l'aubergiste n'avait jamais vu personne. C'est tout au moins singulier, n'est-ce pas ?

— Diable ! s'exclama le ciseleur, nous aurions été bien plus malins en couchant à la belle étoile qu'en venant nous enfermer dans ces quatre murs comme dans une souricière. Les fenêtres sont grillées ; pas moyen de filer si les portes étaient gardées. »

Tous ces propos n'étaient pas faits naturellement pour les mettre en gaieté. Il n'eût pas été étonnant d'ailleurs que l'aubergiste fût, de gré ou de force, de connivence avec les brigands, et, d'un autre côté, en admettant qu'on n'en voulût pas réellement à leur vie, ils étaient trop pauvres, pour la plupart, pour ne pas se trouver dans un vif embarras si on les dépouillait de ce qu'ils avaient sur eux. La nuit ne semblait donc leur promettre rien de bon : que d'exemples n'y avait-il pas de voyageurs surpris dans leur sommeil et assassinés lâchement! Tous restaient donc songeurs et taciturnes à regarder le fond de leur verre; le cavalier se souhaitait à cent lieues de là, le ciseleur souhaitait avoir près de lui douze camarades ayant de solides gourdins, Félix ne pensait guère qu'aux bijoux de sa marraine, le roulier fumait silencieusement sa pipe. Ce fut lui qui reprit le premier la parole.

« M'est avis qu'on ferait bien de ne pas dormir sur ses deux oreilles, dit-il à demi-voix; si quelqu'un veut me tenir compagnie, je passerai la nuit.

— Accepté, firent les trois autres en même temps.

— Si tout le monde est comme moi, ajouta encore le cavalier, nous n'avons guère sommeil ni l'un ni l'autre.

— Si l'on faisait une partie de cartes? proposa le roulier; la nuit est longue, et il faut bien faire quelque chose pour nous tenir éveillés.

— Je ne joue jamais aux cartes, déclara le cavalier, il ne faut donc pas compter sur moi.

— Ni sur moi non plus, dit Félix à son tour, je ne connais même pas les figures.

— Alors, je ne vois pas ce que nous pourrions faire, riposta le ciseleur. Chanter, ce n'est pas possible; dire des devinettes, nous en aurions vite assez. Si on se racontait des histoires? N'importe lesquelles, bien entendu, gaies, tristes, vraies ou non vraies : c'est aussi amusant que de jouer aux cartes, ma parole.

— J'y consens, à condition que vous commenciez, répliqua le cavalier en souriant; je suis sûr que vous ne serez pas embarrassé; les gens de métier ont généralement vu beaucoup de pays, et leur sac est bien garni. Est-ce que chaque ville n'a pas sa chronique et ses légendes ?

— Sans doute, on en apprend de toutes les couleurs; mais les gens qui font des études en savent encore plus long que nous, ça ne fait pas le moindre doute. Je mettrais ma main au feu que vous êtes un étudiant, ou même un savant.

« Une bonne histoire vaut mieux qu'une partie de cartes, » dit le roulier.

— Un savant non, mais un étudiant, et je vais passer mes vacances chez mes parents. Vous pouvez m'en croire, ce qu'il y a dans nos livres est bien au-dessous, comme histoire à raconter, de ce que vous avez entendu redire dans le peuple. Si personne ne s'y oppose, vous feriez bien de nous donner l'exemple.

— Bien sûr, bien sûr, appuya énergiquement le roulier; une bonne histoire vaut mieux qu'une partie de cartes, à mon sens. C'est si vrai que mes bêtes ont quelquefois l'air de dormir sur la route, tout simplement parce que j'écoute ce que me raconte quelqu'un qui marche à côté de ma voiture, et je prends volontiers un piéton, quand le temps est mauvais, pourvu qu'il ait quelque chose à me raconter pour tuer le temps. Je vous dirai même que j'ai un ami que j'aime comme mon frère; eh bien, je crois que si je l'aime ainsi, c'est à cause des histoires dont il ne chôme jamais, et qu'il ferait durer sept bonnes heures, si on l'en défiait.

— Moi, je suis de même, opina le jeune orfèvre; aussi mon patron me cache les livres, de peur que je néglige le travail pour la lecture. Allons, compagnon, régale-nous de la plus belle; je sais que tu nous en dirais jusqu'à demain, avant que ta provision soit épuisée. »

Alors le ciseleur but un coup pour donner du ton à sa voix, et commença à raconter, — ce qui n'empêchait pas les auditeurs d'être aux aguets, par suite de la méfiance que leur inspirait le logis où ils devaient passer la nuit.

HOHENZOLLERN LE BOURRU

Dans la haute Souabe, on voit encore aujourd'hui les ruines d'un château fort, qui a été le plus fort de toute la contrée : Hohenzollern. On l'a bâti sur une haute montagne escarpée, d'où les yeux jouissent d'une belle vue ; mais les comtes de Hohenzollern étaient redoutés bien plus loin que les regards ne pouvaient s'étendre de la plate-forme de leur manoir ; leur nom était connu et respecté par toute l'Allemagne.

Un jour, il y avait un comte de Hohenzollern qui n'était pas un homme comme les autres. Je vous parle d'il y a longtemps. Ce n'était certainement pas un méchant homme, on ne pouvait lui reprocher d'opprimer ses serfs ou de chercher querelle à ses voisins ; mais il avait l'air rébarbatif, le regard farouche, la parole brève, les façons brusques, de sorte qu'on n'aimait pas à le rencontrer. En dehors des gens du château, peu de personnes l'avaient entendu parler raisonnablement. Quand on le voyait passer sur son grand palefroi et qu'on lui disait, en se découvrant poliment :

« Dieu vous garde, Messire, nous avons un bon temps aujourd'hui, »

On n'obtenait pas de lui d'autre réponse que :

« Imbécile !... »

Ou bien encore :

« Je le sais. »

Si un paysan ne se garait pas assez promptement avec sa char-
rette dans un chemin creux, le comte faisait pleuvoir sur lui les
épithètes les plus injurieuses ; mais on ne connaissait pas d'exemple
qu'il eût frappé le paysan. Dans tout le pays, on ne l'appelait que
« le bourru de Hohenzollern ».

Le bourru était marié, et sa femme était tout l'opposé de lui ;
elle était douce et aimable ainsi qu'un beau jour de mai. Bien des
fois, elle avait apaisé, par de bonnes paroles et de bons regards, la
rancune des gens que le bourru avait offensés ; elle-même faisait
autour d'elle tout le bien qu'elle avait le pouvoir de faire, et il n'était
si grande chaleur d'été ni si grand froid d'hiver qui pût l'empêcher de descendre la montagne, pour aller porter des secours aux
pauvres et aux affligés. Si le bourru la rencontrait dans ces chari-
tables sorties, il grognait :

« Imbécile, je le sais bien. »

Et il donnait de l'éperon à sa monture.

Beaucoup de femmes se seraient intimidées ou découragées, à
la place de dame Hedwige.

« Que les malheureux deviennent ce qu'ils voudront, aurait dit
l'une ; je ne tiens pas à ce que, à cause d'eux, mon époux me traite
d'imbécile.

— Je ne vois pas pourquoi j'aimerais un mari qui me parle de
la sorte, » aurait conclu une autre.

Dame Hedwige ne voyait pas les choses de cette façon ; et elle
continuait à aimer de tout son cœur ce seigneur et maître, si peu
aimable avec elle.

Au bout d'un an de mariage, ils eurent un gentil petit garçon ;

dame Hedwige devint la meilleure et la plus tendre des mères, sans
cesser d'être la plus aimante et la plus dévouée des épouses. Pendant trois années, le bourru ne vit son fils que le dimanche, auquel
jour la nourrice le lui apportait à l'heure de son repas; il le regardait longuement, grommelait quelque chose entre ses dents, et rendait l'enfançon à la nourrice. Quand le petit lui dit papa pour la
première fois, il donna un florin à la servante, mais il n'en fit pas
meilleure figure au bambin.

Au troisième anniversaire de sa naissance, le bourru lui fit
mettre ses premières chausses et de magnifiques habits de soie et
de velours, et, l'ayant pris sur son bras, il donna l'ordre de seller
deux chevaux, puis descendit l'escalier en colimaçon en faisant
sonner ses éperons. Dame Hedwige ne fut pas peu surprise de ceci;
bien que ce ne fût nullement dans ses habitudes de questionner son
époux lorsqu'il sortait, ses inquiétudes de mère lui descellèrent les
lèvres cette fois.

« Vous partez, Messire? »

Pas de réponse.

« Vous emmenez Kuno? Il a déjà fait un tour de promenade
avec moi, cependant.

— Je le sais bien, » grogna le bourru, sans s'arrêter.

Dans la cour du château, il prit l'enfant par un pied, le mit
bellement en selle, sauta lui-même sur son coursier, et saisissant
l'autre monture à la bride, il se dirigea vers le pont-levis.

L'enfant éprouva d'abord un grand plaisir à ce jeu; il battait
des mains, il riait, il tirait son cheval par la crinière pour le faire
aller plus vite.

« Mort de moi! ce sera un hardi compagnon, » se dit le comte,
qui ne se sentait pas d'aise.

Mais la chanson changea de ton bientôt. Le comte prit le trot,
et le petit commença à s'effrayer. Il pria doucement son père de

ralentir le pas; puis, le vent de la course lui coupant la respiration, il eut peur pour de bon, pleura tout bas, cria tout haut, et finit par hurler de toutes ses forces.

« Tudieu! te tairas-tu? fit le bourru furieux, sinon... »

Il n'acheva pas, car en ce moment son cheval se cabra, et pour s'en rendre maître il dut lâcher la bride de l'autre. Quand il eut dompté sa bête, il chercha des yeux celle qui portait l'enfant, et il la vit qui galopait dans la direction du château; — mais la selle était vide.

Si dur et si insensible que fût le comte, il eut le cœur déchiré à cette vue; il se figura son fils traîné, disloqué, broyé sur les cailloux; et il s'arracha la barbe à pleines mains. Nulle part, aussi loin que s'étendaient ses regards, il ne découvrit la moindre trace de l'enfant; de telle sorte qu'il le supposa tombé au fond de l'un des larges et profonds fossés qui bordaient le chemin. Comme il se désespérait et se lamentait, il entendit une petite voix qui l'appelait; il se retourna prestement, et vit une vieille qui tenait Kuno sur ses genoux.

« D'où vient que tu as mon enfant, vieille sorcière? lui cria-t-il; çà, apporte-le-moi promptement.

— Là, là, Monseigneur, ricana l'affreuse vieille, êtes-vous donc si pressé d'emporter un sort avec vous? D'où vient Monseigneur? Son cheval courait comme un possédé, l'enfant n'était plus retenu que par un pied, ses cheveux balayaient la terre; et alors je l'ai reçu dans mon tablier.

— Imbécile, tonna le bourru, me l'apporteras-tu? Je ne puis descendre, car tu fais peur à mon cheval, et il me faut le contenir.

— Donnez-moi un florin au cerf, Monseigneur, reprit la vieille, d'une voix humble et suppliante.

— Imbécile! répéta le comte en lui jetant avec impatience quelque menue monnaie.

Il vit une vieille qui tenait Kuno sur ses genoux.

3

— C'est d'un florin que j'aurais besoin, Monseigneur.

— Un florin, sur ma foi, c'est plus que tu ne vaux. Rends-moi
l'enfant sur-le-champ, si tu ne veux pas que je mette mes chiens à
tes cottes !

— Ah! c'est plus que je ne vaux, Monseigneur, fit la vieille
avec un sourire ironique. Eh bien, c'est plus aussi que ne vaudra
votre beau patrimoine, un jour. En attendant, souffrez que je vous
rende votre monnaie. »

Elle la lui lança avec tant de dextérité, que les petites pièces
tombèrent toutes en la bourse de cuir que le comte tenait encore
à la main.

Le bourru resta un moment stupéfait d'une telle adresse, puis
il donna libre cours à sa fureur. Il dégaina sa grande rapière et
s'avança, le bras levé, sur la vieille ; mais la vieille n'avait pas même
l'air de le voir ; elle serrait le petit contre elle, en le caressant et en
le cajolant.

« Ah! le gentil! Ah! le mignon!... Ne bouge pas; et ainsi il ne
te manquera pas. »

Enfin, elle le posa à terre et dit au bourru, en le menaçant du
doigt :

« Hohenzollern! Hohenzollern! c'est un florin que tu me
dois. »

Puis, sans prendre garde aux injures dont il la gratifiait, elle
se faufila derrière un buisson et disparut dans le bois.

Conrad, l'écuyer, mit pied à terre, prit l'enfant, remonta en
selle avec lui et suivit le comte qui s'en allait vers le château.

Ce fut la première et la dernière fois que le bourru emmena
son fils à la promenade; comme le petit avait pleuré et crié quand
les chevaux avaient pris le trot, le comte le considérait comme un
poltron, dont il ne pouvait espérer rien de bon. A partir de ce jour,
il ne le regarda plus qu'avec irritation, et le repoussa aussi souvent

que le pauvre Kuno, lequel aimait tendrement son père, voulait l'approcher et l'embrasser.

« Je le sais bien, imbécile, » lui disait-il avec humeur.

Dame Hedwige avait supporté sans se plaindre tous les caprices et toutes les bourrades de son époux, aussi longtemps qu'elle avait été seule à en souffrir; mais elle ne put se résigner à voir rudoyer son cher enfant; elle tomba malade plusieurs fois de chagrin, parce que le comte avait sévèrement puni Kuno pour une bagatelle; et finalement elle mourut à la fleur de l'âge, regrettée de tous les malheureux du pays et amèrement pleurée par son enfant.

Le bourru se détacha de plus en plus de l'orphelin; il l'abandonna complètement à la nourrice et au chapelain, d'autant plus qu'il ne tarda pas à convoler avec une belle et riche demoiselle, laquelle lui donna deux jumeaux dès la même année.

Il n'y avait rien qui plaisait tant à Kuno que d'aller rendre visite à la vieille qui lui avait sauvé la vie; elle ne se lassait pas de lui parler de la bonne dame Hedwige et de tout le bien que la bonne dame Hedwige avait fait. Les valets et les servantes avaient beau lui recommander de ne point tant fréquenter la chaumine de la Feldheimer, vu que c'était une vieille sorcière, ni plus ni moins : Kuno ne les écoutait point, car le chapelain lui avait appris que les sorcières n'existent pas, non plus que les femmes allant au sabbat sur un manche à balai. Sans doute, il assistait chez la vieille à maintes pratiques qu'il ne comprenait aucunement; sans doute, il n'avait point oublié avec quelle adresse merveilleuse elle avait jeté les pièces de cuivre dans la bourse du comte; sans doute, elle s'entendait comme bien peu à préparer avec des simples les baumes et les onguents qui guérissaient les bêtes et les gens, mais elle n'avait pas, et il en était bien sûr, la poêle magique qu'il suffit de mettre au feu pour attirer les orages. En revanche, elle fit connaître maintes choses utiles, comme nombre de remèdes pour les chevaux, un breuvage contre la rage, un appât pour les poissons, et tant d'autres. Quand sa nourrice mourut, il n'eut plus guère d'autre compagnie que la vieille, car sa belle-mère ne se souciait nullement de lui.

A mesure que ses frères grandissaient, la vie devenait de plus en plus dure pour Kuno. Les deux jumeaux avaient eu le bon esprit de ne pas tomber de cheval à leur première sortie, et le bourru en avait conclu que ce seraient de hardis compagnons; aussi les emmenait-il tous les jours et leur apprenait-il ce qu'il savait lui-même. Cela se réduisait à peu de chose, naturellement; il ne leur enseignait ni la lecture ni l'écriture; mais, par contre, ils n'avaient pas dix ans qu'ils juraient et sacraient comme des païens, cherchaient noise à tout le monde, s'entendaient entre eux comme chien et chat, ne se souvenant qu'ils étaient frères que pour jouer un mauvais tour à Kuno.

Leur mère ne les réprimandait pas : suivant elle, cela fait du bien aux enfants de prendre de l'exercice et de se battre. Un vieux serviteur en avisa le comte.

« Je le sais bien, imbécile, » répliqua le bourru.

Mais il se promit en lui-même de prendre ses précautions pour éviter que ses deux rejetons en arrivassent à s'assommer. Il n'avait pas oublié ce que la vieille Feldheimer lui avait prédit au sujet de son patrimoine. Un jour, comme il chassait aux alentours de Hohenzollern, il remarqua deux montagnes voisines, qui semblaient faites pour porter des châteaux; et il résolut tout de suite d'en faire construire un sur chaque sommet. L'un était destiné à Schalck, le plus petit des jumeaux, et fut dénommé Schalckberg; l'autre, qui devait revenir à Wolf, le plus grand, fut baptisé Hirschberg. Ils sont encore là maintenant, et ceux qui visitent les Alpes de Souabe peuvent se les faire montrer.

En agissant de cette façon, le comte laissait bien voir que son intention était de donner Hohenzollern à Kuno, et c'était justice,

puisque Kuno était l'aîné ; mais sa femme n'eut de repos qu'après
l'avoir fait changer d'avis.

« Cet imbécile de Kuno, — elle ne le désignait jamais autrement, — cet imbécile de Kuno ne sera-t-il pas assez riche déjà avec
ce qui lui revient de sa mère ? Allez-vous lui donner encore la meilleure part, tandis que mes fils n'auront rien autre chose qu'un château avec un peu de bois ? »

Le bourru lui représenta qu'on ne pouvait décemment dépouiller Kuno de ses privilèges d'aîné ; elle ne voulut rien entendre, et le
comte, qui aurait tenu tête à l'empereur et au pape, céda aux criail-
leries de sa femme, pour avoir la paix. Il fit donc un nouveau testament, d'après lequel Kuno recevait Hirschberg avec la petite ville
de Balingen, au lieu et place de Hohenzollern, lequel passait à
Wolf.

Peu de temps après avoir pris ses dernières dispositions, il
s'alita. Quand le docteur lui annonça qu'il devait se préparer à
mourir, il s'exclama :

« Je le sais bien. »

Et au chapelain qui l'exhortait à mourir en chrétien :

« Imbécile ! » dit-il.

Puis il lâcha une suprême bordée de jurons, d'injures et de
blasphèmes, avant de passer de vie à trépas dans l'impénitence
finale.

III

OU IL NE RESTE QUE PEU DE CHOSE D'UN HÉRITAGE

Son corps était encore chaud, quand la comtesse s'avança vers Kuno avec le testament et lui demanda ironiquement de donner une preuve de savoir en déchiffrant le parchemin qui lui enlevait une si belle portion de son héritage : Hohenzollern était à d'autres, et il n'avait qu'à s'en aller.

Kuno se soumit docilement aux volontés de son père, bien qu'il souffrît beaucoup de renoncer au château où il était né et où sa mère avait sa sépulture. Hirschberg était une demeure princière, sans doute, mais il y serait seul, loin du bon père Joseph, le chapelain, et loin aussi de la bonne vieille Feldheimer.

Un soir, la comtesse et les jumeaux, qui comptaient dix-huit ans maintenant, prenaient le frais sur la terrasse de Hohenzollern, quand ils virent se diriger vers le château un cavalier de bonne mine, avec une riche litière portée par deux mules et une suite de quelques hommes d'armes. Ils cherchèrent à deviner qui ce pouvait être, sans y réussir; mais Schalck s'écria tout à coup :

« Mort de ma vie! ce n'est autre que Monsieur notre frère, cet imbécile de Kuno.

— Vraiment! fit la mère. Il nous fera certainement l'honneur de nous inviter, et la litière ne peut être qu'une attention à mon égard. Voilà ce dont je n'aurais pas cru capable un imbécile de sa sorte. Comme une politesse en vaut une autre, allons au-devant de lui jusqu'au pont-levis, et tâchez de lui montrer bon visage : peut-être alors nous fera-t-il quelque présent, un cheval à toi, Schalck, une armure à toi, Wolf. Pour moi, il y a longtemps que je désire la parure de sa mère.

— Qu'il garde ses présents, grogna Wolf, ce n'est pas moi qui lui ferai bon visage, à cet imbécile de Kuno. Mais si Dieu l'envoyait promptement rejoindre notre père, nous hériterions de lui, et nous pourrions alors vous laisser la parure à un prix raisonnable.

— Holà! qu'entends-je? dit la mère. Moi, te racheter la parure? Est-ce là votre reconnaissance de ce que j'ai fait pour vous? Vous oubliez que sans moi vous n'auriez jamais eu Hohenzollern. N'est-ce pas, mon petit Schalck, que vous me ferez cadeau de la parure?

— Madame notre mère, il n'y a que la mort qui ne se paye pas, répliqua Schalk en riant, et s'il est vrai que la parure vaille à elle seule plus que certains châteaux, vous comprenez que nous ne serons pas assez sots pour vous la passer au cou. Dès que Kuno aura fermé les yeux, nous nous en irons là-bas faire le partage, et je vendrai ma moitié de la parure. Si vous m'en donnez plus que le juif, elle sera à vous, noble dame. »

Tout en discutant ainsi, ils étaient arrivés à l'entrée du château, et la comtesse dut faire un grand effort pour cacher son dépit, car son beau-fils y arrivait en même temps. En les apercevant, il descendit de cheval et les salua courtoisement. Il n'avait certes pas à se louer d'eux, mais il se souvenait que les deux jumeaux étaient ses frères, et que son père avait aimé cette méchante femme.

« Que vous avez donc été bien avisé de nous rendre visite ! Monsieur mon fils, se récria la dame en prenant sa voix la plus douce et son sourire le plus engageant ; que devenez-vous à Hirschberg ? Vous plaisez-vous en ce château ? Eh quoi, une litière !... Et si magnifique que l'empereur lui-même ne la dédaignerait point !... Je vois que vous pensez à donner une châtelaine à votre château.

— Ce n'est point encore mon souci, Madame, riposta le jeune homme, mais je me trouve bien seul en ma demeure ; et c'est pourquoi je veux m'y donner compagnie.

— On ne saurait que vous en louer, fit la comtesse en souriant de plus belle.

— J'ai pris une litière, poursuivit timidement Kuno, parce que le bon père Joseph ne supporte plus le cheval. Quand j'ai quitté Hohenzollern, c'était une chose entendue que je viendrais le querir. Puis j'emmènerai aussi la brave Feldheimer, qui est maintenant vieille comme le monde, et qui m'a sauvé la vie le jour où je suis sorti avec mon père. Ce n'est point la place qui manque à Hirschberg, et je veux qu'elle y finisse heureusement ses jours. »

Il dit et s'en alla vers la chambre du chapelain.

Wolf se rongeait les lèvres, la comtesse changeait de couleur coup sur coup, et Schalck pouffait de rire.

« Frère Wolf, je troque le destrier qu'il m'a donné contre l'armure qu'il te donnera. Est-ce dit ? Ha, ha, ha, ha, c'est le chapelain et la sorcière qu'il va héberger... Un couple comme on n'en rencontre pas tous les jours, Pâque-Dieu ! Le matin il étudiera la théologie avec le chapelain, et le soir il se fera donner des leçons de magie par la sorcière. Il n'y a que cet imbécile de Kuno, je vous assure, pour avoir de telles idées.

— Fi ! le vilain, le rustaud ! s'exclama la dame, dont l'indignation ne connaissait plus de bornes ; il te sied mal d'en rire, Schalck, car c'est une honte pour la famille entière. Il nous faudra rougir

devant tout le pays à cause de ce Kuno, assez plat pour loger une
sorcière en son château. Et il vient la prendre dans une litière attelée
de deux mules, encore!... Cet imbécile tient ces façons de sa mère,
qui ne se trouvait bien qu'en compagnie des truands et des pauvres
hères. Ah! si votre pauvre père pouvait l'entendre, il n'en dormirait
sûrement plus dans son cercueil.

— Et il dirait : « Je le sais bien, imbécile! » ajouta Schalck, qui
ne s'émouvait pas pour si peu de chose.

— Sur ma foi, le voilà qui revient avec le père Joseph, s'exclama la dame; il lui donne le bras, si j'en crois mes yeux. Mes
enfants, retirons-nous, que je ne le voie pas davantage en si piteux
maintien. »

Ils se retirèrent, et Kuno put conduire paisiblement son vieux
maître jusqu'au pont, où il le mit lui-même en litière avec les plus
grandes précautions. Au bas de la montagne, il fit halte à la porte
de la vieille; et comme celle-ci s'était préparée à ce départ, elle prit
place aussitôt, avec un assortiment de fioles, d'emplâtres et d'onguents, sans oublier, naturellement, sa béquille de buis.

On ne fit point dans le pays les méchants commentaires auxquels
la dame de Hohenzollern s'était attendue; on parla bien de ce dont
le sire de Hirschberg s'était avisé, mais pour l'approuver, et non
pour le blâmer. Les seules personnes qui s'en montrèrent marries et
contrites furent précisément ses frères et sa belle-mère; mais chacun
se scandalisa de voir se conduire ainsi d'aussi proches parents. Il
est vrai que les jumeaux ne pouvaient se souffrir entre eux, et qu'ils
faisaient endurer mort et martyre à leur propre mère.

A différentes reprises, Kuno tenta de se réconcilier avec ses
frères; il trouvait insupportable de les voir passer à deux pas de son
seuil et ne point entrer, de les rencontrer à tout instant et de ne
point les entretenir. Toutes ses tentatives furent autant de peine
perdue : il ne récolta que moqueries pour ses bonnes intentions.

Mais un jour, il s'avisa d'un moyen qui devait certainement leur agréer, car il les savait avares et cupides.

Il y avait entre les trois châteaux un étang qui était à peu près à égale distance de l'un et de l'autre, mais qui appartenait à Kuno.

Cet étang était fort poissonneux, on y prenait les plus belles carpes et les plus gros brochets du canton; et les jumeaux, qui étaient grands amateurs de pêche, ne pardonnaient pas à leur père d'avoir omis de le comprendre dans leur lot. Ils étaient beaucoup trop fiers cependant pour y pêcher sans la permission de Kuno ou lui demander cette permission. Kuno savait à quoi s'en tenir au sujet de l'étang; et il donna rendez-vous à ses frères au bord de cette pièce d'eau.

Ils y arrivèrent tous les trois presque en même temps.

« Mort de ma vie! s'écria Schalck, voilà de l'exactitude, ou je ne m'y connais pas. Sept heures sonnaient comme je sortais de Schalcksberg.

— Et moi de Hohenzollern, dit Wolf.

— Et moi de Hirschberg, dit Kuno.

— C'est donc que l'étang est au milieu, reprit Schalck; c'est un beau vivier, sur ma parole.

— Certes, et c'est pourquoi je vous ai mandés ici. Je n'ignore point que vous aimez fort la pêche; et si je l'aimais plus encore que je ne l'aime, l'étang serait assez grand pour nous trois. Je vous prie donc de le considérer désormais comme nous appartenant en commun, vous y aurez les mêmes droits que moi.

— Que de générosité en un seul jour, Monsieur mon frère! riposta Schalck d'un ton ironique. Six arpents d'eau et deux ou trois cents goujons, vous vous ruinez! Et que devrons-nous vous donner en échange, Messire, car tout se paye, fors la mort.

— Cependant je ne vous demande rien. Ah! que ne puis-je vous voir et entretenir souvent! N'avons-nous pas le même père?

— Grand merci, mais je ne saurais accepter votre offre, répliqua Schalck ; rien n'est plus sot que de pêcher de compagnie, car c'est le moyen de ne rien prendre. Mieux vaudrait avoir chacun ses jours, — par exemple le lundi et le jeudi pour toi, le mardi et le vendredi pour Wolf, le mercredi et le samedi pour moi. Un tel arrangement pourrait être de mon goût.

— Mais point du mien, intercala Wolf, qui ressemblait beaucoup à son père par les façons et le caractère : je ne veux ni présent ni partage. Tu as raison, Kuno, de nous offrir l'étang, car nous y avons les mêmes droits que toi ; mais j'entends que nous jouions aux dés : si la chance m'est favorable, je vous y laisserai volontiers prendre du poisson, quand vous m'en demanderez la permission.

— Je n'ai point coutume de jouer aux dés, répondit Kuno, affligé de se voir si mal compris.

— Je comprends cela, fit Schalck en riant ; Monsieur mon frère est un homme de trop haute piété pour pêcher pareillement. Écoutez donc ce que je vais vous proposer, et ce que le plus saint anachorète pourrait entendre sans en avoir les oreilles souillées. Nous irons quérir nos engins, nous jetterons nos hameçons, et l'étang sera à celui qui aura la meilleure pêche midi sonnant au donjon de Hohenzollern.

— C'est folie à moi, dit Kuno, de vous disputer une chose qui est bien mienne ; mais j'y consens, afin de vous prouver que mon offre n'était point une plaisanterie. »

Et chacun s'en retourna vers son logis. Les jumeaux mirent tous leurs domestiques à la recherche des vers, des mouches et des autres friandises propres à attirer carpes et brochets ; Kuno se contenta de prendre un peu de l'appât que la Feldheimer lui avait appris à préparer. Naturellement, il fut le premier de retour au bord de l'étang ; il laissa ses frères choisir leurs places, puis il amorça aussi. Les poissons semblaient se donner le mot pour reconnaître en lui le maître légitime de l'étang; des bataillons serrés montaient à l'assaut de ses hameçons, les gros bousculaient les petits pour mordre les premiers. Sa ligne ne faisait que se baisser et se relever, de sorte qu'en moins de deux heures il eut un véritable monceau de poissons près de lui. Il s'arrêta alors et s'en alla voir ce que les jumeaux prenaient : Schalck avait un carpillon et deux ablettes; Wolf, trois pauvres petits barbillons; tous deux avaient la mine longue, et certainement ils n'ignoraient pas la réussite de leur aîné. Quand il vit Kuno s'approcher, le sire de Hohenzollern tira sa ligne, cassa sa canne en plusieurs morceaux, qu'il lança à l'eau, disant :

« C'est faire métier de dupe que se mesurer avec gens qui emploient les sortilèges et les maléfices. Autrement, comment se pourrait-il, imbécile de Kuno, que tu prisses en deux heures plus de poissons que je n'en prendrais en une année?

— Je l'avais oublié, ajouta Schalck; Monsieur notre frère a reçu les leçons de cette vieille sorcière de Feldheimer : il ne tardera certainement pas à devenir sorcier lui-même.

— Vous n'êtes que de méchants hommes, répliqua Kuno, que la colère gagnait; et ce matin j'ai eu tout le loisir de faire connaissance avec votre insolence, votre cynisme et votre cupidité. Allez donc, et ne revenez jamais ici; mais sachez encore que vous seriez moins sûrs de l'enfer si votre conscience était de moitié aussi nette que la conscience de celle que vous traitez de sorcière.

— Présentez-lui mes très humbles excuses, fit Schalck avec un mauvais rire; la Feldheimer n'est pas plus sorcière qu'une oie est un cygne. N'avait-elle pas prédit à notre père que son héritage ne vaudrait pas un florin? Qu'en pense le sire Kuno de Hohenzollern-Hirschberg? A mon humble avis, la Feldheimer n'est qu'une vieille folle, et tu ne seras jamais que cet imbécile de Kuno. »

Sur ce, Schalck s'empressa de détaler pour se mettre hors de portée; car il savait par expérience que cet imbécile de Kuno avait des poings solides et aurait pu l'étriller d'importance. Wolf le suivit en vociférant tous les jurons du bourru.

Kuno avait la mort dans l'âme en reprenant le chemin du château, car il reconnaissait que tout était bien fini désormais entre lui et ses frères.

Il s'en affecta tellement qu'il dut se mettre au lit, fut gravement malade; et s'il ne trépassa pas en cette circonstance, il ne le dut qu'aux consolations du P. Joseph et aux breuvages de la Feldheimer.

En apprenant que leur frère s'était alité, les jumeaux ne se sentirent plus de joie et donnèrent un grand banquet. Ils burent copieusement, et finirent par convenir que la nouvelle de la mort serait annoncée par une salve de toute l'artillerie de chaque château. Celui qui tirerait le premier aurait le droit de choisir la meilleure pièce de vin dans les celliers de Hirschberg. Wolf n'eut rien de plus pressé ensuite que de poster l'un de ses serviteurs dans le voisinage de Hirschberg; et Schalk acheta à prix d'or un serviteur de Kuno afin d'être renseigné au plus tôt.

Or ce serviteur était plus dévoué à son bon maître qu'au comte de Schalcksberg; il s'informa auprès de la vieille femme de l'état de Kuno; elle lui répondit que tout danger était écarté; et alors il la mit au courant de ce qui se passait, comme aussi de l'intention où étaient les jumeaux de tirer des salves en réjouissance de la mort de leur frère. Elle en fut tellement indignée qu'elle courut conter l'histoire au comte, lequel se refusa absolument à croire à une semblable monstruosité.

Elle lui conseilla alors d'en faire l'épreuve en laissant répandre le bruit de sa mort : c'était le meilleur moyen de savoir à quoi s'en tenir réellement. Il fit venir le valet auquel Schalck avait eu recours, il le questionna, puis il lui donna la mission de s'en aller à bride abattue porter à ce mauvais frère la nouvelle de sa fin prochaine.

Comme le valet s'en allait s'acquitter de son ordre, il fut accosté par le domestique de Wolf.

Celui-ci lui demanda :

« Où vas-tu en si grande hâte?

— Hélas! répondit-il, mon pauvre maître ne va pas bien; tous l'ont condamné; et il ne passera pas la nuit; ce n'est que trop certain. »

L'autre sauta vivement en selle, et mena si grand'erre jusqu'à Hohenzollern que sa monture s'abattit dans la cour, et que lui-même tomba évanoui après avoir crié :

« Le comte Kuno trépasse. »

Aussitôt les canons tonnèrent, et Wolf se réjouit avec sa mère de l'héritage, du tonneau de bon vin, et aussi du bel écho qui répondait à ses canons. Il ne tarda pas à reconnaître cependant que ce qu'il avait pris pour un écho n'était autre chose que la salve tirée de Schalcksberg.

« Le petit avait aussi ses espions, dit-il à la comtesse en souriant; il faudra partager le vin comme le reste. »

Mais les jumeaux se rencontrèrent près de l'étang, et tous deux rougirent, car chacun avait voulu arriver à Hirschberg avant l'autre. Ils firent donc le reste de la route ensemble et ne soufflèrent mot de Kuno; en revanche, ils discutèrent longuement et de la façon la plus amicale sur les arrangements à prendre entre eux et sur la question de savoir à qui reviendrait le château. Au moment où ils franchissaient le pont-levis et pénétraient dans la cour, ils levèrent la tête et virent à une fenêtre leur frère qui était vêtu de son mieux et avait fort bonne mine avec des yeux brillants de colère. Ils firent un haut-le-corps et se signèrent, croyant avoir affaire à un revenant.

« Imbécile, on m'avait dit que tu étais mort, s'écria Wolf en se rendant compte que l'autre était bien en chair et en os.

— Ce qui est différé n'est point perdu, ricana Schalck, qui lança un regard enfiellé à Kuno.

— A partir de ce jour, leur déclara le châtelain d'une voix tonnante, tout est fini entre nous, et je ne vous reconnais plus pour mes frères. J'ai entendu les coups de canon que vous tiriez en réjouissance de ma mort; et maintenant vous pouvez voir que j'ai des canons aussi, qu'ils sont là et que je les ai fait charger soigneusement en votre honneur. Hâtez-vous donc de vous mettre hors d'atteinte, si vous ne voulez servir de cible aux boulets. »

Voyant que la chose était sérieuse, ils ne se firent pas redire : ils donnèrent de l'éperon à leurs montures et dévalèrent la montagne dare dare, d'autant plus que Kuno leur envoya une décharge qui leur passa au-dessus de la tête et les fit se courber et saluer poliment; il n'avait nullement envie de les toucher, mais simplement de les effrayer.

« Pourquoi as-tu tiré? dit Schalck avec humeur, je ne l'aurais pas fait si je ne t'avais entendu.

— Notre mère pourra te dire que c'est justement le contraire qui est arrivé, riposta Wolf, et c'est à toi seul, petit maraud, que nous devons cette honte. »

Schalck ne voulut pas être en reste d'amabilité, naturellement, et tout le vocabulaire du bourru y passa; si bien qu'ils se détestaient plus que jamais quand ils se séparèrent au bord de l'étang.

Mais le lendemain Kuno écrivit son testament, et la Feldheimer en put s'empêcher de souffler au P. Joseph :

« M'est avis qu'ils se repentiront d'avoir tiré le canon. »

Si curieuse qu'elle fût et si pressantes que fussent ses questions au sujet du testament, elle ne sut jamais ce qu'il disait, car elle rendit l'âme moins d'une année après, en dépit de tous ses remèdes et de toutes ses potions, étant aux prises avec un mal qui ne pardonne pas à quatre-vingt-dix-neuf ans, à savoir la vieillesse, Kuno la fit enterrer avec autant d'apparat que s'il eût mis en terre sa propre mère; il se trouva bien seul à la suite de cette mort, d'autant que le chapelain ne tarda pas à prendre le même chemin.

Il ne souffrit pas longtemps de ce délaissement, toutefois : le bon Kuno mourut qu'il n'avait pas encore vingt-huit ans; et les méchantes gens prétendent que ce fut d'un breuvage empoisonné que son frère Schalck sut lui faire avaler.

Quoi qu'il en soit, on tira de nouveau le canon à Hohenzollern et à Schalcksberg : vingt-cinq coups chacun.

« Cette fois, il ne dira pas que nous avons tiré pour rien, ricana Schalck en s'adressant à son frère Wolf, qu'il rencontrait près de l'étang sur le chemin de Hirschberg.

— Imbécile! répliqua le digne fils du bourru, s'il s'avisait de se montrer encore à la fenêtre, j'ai là une bonne arquebuse qui l'en ferait vite descendre. »

Comme ils gravissaient la montée du château, ils furent rejoints par un gentilhomme qui avait une suite respectable, et qu'ils ne connaissaient pas. Ils supposèrent que c'était un ami du défunt, venu pour assister aux funérailles, et ils crurent de bonne diplomatie de jouer les hypocrites : ils se répandirent en louanges sur ce pauvre Kuno, et Schalck trouva même une larme. L'étranger paraissait ne rien entendre et ne disait mot.

« Maintenant mettons-nous à notre aise, fit le brave Wolf en arrivant au château; sommelier, apporte-nous du vin, et de ton meilleur, imbécile! »

Ils se rendirent dans la grande salle, l'inconnu fit de même; ils s'installèrent commodément à une table, et l'étranger tira de son pourpoint un florin au cerf, qu'il jeta devant eux sur la plaque d'ardoise en disant :

5

« Voici ce qu'il vous revient de l'héritage de votre frère, Messires, juste un florin au cerf. »

Et comme ils le regardaient avec étonnement et lui demandaient en riant ce que signifiait cette plaisanterie, il leur mit sous les yeux un parchemin en bonne et due forme, d'après lequel messire Kuno, comte de Hohenzollern-Hirschberg, en considération de l'attitude hostile gardée envers et malgré tout par ses frères, cédait, à sa mort, tous ses biens pour la somme dérisoire d'un florin au cerf au duc de Wurtemberg.

Il n'était fait exception que pour la parure de dame Hédwige, laquelle serait vendue, et le prix servirait à doter d'un hospice la ville de Balingen.

Les jumeaux ne revenaient point de leur étonnement; ils ne songeaient plus à rire à présent : compter sur un château, des prés, des bois, des vignes, des champs, un étang, et n'avoir qu'un pauvre petit florin !

Cependant Wolf prit bravement la pièce d'argent, se recoiffa, sortit sans accorder la moindre attention au commissaire ducal, se remit en selle et partit au galop pour Hohenzollern. Comme sa mère l'accablait de reproches le lendemain, il s'en alla trouver son frère Schalck et lui dit :

« Que faisons-nous de notre héritage? Le jouons-nous ou le buvons-nous?

— Mieux vaut le boire, chacun en aura sa part. Si nous allions jusqu'à Balingen? Ce serait sagesse de nous faire voir à ces marauds de bourgeois, qui n'auront pas le droit de se moquer de nous à cause de notre mésaventure.

— Certes, et l'on boit au *Mouton d'or* un vin comme il n'en est pas de meilleur sur la table de l'empereur. »

Ils s'en allèrent donc à Balingen, où ils entrèrent à l'hôtellerie du *Mouton d'or;* ils s'enquirent de ce que coûtait le pot de vin, et ils en burent exactement pour la valeur d'un florin, ensuite de quoi Wolf jeta sur la table la pièce reçue la veille et dit :

« Voici qui fait votre compte, l'ami. »

L'hôtelier prit le florin, le regarda de pile, le regarda de face, et répliqua en souriant :

« Voilà ce qui vous revient, Messires, de l'héritage de votre frère. »

« Certes, il ferait mon compte, Messire, s'il n'était au cerf; mais il est arrivé hier soir un édit qui est publié de ce matin et qui déclare cette monnaie dépréciée en notre ville de Balingen, laquelle appartient de ce jour au duc de Wurtemberg. Vous plaise donc de m'en donner un autre. »

Alors les jumeaux pâlirent.

« Paye, dit l'un.

— Tu n'as donc pas d'argent? » riposta l'autre.

Bref, ils durent s'en aller en restant les débiteurs de l'hôtelier. Ils reprirent silencieusement le chemin du logis, mais quand ils furent sur le bord de l'étang, à l'endroit où il fallit obliquer à droite pour Hohenzollern et à gauche pour Schalcksberg, le petit Schalck dit :

« Eh bien, que t'en semble, Wolf? L'héritage ne valait pas même un florin de bonne monnaie, et le vin encore moins que l'héritage.

— Ce qui fait que la vieille socière ne s'était point trompée.

— Je le sais bien.

— Imbécile!... »

Et les fils du bourru se séparèrent, mécontents d'eux-mêmes autant que de tout le monde.

IV

OU L'AUBERGISTE INSPIRE DE MOINS EN MOINS CONFIANCE
AUX VOYAGEURS

« Jour de Dieu! s'exclama le roulier, vous avez joliment bien fait de ne pas vouloir jouer une partie de cartes. Pour ma part, j'ai si bien écouté que je ne serais pas en peine de répéter ce récit à mes camarades sans en passer un seul mot.

— Il m'a remis quelque chose en mémoire, ajouta l'étudiant.

— Contez-le-nous, s'empressèrent de dire l'orfèvre et le ciseleur.

— Comme vous voudrez, car il m'est égal que mon tour vienne maintenant ou plus tard. C'est une histoire qui a dû arriver dans la région même où nous nous trouvons. »

Il s'assit commodément, et déjà il ouvrait la bouche pour commencer, quand la femme qui filait près du poêle mit son rouet de côté et vint à eux en disant :

« Neuf heures viennent de sonner, Messieurs, et c'est le moment de nous coucher.

— Nous ne te retenons pas, répliqua l'étudiant; quand tu nous

auras donné une autre bouteille, tu pourras te coucher si bon te
semble.

— Ce que vous me demandez là n'est pas possible, Monsieur,
fit-elle avec aigreur; une aubergiste ne se couche pas tant qu'elle a
du monde. Enfin, je vous prie de vous dépêcher et de monter à vos
chambres; ici on n'a pas l'habitude de boire après neuf heures.

— Ma parole, voilà une drôle d'idée, la patronne, dit à son tour
le ciseleur; voyons, qu'est-ce que cela peut vous faire que nous
buvions votre vin pendant que vous dormirez? Vous n'avez aucune
peur que nous nous en allions sans payer, ou que nous emportions
la maison sur notre dos?

— Gardez vos réflexions pour vous, riposta-t-elle durement, je
n'ai pas l'habitude de me laisser mener par le premier compagnon
venu, entendez-vous? C'est trop fort! Est-ce que vous croyez que je
vous laisserai faire ce qu'il vous plaira chez moi, parce que vous
dépensez quelques sous? Allons, je vous dis qu'il faut se coucher. »

Le ciseleur voulait avoir le dernier mot certainement, mais
l'étudiant le regarda d'une façon significative en clignant des yeux.

« Enfin, ma brave femme, puisque tu y tiens, nous nous cou-
chons. Donne-nous de la lumière.

— Je n'en ai point d'autre que ce bout de chandelle; et il faudra
que vous en ayez assez, Monsieur. Pour les autres, ils trouveront
bien leurs lits sans lumière. »

L'étudiant prit le chandelier et se leva. Les autres se levèrent
également; les compagnons s'emparèrent de leurs sacs, et tous
suivirent l'étudiant, qui les éclairait pour monter l'escalier.

Quand ils furent en haut, il leur fit signe d'entrer dans la
chambre, qu'il avait ouverte vivement.

« Cette fois, dit-il, nous ne pouvons plus en douter, nous sommes vendus. Avez-vous vu comme elle était pressée de nous renvoyer? Elle s'est arrangée de manière à ce que nous ne puissions

veiller; le calcul n'est pas mauvais pour que les autres aient la besogne plus facile.

— Comment faire? demanda Félix. Dans le bois nous serions moins exposés qu'ici.

— Sans doute, mais il n'est pas possible de gagner le bois, car les fenêtres sont aussi bien grillées que celles d'en bas. Il n'y a donc qu'un moyen de sortir, c'est de passer par la porte; et je doute qu'elle nous l'ouvre de bon gré.

— On peut toujours voir, fit le roulier; je vais descendre; et si je puis arriver dans la cour, je reviens vous chercher. »

Tous approuvèrent, et le roulier, s'étant déchaussé, descendait l'escalier avec les plus grandes précautions. Il était parvenu déjà à la moitié sans donner l'éveil, quand, au tournant du pilier, il fut happé au passage par un dogue énorme, qui lui mit les pattes sur les épaules et lui

Il fut happé par un dogue énorme.

présenta à la hauteur des yeux deux rangées de crocs formidables. Le pauvre homme n'osait plus faire un mouvement par crainte de se voir pris à la gorge; le chien se mit à aboyer et la femme parut avec un flambeau à la main.

« Où allez-vous? Qu'est-ce que vous voulez? demanda-t-elle.

— J'ai oublié quelque chose dans ma voiture, répliqua le rou-

lier en tremblant de tous ses membres, car lorsque la porte s'était
ouverte, il avait eu le temps d'entrevoir quelques compagnons à
mines sinistres qui avaient des fusils au poing.

— Vous auriez dû vous en apercevoir plus tôt, grommela la
femme; à bas, Turc. Ferme la grande porte, Jacques, et éclaire cet
homme jusqu'à sa voiture. »

Le chien se laissa retomber sur ses pattes et se coucha en travers de l'escalier; pendant ceci, le valet avait fermé la grande
porte, et le roulier put se rendre à son chariot. Mais il ne fallait
certainement pas songer à s'échapper, et par bonheur le brave
homme se souvint à temps d'un paquet de flambeaux de cire qu'il
avait commission de porter à la ville voisine.

« Avec le bout qu'elle nous a donné, se dit-il, nous n'en avons
pas pour plus d'un quart d'heure, et il nous faut de la lumière, il
nous en faut à tout prix. »

Il prit donc deux flambeaux, qu'il glissa habilement dans ses
manches, puis il s'empara de sa limousine, qu'il voulait jeter sur
son lit, parce que la nuit ne serait pas chaude, fit-il observer au
valet.

Quand il fut de retour, il raconta l'aventure qui lui était
arrivée.

« C'est notre dernière nuit, conclut-il avec un gémissement.

— J'ai de la peine à le croire, répliqua l'étudiant; ce n'est pas
pour le peu que nous avons sur nous qu'on assassine quatre hommes. En tout cas, nous ne nous défendrons pas, c'est entendu,
n'est-ce pas? Je puis vous parler ainsi, car c'est moi qui perdrai le
plus; mon cheval est déjà entre leurs mains, et il m'a coûté cinquante ducats la semaine dernière; je leur abandonne volontiers
mes habits et ma bourse, car je tiens à m'en tirer avec tous mes
membres.

— Vous en parlez à votre aise, riposta le roulier; ce qu'ils

vous prendront est à vous, et vous le remplacerez quand vous voudrez. Moi, ce n'est plus du tout la même chose; je suis messager
à Aschaffenbourg, ma voiture est pleine de marchandises qui ne
m'appartiennent pas, et j'ai à l'écurie deux beaux chevaux qui sont
toute ma fortune.

— Je suis d'avis qu'ils ne vous feront rien, dit l'orfèvre; ils
s'exposeraient à trop de représailles s'ils s'attaquaient à un messager public. Pour moi, je ferai comme monsieur, je donnerai ce
que j'ai et je promettrai de ne rien dire, de ne pas me plaindre,
plutôt que d'en venir aux mains avec des gens comme eux. »

Le roulier tira ses flambeaux de sa manche, et, les ayant fixés
sur la table, il en alluma un en reprenant :

« Il n'y a qu'à attendre les événements et à faire de son mieux
pour ne pas s'endormir. Est-ce vous qui nous contez quelque chose,
Monsieur l'étudiant?

— Sans doute, et je commence tout de suite, si vous le voulez
bien.

— Nous écoutons. »

V

VÉRIDIQUE HISTOIRE D'UN CŒUR DE PIERRE

La forêt Noire où nous sommes de passage est un pays curieux, non seulement parce qu'on y rencontre à chaque pas des quantités de sapins vraiment magnifiques, mais encore parce que les gens n'y ressemblent pas aux autres gens des pays voisins.

Ils sont certainement plus grands que le commun des hommes, avec de larges épaules et des membres musculeux; on dirait que l'air balsamique qu'ils sont habitués à respirer dès leur plus tendre enfance leur donne une poitrine plus profonde, un regard plus perçant, une nature plus énergique, mais aussi plus âpre et plus fruste que celle des habitants de la plaine ou des vallées. Mais ce n'est pas uniquement par la taille et le maintien qu'ils se distinguent de leurs voisins; c'est encore plus par les coutumes et la manière de se vêtir. Les costumes les plus pittoresques sont ceux de la région badoise : les hommes y laissent croître leur barbe telle qu'elle vient; leurs vestes noires, leurs larges braies à petits plis, leurs bas rouges et leurs chapeaux pointus à grands bords leur donnent quelque chose d'à la fois bizarre, sévère et respectable. Ils

sont principalement verriers, mais ils font aussi des horloges qui
se vendent dans tous les coins du monde.

Sur l'autre versant, c'est toujours la même race, mais ce ne
sont plus les mêmes occupations. Les habitants vivent de la forêt ;
ils abattent et ils dressent leurs sapins, qu'ils flottent ensuite ; de la
Nagold ils descendent dans le Neckar, du Neckar dans le Rhin et
ils s'en vont ainsi jusqu'en Hollande, où les hommes de la forêt
Noire et leurs trains de bois sont bien connus. Ils font halte dans
toutes les villes qui se trouvent sur le parcours, et ils attendent
fièrement qu'on vienne leur acheter leurs poutres et leurs planches ;
les plus beaux morceaux sont pour les charpentiers, qui les leur
payent gros et en font de solides vaisseaux. Ce sont des gens endur-
cis et faits à cette pénible existence ; leur bonheur est de descendre
ainsi les fleuves sur les trains de bois, leur chagrin de s'en revenir
à pied vers le pays. Leurs costumes des fêtes ne ressemblent pas du
tout à celui de leurs frères les verriers : leurs vestes sont de toile
foncée, leurs culottes de cuir noir, soutenues par des bretelles
vertes larges comme la main ; un pied de charpentier en cuivre sort
à demi de leur poche ; mais ce dont ils se montrent le plus vaniteux,
c'est de leurs bottes, des bottes comme on n'en voit de pareilles
nulle part ailleurs probablement : elles montent de deux empau-
mures au-dessus du genou, et les flotteurs peuvent patauger dans
l'eau sans se mouiller les pieds. Il n'y a pas longtemps encore que
les habitants de la forêt Noire croyaient aux esprits ; on a eu beaucoup de peine à les faire revenir de cette superstition. Ce qui est
assez singulier, d'après eux, c'est que ces esprits s'habillaient suivant les localités où ils se tenaient ; le petit verrier, un esprit bienfaisant qui n'avait pas plus de trois pieds six pouces, portait le
chapeau pointu, les braies, les bas rouges et la veste noire, tandis
que Michel le Hollandais, qui hantait l'autre versant, était un colosse
vêtu tout comme les flotteurs. Des gens qui assurent l'avoir vu

affirment qu'ils n'auraient pas voulu payer de leur poche les veaux
qui avaient fourni la peau de ses bottes, des bottes si grandes,
assurent-ils, qu'un homme de taille ordinaire y serait entré jusqu'au cou.

C'est avec ces deux esprits qu'un jeune homme du pays a eu
des démêlés que je veux vous raconter.

Il y avait une veuve qui s'appelait Barbe, Barbe Munk, dont le
mari avait été charbonnier et qui continuait le métier avec son fils,
un garçon de seize ans. Pierre n'était pas bête; il faisait le métier
parce qu'il n'avait pas appris autre chose avec son père qu'à surveiller sa meule ou à aller vendre son charbon à la ville. Un charbonnier ne manque pas de temps pour réfléchir, pendant que le
charbon se cuit; quand Pierre était assis près de sa meule, les
arbres et le vent lui disaient des choses qu'il ne comprenait pas,
mais qui le rendaient triste à pleurer toutes les larmes de son corps.
Il avait besoin de quelque chose, il voulait quelque chose, il ne
savait pas quoi. A force de réfléchir, il finit par découvrir ce qui
le rendait si triste : c'était son état.

« Être charbonnier, se dit-il, quel pauvre métier!... On n'est pas
regardé comme les verriers, les horlogers, ou même les musiciens
qui jouent au bal le dimanche. Que je me débarbouille à fond, que
je mette ma veste à boutons d'argent, des bas neufs, et que je m'en
aille avec les autres; si on se demande : « Qui est-ce donc, ce garçon
« qui a si jolie tournure? » tout de suite il y aura quelqu'un pour
répondre en riant : « Bah, ce n'est que Pierre Munk, le char-
« bonnier. »

Les flotteurs excitaient aussi l'envie de maître Pierre, bien plus
encore que les verriers et les horlogers. Quand ils arrivaient, tout
cousus d'argent avec leurs boutons, leurs boucles et leurs chaînes,
qu'ils se plantaient commodément sur leurs jambes écartées et
juraient en hollandais et fumaient leurs pipes de Cologne en regar-

dant danser, Pierre se répétait qu'il n'y avait certainement pas de gens plus heureux sur la terre. Mais quand ils plongeaient dans leurs poches, qu'ils en retiraient les écus à pleine poignée, qu'ils perdaient cinq florins par-ci, dix florins par-là, Pierre sentait le cœur lui manquer, et il s'en allait. Que de fois il avait vu l'un ou l'autre de ces richards gaspiller en une soirée beaucoup plus que le père Munk n'en avait gagné en une bonne année!... Il y en avait trois surtout que Pierre jalousait plus particulièrement. Le premier était un gros rougeaud qui passait pour l'homme le plus cossu de la forêt et qu'on appelait le gros Ézéchiel. Deux fois par an il descendait en Hollande avec son train de bois de charpente; il vendait tout à Amsterdam et s'y prenait si adroitement qu'il vendait toujours plus cher que les autres et s'en revenait par bateau lorsque les autres s'en revenaient tout bonnement à pied. Le deuxième était l'homme le plus long et le plus maigre de la contrée, de sorte qu'on ne le connaissait que sous le nom du grand Schlurker : Pierre admirait franchement l'effronterie du grand Schlurker, qui, aussi mince qu'un échalas, n'en tenait pas moins la place de quatre à l'auberge, en étalant ses coudes pointus sur les tables, ou en allongeant ses jambes décharnées sur les bancs. Comme il était riche à ne pas savoir que faire de sa fortune, on ne s'avisait jamais de le contrarier. Le troisième était un beau garçon qui n'avait pas son pareil pour bien danser et qu'on avait surnommé le Roi des bals. Longtemps ce n'avait été qu'un pauvre diable d'ouvrier charpentier, puis il était devenu fort riche du jour au lendemain; les uns disaient qu'il avait trouvé une cachette dans le bois; les autres, qu'il avait retiré du Rhin, près de Bingen, d'un coup de sa gaffe, un gros paquet de pièces d'or qui devait faire partie du trésor des Niebelungen. Bref, il était fort riche, et partant fort considéré.

Pierre pensait souvent à eux près de sa meule, et il aurait donné beaucoup pour être aussi bien loti qu'eux. Sans doute ils avaient bien leurs défauts : on leur reprochait surtout d'être d'une avarice incroyable, d'une férocité impitoyable envers leurs débiteurs : les habitants de la forêt Noire sont de braves gens qui

« Quel pauvre métier que celui de charbonnier! » disait Pierre.

aiment à se rendre service. On les détestait, mais on les respectait : comment ne pas respecter des gaillards qui jetaient l'argent par les fenêtres ?

« Non, il n'est pas possible que les choses aillent plus longtemps ainsi, se dit enfin le pauvre Pierre (c'était au lendemain d'une

fête où tout le monde n'avait pas regardé à la dépense). Sûrement je
me détruirai si je ne sors pas de là avant que ce soit long. Si seulement je pouvais devenir aussi riche et aussi considéré que le gros
Ézéchiel,... ou aussi hardi et aussi important que le grand Schlurker,... ou aussi comme il faut et aussi recherché que le Roi des
bals... Sans compter que ce sont des écus qu'il jette aux musiciens
quand il danse... Où diable déniche-t-il bien tout cet argent?...

Et Pierre se creusa la cervelle pour découvrir un bon moyen
de faire fortune; mais de tous ceux qui lui revinrent à la mémoire,
aucun ne lui sourit. Tout à coup il se rappela les légendes du bon
vieux temps, qui racontaient comment un tel et un tel avaient été
enrichis subitement par le petit verrier ou Michel le Hollandais. Du
vivant de son père, on voyait encore des gens venir bavarder un
instant avec le charbonnier et la charbonnière : bien des fois il avait
été question des gens riches et de la façon dont ils avaient eu leurs
richesses, et bien des fois aussi le petit verrier et le Hollandais
avaient joué leur rôle dans ces histoires. En cherchant bien, Pierre
remettrait sûrement la main sur la parole qu'on devait dire au pied
du Grand-Sapin, pour que le petit verrier se montrât :

> Petit homme de cent ans,
> Qui gardes l'or là dedans
> Sous les racines des sapins...

Mais il avait beau chercher, il ne trouvait jamais la fin. Souvent il fut sur le point de questionner un vieux ou l'autre, mais
chaque fois il recula par crainte de faire rire de lui en laissant
deviner ce qui le préoccupait tant. D'un autre côté, il se répétait
que la légende du petit verrier devait être à peu près oubliée de
tout le monde; que la parole devait l'être encore davantage, puisqu'il n'y avait pas beaucoup de gens riches en forêt Noire. Un jour,
il amena habilement sa mère à parler du petit verrier; elle lui

raconta ce qu'il savait déjà. Elle se souvenait encore mieux que lui
de la parole; mais elle ajouta cependant que le petit verrier ne se
montrait qu'aux personnes nées un dimanche entre onze heures et
deux heures.

« C'est dommage que tu ne connaisses pas la parole, conclut-
elle, car tu es venu au monde un dimanche au coup de midi. »

Quand il entendit cela, Pierre ne se sentit plus de joie, et brûla
du désir de tenter l'aventure. Il se figura que le petit verrier ne
devait pas y regarder de si près : du moment qu'il était né un
dimanche à midi, et qu'il savait presque la formule magique, ce
serait bien suffisant pour décider le verrier à se montrer.

Un jour donc qu'il avait vendu son charbon, il mit son plus bel
habit et des bas rouges tout neufs; au lieu d'allumer une nouvelle
meule, il se coiffa de son meilleur chapeau, prit sa canne d'épine
noire et dit à sa mère :

« Je m'en vais voir jusqu'à la ville, maman. Il faudra bientôt
tirer au sort, et je tiens à ce que le bailli n'oublie pas que vous êtes
veuve et que je suis votre fils unique. »

La bonne vieille le crut sur parole, naturellement; mais Pierre
prit le chemin du Grand-Sapin et non celui de la ville. Le Grand-
Sapin est un endroit fort élevé et fort retiré, si retiré que l'on ne
trouverait pas un village à deux lieues à la ronde, pas même une
méchante cabane, vu que les habitants sont trop superstitieux pour
demeurer dans un pareil voisinage. L'endroit méritait bien son nom,
tant les arbres y étaient beaux : cependant on n'allait guère y
abattre : toutes sortes de malheurs y arrivaient aux bûcherons,
assurait-on : tantôt les cognées se démanchaient et entraient dans
les pieds des hommes, au lieu de s'enfoncer dans le bois; tantôt
les arbres attaqués tombaient si brusquement que souvent mort
d'homme s'ensuivait. D'ailleurs on ne pouvait s'en servir que pour
se chauffer, car les flotteurs n'auraient pas pris pour rien la plus

7

belle pièce, si elle venait du Grand-Sapin : la légende voulait qu'un simple morceau de ce canton fît périr entièrement le train le plus solide et le mieux agencé.

Les sapins y étaient donc si serrés et si hauts, qu'il y faisait noir en plein jour, et que Pierre ne se sentait nullement à son aise en se risquant dans ces parages. Pas un coup de hache, pas un bruit, pas un cri d'oiseau : de plus hardis eussent été impressionnés ni plus ni moins que lui.

Pierre monta, monta, puis, quand il fut tout en haut de la montée, il se trouva en présence d'un sapin comme il n'en avait pas encore vu de pareil certainement, et qu'un constructeur hollandais eût payé une somme fabuleuse sans aucun doute.

« Ce doit être là, » se dit le garçon.

Il ôta poliment son chapeau, toussa pour se donner du courage et salua respectueusement du côté de l'arbre :

« Je vous souhaite bien le bonsoir, Monsieur le verrier. »

Il attendit pour savoir si on n'allait pas lui répondre, mais rien ne vint.

« Il faut peut-être que je récite les paroles tout de suite, » pensa-t-il.

Et il reprit :

> Petit homme de cent ans,
> Qui gardes l'or là dedans,
> Sous les racines des sapins...

Comme il marmottait ces mots entre ses dents, il remarqua, à sa plus grande frayeur, un tout petit homme qui se penchait derrière le tronc pour le regarder : ce ne fut pas plus long qu'un éclair, mais il eût mis sa main au feu qu'il venait d'entrevoir le verrier : c'était bien le chapeau pointu, la veste noire, les bas rouges dont on lui avait parlé, et aussi la figure grosse comme rien, mais fine et intelligente, que le verrier devait avoir.

« Monsieur le verrier, s'écria Pierre, vous seriez bien gentil de
ne pas vous gausser de moi, si c'était un effet de votre bonté. Sans
compter que vous êtes joliment dans l'erreur, Monsieur le verrier,
si vous croyez que je ne vous ai pas vu derrière votre sapin... »

Mais le verrier n'entendait pas, ou, s'il entendait, ne se pressait
nullement de faire ce qui lui était demandé, si bien que Pierre finit
par perdre patience et oublier sa frayeur.

« Attends, petite canaille, fit-il, je t'apprendrai à te moquer
de moi. »

Il fut d'un saut de l'autre côté du sapin, et... pas de verrier :
rien qu'un écureuil qui se dépêchait de gagner les premières
branches.

Pierre hocha la tête; décidément, c'était une affaire manquée.
Il avait été bien près de réussir pourtant, et s'il avait su les paroles
jusqu'au bout... Comment diable était-ce? Mais il eut beau se
creuser l'esprit, il ne trouva pas la fin. L'écureuil s'était campé de
manière à ne pas laisser échapper un seul mouvement du jeune
homme; il le regardait d'un air qui pouvait sembler aussi ironique
qu'encourageant, tout en s'éventant doucement de sa belle queue
déployée et en faisant un bout de toilette. Pierre vit que ce ne pouvait être un écureuil comme les autres, car l'animal lui paraissait
tantôt coiffé d'un chapeau pointu, tantôt chaussé de bas rouges et
de souliers noirs, si bien que Pierre prit peur.

Maître Pierre détala donc d'un pas plus allongé qu'en arrivant; puis, comme l'obscurité devenait de plus en plus profonde,
et que les sapins étaient de plus en plus serrés, Pierre n'eut pas
honte de passer du pas au trot et du trot au galop : il ne fut plus
tranquille qu'en apercevant au loin devant lui la fumée sortant d'un
toit caché derrière des arbres. Mais il fut tout décontenancé en
remarquant, au costume des gens, que, dans son trouble, il s'était
trompé de chemin en s'éloignant du Grand-Sapin : au lieu de redes-

cendre chez les verriers, il était descendu chez les flotteurs. Il entra cependant; la chaumière appartenait à un bûcheron qui y vivait avec sa femme, ses enfants et son père. Toute la famille lui fit bon accueil, sans s'informer ni de son nom ni de son village; on lui versa du cidre et on fit rôtir un gros coq de bruyère, ce qu'il y a de meilleur comme gibier en forêt Noire.

VI

MICHEL LE HOLLANDAIS

Après le dîner, la femme et les filles s'assirent avec leurs que-
nouilles autour de la torche de sapin, que les gamins entretenaient
avec de la résine; les jeunes gens se mirent à tailler des fourchettes
et des cuillers dans du bois, tandis que le père, le grand-père et
Pierre causaient en fumant leur pipe. Il faisait dehors un temps
abominable, un vent à jeter par terre les arbres les plus vigoureux,
et quelquefois on entendait des craquements aussi forts que des
coups de canon. Les garçons, qui étaient des gaillards à ne reculer
devant rien, voulaient sortir pour assister à cette scène si extraordinaire, mais le grand-père les en empêcha.

« M'est avis, dit-il d'un ton rude, que ceux qui tiennent à leur
peau feront bien de rester à la maison cette nuit. Michel le Hollandais est sûrement occupé à se construire un train. »

Les jeunes gens fixèrent sur le vieillard des yeux étonnés; ce
n'était certainement pas la première fois qu'ils entendaient prononcer ce nom, mais cette fois ils voulurent en connaître un peu plus

long. Pierre insista de son côté; c'était là une bonne occasion d'en apprendre davantage sur le fameux génie.

« Au fait, qui est-ce que ce Michel le Hollandais? demanda-t-il.

— C'est le maître des bois, et il faut que vous soyez de loin pour être arrivé à votre âge sans le savoir. Pour ma part, je veux bien vous raconter ce que je sais de lui. Il y a de ça plus de cent ans, les gens de la forêt Noire passaient pour les plus braves gens du monde; maintenant on a de l'or plein ses poches, c'est vrai, mais on n'est plus honnête que juste ce qu'il faut. Le dimanche, les gars chantent, boivent, dansent, jurent à vous faire dresser les cheveux sur la tête, et, je vous le répète, la faute n'en est à personne qu'au Hollandais. En ce temps-là vivait un riche marchand de bois qui employait beaucoup d'ouvriers; il faisait des affaires jusque dans le bas Rhin, et son commerce allait tout à fait bien. Un soir, le marchand de bois en question vit entrer chez lui un compagnon comme il n'en avait encore jamais rencontré : il dépassait d'une bonne tête tous les plus grands, de sorte que personne ne se serait figuré qu'il pouvait y avoir des hommes d'une pareille taille. Il demanda de l'ouvrage, et le patron l'embaucha avec empressement; ils s'entendirent sur le salaire et ils topèrent. C'était le Michel, un ouvrier comme le patron n'en avait pas encore eu sûrement; à l'abatage il valait trois hommes sans mentir, et au portage il tenait à lui tout seul le bout d'une pièce qui avait six solides camarades à l'autre bout. Il travailla comme ça pendant six mois; puis un jour il s'en alla trouver le marchand et lui dit :

« — Je voudrais bien voir le pays où va le bois que j'abats : « si vous me laissiez partir avec un train?

« — Je ne veux pas te contrarier, Michel, répondit le marchand; « tu me rendrais plus de service en forêt qu'en rivière, mais pour « une fois, passe.

« Le train avec lequel Michel devait partir était fait des plus

grosses pièces. Mais la veille du départ, Michel en apporta encore
huit si grandes et si lourdes qu'on était vraiment en peine de savoir

Il dépassait d'une bonne tête les plus grands de tous.

où il était allé les chercher; Michel les portait tranquillement,
comme de simples fétus de paille. Le marchand ne se sentait
pas d'aise; il calculait déjà ce que lui rapporteraient ces huit
pièces.

« — C'est pour faire mon voyage, dit Michel; je ne veux pas me
« risquer sur vos méchants copeaux. »

Le marchand était si content qu'il voulut faire cadeau à Michel
d'une paire de bottes neuves; mais Michel les refusa en déclarant
qu'il en avait, — et il en avait vraiment, et des bottes qui pesaient
bien cent livres, et qui avaient bien cinq pieds de haut, à ce que
m'a dit mon défunt grand-père.

« Si Michel avait étonné les bûcherons, il étonnait maintenant
les flotteurs; on avait cru au commencement qu'avec un train comme
le sien on n'avancerait pas vite, et c'était tout le contraire : jamais
le train n'avait filé avec une pareille vitesse. Aux autres voyages,
les flotteurs avaient fort à faire dans les tournants pour se maintenir au milieu du courant; cette fois, rien de tout ça : Michel sautait
à l'eau, donnait un coup d'épaule, et le train passait comme par
enchantement. Quand la rivière coulait en ligne droite, Michel courait prendre la tête, et il poussait si vigoureusement de la gaffe
qu'on ne voyait plus ni arbre, ni villages, ni rien. Comme bien
vous pensez, ils mirent moitié moins de temps que d'habitude pour
descendre jusqu'à Cologne, où les flotteurs vendaient ordinairement leurs bois.

« — Vous êtes des garçons qui me plaisez, leur dit Michel, et je
« veux vous donner un bon conseil. Est-ce que vous vous imaginez
« que les gens de Cologne emploient tout ce que vous leur amenez?
« Non, n'est-ce pas? Ils en revendent la bonne moitié en gagnant
« gros dessus. Débarrassons-nous de nos plus petites pièces ici,
« et allons avec le reste jusqu'à Rotterdam. Ce que nous obtiendrons
« en plus du prix courant sera pour nous. »

« Les autres ne demandèrent pas mieux, naturellement; il y
en eut un cependant pour leur représenter qu'ils faisaient mal en
exposant ainsi ce qui ne leur appartenait pas et en trompant leur
maître; ils ne tinrent pas compte de ses observations, mais Michel

ne les oublia pas. Ils ne mirent pas grand temps pour arriver à Rotterdam ; car c'était Michel qui menait le train ; on leur donna de leur bois quatre fois ce que les gens de Cologne leur avaient donné jusque-là, et ils en éprouvèrent une telle joie qu'ils ne savaient ce qu'ils devaient en croire. Mais Michel en fit quatre parts : une pour le marchand et trois pour eux ; puis ils s'amusèrent et firent ripaille dans les cabarets avec les marins et les compagnons de même genre. Pour celui qui avait trouvé à redire au plan de Michel, Michel le vendit à un capitaine qui faisait la traite, et personne n'entendit plus parler de lui. A partir de ce jour-là, la Hollande fut le paradis pour les gars de la forêt Noire, et Michel en fut comme le roi. Les patrons n'apprirent que beaucoup plus tard ce qui se passait, et c'est de cette façon que l'argent, l'ivrognerie, le jeu et toutes les mauvaises habitudes vinrent dans le pays.

« Le pot aux roses finit par se découvrir, naturellement ; quand la chose arriva, le Michel n'était plus nulle part, mais il n'était pas mort cependant. Depuis cent ans et plus il est dans la forêt ; et les gens disent qu'il a aidé plus d'un à s'enrichir du jour au lendemain, aux dépens de leur salut éternel, cela va sans dire. Ce qui est sûr, c'est qu'il travaille pour son compte dans les mauvaises nuits ; mon grand-père l'a vu casser un gros sapin en deux comme une baguette. Il les donne à ceux qui s'adressent à lui : au coup de minuit, il met les trains à l'eau, et ils s'en vont de compagnie en Hollande. Moi, voyez-vous, si j'étais le roi, je ne voudrais pas qu'il entrât une seule pièce de Michel dans la Hollande, parce que tous les navires qui en ont dans leurs membrures, si peu que ce soit, finissent par périr. Autrement, est-ce que des vaisseaux plus grands que des églises pourraient faire naufrage ? Seulement, voilà : chaque fois que le Michel abat un de ces arbres, une des pièces qui se trouvent en mer saute du coup, et le navire

coule sans rémission. Voilà tout ce que je sais de Michel le
Hollandais ; je puis vous garantir qu'on ne saurait trop dire de
mal de lui, tant il a fait de mal dans le pays. Ah ! il a beau être
riche, ce n'est pas moi qui lui demanderai quelque chose, et je
ne voudrais pas être dans la peau du gros Ézéchiel ou du grand
Schlurker. M'est avis que le Roi du bal doit avoir passé aussi un
marché avec lui. »

Entre temps, la tempête s'était apaisée. Les jeunes filles allu-
mèrent leurs lampes et se retirèrent ; les hommes ne tardèrent pas
à en faire autant, après avoir donné à Pierre un sac bourré de feuilles sèches en guise d'oreiller : Pierre dormirait sur le banc du
poêle.

Jamais Pierre ne fut tourmenté par d'aussi mauvais rêves que
cette nuit-là. Tantôt il voyait Michel le Hollandais enfoncer la fenêtre, et lui tendre au bout d'un bras gigantesque une énorme bourse
qu'il faisait sauter et carillonner ; tantôt c'était le petit verrier qui
chevauchait par la chambre sur une bouteille colossale ; tantôt le
rire qu'il avait entendu au Grand-Sapin lui sonnait à l'oreille, et
tantôt des voix enrouées lui chantaient à tue-tête les refrains des
flotteurs partant pour la Hollande. Puis, c'était une voix fluette
qui lui murmurait à l'autre oreille :

« Imbécile de charbonnier, tu ne trouves pas un mot qui rime
avec sapins ? C'est bien la peine d'être né coiffé... Mais rime donc,
imbécile de Pierre, rime donc... »

Et Pierre s'agitait, et Pierre haletait, et Pierre cherchait une
rime à sapins ; mais comme il n'avait rimé de sa vie, il n'en trouvait pas.

Quand il se réveilla à l'aube, il se souvint de son rêve et il
en fut frappé. Il s'accouda sur la table, et se répéta ce qu'il s'était
entendu redire tant de fois au courant de la nuit :

« Rime donc, imbécile de charbonnier, rime donc... »

Il se frappait le front avec le poing, mais inutilement : la rime ne venait pas.

Comme il était là à se torturer le cerveau, trois garçons passèrent sous la fenêtre. L'un des trois chantait ce couplet d'une chanson :

> J'étais sur la colline
> A l'ombre des sapins,
> Quand je vis Madeline
> Faire adieu des deux mains.

Pierre, qui craignait de n'avoir pas bien compris, se précipita dehors et saisit le chanteur par le bras :

« Dites donc, camarade, qu'est-ce que vous me chantez là? Répétez-le donc, s'il vous plaît.

— Qu'est-ce qu'il te prend? riposta l'autre ; je chante ce que je veux, et si tu ne me lâches pas tout de suite...

— Répétez d'abord ce que vous chantiez, » répliqua Pierre, qui avait peur de voir sa rime lui échapper, et qui se cramponnait au bras du jeune homme.

Sur quoi les deux autres lui tombèrent dessus à bras raccourcis et le bourrèrent de si bons coups de poing qu'il lâcha. prise et s'allongea au beau milieu du chemin.

« Tu as ton compte? lui demandèrent-ils en riant. Une autre fois tu te tâteras avant de chercher chicane à des lapins comme nous, mon petit.

— Je n'y manquerai pas, reprit Pierre d'une voix lamentable ; mais à présent vous voudrez peut-être bien répéter la chanson que vous chantiez? »

Ils se moquèrent de lui, mais le chanteur recommença pourtant son couplet pendant qu'ils s'éloignaient.

« Mains, sapins, mains, sapins, se redisait Pierre en se remettant sur pied tant bien que mal ; maintenant, mon petit verrier, nous allons causer un brin ensemble. »

Il rentra pour prendre son chapeau et sa canne et remercier les braves gens qui lui avaient offert l'hospitalité. Puis il se mit en route pour le Grand-Sapin, sans se presser toutefois, car il n'avait pas encore le vers qui devait compléter sa formule. Il était déjà sous bois quand il le tint enfin; et il en ressentit un tel contentement que tout de suite il fit une belle cabriole. Du même coup il releva les yeux et faillit tomber à la renverse d'épouvante en remarquant qu'un grand gaillard l'accompagnait sans rien dire. C'était un colosse portant le costume des flotteurs, et ayant une bonne tête de plus que les plus grands rencontrés par le pauvre Pierre; il avait sur l'épaule une gaffe aussi forte et aussi haute qu'un mât, et les grandes bottes dans lesquelles s'enfonçaient les jambes de son pantalon de cuir ne pouvaient être chaussées que par Michel le Hollandais. Pierre était bien sûr de son homme; il n'était pas à son aise, le pauvre Pierre; et c'est à peine s'il osait couler de temps en temps un regard oblique du côté de son compagnon.

« Qu'est-ce que tu vas faire au Grand-Sapin, Pierre Munck? demanda enfin le géant d'une voix terrible et profonde.

— Mais je m'en retourne à la maison, pays, répliqua bravement le malheureux Pierre, qui tremblait de tous ses membres, mais qui ne voulait pas le laisser voir.

— Pierre Munck, reprit le Hollandais en lui lançant un regard furibond, ce n'était pas ton chemin de passer par le Grand-Sapin.

— Pas tout à fait, bien sûr, mais comme il va faire chaud, je me suis dit que ce serait plus agréable de prendre par là.

— Ne mens pas, Pierre Munck, ou je te mets en miettes avec ma gaffe, tonna Michel, qui se radoucit néanmoins pour continuer : Tu crois donc que je ne t'ai pas vu faire des bassesses près du petit? Ma parole, c'est heureux pour toi que tu n'aies pas su la formule, car c'est un avaricieux qui ne donne jamais grand'chose, et ce qu'il donne ne rend personne heureux. Pierre, tu me fais de la peine : un garçon gentil et intelligent comme toi, en être réduit à cuire du charbon, faute de quelques écus pour commencer quelque chose! Quand les autres jettent les écus et les ducats à poignées, c'est à peine si tu as quelques sous à dépenser : est-ce une vie, ça ?

— Bien sûr que non, déclara Pierre avec un accent pénétré.

— S'il ne dépend que de moi pour rendre ton sort meilleur, tu peux être tranquille, poursuivit le formidable flotteur d'un air bon enfant. De toi à moi, combien de centaines d'écus te faudrait-il pour commencer? Ne te gêne pas, tu ne serais pas le premier à qui je tirerais une épine du pied, je t'en réponds. »

En même temps, le Hollandais enfonça sa main dans sa poche, et les pièces d'or firent entendre la jolie musique qu'elles avaient carillonnée aux oreilles de Pierre pendant la nuit. Pourtant Pierre tremblait de plus en plus ; des coups de chaleur et des sueurs froides lui passaient dans les membres : il regardait le Michel du coin de l'œil ; et il trouvait que le Michel n'avait pas la mine d'un homme qui donne des centaines d'écus uniquement pour rendre service aux gens, sans rien réclamer en retour. Il se souvint de ce que le vieillard avait dit la veille au sujet des richards aidés par Michel ; et il se pressa de répliquer :

« Vous êtes bien honnête, mon bon Monsieur, mais je vous connais, et je n'ai pas besoin de votre argent ; vous pouvez le garder. »

Pierre se mit à courir autant qu'il avait de jambes ; le Hollandais allongea le pas, tout en grognant d'une voix sourde et menaçante :

« Tu en auras regret, Pierre, tu en auras regret, c'est moi qui te le dis ; car je lis sur ton front que tu me reviendras. Ne cours donc pas si vite... écoute donc un peu... »

Au même instant, Pierre apercevait un petit fossé à quelque distance devant lui, et, au lieu de ralentir son allure, il se dépêcha

davantage. Michel fut obligé de courir tout en sacrant et en jurant ;
Pierre sautait le fossé comme le Michel levait sa gaffe et la rabattait
pour le mettre en miettes, comme il disait. La gaffe se cassa en
deux, absolument comme si elle était venue frapper sur un mur
invisible, et l'un des morceaux tomba près de Pierre. Le jeune
homme se mit à rire et se baissa pour ramasser l'éclat ; mais
au même moment il s'aperçut que c'était un énorme serpent, qui
se redressa en sifflant et s'enroula vivement autour du bras de
Pierre.

Le pauvre charbonnier laissa échapper un grand cri et il se
croyait déjà perdu, quand un coq de bruyère gigantesque fondit
sur le serpent, lui happa la tête d'un coup de bec et s'enleva en
emportant le reptile.

Michel hurlait et blasphémait comme un païen au bord du
fossé qu'il ne pouvait franchir probablement.

Pierre continua son chemin avec beaucoup de peine, car il se
sentait épuisé et tout tremblant ; bientôt le terrain devint plus acci-
denté, la forêt plus noire, le jeune homme ne tarda pas à se retrouver devant le grand sapin de la veille. Il adressa les même poli-
tesses au petit verrier, puis débita son couplet :

> Petit homme de cent ans,
> Qui gardes l'or là dedans
> Sous les racines des sapins,
> Viens-t'en, je t'en prie, à deux mains.

« Ce n'est pas tout à fait cela, mais ça passera parce que c'est
toi, Pierre Munck, » dit près de lui une voix fluette.

Pierre se retourna avec surprise et vit sous un sapin un petit
vieux, qui était assis et qui fumait dans une toute petite pipe en
verre bleu. Le petit vieux avait un visage plein d'intelligence et de
bonté, une grande barbe fine comme du fil d'araignée, une veste
noire, des bas rouges et un chapeau pointu. En s'approchant, Pierre

reconnut que ses vêtements étaient en verre de couleur comme la pipe, mais en verre aussi souple que s'il était encore en fusion, car il se prêtait à tous les mouvements du vieux.

« Alors tu as rencontré cette grande canaille de Michel? reprit le verrier en toussotant; il t'a fait une belle peur, hein? Mais je tiens sa baguette magique, et il n'est pas près de la ravoir.

— Oui, Monsieur le verrier, il m'a fait une belle peur, répliqua Pierre en s'inclinant profondément, et si c'est vous qui étiez le coq de bruyère, je vous en remercie bien. Je suis venu vous voir pour vous demander un avis, Monsieur le verrier; comme vous savez, je ne suis qu'un pauvre charbonnier, et on n'a pas l'habitude de gagner des mille ni des cents dans le métier. Aussi je me dégoûte de toujours cuire du charbon, et je voudrais faire mieux que ça. Il me semble que je ne suis pas plus bête que le gros Ézéchiel ou le Roi du bal, qui ont toujours de l'argent plein les poches et plein les mains.

— J'espère bien que tu ne veux pas prendre exemple sur ces gens-là? Ils auront l'air d'être heureux pendant quelques années, mais après? Après, ils n'en seront que plus malheureux, c'est moi qui te le dis, Pierre. Ne méprise pas ton métier; ton grand-père et ton père l'ont fait avant toi, et c'étaient de braves cœurs. Est-ce que par hasard ce serait parce que tu crains le travail que tu es venu me trouver? »

Le petit vieux avait une mine si sévère que le pauvre Pierre perdit contenance et rougit vivement.

« Qu'est-ce que vous pensez là, Monsieur le verrier? répliqua-t-il enfin; je sais bien, allez, que l'oisiveté est la mère de tous les vices. Mais ce n'est pas une raison pour que je ne trouve pas qu'il y a de plus beau métier que le mien sur la terre; un charbonnier n'est pas beaucoup considéré, tandis que les verriers, les flotteurs, les horlogers...

— L'orgueil a perdu bien des gens, reprit le petit vieux d'un ton plus doux, mais franchement les hommes sont de bien drôles de créatures. Jamais ils ne sont contents de la situation dans laquelle ils sont nés ou bien dans laquelle ils ont été élevés : le charbonnier veut être verrier, le verrier désire devenir flotteur, le flotteur marchand de bois, le marchand de bois ne songe qu'à devenir bailli... Enfin, c'est comme ça, et il n'y a rien à y faire. Si tu veux me promettre de travailler ferme, Pierre, je ne demande pas mieux que de t'aider à sortir de là. J'ai l'habitude de donner trois souhaits à tous ceux qui sont nés le dimanche et qui savent me trouver ; les deux premiers sont tout à fait libres, on demande ce qui fait plaisir ; mais, pour le troisième, ce n'est pas la même chose : je me réserve de refuser si le souhait ne me paraît pas raisonnable. Souhaite donc, Pierre ; mais réfléchis bien d'abord.

— Ah ! Monsieur le verrier, c'est bien de la bonté de votre part, et je vais en profiter tout de suite. Du moment que je puis demander ce qui me fait plaisir, je demande de mieux danser que le Roi du bal, et d'avoir toujours dans ma poche la même somme que le gros Ézéchiel aura dans la sienne.

— Imbécile ! s'écria le petit vieux en colère, en voilà un souhait : savoir danser et avoir de l'argent à perdre au jeu !... Ta pauvre mère en sera bien avancée, quand tu sauteras plus haut que le Roi et que tu auras dépensé cent écus à l'auberge. Et toi, qu'est-ce qu'il t'en restera pendant la semaine ? Tu as encore un souhait : fais bien attention à toi cette fois. »

Pierre se gratta l'oreille et dit enfin, au bout d'un instant d'hésitation :

« Eh bien, Monsieur le verrier, je désire avoir la plus belle verrerie de la forêt, avec tout ce qui s'ensuit, et l'argent nécessaire pour la faire marcher.

— C'est tout ? fit le petit vieux d'un air inquiet ; tu ne vois rien d'autre, Pierre ?

— Non, Monsieur le verrier; tout de même si vous vouliez mettre en plus un cheval et un cabriolet...

— Imbécile de charbonnier! s'exclama le Verrier qui lança sa pipe contre un arbre avec tant de force qu'elle fut réduite en poussière; un cheval? un cabriolet? C'est de l'entendement, du bon sens qu'il t'aurait fallu demander, au lieu d'un cheval et d'un cabriolet, car

« Je désire avoir la plus belle verrerie de la forêt. »

c'est de ça que tu aurais le plus besoin, et c'est de ça que tu as le moins. Allons, ne fais pas si triste mine; on verra à ce que tu t'en tires tout de même. Ton deuxième souhait vaut mieux que le premier, beaucoup mieux. Une bonne verrerie nourrit son homme, et si tu sais la mener avec intelligence et habileté, le cheval et la voiture viendront d'eux-mêmes.

— J'ai encore un souhait, Monsieur le verrier; si vous voulez, je pourrai souhaiter l'entendement et le bon sens dont vous parlez.

9

— Non, non, Pierre, tu n'es pas au bout de tes peines, à ce que
je prévois, et plus tard tu seras bien aise de retrouver ton troisième
souhait. Pour le moment, tu vas t'en retourner près de ta mère avec
les deux mille ducats que voilà, ajouta-t-il en sortant une bourse de
sa poche; ne t'avise pas de venir me redemander de l'argent, ou je
te pendrai haut et court au premier sapin. La plus belle verrerie de
la forêt, c'est celle du vieux Wink, qui est mort il y a trois jours;
demain matin tu t'en iras faire une offre, comme ça se fait, et la verrerie sera à toi. Conduis-toi bien, travaille, et j'irai te rendre une
petite visite de temps en temps pour te donner conseil; car tu n'y
entendras rien de rien pour commencer. Mais je te le répète encore,
Pierre, ton premier souhait ne te portera pas chance : un homme
qui veut faire honneur à ses affaires ne va pas à l'auberge. »

Tout en parlant, le petit vieux avait tiré une pipe neuve de sa
poche, l'avait bourrée avec des aiguilles de sapin et allumée à l'aide
d'une grande lentille. Il se mit à fumer rapidement, et il ne tarda pas
à disparaître dans un nuage de fumée bleue qui sentait le tabac de
Hollande et qui montait lentement dans le ciel.

Quand Pierre rentra au logis, il trouva sa mère dans la plus vive
inquiétude : la pauvre femme se figurait qu'on avait fait entrer son
garçon au régiment séance tenante. Pierre lui raconta qu'il avait
fait la rencontre d'un de ses amis, qui lui avait avancé l'argent
nécessaire pour acheter une verrerie. La mère s'en réjouit aussitôt,
en bonne mère qu'elle était; elle était aussi habituée aux visages
barbouillés que la meunière peut l'être aux visages enfarinés, c'est
vrai, mais elle était fière de son fils, et pour lui elle ne voyait rien
de trop beau. Et puis elle serait la mère d'un verrier; elle porterait
de belles robes, et elle irait s'asseoir à l'église parmi les gens
« comme il faut ».

VII

PIERRE DEVIENT UN PERSONNAGE IMPORTANT

Le lendemain, Pierre s'en alla voir les héritiers du vieux Wink, avec lesquels il fut vite d'accord; il garda naturellement les ouvriers qui étaient à l'usine et fit fabriquer du verre jour et nuit. Tout d'abord le métier fut fort au goût de Pierre; il essaya de se mettre au courant, surveilla sérieusement son personnel, fit des rondes quotidiennes, posa des questions qui firent bien rire les verriers, mais qui montraient son envie de se rendre compte. Puis son zèle se relâcha : il ne vint plus que tous les deux jours, puis toutes les semaines, puis tous les mois, puis plus du tout; les ouvriers ne firent que ce qui leur plut, tout en se faisant payer aussi grassement. La faute en était au premier souhait de Pierre, qui dansait en maître et jouait en forcené.

Le dimanche après son expédition au Grand-Sapin, il était allé à l'auberge; il y avait trouvé le Roi du bal, qui émerveillait tous les badauds, et le gros Ézéchiel, qui jouait aux dés à un ducat le point. Pierre tâta son gousset, et il le sentit bourré d'or et d'argent; il fit remuer ses jambes, et il les sentit déliées et nerveuses comme jamais encore il ne les avait eues. Quand la première contredanse

fut finie, il prit une danseuse et s'en alla se placer près de son rival;
si celui-ci faisait des entrechats de trois pieds de haut, il en faisait
de quatre, de sorte que les curieux ne se lassaient pas de les regarder. Mais quand on sut que Pierre avait acheté une verrerie, quand
on le vit jeter des pièces blanches aux musiciens chaque fois qu'il
passait devant l'orchestre; lorsqu'on le vit engager la partie et jouer
gros jeu, les commentaires allèrent leur train : pour l'un, il avait
découvert une cachette dans le bois : pour l'autre, il avait fait un
gros héritage, mais pour tous il fut un personnage digne de respect, et cela tout simplement parce qu'il avait de l'argent. Pour de
l'argent, Pierre en avait, et beaucoup, car, tout en ayant perdu une
vingtaine d'écus, il entendait sa poche faire une aussi joyeuse musique que si cent pistoles y eussent carillonné.

En voyant combien il était considéré maintenant, Pierre ne se
connut plus de contentement; il dépensa sans calculer, donna généreusement aux indigents, parce qu'il savait, par expérience, combien
les pauvres sont malheureux. Le Roi du bal fut entièrement éclipsé,
et Pierre surnommé l'Empereur; les joueurs les plus hardis n'osè-
rent plus se mesurer avec lui. Il joua cependant et perdit beaucoup;
mais comme il ne jouait plus qu'avec Ézéchiel, plus il perdait, plus
il avait d'argent. Quand il perdait vingt ou trente florins d'un coup, il
était sûr que vingt ou trente florins tombaient au fond de sa bourse
au moment où le gros Ézéchiel empochait la somme. Bientôt il eut la
plus détestable réputation dans toute la forêt Noire; il ne fréquenta
plus que des gens de la pire espèce, et Pierre l'ivrogne ou Pierre le
joueur le désignèrent plus souvent que Pierre l'Empereur; car il ne
se contentait plus de boire et de jouer le dimanche seulement : la
semaine lui suffisait tout juste. Naturellement, ses affaires ne prospé-
raient ni ne se soutenaient même dans ces conditions; il fabriquait
bien, mais il ne vendait pas, ou, s'il vendait, c'était à vil prix,
pour désencombrer ses magasins et se procurer l'argent de la paye.

*
* *

Or, un soir qu'en revenant de l'auberge il réfléchissait tristement à sa situation, malgré les nombreuses bouteilles de vin qu'il
avait bues afin de s'étourdir, il s'aperçut qu'on le suivait; il se
retourna et reconnut le petit verrier. Aussitôt il se mit en colère et
accabla le petit génie des reproches les plus amers, disant que,
s'il en était réduit là, personne autre que le verrier n'en était la
cause.

« Bien sûr, poursuivit-il, j'ai un cheval avec un cabriolet, je
suis maître verrier, j'ai du verre par tas, après? La belle jambe que
ça m'aura fait!... J'étais bien plus heureux et bien plus tranquille
quand j'étais charbonnier; au moins je n'appréhendais pas que le
bailli vienne me saisir et me vendre tout pour payer mes dettes.

— Ah! c'est comme cela? répliqua le verrier; alors c'est moi
qui suis cause de ton malheur? moi qui suis cause de tout, enfin?
Alors, c'est ainsi que tu me remercies de ce que j'ai fait pour toi?
C'est de ma faute aussi peut-être si tu n'as rien trouvé de mieux
à souhaiter pour commencer? de ma faute aussi si tu n'as pas su
mieux t'y débrouiller? Je te l'avais dit pourtant, Pierre, c'était de
l'entendement et du bon sens qu'il te fallait; mais tu n'as voulu en
faire qu'à ta tête, et c'est de ta propre faute si tu en es arrivé là.

— A vous entendre, je serais plus bête que la plus bête des
bêtes, riposta Pierre avec violence; mais ce n'est pas tout ça, mon
bonhomme, continua-t-il en le saisissant brusquement au collet et
en le secouant, je te tiens là, et je veux que tu remplisses tout de
suite le dernier souhait qui me revient. Tu vas me compter là, tout
de suite, deux cent mille beaux écus ou... Aïe... »

Il lâcha prise, car le verrier s'était changé tout d'un coup en

verre liquide, et Pierre avait eu la main affreusement brûlée. Quant
au verrier lui-même, il avait disparu sans laisser de traces.

Les douleurs cuisantes que Pierre endura pendant plusieurs
jours lui rappelèrent combien il avait été ingrat; puis il étouffa les
cris de sa conscience, et se consola en se disant que si l'on vendait
tout chez lui, il aurait toujours pour lui la ressource du gros
Ezéchiel.

Pierre ne se dit pas qu'un jour pouvait venir où le gros Ézéchiel n'aurait plus un sou vaillant en poche. Ce jour arriva pourtant,
et ce jour-là on fut témoin d'une curieuse opération d'arithmétique.

* *

Comme il arrêtait sa voiture devant l'auberge, un dimanche,
quelques buveurs mirent la tête à la fenêtre.

« Voilà Pierre le joueur, dit l'un.

— L'Empereur? demanda un autre.

— Oui, le riche verrier, ajouta un troisième.

— Pour ce qui est de la richesse, objecta un quatrième, je crois
qu'il a plus de dettes que de sacs d'écus. Je me suis laissé dire à la
ville, la semaine passée, que le bailli ne tarderait plus à lui compter
ses chemises et à vendre jusqu'aux cendres de son feu. »

Cependant Pierre avait salué les buveurs du haut de sa gran-
deur, mis pied à terre et demandé à l'aubergiste :

« Est-ce que le gros Ézéchiel est arrivé?

— Oui, mon garçon, il est arrivé, répondit à l'intérieur une
grosse voix qui n'était autre que celle d'Ézéchiel en personne; nous
faisons une partie de cartes. Dépêche-toi, je t'ai gardé ta place. »

Pierre fit comme on lui disait; il joua, il gagna, il perdit, la nuit vint, et les partenaires raisonnables rentrèrent chez eux. La partie continuait à quatre seulement, mais quand minuit sonna Ézéchiel voulut se retirer avec les deux qui leur avaient tenu tête jusque-là. Pierre insista pour le faire rester; le gros refusa d'abord, puis il céda, mais en disant :

« Comme tu voudras, puisque tu y tiens; seulement, comme nous ne sommes pas des enfants, nous allons jouer à cinq florins le coup. Attends que je compte mon argent. »

Le gros Ézéchiel vida sa bourse et y trouva cent florins ; Pierre ne compta pas la sienne : il était renseigné par ce que l'autre avait.

Ils jouèrent aux dés, et la chance qui avait favorisé Ézéchiel toute la journée tourna contre lui : il perdait à chaque coup, et sa déveine le faisait jurer abominablement. Quand il amenait gros point, Pierre amenait plus gros, si bien qu'Ézéchiel n'eut bientôt plus que cinq florins.

« Je les risque, dit-il avec rage, mais nous continuerons quand même je les perdrais : on est gens de revue, pas vrai? et tu me prêteras bien quelques florins?

— Cent, si tu veux, » répliqua Pierre.

Ézéchiel amena quinze.

« Cette fois nous allons voir, » fit-il joyeusement.

Mais Pierre amena dix-huit.

« Cette fois c'est fini, » dit derrière lui une voix rauque.

Pierre se retourna et vit Michel le Hollandais qui le regardait d'un air ironique. Il en éprouva un tel saisissement qu'il laissa tomber sa bourse, dans laquelle il avait mis tout l'argent gagné. Cependant le gros Ézéchiel ne voyait pas Michel; il demanda à Pierre de lui avancer une douzaine de florins. Le jeune homme, qui ne savait au juste ce qu'il faisait, chercha son argent et ne retrouva rien. Il fouilla d'un côté, il fouilla de l'autre, il retourna ses poches, mais ne put découvrir le moindre rouge liard; alors seulement il se

souvint de ce qu'il avait souhaité : avoir autant d'argent qu'Ézéchiel; donc, Ézéchiel n'ayant plus le sou, Pierre était logé à la même
enseigne.

Son partenaire et l'aubergiste le regardaient d'un air intrigué,
en remarquant qu'il ne remettait pas la main sur son argent. Ils ne
voulurent pas le croire, naturellement, quand il leur assura ne plus
rien avoir; mais quand ils l'eurent fouillé eux-mêmes et se furent
convaincus ainsi qu'il ne mentait pas, ils se fâchèrent et le trai-
tèrent de sorcier, lui reprochant d'avoir envoyé tout chez lui d'un
seul souhait, pour ne rien prêter à Ézéchiel. Pierre se défendit de
son mieux, mais il avait les apparences contre lui; Ézéchiel jura
qu'il raconterait l'histoire dès le lendemain à tous ceux qui la
voudraient entendre; l'aubergiste jura de son côté qu'il s'en irait
dare dare à la justice porter plainte contre Pierre, et qu'il comptait
bien le voir brûler vif pour sorcellerie avant longtemps. Puis ils
se jetèrent sur lui comme des furieux, lui déchirèrent ses vêtements, le rouèrent de coups et le poussèrent à la rue.

En se traînant vers sa maison, Pierre vit une ombre qui marchait près de lui et qui finit par lui dire :

« Est-ce que tu me crois maintenant, Pierre Munck? Tu n'en as
pas eu pour longtemps à voir le bout de l'histoire avec ton imbécile
de nabot. Reconnais-tu à présent qu'on n'a pas toujours raison de
refuser mes services? Mais je suis bon garçon, moi, je ne t'en veux
pas; et la preuve, c'est que, si le cœur t'en dit, tu pourras me
trouver demain, à n'importe quelle heure, au Grand-Sapin : je
t'attendrai. »

Pierre n'eut aucune peine à deviner qui lui tenait ce langage;
mais comme il avait peur plutôt qu'autre chose, il ne répondit pas
et se mit à détaler au plus vite...

L'étudiant en était là de son histoire quand un bruit extérieur
l'interrompit.

VIII

DANS LEQUEL ARRIVENT CEUX QU'ON ATTENDAIT

On entendit le roulement d'une voiture, des appels, des heurts violents à la porte, des aboiements furieux. Comme la chambre qui avait été laissée au roulier et aux deux compagnons donnait sur la façade, ils y coururent tous quatre pour voir ce qui se passait. Ils aperçurent, à la clarté vacillante d'une lanterne, une chaise de poste arrêtée devant l'auberge; un homme de haute taille aidait deux femmes voilées à en descendre, tandis qu'un cocher en livrée dételait et qu'un valet de pied détachait une valise.

« Que le bon Dieu les assiste! soupira l'honnête roulier; mais si ceux-là s'en tirent sans embarras, je n'ai rien à craindre pour mes marchandises.

— Chut, souffla l'étudiant; maintenant il est facile de comprendre à qui ces gredins en ont. Ils étaient certainement avertis du passage de cette chaise. Si seulement on pouvait avertir les voyageuses!... Mais j'ai une idée; la seule chambre convenable qu'on puisse offrir à des dames touche à la mienne. Tenez-vous tranquilles, je vais tâcher de mettre les domestiques au courant. »

10

Le jeune homme regagna sa chambre sur la pointe des pieds,
et alla coller son oreille à la porte.

Quelques instants plus tard l'aubergiste conduisait les dames à
la chambre qui leur était destinée; elle faisait l'aimable et l'em-
pressée, puis se retirait en leur souhaitant une bonne nuit. Peu
après, un pas pesant faisait craquer les marches à nouveau; l'étudiant entre-bâilla doucement sa porte, et vit que c'était l'homme
de grande taille avec l'aide duquel les dames étaient descendues de
voiture. Quand l'étudiant eut constaté que l'homme était seul, il
ouvrit la porte toute grande, attira brusquement à l'intérieur
l'inconnu qui écarquillait les yeux, et lui souffla à l'oreille, sans lui
laisser le temps de questionner :

« Vous êtes tombé dans un repaire de bandits, Monsieur. »

L'homme tressaillit et ne fit aucune difficulté pour suivre l'étudiant, qui referma soigneusement la porte derrière lui, et qui le mit
rapidement au courant de ce qui se passait.

L'autre se montra fort inquiet. Il apprit au jeune homme que
les deux dames étaient une comtesse et sa femme de chambre,
qu'elles avaient eu en premier lieu l'intention de voyager toute la
nuit, mais qu'à une demi-lieue avant d'arriver à l'auberge, ils
avaient rencontré un cavalier, lequel leur avait demandé où ils
allaient et leur avait fortement conseillé de s'arrêter à l'auberge, vu
qu'on n'était nullement en sûreté la nuit dans la forêt. La comtesse
s'était effrayée à la pensée qu'elles pouvaient être attaquées par
des brigands, et elle avait donné l'ordre de ne pas aller plus loin,
car le cavalier avait mine d'honnête homme, et son dire semblait
sincère.

Le nouveau venu, qui était l'intendant de la comtesse, crut de
son devoir d'informer au plus vite sa maîtresse du danger dans
lequel elle tombait. Il se rendit donc auprès d'elle, et bientôt s'ouvrit
la porte de communication entre les deux chambres. La comtesse,

une dame fort belle, d'une quarantaine d'années au plus, toute pâle d'émotion, s'avança vers l'étudiant et le pria de lui répéter ce que déjà elle savait de la bouche de son intendant. On délibéra ensuite sur la conduite à tenir dans cette circonstance critique; on décida de faire cause commune contre l'ennemi commun : car, avec l'étudiant, le roulier et ses deux compagnons, le valet et l'intendant, on avait des chances pour soi.

Tout de suite on se mit à barricader au moyen des meubles la porte de la chambre de la comtesse qui donnait sur l'escalier. Les deux femmes se jetèrent tout habillées sur leurs lits, tandis que tous les hommes se réunissaient dans la chambre de l'étudiant pour y attendre les événements. Il pouvait être dix heures alors; la maison était plongée tout entière dans le plus grand silence, rien ne faisait soupçonner que le danger fût imminent.

Une voiture de poste s'arrête devant l'auberge.

« Je crois que nous ferions bien de continuer ce que nous avions commencé, » dit le ciseleur.

Et il ajouta en s'adressant à l'intendant :

« Voyez-vous, Monsieur, nous nous racontions des histoires pour nous tenir éveillés, et si vous n'y trouvez pas d'empêchement...

— Pas le moins du monde, répliqua l'intendant avec vivacité; non seulement je suis tout disposé à vous écouter, mais encore à vous conter quelque chose quand vous le voudrez.

— Eh bien, tout de suite, » lui fut-il répliqué.

Et il commença aussitôt.

IX

COMMENT SAÏD COURUT LES AVENTURES MALGRÉ LUI

Au temps où Haroun-al-Raschid était encore calife de Bagdad, vivait à Bassorah un homme appelé Ben-Ezar, qui jouissait tranquillement de sa modeste fortune sans se livrer à aucun négoce ni à aucun métier. Il ne modifia même en rien ses habitudes quand un fils lui fut né.

« Pourquoi irais-je me mettre martel en tête à mon âge ? dit-il à ses voisins ; serait-ce pour laisser mille pièces d'or de plus à mon fils, dans le cas où mes affaires prendraient bonne tournure, ou mille pièces d'or en moins si je ne réussissais pas ? Quand il y en a pour deux, il y en a certainement pour trois, dit le proverbe, et si mon petit Saïd veut être raisonnable, il ne manquera de rien plus tard. »

Ben-Ezar tint parole. Il ne fit apprendre à Saïd ni le commerce ni aucun métier ; mais en revanche il ne négligea aucune occasion de lui faire étudier les œuvres des sages ; et comme il estimait qu'après la science et le respect des vieillards rien ne sied mieux à un jeune homme que le courage, la force et l'adresse, il lui fit enseigner de

bonne heure le maniement des armes. Saïd était tout jeune encore
que déjà il passait parmi ses compagnons pour un adversaire redoutable, un cavalier incomparable et un nageur intrépide.

Quand il eut dix-huit ans, son père résolut de l'envoyer en pèlerinage à la Mecque, ainsi que le veulent l'usage et la religion chez
les musulmans. Mais, avant de le laisser s'éloigner, il l'entretint
une dernière fois pour lui prodiguer d'excellents conseils, le munir
d'argent et lui dire ceci :

« Mon fils, je suis un homme au-dessus des préjugés du commun des mortels. Si je prête une oreille attentive aux histoires dans
lesquelles il est question des exploits merveilleux des génies et des
fées, c'est parce qu'elles me font passer le temps agréablement, et
non pour autre chose; je suis bien loin de croire, avec nombre
d'ignorants, que ces êtres chimériques peuvent avoir une influence
quelconque sur les actions et les destinées humaines. Mais ta mère,
qui repose depuis tantôt une douzaine d'années dans le sein d'Allah,
y croyait aussi fermement que dans la parole du Prophète; elle m'a
même confié, après m'avoir fait jurer de n'en parler jamais qu'à
toi, que depuis sa naissance elle était en rapports suivis avec une
fée. Je n'ai pu me défendre, naturellement, de la plaisanter à ce
propos; et cependant il me faut avouer que ton entrée en ce monde
a été accompagnée, mon cher Saïd, de circonstances assez mystérieuses. Il avait plu et tonné tout le jour, le ciel était si noir qu'on
ne pouvait lire sans une lumière, quand on vint m'annoncer, vers
quatre heures, que j'avais un fils. Je me hâtai de courir, vers les
appartements de ta mère, afin d'en réjouir mes yeux, mais je ren-
contrai à la porte toutes les femmes qui me barrèrent l'entrée en
disant que leur maîtresse avait recommandé de ne laisser pénétrer
personne. Je frappai, on ne me répondit ni m'ouvrit. Pendant que
j'étais là à attendre parmi les femmes, dissimulant de mon mieux
mon mécontentement, les nuages s'écartèrent brusquement au-

dessus de Bassorah, de sorte qu'un carré de l'azur le plus brillant
se découpa dans le ciel au milieu du tonnerre qui ne cessait de
gronder et de la pluie qui ne cessait de tomber. J'étais encore sous
le charme de ce spectacle si singulier, lorsque la porte de Zemira
s'ouvrit soudain ; j'ordonnai aux femmes de ne pas me suivre, et j'en-
trai demander à ta mère l'explication de ces bizarreries. Dès que
j'eus franchi le seuil, je fus pris par un parfum si aigu de roses,
d'œillets et de jacinthes, que j'en restai suffoqué ; ta mère te présenta
à moi, et dit, en me montrant en même temps un sifflet d'argent
retenu à ton cou par une chaîne d'or aussi fine et aussi souple qu'un
fil de soie : « J'ai reçu une visite de la bonne fée dont je t'ai parlé,
« et voici ce dont elle a fait présent à ton fils. — C'est à cette bonne
« sorcière que nous devons aussi sans doute l'odeur dont cette
« chambre est pleine et le coin de ciel bleu, répliquai-je en riant.
« Elle aurait dû se montrer plus généreuse ; et un cheval ou une
« bourse bien garnie m'eût certainement causé plus de plaisir que
« ce joujou. » Cependant ta mère me supplia de ne point tenir un
tel langage, car les fées étaient généralement d'un caractère vindi-
catif et avaient la vengeance prompte. Je me tus pour ne pas la contrarier, et il n'en avait plus été question, quand, vers ta sixième
année, elle sentit sa fin venir. Alors elle me donna le sifflet en me
chargeant de te le remettre à tes vingt ans, et en me conjurant de
ne pas me séparer de toi un seul instant jusque-là. Elle mourut.
Voici le présent de la fée, poursuivit Ben-Ezar en tirant d'une cassette le sifflet d'argent toujours suspendu à la chaînette d'or ; je te
le donne bien que tu n'aies que dix-huit ans et non vingt, parce que
tu pars et que je puis aller rejoindre mes pères avant ton retour.
D'un autre côté, je ne vois aucun motif sérieux de te retenir ici
pendant deux ans encore, ainsi que ta mère l'aurait désiré : tu es
grand, tu es fort, tu es adroit et tu manies les armes comme beaucoup de garçons de vingt-cinq ans voudraient les manier. Va donc

en paix, et, que tu sois heureux, ou malheureux, ce dont Allah te
garde, souviens-toi de ton père. »

Ainsi parla Ben-Ezar, de Bassorah, à son fils Saïd, au moment
des adieux. Le jeune homme l'embrassa avec émotion, puis, ayant
passé à son cou la chaînette d'or et à sa ceinture le sifflet d'argent,
sauta en selle et s'en alla retrouver la caravane de la Mecque.
Quatre-vingts chameaux et plusieurs centaines de cavaliers la com-
posaient lorsqu'elle sortit de Bassorah, que d'ailleurs Saïd ne devait
pas revoir de longtemps.

Tout d'abord, la nouveauté et la diversité de ce qui s'offrait aux
regards de Saïd retinrent entièrement l'attention du jeune homme;
puis, à mesure que l'on se rapprochait du désert, le pays se fit plus
monotone et plus triste; et Saïd réfléchit de plus en plus à ce qui
lui arrivait, et surtout aux dernières paroles de son père.

Il prit le sifflet, qu'il examina longuement et qu'il finit par
porter à ses lèvres. O miracle! il eut beau y souffler de toutes ses
forces et de tous ses poumons, le sifflet ne rendit aucun son. Saïd
le tourna et le retourna, puis le remit à sa ceinture avec humeur :
le présent de la fée lui semblait de moins en moins précieux. Il en
arriva insensiblement à se demander ce que les dires de sa mère
pouvaient avoir de vrai. Bien souvent il avait entendu conter ceci
ou cela sur les fées et les génies, mais jamais il n'avait ouï assurer
que l'un de ces êtres surnaturels se fût avisé de jouer un rôle dans
la vie d'un habitant de Bassorah. Toujours les histoires qui les mettaient en cause se passaient dans des contrées éloignées, en des
temps reculés; si bien qu'il s'était persuadé que s'il y avait eu jadis
des fées et des génies, les choses étaient bien changées à l'heure
présente. Ces réflexions ne l'empêchaient nullement d'être tenté de
croire que quelque chose de surnaturel et d'inexpliqué était mêlé à
la vie de sa mère, et il resta tout un jour dans une sorte de rêverie,
ne prenant aucune part aux conversations, aux chants ou aux rires.

Saïd était un bel adolescent, dont les yeux exprimaient la fierté et le courage, dont l'attitude avait je ne sais quoi d'imposant qu'on

Un digne vieillard chevauchait près de lui.

n'est pas habitué à rencontrer dans un âge aussi tendre. Les regards se reposaient donc avec plaisir sur ce garçon de si bonne mine, qui gouvernait sa monture avec autant d'aisance que de fermeté; aussi un vieillard qui chevauchait près de lui trouva-t-il intérêt à le faire

11

causer et à l'étudier. Saïd, à qui Ben-Ezar avait inculqué la plus
profonde vénération pour la vieillesse, répondit de façon à s'assurer
davantage les sympathies de son compagnon. Insensiblement l'entretien glissa sur le terrain où les pensées du jeune homme s'attar-
daient depuis la veille; finalement il se permit de demander au
vieillard ce que celui-ci pensait des fées, des génies et de tous ces
esprits bons ou méchants que l'on dit persécuter ou protéger les
humains.

Le vieillard caressa sa longue barbe, baissa la tête un instant
avant de répliquer :

« Certains faits semblent prouver l'existence de ces esprits,
mais, en ce qui me concerne, je n'ai encore vu ni fée, ni génie, ni
enchanteur. »

Puis il se mit à conter à Saïd tant et de si merveilleuses histoires que le pauvre garçon en avait le vertige. Il y prit la conviction
que les circonstances dont sa naissance avait été entourée, l'éclair-
cie dans le ciel et le parfum dans la chambre représentaient des
augures excellents, que le sifflet ferait accourir la fée au premier
son quand il serait en danger. Ce soir-là, il fit les rêves les plus
magnifiques, où les esprits les plus bienveillants lui bâtirent les
châteaux les plus splendides dans les paysages les plus admirables.

Le lendemain lui démontra que la réalité ne ressemble pas toujours au rêve.

La caravane avait déjà fourni une longue marche, quand des
points noirs apparurent tout au fond de l'horizon. Les uns y virent
des collines de sables, d'autres des nuages, d'autres encore une
caravane venant en sens inverse; mais le vieillard qui se tenait près
de Saïd, et qui avait déjà traversé le désert plusieurs fois, leva ses
bras en s'écriant :

« Frères, préparez-vous à la défense : ce sont des pillards. »

Aussitôt une grande confusion régna; les hommes valides prirent leurs armes, et se formèrent en cercle autour des femmes et des marchandises. Cependant les points noirs devenaient plus forts : on eût dit une bande de cigognes courant à terre avec une rapidité prodigieuse. Bientôt on put reconnaître que le vieillard ne s'était pas trompé; l'instant d'après, une grêle de flèches et de javelines pleuvait sur la caravane et tuait plusieurs personnes; puis les Arabes, au nombre de plus de quatre cents, fondaient la lance au poing sur les pèlerins, et le combat s'engageait avec acharnement. La fin était facile à prévoir pourtant; Saïd, qui faisait vaillamment son devoir au premier des rangs, ne tarda pas à s'en rendre compte; il recourut alors à son sifflet, mais, pas plus que la veille, il n'en tira aucun son. Dans son dépit il saisit sa lance et en frappa vigoureusement en pleine poitrine un cavalier ennemi, qui semblait très jeune et que ses riches vêtements désignaient pour l'un des chefs.

« Allah, qu'avez-vous fait! s'écria le vieillard en voyant le bandit chanceler et tomber, nous sommes perdus. »

Les pillards firent retentir un véritable hurlement de rage, et se ruèrent comme des furieux sur la caravane. Avant qu'il s'en doutât, Saïd était cerné de toutes parts, et de toutes parts les cimeterres et les javelines le menaçaient; il se défendait avec une telle adresse que personne ne pouvait l'approcher. Déjà l'un de ses assaillants se disposait à lui décocher une flèche, quand un second s'y opposa d'un signe : l'instant d'après, un nœud coulant adroitement lancé réduisait Saïd à l'impuissance. Ils le garrottèrent solidement.

La caravane était au pouvoir des Arabes; ceux qui l'avaient composée étaient ou dispersés ou morts; les pillards, qui n'appartenaient pas tous à la même tribu, se partagèrent les prisonniers et le butin, puis se séparèrent : les uns se dirigèrent vers le sud, et les autres vers le levant. Le fils de Ben-Ezar était surveillé de près par quatre cavaliers, qui ne se gênaient nullement pour l'accabler de menaces et d'injures ; il jugea par leur colère que celui qu'il avait tué était un de leurs principaux personnages, peut-être même leur prince. Comme l'esclavage lui eût paru infiniment plus cruel que la mort, il se réjouit dans son âme d'avoir attiré sur lui la haine de toute la horde, car on ne manquerait pas sans doute de lui appliquer la loi du talion dès l'arrivée au camp. Au moindre mouvement qu'il faisait, ses farouches gardiens levaient leur fer sur lui ; mais à un moment donné, la monture de l'un d'eux ayant buté, il put promener ses regards autour de lui et constater avec joie que le vieillard, son compagnon de route, était sain et sauf.

Des arbres et des tentes apparurent enfin au loin ; des femmes et des enfants accoururent à la rencontre des guerriers. Ils avaient à peine échangé quelques mots avec ceux-ci qu'ils éclatèrent en lamentations et brandirent le poing vers Saïd, contre lequel ils proférèrent les plus terribles malédictions.

« C'est lui qui a tué Almansor, le plus vaillant des vaillants ; mais il sera mis à mort, et sa chair sera donnée en pâture aux chacals du désert. »

Puis les femmes s'armèrent de bâtons, de mottes de terre et de pierres, et s'élancèrent comme des Furies sur le jeune homme, si bien que ses gardiens durent intervenir et les repousser avec la lance.

« Arrière, femmes ! leur cria l'un d'eux ; un guerrier ne meurt pas de la main des femmes. »

La troupe fit halte sur une sorte de place réservée au centre du camp ; les prisonniers se virent attachés deux par deux, le butin fut rentré sous les tentes, mais Saïd n'eut point de compagnon de chaîne, et fut conduit sous une tente plus grande que toutes les autres. Il s'y trouva en face d'un vieillard majestueux, dans lequel il devina facilement le maître. Les hommes qui avaient amené Saïd baissaient la tête et n'osaient prendre la parole.

Saïd fut aussitôt garrotté solidement.

« J'ai entendu crier les femmes, dit le vieillard d'une voix lente et grave. Almansor est mort ?...

— Il est mort, ô Sélim, mais voici celui qui l'a frappé. Décide de son sort. Comment veux-tu qu'il meure à son tour ? Doit-il servir de but à nos flèches, ou passer dans une double haie de lances ? Faut-il le pendre ou l'attacher à la queue d'un cheval ?

— Qui es-tu ? » demanda Sélim à Saïd sans répondre à ces questions.

Le jeune homme se montra de la plus grande franchise et de la plus grande sincérité avec le principal Arabe.

« As-tu frappé traîtreusement par derrière ? reprit le vieillard.

— Non, j'ai frappé ton fils en face, après l'avoir vu abattre de sa main huit de mes compagnons.

— Dit-il vrai ? demanda Sélim à ceux qui s'étaient emparés de Saïd.

— Il dit vrai, ô maître du désert.

— Alors il n'a pas fait autre chose que ce que nous eussions fait à sa place ; il a défendu sa liberté et sa vie contre un ennemi qui voulait les lui prendre. Qu'on lui enlève ses liens ! »

Les hommes se regardèrent d'un air stupéfait ; et s'ils obéirent, ce fut avec une répugnance manifeste.

« Ainsi, celui qui a frappé ton fils ne mourra pas ? reprit l'un d'eux d'une voix frémissante ; ah ! que ne l'avons-nous tué sur-le-champ !

— Il ne mourra pas, répéta Sélim avec énergie, et je le garde dans ma tente : ce sera ma seule part dans le butin. Je le choisis, c'est mon droit. »

Pendant que Saïd cherchait vainement des paroles pour remercier son sauveur, les Arabes se retiraient en maugréant ; ils n'eurent rien de plus pressé sans doute que de raconter ce qui venait de se passer, car des cris et des vociférations retentirent presque aussitôt au dehors. Si Sélim avait la générosité de renoncer à la vengeance, les gens de sa tribu ne se résignaient pas aussi facilement à pardonner la mort d'Almansor.

Les prisonniers furent distribués entre les différentes familles; quelques-uns furent renvoyés auprès des parents des plus riches pour aller chercher la rançon, et les autres durent s'acquitter des plus rudes travaux. Saïd ne partagea pas ce sort pénible : soit que sa bonne mine lui eût valu l'amitié du vieux chef, soit que le sifflet d'argent eût réellement un pouvoir mystérieux, il se vit traité comme un vrai fils par Sélim. Les serviteurs de la tente ne le pouvaient souffrir, naturellement; partout il ne rencontrait que des regards hostiles, et dès qu'il se risquait au dehors, les injures et les imprécations l'accompagnaient; les flèches lui effleuraient souvent la poitrine : c'était encore à la vertu magique du petit cadeau de la fée qu'il attribuait son salut dans ces circonstances. S'il se plaignait à Sélim de ces attaques traîtreuses, le chef s'enquérait inutilement des coupables : la tribu entière semblait coalisée contre l'étranger. Enfin le vieillard perdit patience.

« J'avais espéré retrouver en toi le fils en qui j'avais mis toute ma fierté et que j'ai perdu par toi, dit-il un jour à Saïd; je vois que c'est impossible : tous n'ont que haine contre toi. J'abandonne donc mon projet, et cela pour ton propre bien. Lorsque les guerriers reviendront de l'expédition qu'ils font en ce moment, je leur dirai que ton père m'a fait parvenir ta rançon, et je chargerai quelques-uns en qui j'ai confiance de te conduire à la sortie du désert.

— O seigneur, puis-je me fier ici à d'autres que toi? Ne me mettront-ils pas à mort, quand nous nous serons éloignés du camp?

— Non. Je leur imposerai un serment qu'aucun n'a encore transgressé. »

Les guerriers rentrèrent quelques jours plus tard, et Sélim tint sa promesse. Il fit présent au jeune homme d'un cheval, de beaux vêtements et de bonnes armes; puis il le confia à cinq cavaliers, à qui il avait fait jurer de ne pas tuer Saïd.

Les cinq cavaliers avaient l'air farouche; la mission qu'ils remplissaient ne leur plaisait certainement pas, et Saïd n'était pas sans de vives inquiétudes à leur égard. Il n'avait pas manqué de remarquer que deux d'entre eux avaient assisté au combat dans lequel Almansor avait succombé. Depuis plus de huit heures ils étaient en route et avaient fourni une longue course, quand il les entendit s'entretenir à voix basse; il prêta l'oreille : ils se servaient d'une langue particulière à la tribu. Fort heureusement il avait employé une bonne partie de ses loisirs pour l'apprendre avec le vieux Sélim. Ce qu'il entendit n'était pas de nature à le réjouir.

« C'est ici que nous avons attaqué la caravane, disait l'un, et c'est ici qu'Almansor est tombé.

— Les vents du désert ont effacé les traces de son cheval, mais je les vois encore cependant, répliquait un autre.

— Et, à notre honte, celui qui l'a frappé vit encore, il va être libre. Qui a vu un père ne pas venger son fils? Mais Sélim devient vieux et faible.

— Si le père ne le venge pas, les amis peuvent le venger. C'est ici qu'Almansor est mort, et c'est ici que son meurtrier va mourir.

— Nous avons juré.

— Certes, nous avons juré; mais si le vieux Sélim est malin, nous pouvons être plus malins encore. Nous avons juré de ne pas le tuer, mais nous n'avons pas juré autre chose. Nous allons le garrotter et l'abandonner ici : le soleil et les chacals feront le reste. »

Le bandit n'avait pas fini de parler que Saïd enfonçait ses éperons dans les flancs de sa monture, qui partit comme le vent. Les Arabes eurent un moment de stupéfaction, mais ce ne fut pas long; l'instant d'après ils se séparaient pour empêcher leur victime de leur échapper. Ils avaient l'habitude de ces sortes de chasses; quelques

12

minutes plus tard, Saïd était dépassé par deux des cavaliers, deux autres se tenaient sur ses flancs, et le cinquième lui coupait la retraite ; une minute encore, et un nœud coulant le jet ait à terre. Les bandits le ligotèrent étroitement, sans prendre cure de ses prières et de ses promesses ; puis ils se remirent en selle et partirent au galop, en lui souhaitant bonne chance avec un mauvais rire. Saïd écouta le bruit de la cavalcade s'éloigner, décroître, s'éteindre ; et alors il se considéra comme perdu. Il songea à son pauvre père, qui mourrait de chagrin sans doute en ne le voyant pas revenir ; il songea à sa propre destinée, qui le condamnait au plus épouvantable des supplices : la faim, la soif, la dent des chacals... Déjà l'ardeur du soleil lui causait des souffrances intolérables en le frappant au visage ; au prix d'efforts inouïs, il parvint à se retourner, mais le soulagement qu'il en éprouva fut bien peu de chose. Dans ces mouvements, le sifflet d'argent était tombé de la ceinture de Saïd ; le jeune homme le vit et fit en sorte de le saisir avec ses lèvres, ce qui lui demanda un temps considérable et un travail extraordinaire. Il souffla, le sifflet resta muet, et Saïd, désespéré, se laissa aller au plus violent désespoir. Peu après il s'évanouissait, et n'avait plus aucune notion ni du temps ni de la douleur.

X

Plusieurs heures avaient passé, lorsque des bruits qui se rapprochaient lui parvinrent confusément et le tirèrent de sa torpeur. Il se sentit saisir par l'épaule et poussa un cri de terreur, s'imaginant avoir affaire à un fauve. Au même moment on le prit aux jambes; cette fois il se rendit compte que c'étaient des mains qui le soulevaient.

« Il vit, dit une voix, mais il nous prend sans doute pour ses ennemis. »

Alors Saïd ouvrit les yeux, et il vit un homme petit et bouffi qui se penchait sur lui et le regardait affectueusement avec deux petits yeux enfouis dans une grande barbe. L'inconnu lui parla avec douceur, l'aida à se mettre debout et lui donna à boire et à manger, tout en lui racontant, pour ne pas perdre une seconde sans doute, qu'il se nommait Kaloum Bey, qu'il était marchand d'étoffes et de voiles à Bagdad, qu'il voyageait en vue de ses affaires, qu'il était sur le chemin du retour, et qu'il bénissait Allah pour l'avoir fait passer par là si à propos. Les pierreries qui ornaient les armes de Saïd avaient attiré son attention, et il ne regrettait pas de s'être arrêté, car il avait eu le bonheur de le rappeler à la vie. Le jeune homme le remercia avec effusion : il reconnaissait que, sans l'intervention providentielle de Kaloum Bey, il n'eût pu échapper au pire destin. Comme il n'avait plus de cheval et qu'il ne voyait pas la possibilité de s'en aller seul à pied, il accepta avec gratitude l'offre que le marchand d'étoffes lui fit d'une place à dos de chameau jusqu'à Bagdad : dans cette ville il trouverait aisément l'occasion de se rendre à Bassorah.

Tout en cheminant, Kaloum Bey lui conta maintes et maintes choses sur le compte d'Haroun-al-Raschid, dont il vanta la justice et l'habileté à débrouiller de la façon la plus simple et la plus naturelle les procès les plus compliqués. Il cita à ce propos l'aventure du cordier et l'affaire du pot d'olives, des histoires qui sont bien connues de tous les enfants, mais que Saïd entendait pour la première fois et qui l'émerveillèrent.

« Par Allah, poursuivit le gros homme, notre calife n'est point de la même pâte que ses sujets. Au lieu de se coucher et de dormir quand la nuit vient, comme vous et moi nous le faisons, il court les rues de sa capitale pour s'assurer par lui-même que l'ordre règne bien partout. Il ne fait pas sa ronde avec une escorte et des porte-flambeaux, ainsi que vous le pourriez croire, et ainsi que cela lui serait permis, mais il se déguise tantôt en marin, tantôt en soldat, tantôt en mufti. Aussi pas une semaine ne se passe sans qu'il soit mêlé à quelque aventure. Deux ou trois heures de repos au petit jour lui suffisent, et si je vous le dis, c'est que je le sais. C'est mon cousin Messour qui est premier chambellan du calife; il est muet comme la tombe quand il s'agit des affaires de son maître; mais vous comprenez, entre parents...

« Je vous réponds qu'il n'y a pas de ville au monde où l'on soit plus poli envers les passants la nuit; on ne sait jamais si on ne parle pas à Haroun ou à son grand vizir. Le calife n'est pas embarrassé de trouver des bâtons pour caresser les côtes ou la plante des pieds à ceux dont il n'est pas content. »

Enfin, Kaloum Bey lui en dit tant et tant, que Saïd fut plus pressé encore de faire connaissance avec le célèbre souverain que de retourner auprès de son père.

Ils mirent dix jours pour atteindre Bagdad, et en arrivant Saïd ne rassasia pas ses yeux des magnificences de cette ville, qui était alors à l'apogée de son développement. Le marchand d'étoffes lui offrit gracieusement l'hospitalité, et Saïd n'eut garde de refuser; dans une cité aussi populeuse et aussi riche, un pauvre diable sans argent, ce qui était son cas, ne pouvait guère compter que sur l'air, l'eau du Tigre et les marches du palais.

Le lendemain matin, Saïd venait de se lever, de s'habiller, et se préparait à sortir en se disant que son costume lui permettait de faire assez bonne figure dans les rues de la ville, quand Kaloum Bey entra.

« C'est parfait, mon garçon, lui dit-il en le toisant avec un sourire ironique, mais je voudrais bien savoir ce que vous allez faire maintenant? Je ne pense pas me tromper en assurant que le souci du lendemain ne vous préoccupe pas beaucoup. Est-ce que par hasard vous auriez en poche les fonds nécessaires pour mener un train en rapport avec vos apparences?

— Mon cher Kaloum Bey, répliqua Saïd en rougissant ni plus ni moins qu'une jeune fille, non, je n'ai pas d'argent, mais si vous voulez m'avancer la somme qu'il me faut pour me rendre à Bassorah, mon père vous la remboursera sans tarder.

— Ton père, coquin? fit le marchand en éclatant de rire; me crois-tu assez simple pour avaler ainsi les mensonges qui te passent par l'esprit? Sûrement tu bats la campagne, n'est-ce pas? Franchement, tu as voulu rire avec tes histoires, mon garçon! Ton père qui est riche, ton voyage à la Mecque, tes batailles avec les Arabes, ta vie au camp de Sélim; mais tout cela ne tient pas debout!... Comme

si je ne savais pas que tous les gens riches de Bassorah sont des
marchands! comme si je ne faisais pas des affaires avec beaucoup
de gens à Bassorah! comme si le nom de Ben-Ezar ne devrait pas
m'être familier, même si ce fameux Ben-Ezar n'avait que six mille
tomans de fortune!... Ou tu n'es pas de Bassorah, ou ton père n'est
qu'un pauvre meurt-de-faim, auquel tu as brûlé la politesse : dans
un cas comme dans l'autre, il faudrait que je fusse fou pour t'avancer
la plus petite somme. C'est comme ton histoire de caravane. Est-ce
qu'on n'en aurait pas entendu parler si c'était vrai? Et tout le long
de la route personne ne nous en a soufflé mot, tu le sais aussi bien
que moi. D'ailleurs, est-ce que ces choses-là sont possibles aujour-
d'hui? Est-ce que le calife ne s'est pas arrangé de manière à ce que
les chemins soient aussi sûrs dans le désert que dans sa bonne ville
de Bagdad? Sur mon honneur, il y a longtemps que je n'avais vu
mentir aussi effrontément. »

Saïd était tout pâle de colère et d'indignation; il voulut répliquer pour se défendre, mais ce bon petit Kaloum Bey ne lui donna
pas le loisir de prendre la parole.

« Le plus fort, continua le marchand, en criant comme si on
l'écorchait vif, c'est ton histoire du camp de Sélim. Il faut vraiment
que tu aies perdu la tête ou que tu me prennes pour un parfait
imbécile. Moi je le connais, ton Sélim, et ce n'est pas à moi qu'il
faut venir en conter sur lui; tu m'entends, mon petit? Sélim est
une bête féroce qui ne recule devant rien, et tu voudrais me faire
accroire que tu lui as tué son fils, et que Sélim t'a dit merci, et qu'il
t'a élevé comme un coq en pâte, et qu'il t'a protégé contre ses
hommes, au lieu de te faire pendre au premier arbre venu, quand
il pend des pèlerins rien que pour s'amuser de la grimace que font
les pendus? A d'autres, mon petit! à d'autres!...

— Tout ce que je puis vous dire, s'écria Saïd, c'est que je ne vous
ai pas menti. Je le jure sur mon âme et par la barbe du Prophète.

— Joli serment! jurer sur son âme quand on a l'âme aussi noire que l'enfer, et jurer par la barbe du Prophète quand on n'a pas un poil de barbe au menton...

— Je n'ai pas de témoins, sans doute, mais l'état dans lequel vous m'avez trouvé...

— Qu'est-ce que cela prouve, l'état dans lequel je t'ai trouvé? Veux-tu que je te dise? Tu es mis comme un brigand de marque; tu te seras chamaillé avec un de tes confrères, et tu n'auras pas été le plus fort, voilà tout.

— Je voudrais bien connaître l'homme assez adroit ou assez fort pour me réduire à cette extrémité sans recourir à la traîtrise, maître Kaloum. Vous n'avez appris qu'à mesurer des étoffes, et vous ne pouvez savoir ce qu'un homme vaut quand il s'entend au maniement des armes. Mais vous m'avez sauvé la vie, et je suis votre obligé : dites-moi ce que vous voulez que je fasse. Si vous ne venez à mon aide, il me faudra mendier; et comme je ne voudrais pour rien au monde implorer la pitié de mes pareils, il me faudra aller trouver le calife.

— Le calife, mon petit, rien que cela? Le calife, excusez du peu!... Mais tu n'as pas l'air de te souvenir que pour arriver au calife il faut d'abord passer par mon coussin Messour; et que si je me donne la peine de renseigner mon cousin sur ton compte, tu n'as pas grand'-chose à espérer du calife. Tu vois, il est bien préférable de s'entendre, Saïd. Tu es jeune, tu peux te corriger, et je ne serai pas fâché de t'avoir fait rentrer dans le droit chemin. Je te prends à mon service pour une année; tu serviras mes clients dans la boutique du bazar. Si tu ne veux pas continuer au bout de l'année, je te payerai tes gages, et tu iras où tu voudras, au diable et encore plus loin si le cœur t'en dit. Je te donne jusqu'à midi pour réfléchir à ma proposition; si elle ne te convient pas, je te compte au plus juste ton voyage, je me paye avec tes vêtements, et je te mets sur le pavé. Après tu te débrouilleras comme tu voudras, c'est ton affaire. »

Sur ce, l'honnête Kaloum Bey sortit d'un pas majestueux, en se rengorgeant comme un homme content de lui. Saïd le suivit d'un regard chargé de mépris; il ne trouvait pas de mots assez forts pour qualifier la conduite indigne de ce marchand qui le sauvait, le secourait d'une façon aussi peu désintéressée. Il songea à prendre la fuite, mais la fuite avait été prévue certainement par un homme aussi avisé que le marchand d'étoffes : la fenêtre était grillée, la porte soigneusement verrouillée. Enfin, après avoir soigneusement réfléchi, Saïd se résigna à entrer au service de Kaloum Bey, puisque c'était la seule chose qu'il pût faire. Comme il ne devait pas penser à s'éloigner de Bagdad sans argent, il patienterait jusqu'à la première occasion de voir le calife en personne et de l'intéresser à son sort.

Le jour suivant, Kaloum Bey emmena donc Saïd à son magasin et le mit au courant. Le poste qui lui fut confié fut celui de l'étalage, et Saïd devint ainsi une sorte d'enseigne destinée à faire affluer les chalands. Le calcul du marchand était bon; car si lui-même était assez laid pour provoquer les quolibets des passants et mériter l'épithète d'épouvantail que les femmes ne se gênaient pas de lui lancer, Saïd était assez beau pour produire l'effet contraire.

Bientôt la clientèle se ressentit de la présence de ce nouveau commis; le chiffre des affaires augmenta d'une manière fort appréciable, et Kaloum se montra de plus en plus aimable pour Saïd. Il le nourrit mieux, l'habilla plus élégamment; ces preuves de bons sentiments laissaient le jeune homme absolument froid : il ne pensait, il ne rêvait qu'aux moyens de reprendre au plus tôt la direction de Bassorah.

Or, un jour que la vente avait été exceptionnelle et que tous les esclaves étaient au dehors à porter des paquets chez les clients, survint une vieille femme qui fit quelques emplettes.

« Faites-les porter chez moi, dit-elle au digne Kaloum en le payant.

— Je ne le pourrai pas avant une demi-heure, répliqua-t-il ; vous le voyez, je n'ai pas un seul homme disponible.

« C'est lui qui fait valoir ma marchandise, » dit Kaloum.

— Comment, dans une demi-heure ! se récria la vieille en haussant le verbe, mais je n'ai pas le temps d'attendre une demi-heure.

— Alors prenez un commissionnaire, proposa le marchand.

— Pour que je sois volée, n'est-ce pas ? Oh ! l'étrange boutique !... Mais qu'est-ce qu'il fait là à se croiser les bras, ce beau commis ? Mon garçon, tu vas prendre mon paquet et venir avec moi.

13

— Pardonnez, pardonnez, protesta le pauvre Kaloum, il ne va jamais en course. C'est lui qui, chez moi, fait valoir les marchandises.

— Voilà un singulier marchand, dit la vieille, puisqu'il a besoin qu'on fasse valoir ses marchandises.

— Par Ariman et tous les esprits de l'enfer, grommela le marchand furieux, si je ne fais pas ce qu'elle veut, la vieille sorcière va me mettre toute la ville sur les bras. Va, Saïd, dit-il, et reviens bientôt. »

Saïd prit donc le paquet et suivit la cliente, qui s'éloignait d'un pas plus léger que ne l'est d'habitude celui des femmes de son âge. Elle s'arrêta enfin devant une maison de fort belle apparence et frappa : les vantaux de la porte s'étant ouverts brusquement, la vieille se mit à gravir les degrés d'un large escalier de marbre, en faisant signe au jeune homme de l'imiter. Bientôt ils pénétrèrent dans une salle luxueusement décorée, si riche que Saïd n'en avait jamais vu d'aussi riche ; la vieille se laissa tomber sur un coussin de soie, puis elle donna une pièce d'argent au commis, qui avait déposé son paquet près d'elle. Saïd se retira.

Il était déjà près de la porte, quand il entendit dire son nom derrière lui par une voix douce et claire. Il se retourna avec surprise et vit, sur le coussin où la vieille avait pris place, une dame merveilleusement belle, entourée d'esclaves et de suivantes. Le saisissement le rendait muet, mais ne lui faisait pas oublier ses bonnes manières : il croisa les bras sur sa poitrine et s'inclina profondément.

« Saïd, mon cher enfant, dit la dame, autant je déplore les destins contraires qui t'ont écarté de ta route, autant je me réjouis qu'ils t'aient conduit à Bagdad ; car c'est en cette ville seulement que tout peut se réparer. Mais as-tu toujours ton sifflet ?

— Sans doute, Madame, s'écria-t-il joyeusement en s'empressant de le tirer de sa poitrine ; vous êtes sans doute la bonne fée qui l'a remis à ma mère ?

— J'ai été l'amie de ta mère, Saïd, et je serai la tienne aussi longtemps que tu resteras bon. Combien ton père a été mal inspiré en ne suivant pas mes conseils, et en se séparant de toi avant ta vingtième année!... S'il n'avait pas agi ainsi, il t'aurait épargné bien des déboires et des chagrins.

— C'était écrit! répliqua le jeune homme avec le fatalisme de sa race; mais puisque vous êtes mon amie, ô bonne fée, montons dans votre char de nuages, attelez-y un bon vent du nord-est, et allons en deux minutes à Bassorah, près de mon père, que je vous promets de ne plus quitter pendant les six mois qui me manquent pour mes vingt ans. »

La fée sourit.

« Ton idée est bonne, mon pauvre Saïd, riposta-t-elle, mais malheureusement je ne puis la mettre en pratique. Pour le moment, il m'est impossible de faire quoi que ce soit pour toi, pas même te retirer des griffes de cet odieux Kaloum Bey : c'est un des protégés de ta puissante ennemie.

— Ainsi, reprit le jeune homme, non seulement j'ai une puissante amie, mais encore j'ai une aussi puissante ennemie... Ah! je m'explique bien des choses maintenant! Mais, sans doute, il ne vous est pas défendu, ô bonne fée, de me secourir de vos conseils : dois-je m'adresser au calife? C'est un homme sage et juste; et il ne manquerait pas de me défendre contre mon maître.

— Oui, Haroun est un sage et un juste, mais ce n'est qu'un homme, ne l'oublie pas, Saïd. Haroun se fie autant à son chambellan Messour qu'à lui-même; et Haroun a raison, car il a mis Messour à l'épreuve plus d'une fois, et Messour ne l'a pas trompé; mais Messour se fie autant à Kaloum qu'à lui-même, et Messour a tort, car son cousin Kaloum n'est qu'un gredin. Comme Kaloum est un homme de précaution, il a eu soin, dès son retour, de mettre son cousin en garde contre toi. Tu te présenterais au palais du calife

que tu y serais fort mal reçu, Messour ayant répété aussitôt à son
maître ce que Kaloum lui a raconté. Il est heureusement d'autres
moyens d'approcher le commandeur des croyants; car il est écrit
que tu auras toutes les faveurs du calife.

— Je vois bien, dit Saïd avec tristesse, que je dois rester le
commis de ce gredin. Je voulais te demander une grâce, ô bonne
fée; je me suis exercé de bonne heure au maniement des armes, et
je désirerais prendre part aux joutes que donnent chaque semaine
les jeunes gens appartenant aux plus nobles familles de la ville.
Comme on n'admet que des combattants convenablement vêtus
et libres, si vous pouviez faire en sorte que j'eusse un cheval, des
armes, des vêtements, et que je pusse rendre mes traits mécon-
naissables...

— Voilà un désir qui te fait le plus grand honneur, mon cher
Saïd, et je vois que tu es le digne descendant de ton grand-père
maternel, lequel était de son temps le plus vaillant guerrier de la
Syrie. Remarque bien cette maison; toutes les semaines tu y trouveras deux écuyers montés, un destrier, des armes, des vêtements
et une eau qui te fera méconnaissable à tous les yeux. Maintenant,
adieu, Saïd; persévère dans la bonne voie, et dans six mois tu
entendras ton sifflet. Soulima ne restera pas sourde à ton appel,
quand tu auras besoin d'elle. »

Saïd salua avec le plus profond respect et s'en alla. Il eut soin
de remarquer la maison et la rue, puis il reprit en toute hâte le chemin du bazar. Il y arriva juste à temps pour tirer l'honnête Kaloum
d'une situation vraiment peu agréable.

En l'absence de son commis, le marchand s'était avisé de faire
l'article lui-même; on devine le succès de fou rire qui l'avait
accueilli. Deux hommes qui allaient et venaient par le bazar d'un air
préoccupé passèrent devant lui; tout de suite il se précipita vers
eux en secouant un châle d'une main et un voile de l'autre.

« Par ici, Messieurs, leur cria-t-il de son accent le plus insi-
nuant, par ici; j'ai certainement ce qu'il vous faut. Des marchandises de première qualité, un choix considérable! Est-ce un châle
que vous désirez? un voile?

— L'ami, répliqua l'un des deux hommes, tes marchandises
sont peut-être ce qu'il y a de meilleur sur la terre, mais elles ne
peuvent nous convenir; nos femmes nous ont bien recommandé de
ne pas acheter ailleurs que chez le beau Saïd. »

Sur cette déclaration, Kaloum Bey devint véritablement rayon-
nant.

« Allah il Allah! s'exclama-t-il, c'est le Prophète lui-même qui
a guidé vos pas. Entrez, mes bons seigneurs, entrez, c'est ici la
boutique du beau Saïd.

— Mes compliments, roi de beauté, riposta un des passants en
pouffant de rire.

— Te moques-tu de nous, vieux singe? » fit le second en se
fâchant tout rouge.

Kaloum ne fut pas en reste naturellement : il avait à sa disposition un riche répertoire d'injures, et il y puisa largement. Un attrou-
pement se forma tout de suite; on connaissait le marchand pour un
vieil avare, et on n'était pas mécontent de la petite mésaventure qui
lui survenait.

Bientôt les injures firent place aux horions; l'un des adver-
saires de Kaloum l'avait saisi à la barbe et le secouait énergiquement, ce qui faisait hurler abominablement le marchand, et rire
énormément la galerie, quand le passant irascible fut enlevé soudain, et s'en alla rouler à quelques pas en bousculant nombre de
curieux. Les spectateurs déçus murmurèrent, l'autre inconnu se
retourna vivement, afin de prendre la défense de son compagnon,
mais il se trouva en présence d'un garçon à la mine menaçante et
aux yeux étincelants. Il n'osa protester; il prit sous le bras le vaincu,

qui s'était ramassé et avait repris ses babouches : tous deux gagnè-
rent prudemment le large.

« Mes bons seigneurs, mes bons seigneurs, s'écria Kaloum,
qui ne pensait plus déjà qu'à la vente, c'est lui, c'est le beau Saïd,
ne vous en allez pas, il va vous servir. »

Mais les deux inconnus ne se retournèrent même pas.

« Étoile du bazar, perle des commis, ajouta le marchand d'une
voix toute tremblante d'émotion, voilà ce qui peut se dire arriver à
propos : deux minutes plus tard, et je pouvais me passer du barbier
pour le reste de mes jours. Comment me sera-t-il possible de reconnaître ce que tu viens de faire pour moi? »

C'était dans un élan de pitié que Saïd était intervenu, sans
s'accorder le temps de la réflexion : pour un peu, il eût regretté
d'avoir évité au vieux pingre une volée de bois vert, qui l'eût probablement rendu plus souple pendant une semaine ou deux. Cependant, ce qui était fait était fait; le plus sage était de tâcher d'en
tirer parti, et c'est ce que fit Saïd. Il demanda la permission de
disposer d'une après-dînée par semaine, et Kaloum y consentit : il
savait son commis trop raisonnable pour s'esquiver sans argent.

Comme les jeunes gens des classes élevées de Bagdad se
livraient le mercredi suivant à leurs exercices sur l'une des places
publiques de la cité, Saïd manifesta le désir de profiter de la permission accordée, et Kaloum le laissa partir. Aussitôt le fils de Ben-
Ezar s'en alla à la maison de la fée; les portes s'ouvrirent d'elles-
mêmes devant lui, des domestiques l'attendaient au bas de l'escalier
de marbre pour le conduire dans un appartement, où il commença
par se laver avec de l'eau magique. En se regardant ensuite dans un
miroir de métal, il éprouva une telle surprise qu'il resta muet : il
avait le teint bronzé, et une barbe fine, noire et bien frisée encadrait
ses traits réguliers. La fée avait eu raison d'affirmer qu'elle le
rendrait méconnaissable à tous les yeux.

Les serviteurs le firent passer ensuite dans une seconde pièce, où ils lui firent endosser un costume magnifique en soie rouge brodée d'argent; ils le coiffèrent d'un turban orné d'une aigrette que retenait une agrafe de diamants, le couvrirent d'une cotte aux mailles d'argent si fines et si solides en même temps, qu'elle ressem-

Ses superbes vêtements attirèrent aussitôt l'attention.

blait à une véritable étoffe, et que ni la lance ni l'épée ne devaient l'entamer; ils lui ceignirent un cimeterre dont le fourreau et la poignée étaient tout incrustés de pierreries, que Saïd jugea d'un prix inestimable, puis ils le ramenèrent dans la cour, où trois superbes coursiers piaffaient d'impatience. Saïd sauta vivement sur le plus fougueux et s'éloigna, suivi de ses deux écuyers. La fée avait eu soin de lui envoyer d'abord un foulard de damas, avec lequel il n'aurait qu'à s'essuyer le visage pour retrouver sa physionomie habituelle.

La richesse de ses vêtements et l'éclat de ses armes attirèrent tout de suite l'attention de la foule et des jouteurs ; la réunion comprenait cependant la fleur de l'aristocratie de Bagdad, et les frères du calife en faisaient eux-mêmes partie. Lorsque Saïd parut, personne ne vint saluer l'étranger, qui était certainement inconnu à tous ; le fils du grand vizir s'avança pour lui souhaiter la bienvenue et le prier de prendre part à leurs divertissements. Par la même occasion, il s'informa du nom et de la patrie du mystérieux cavalier. Saïd répondit qu'il se nommait Almanzor, qu'il était du Caire en Égypte, et qu'il voyageait pour son édification : il n'avait pas voulu passer par Bagdad, la cité des cités, sans entrer en relations avec une jeunesse dont on lui avait vanté partout la vaillance et la courtoisie. Les jeunes gens furent charmés des bonnes façons d'Almanzor ; ils lui remirent une lance et l'invitèrent à choisir celui des deux camps dans lequel il désirait avoir rang.

Son adresse et sa force achevèrent de lui assurer toutes les sympathies de la foule. La lance ne semblait pas peser plus qu'une plume dans sa main vigoureuse ; il fit mordre la poussière aux meilleurs champions du camp adverse, et d'une voix unanime on le proclama le vainqueur de la journée. Le fils du grand vizir et le frère cadet du calife l'ayant prié de rompre une dernière lance avec chacun d'eux, il eut facilement raison d'Ali, le parent d'Haroun, mais la lutte resta indécise avec le fils du grand vizir, de sorte que, d'un commun accord, ils la remirent à la semaine suivante.

Inutile de dire qu'il ne fut plus question dans toute la ville que du bel et riche étranger. Tous ceux qui l'avaient vu en raffolaient, même ceux qu'il avait battus, et les oreilles de Saïd furent pleines des louanges d'Almanzor, que les clients de Kaloum chantaient sur tous les tons.

La semaine suivante, son costume était encore plus brillant, sa monture plus admirable, et ses armes plus éblouissantes. Tout

Bagdad s'entassait autour du champ clos; et le calife lui-même se tenait sur un balcon, dans l'intention bien évidente d'assister aux divertissements. Almanzor accomplit des prouesses encore plus remarquables; l'enthousiasme général fut indescriptible, et le calife fit don au jeune étranger d'une lourde chaîne d'or, qu'il lui passa au cou de ses propres mains.

Quelques-uns des jeunes gens avaient pris ombrage dès le premier jour du succès de cet inconnu qui menaçait de les éclipser entièrement. Cette distinction venant du souverain ne fit qu'augmenter leur mécontentement, naturellement.

« Un aventurier que personne ne connaît, grommelaient-ils entre eux; est-ce qu'il s'imagine, en fin de compte, qu'il ne pourrait pas trouver son maître tout comme un autre? Si on s'entendait?... »

Ils s'entendirent, et à la première réunion ils l'assaillirent à cinq ou six en même temps, de sorte que Saïd n'eût pas manqué de succomber sous le nombre, si Ali et le fils du grand vizir, à qui ces complots avaient paru singuliers, ne s'étaient jetés dans la mêlée et n'avaient fait craindre à ces envieux d'être exclus de ces fêtes à l'avenir.

Depuis plus de quatre mois déjà Almanzor émerveillait Bagdad de son luxe et de son courage, quand un soir, en rentrant d'une joute, il entendit dans une rue des voix qui lui étaient familières. C'étaient celles de quatre hommes qui marchaient lentement devant lui tout en discutant d'une façon fort animée. Saïd se rapprocha et reconnut la langue secrète qu'il avait apprise chez le vieux Sélim : il en conclut tout de suite que c'étaient quatre sacripants préparant quelque mauvais coup, et il résolut de ne pas les perdre de vue un seul instant.

« Je suis sûr que le portier a dit la rue à droite du bazar, insistait l'un; il doit y passer cette nuit avec le grand vizir.

— Le grand vizir n'est qu'un vieux poltron, ripostait l'autre, ce

14

n'est pas lui qui est bien gênant; mais le calife est une fine lame dont je me défie. D'autant plus qu'il doit se faire suivre à distance par une dizaine d'hommes de sa garde.

— Tu te trompes ; chaque fois qu'on l'a reconnu le soir, il était seul avec le grand vizir ou le premier chambellan. Il faut mettre la main dessus aujourd'hui ; surtout ne touchez pas à un seul de ses cheveux.

— Ce qu'il y aurait de mieux à faire, ce serait de lui jeter un nœud coulant. On ne lui ferait pas de mal, naturellement : vif, il vaut une bonne rançon, tandis que mort...

— A une heure avant minuit, n'est-ce pas ? »

Et ils se séparèrent, chacun allant de son côté.

Pas de doute possible : c'était contre le calife même que ce complot se tramait. Saïd prit sa course vers le palais afin de prévenir Haroun du danger qui le menaçait. Il avait déjà franchi une bonne partie de la distance, quand il s'arrêta : il venait de se souvenir de ce que la fée lui avait dit sur la réception qui l'y attendait s'il s'y présentait. Pour ne pas s'exposer à voir sa démarche mal interprétée, il changea de tactique : il ne s'en rapporterait qu'à lui-même pour défendre la vie du souverain.

Au lieu de regagner le logis de Kaloum Bey, il s'assit sur les marches d'une mosquée pour y attendre la tombée de la nuit. Il se glissa alors dans la rue que les bandits avaient désignée, et se dissimula dans l'ombre que faisait la saillie d'une maison. Il n'y était pas depuis une heure qu'il entendit les pas de deux hommes s'avançant avec précaution. Il crut d'abord que c'était le calife avec le grand vizir ; mais l'un des deux noctambules frappa doucement dans ses mains, et deux autres arrivèrent précipitamment du côté du bazar. Ils tinrent un court conciliabule, et se postèrent à trois non loin de Saïd, tandis que le quatrième montait et descendait silencieusement la rue.

Une demi-heure passa ainsi, puis des pas retentirent dans la direction du bazar encore. L'homme qui attendait se coula le long des murs vers ceux qui venaient, et Saïd distinguait des silhouettes, quand le signal fut donné une seconde fois, et les quatre brigands se ruèrent tous ensemble vers leurs victimes. Ils devaient rencontrer une vive résistance cependant, car des lames grinçaient en se croisant. Saïd dégaina vivement, et se précipita au secours du calife en criant de toutes ses forces :

« Sus aux ennemis du grand Haroun !... »

D'un coup de cimeterre il fendit le crâne à l'un des assaillants, et fondit ensuite sur deux autres qui s'efforçaient de désarmer un homme aux bras paralysés par une corde. Saïd frappa un si furieux coup qu'il trancha le lien et la main qui le serrait : le bandit laissa échapper un hurlement de douleur et s'affaissa sur le sol. Le quatrième était aux prises avec un adversaire qui paraissait moins redoutable ; il se retourna contre le nouveau venu ; mais le calife le frappa vivement de son poignard, qui disparut presque tout entier dans la poitrine. Le seul qui fût encore valide jeta ses armes et demanda grâce.

Saïd ne devait pas ignorer longtemps à qui il avait rendu un service aussi signalé.

« Lequel m'étonnera davantage, ou de cet attentat à ma vie ou à ma liberté, ou de la façon dont tu m'en sauves ? dit le plus grand des deux passants en s'approchant de Saïd ; tu connaissais donc les intentions de ces misérables ?

— O commandeur des croyants, répliqua Saïd en s'inclinant, car je ne doute pas que tu ne sois le maître de Bagdad, je suivais, vers la fin de ce jour, la rue El-Malek, quand j'entendis quatre hommes marchant devant moi discuter dans une langue étrangère, que j'ai apprise autrefois. J'ai pu entendre qu'ils se proposaient de s'emparer de ta personne et de tuer ton digne serviteur, le grand vizir. Comme je n'avais pas le temps de t'avertir, je n'ai pu faire autre chose que de me rendre à l'endroit indiqué et de venir à ton secours.

— Je te remercie, répliqua le calife. Prends cette bague et présente-la demain à l'entrée du palais. Nous verrons comment je pourrai m'acquitter envers toi. Partons, vizir, c'est plus prudent; ils pourraient revenir à la charge. »

Le calife voulait entraîner son ministre, mais celui-ci le pria d'attendre un instant, et ajouta, en donnant une lourde bourse au jeune homme :

« Le calife, mon maître, peut faire de toi ce qu'il veut, mon successeur peut-être; moi, au contraire, je ne puis faire que peu de chose, et il vaut mieux que je le fasse sans tarder. Voici une bourse qui te sera peut-être utile; ce n'est pas pour m'affranchir de la reconnaissance que je te dois, sois-en convaincu, et viens me trouver si jamais tu penses avoir besoin de moi. »

Saïd ne se sentait plus de joie, et ce fut d'un pas et d'un cœur légers qu'il rentra chez Kaloum Bey. L'honnête marchand avait passé par toutes les transes les plus affreuses pendant l'absence prolongée et inquiétante de son précieux commis. La première chose qu'il fit en le voyant de retour, ce fut de l'accabler d'injures. Saïd, cette fois, les lui rendit avec usure : il avait constaté, chemin faisant, que la bourse était pleine d'or. Donc il pouvait retourner à Bassorah aussitôt qu'il le voudrait; donc il n'avait plus de raison de ménager son bourreau. Il lui signifia même sans retard qu'il renonçait au plaisir de le servir. L'honnête marchand ne voulut pas d'abord en croire ses oreilles, puis la rage s'empara de lui.

« Toi, t'en aller? clama-t-il d'une voix étranglée par la fureur. Pauvre garçon! Où irais-tu, que deviendrais-tu, gredin, si je t'abandonnais? Tu ne trouverais seulement pas à faire un seul repas dans toute la ville.

— Ne vous mettez pas en peine de moi, ô seigneur Kaloum Bey ; faites vos affaires, les miennes ne vous regardent pas. »

Puis, sans attendre, il prit la fuite, laissant le marchand si ahuri que Saïd put prendre le large sans être inquiété.

Kaloum Bey était, fort heureusement, un homme de ressources. La nuit lui ayant porté conseil, il lança le lendemain matin tout son personnel à la recherche du fugitif ; l'un des domestiques vint enfin lui annoncer qu'il avait vu Saïd sortir d'une mosquée et entrer dans un caravansérail. Il avait eu quelque peine à le reconnaître, car l'ancien commis était vêtu comme un prince. Ce fut un trait de lumière pour le marchand d'étoffes, qui était trop... pratique pour croire beaucoup à l'honnêteté.

« Volé, je suis volé, gémit-il ; cette canaille a abusé de ma confiance et de ma bonté pour me dépouiller. »

Il courut d'une traite chez le directeur de la police, lequel, le sachant proche parent de Messour, s'empressa de mettre à la disposition de ce personnage quelques-uns de ses plus fins limiers. Saïd causait tranquillement à la porte du caravansérail avec un voyageur qui se rendait en même temps que lui à Bassorah, quand il fut appréhendé et emmené, malgré une vive résistance. Il demanda, naturellement, ce dont il était accusé ; on lui répondit qu'il était arrêté sur la plainte de Kaloum Bey, son maître. Saïd avait les poignets solidement attachés ; le marchand crut pouvoir s'avancer à son tour : il invectiva son ancien commis, sans négliger de le fouiller. A son plus grand étonnement et à sa plus grande joie, il tira de la ceinture de Saïd une bourse bien garnie.

« Vous voyez, vous voyez, s'écria-t-il en invoquant le témoignage de ceux qui assistaient à cette scène, il m'a volé, il m'a dépouillé, il m'a ruiné, le coquin, le bandit, le scélérat !

— Est-il possible ! disait-on avec indignation, si jeune, si beau et si perverti! Emmenez-le tout de suite devant le juge, qui lui fera appliquer la bastonnade. »

Le directeur de la police ne reçut pas Saïd de la façon la plus aimable; le jeune homme voulut prendre la parole pour donner des explications et se défendre, mais le magistrat lui imposa silence. Kaloum Bey fut seulement autorisé à s'expliquer.

Il demanda au marchand si l'or contenu dans la bourse lui appartenait bien, et le marchand n'hésita pas un instant à en faire le serment. Cette mauvaise action le rendit propriétaire de la bourse; mais elle ne lui rendit pas le beau Saïd, ainsi qu'il s'y était attendu.

« Suivant une loi revisée tout dernièrement par mon gracieux souverain le commandeur des croyants, ajouta le directeur, tout vol de plus de cent pièces d'or commis à l'intérieur du bazar se punit maintenant de la déportation à perpétuité dans une île déserte. Ce garnement arrive à point pour compléter un transport de vingt condamnés; il sera expédié demain avec les autres. »

Saïd fut au désespoir de cette sentence inique; il protesta de son innocence, il supplia le directeur de le laisser parvenir jusqu'au calife; mais le directeur ne voulut rien entendre. Kaloum Bey, dont ce jugement sévère ne faisait pas le compte, intercéda timidement, mais n'eut point à s'en féliciter.

« Silence! tonna le directeur, tu as ton or, n'en demande pas davantage. Si tu élèves encore une fois la voix, je te gratifie d'une amende de cent tomans pour manque de respect envers le tribunal. »

Le vieil avare ne crut pas devoir insister; le directeur fit un signe, et les agents emmenèrent le malheureux Saïd.

On le jeta dans un cachot noir et humide, où il se trouva en compagnie de dix-neuf sacripants de la pire espèce; ils l'accueillirent par les propos les plus grossiers et les injures les plus odieuses à l'adresse du directeur et du calife. Il ne resta pas longtemps dans cette prison, mais sa situation ne s'améliora pas, quand il fut conduit à bord du navire qui devait les emporter. On les encaqua dans la cale, où se livra une mêlée presque générale pour la possession des bonnes places, ou plutôt des places relativement bonnes.

Saïd pleura comme jamais encore il n'avait pleuré, quand il sentit se mouvoir le vaisseau : reverrait-il jamais sa patrie? On ne leur donnait à manger qu'une fois par jour : un peu de pain, quelques fruits gâtés, quelques gorgées d'eau. La cale était si sombre qu'on leur laissait de la lumière pendant le temps de leur maigre repas; elle était si malsaine que plus d'un mourut dans la traversée. Saïd résista à tout, grâce à sa jeunesse et à son excellente constitution.

Au bout d'une quinzaine de jours, le jeune homme remarqua que les vagues devenaient plus fortes et qu'un va-et-vient inusité se produisait à bord; il pensa qu'une tempête était proche, et il s'en réjouit : la mort allait peut-être le délivrer. Le navire était secoué d'une manière épouvantable, il faisait des bonds prodigieux; les misérables entassés à fond de cale entendaient les cris de terreur de l'équipage, et s'efforçaient en vain de trouver une issue. Un craquement formidable se fit, puis le silence se rétablit : le navire était immobile, il avait touché. Les condamnés appelèrent, personne ne leur répondit; mais comme ils s'aperçurent que l'eau les gagnait rapidement, ils réunirent leurs forces et réussirent à faire sauter la trappe.

Ils étaient libres.

Le pont était désert : l'équipage s'était sauvé dans les embarcations. Les déportés se réfugièrent à l'avant, où ils pouvaient se croire en sécurité, l'arrière s'enfonçant lentement. Mais la tempête redoubla de violence, la mer arracha l'épave de l'écueil sur lequel la coque s'était éventrée, et le navire coula. Saïd avait eu le sang-froid de s'attacher à un tronçon de mât; cette précaution lui permit

de se soutenir sur l'eau avec assez de facilité. A un moment donné,
il s'aperçut que le sifflet d'argent était sorti des plis de la ceinture.
Il ne put résister à la tentation de le porter de nouveau à ses lèvres :
il souffla ; et cette fois un son clair et vibrant se fit entendre...

La tempête tomba comme par enchantement, les flots s'apai-
sèrent ; à sa grande frayeur, il constata que le tronçon de mât
s'allongeait, se renflait, s'animait, prenait enfin les dimensions et
la forme d'un gigantesque dauphin. Saïd ne tarda pas à se rassurer,
sa monture d'un nouveau genre était d'une humeur très douce et
d'une vigueur exceptionnelle. Le dauphin dévorait l'espace ; la terre
fut bientôt en vue, l'estuaire d'un grand fleuve se dessina dans la
ligne des côtes, et le dauphin, en habitant des mers qui connaît son
habitation, se dirigea en ligne droite de ce côté. Il se mit à remonter
le fleuve.

Saïd le laissait faire, se disant que ce dauphin en savait sans
doute infiniment plus long que lui sur la géographie de la région ;
mais comme il n'avait jamais mangé suivant son appétit depuis son
départ de Bagdad, il se souhaita un bon repas en sifflant. Le
dauphin s'arrêta, une table émergea des eaux du fleuve : elle était
parfaitement sèche, ainsi que les nombreuses victuailles dont elle
était chargée.

Saïd dîna fort bien, et remercia sincèrement la bonne fée à
laquelle il devait certainement ces prévenances. La table s'enfonça
dans le fleuve ; et le dauphin, talonné par son cavalier, reprit sa
course.

Le soleil commençait à s'incliner dans le ciel, quand des coupoles et des minarets se profilèrent sur l'horizon ; Saïd leur trouva
un air de ressemblance avec les minarets et les coupoles de Bagdad,
ce qui ne lui fit pas beaucoup de plaisir. Il se consola cependant en
se disant que la fée ne le laisserait certainement pas retomber sous
la coupe du marchand d'étoffes. La ville était encore à une bonne

lieue, quand le jeune homme aperçut une maison de plaisance magnifique qui s'élevait au bord du fleuve; plusieurs personnes richement vêtues se promenaient en causant sur la terrasse; des serviteurs se pressaient sur les degrés d'un large escalier de marbre, descendant jusqu'à l'eau. On avait évidemment remarqué le naufragé et le dauphin; l'étrange animal pointait droit, du reste, vers l'escalier de marbre, et dès que son cavalier y eut posé le pied, il disparut sans laisser de traces.

Les esclaves invitèrent Saïd, au nom de leur maître, à se couvrir des vêtements secs que leur maître lui envoyait, et à accepter l'hospitalité sous son toit. Ils le conduisirent ensuite sur la terrasse; trois hommes s'y trouvaient. Le plus grand s'avança pour le recevoir, en lui disant de son air le plus gracieux :

« Qui donc es-tu, mystérieux étranger, pour commander ainsi aux poissons de la mer et les mener aussi facilement qu'un bon cavalier mène son destrier? Es-tu un enchanteur? N'es-tu qu'un homme comme nous?

— Seigneur, répliqua le jeune homme, il m'est arrivé bien des aventures singulières, et si le récit peut vous en être agréable, je suis prêt à le faire. »

Il raconta tout ce qui lui était survenu depuis qu'il avait quitté son père; ses auditeurs lui prêtèrent la plus grande attention, tout en donnant fréquemment les marques du plus vif étonnement. Enfin, quand il eut terminé, le maître de la maison reprit, avec plus de bienveillance encore si la chose était possible :

« Je te crois, Saïd. Mais tu nous as dit que l'on t'avait fait présent d'une chaîne d'or et d'une bague : aurais-tu encore ces objets?

— Sans doute, seigneur, je les ai toujours portés sur mon cœur, et ils y sont encore. Ils me rappellent trop le grand Haroun pour que je consente à m'en séparer. Les voici.

— Par la barbe du Prophète, c'est elle, c'est ma bague, s'ex-

15

clama le maître du logis; vizir, embrassons ce brave garçon, car
c'est lui qui nous a sauvé la vie. »

Saïd ne savait s'il rêvait ou s'il était éveillé; il se laissa glisser
à genoux devant son interlocuteur et s'écria :

« Pardonne-moi, ô commandeur des croyants, de t'avoir parlé
aussi peu respectueusement que je viens de le faire, car tu es bien
Haroun-al-Raschid, le grand calife de Bagdad?

— Je suis ton ami, Saïd; et comme je suis celui que tu dis, tes
épreuves et tes mauvais jours sont finis. Tu ne me quitteras plus; je
fais de toi l'un des membres de mon conseil intime. Je pense que
je n'aurai pas à me repentir de mon choix, car tu m'as prouvé que
le calife de Bagdad ne t'était pas indifférent : en pourrais-je dire
autant de tous ceux qui me servent? »

Saïd consentit avec joie à ce que le souverain attendait de lui; il
demanda seulement de pouvoir aller jusqu'à Bassorah rassurer son
vieux père, qui devait être accablé de chagrin. Le calife dit qu'il le
lui permettait.

Quelques minutes plus tard ils montaient sur leurs chevaux
pour se rendre à la ville, où ils entrèrent avant le coucher du soleil.
Haroun donna à Saïd un grand appartement dans son propre palais,
tout en affirmant que ceci était simplement du provisoire : Saïd ne
tarderait pas à avoir un palais à lui.

A la nouvelle de ce merveilleux événement, le frère du calife
et le fils du grand vizir accoururent féliciter celui pour lequel ils
s'étaient tout de suite juré d'avoir une profonde reconnaissance. Ils
le serrèrent dans leurs bras et le supplièrent de vouloir bien leur
accorder son amitié.

« Vous l'avez depuis longtemps, » répliqua-t-il en souriant.

Et il leur présenta la chaîne d'or que le calife lui avait remise
en leur présence. Tout d'abord ils restèrent incrédules : c'était si
difficile de croire que Saïd était le même qu'Almanzor! Il leur

expliqua son travestissement ; il se mesura avec eux dans un combat
à armes courtoises, et quand le doute ne leur fut plus permis, ils
l'embrassèrent de nouveau, en se réjouissant d'avoir un ami tel
que lui.

Le lendemain, Saïd et le grand vizir étaient avec le calife, quand
Messour, le premier chambellan, entra.

« Commandeur des croyants, dit Messour, j'ai une grâce à te
demander.

« O commandeur des croyants ! » dit Kaloum Bey.

— Je t'écoute, répliqua Haroun.

— Mon cousin Kaloum Bey, qui est un marchand bien connu du
bazar, te supplie de l'entendre et de te prononcer dans une bizarre
affaire. Il a eu à son service un jeune homme de Bassorah, qui l'a
volé et qui s'est enfui, personne ne sait où ; aujourd'hui, le père du
jeune homme réclame son enfant à mon cousin, qui ne peut le lui
rendre, puisqu'il ne l'a pas. Ta sagesse tranchera aisément ce diffé-
rend, sans doute.

— Que ton cousin vienne dans une demi-heure à la salle de
justice avec l'homme de Bassorah : je les entendrai. »

Messour se retira.

« Ce ne peut être que ton père, Saïd, reprit Haroun; comme je suis renseigné aussi bien que possible, je rendrai un jugement à faire pâlir la mémoire de Salomon. Toi, Saïd, tu te tiendras caché derrière mon trône, tu ne te montreras qu'à mon appel. Toi, vizir, tu vas me faire amener le directeur de la police : je l'interrogerai. »

L'un et l'autre obéirent.

Le cœur de Saïd battit plus fort quand Ben-Ezar parut : le malheureux père avait la mine défaite et l'air complètement abattu. Par contre, le jeune homme se tint à quatre pour ne pas sauter à la gorge de Kaloum Bey, quand il vit le marchand s'entretenir à voix basse avec Messour, tout en souriant insolemment. La salle était bondée, car l'affaire en question n'était qu'une des nombreuses causes sur lesquelles Haroun le Sage allait avoir à se prononcer. Le calife ayant pris place sur son trône, le grand vizir recommanda le silence et invita ceux qui avaient à se plaindre à se présenter.

« O commandeur des croyants, dit Kaloum Bey avec son arrogance habituelle, j'étais sur le pas de mon magasin du bazar, il y a quelques jours, quand j'entendis crier par un homme qui tenait une bourse à la main : « Cette bourse est à celui qui pourra donner des nouvelles de Saïd, de Bassorah. » J'appelai le crieur et je lui dis que je gagnerais facilement la bourse, car il m'était possible de donner les renseignements désirés. L'homme que tu vois s'approcha alors de moi, et comme je lui demandais s'il était Ben-Ezar, de Bassorah, père du Saïd réclamé, il me répondit avec joie que je ne me trompais pas. Je lui racontai alors comment j'avais sauvé son fils de la mort dans le désert; comment je l'avais soigné et ramené à Bagdad; comment je l'avais pris à mon service, et cet homme me donna la bourse promise par lui et bien gagnée par moi. Mais il se fâcha ensuite quand je lui dis encore comment son fils avait agi envers un bienfaiteur tel que moi, comment il m'avait volé et comment il avait pris la fuite. Cet homme ne voulut pas me croire; il m'accusa de mensonge, et depuis ce moment il ne cesse de me réclamer sa bourse, que je ne dois pas lui rendre, puisqu'elle est à moi, et son fils, que je ne puis pas lui rendre, puisque je ne sais où il est. »

Ben-Ezar prit la parole à son tour. Il assura que son fils était beaucoup trop honnête pour avoir fait ce dont le marchand d'étoffes l'accusait; il supplia le calife d'ordonner une enquête sérieuse.

« Ton devoir était de porter plainte, dit Haroun; l'as-tu fait, Kaloum Bey?

— Je l'ai fait, ô commandeur des croyants, et c'est le directeur de ta police qui a jugé l'affaire.

— Qu'on m'amène le directeur de la police, » reprit le calife.

Le directeur de la police parut aussitôt, au grand ébahissement de l'assemblée.

« Te souviens-tu d'avoir eu à rendre un arrêt sur une plainte pour vol formulée par Kaloum Bey? demanda le calife.

— Je m'en souviens, ô commandeur des croyants.

— As-tu interrogé le coupable? L'accusé a-t-il avoué?

— Non, seigneur, il s'est borné à répéter qu'il ne parlerait que devant toi.

— Je ne me souviens pas de l'avoir entendu cependant.

— Tu ne l'as pas entendu, seigneur; que deviendrais-tu s'il te fallait entendre les kyrielles de coquins qui demandent à comparaître devant toi?

— Tu oublies que mon oreille était ouverte à tous. La culpabilité était sans doute assez clairement établie, puisque tu n'as pas jugé à propos de porter l'affaire devant moi. Tu avais des témoins, sans doute, Kaloum Bey?

— Des témoins? répéta le marchand, que l'on vit pâlir; je n'avais pas de témoins. Et puis toutes les pièces d'or se ressemblent; où aurais-je trouvé des témoins pour jurer que celles-là sortaient de ma caisse?

— Mais alors, à quoi as-tu reconnu que cette somme t'appartenait?

— A la bourse dans laquelle elle était renfermée.

— Tu as cette bourse?

— Je l'ai.

— Fais voir. »

Kaloum remit la bourse au grand vizir pour qu'il la donnât au calife. Le ministre la regarda, eut un mouvement de vive surprise et s'écria :

« Par la barbe du Prophète, tu oses dire que cette bourse est à toi, chien? C'est la mienne, et j'en ai fait présent, avec les cent pièces d'or qu'elle contenait, à un brave garçon qui m'a sauvé d'un grand danger.

— Le jurerais-tu? dit encore Haroun.

— Si je le jurerais!... Je jurerais même que c'est ma fille qui l'a brodée.

— Il me semble que tu as été bien mal renseigné, reprit le calife en s'adressant au directeur de la police; pourquoi as-tu cru que la bourse appartenait à Kaloum?

— Kaloum a juré.

— Kaloum a donc porté un faux témoignage! s'écria le calife d'une voix tonnante.

— Allah, Allah, balbutia le pauvre marchand, qui tremblait de tous ses membres; je ne veux pas dire que le grand vizir défigure la vérité, mais la bourse est bien à moi, et c'est bien ce gredin de Saïd qui me l'a volée. Je donnerais bien mille tomans pour qu'il fût là, il le reconnaîtrait lui-même.

— Qu'est devenu ce Saïd? Apprends-nous où il est, que je l'envoie chercher.

— Il a été déporté dans une île déserte, répliqua le directeur de la police.

— O Saïd, mon fils, mon fils, gémit le malheureux Ben-Ezar, qui fondit en larmes.

— Il a donc avoué sa faute? » insista le souverain.

Le directeur de la police devint livide; il roula des yeux effarés et finit par bégayer :

« Je crois que... je crois que oui.

— Je vois que tu n'en es pas bien sûr, et qu'il vaut mieux le demander à Saïd lui-même, déclara Haroun d'une voix de plus en plus terrible; viens, Saïd, et toi, Kaloum, commence par payer les mille tomans que tu as offerts. »

Le marchand et le fonctionnaire crurent se trouver en présence d'un revenant; ils tombèrent à genoux en criant grâce.

Pendant ce temps, Ben-Ezar se jetait dans les bras de son cher enfant.

« Cherche dans ta mémoire, fit le calife implacable en s'adressant au directeur de la police; Saïd a-t-il avoué?

— Non, non, hurla le pauvre diable, je n'ai entendu que Kaloum, parce que c'est un homme considéré.

— T'ai-je fait directeur pour que tu n'entendes que les hommes considérés? Tu passeras dix années dans une île déserte : cela te donnera le loisir de méditer sur la justice. Quant à toi, homme vil qui arraches tes semblables à la mort pour en faire tes esclaves, tu vas payer les mille tomans, ainsi que je te l'ai dit. »

Kaloum tira de sa bourse et compta les pièces d'or sans trop de regret : il était heureux, au fond, de s'en tirer ainsi. Mais le calife n'avait pas tout dit.

« Pour ton faux témoignage, ajouta-t-il, tu recevras cent coups de bâton sur la plante des pieds. Pour le dommage que tu as fait à Saïd, tu lui abandonneras ton magasin avec toutes les marchandises, ou il aura droit à dix pièces d'or par jour pour tout le temps qu'il a été ton serviteur; c'est à lui de choisir.

— O commandeur des croyants, dit le jeune héros, je ne veux rien de lui : qu'il s'en aille en paix, je lui pardonne.

— Mais moi, je ne lui pardonne pas. Puisque tu ne choisis pas, je choisis pour toi et prends les dix pièces d'or par jour. N'oublie pas, Kaloum, de bien calculer les jours et de bien compter les pièces. Et maintenant, qu'on emmène ces misérables. »

On les emmena, et le calife se retira dans une autre salle avec Ben-Ezar et Saïd; pendant que de sa bouche il faisait au père le récit de la mémorable soirée où le fils lui avait sauvé la vie, des hurlements de douleur qui montaient d'une cour du palais parvenaient jusqu'à leurs oreilles : c'était Kaloum qui recevait les cent coups de bâton compensant les cent pièces d'or de la bourse du vizir.

Haroun pria Ben-Ezar de rester pour toujours à Bagdad avec Saïd; le vieillard y consentit volontiers. Il fit un dernier voyage à Bassorah afin de réaliser sa fortune, puis il revint habiter avec Saïd le palais féerique que le calife reconnaissant avait donné à son sauveur. Le frère d'Haroun et le fils du ministre devinrent les amis inséparables du nouveau favori; et quand on entendait parler à Bagdad d'un homme dont le bonheur ne pouvait être plus parfait, on disait :

« Heureux comme Saïd, le fils de Ben-Ezar. »

Chacun ayant trouvé que l'intendant s'était fort bien acquitté de sa tâche de conteur, le ciseleur dut prendre la parole à son tour.

XI

OU IL EST MONTRÉ QU'IL N'EST PAS BON
DE TROP AIMER L'OR

Il y avait un jour, dit-il, dans une île granitique de l'Écosse,
deux pêcheurs qui vivaient dans l'entente la plus complète. Ni l'un
ni l'autre ne s'étaient mariés, ils n'avaient de parents ni l'un ni
l'autre et vivaient de leur travail. Ils étaient à peu près du même
âge, mais c'était leur seul point de ressemblance; pour le reste, ils
étaient aussi différents que l'oiseau du poisson.

Kaspar Strumpf était gros, ventru, petit, avec une face en pleine
lune et des yeux bons et gais, qui ne devaient pas connaître le souci
et le chagrin. Il était mou et paresseux; rien ne lui convenait mieux
que les travaux où l'on ne se donne pas grand mouvement. C'était
lui qui faisait la cuisine, qui cultivait le jardin, qui raccommodait
les filets et en faisait des neufs pour vendre. Son camarade était tout
le contraire, long, sec, avec un nez en bec d'aigle et des yeux de
furet; on ne connaissait pas dans toute l'île de pêcheur plus adroit,
de grimpeur plus intrépide, de travailleur plus obstiné, ni de ven-
deur plus âpre au marché de Kirkwall. Cependant, comme il ne
vendait que du bon et qu'il était l'honnêteté même, on lui achetait

16

volontiers, malgré son avarice connue de tout le monde. Wilm Falk partageait avec Kaspar Strumpf ce qu'il gagnait si péniblement. Les deux amis se nourrissaient bien, et n'en étaient pas moins en passe d'acquérir une certaine aisance. Mais Wilm Falk ne se souciait pas d'une simple aisance; il voulait être riche, très riche. Quand il vit qu'il ne devait pas penser y arriver avec l'existence si dure qu'il menait, il se laissa aller à croire qu'un hasard heureux pouvait l'enrichir d'un seul coup. Une fois qu'il eut cette idée en tête, il ne s'occupa plus d'autre chose; il ne cessa d'en parler à Kaspar comme si la chose était immanquable. Tout ce que disait Wilm était parole d'Évangile pour Kaspar; le brave homme ne se gêna pas pour répéter à qui voulait les entendre les rêvasseries de Wilm, si bien que le bruit courut bientôt dans l'île que Wilm avait vendu son âme à Satan pour une grosse somme d'argent, ou avait reçu des propositions du diable à ce sujet; on ne savait pas au juste.

Wilm commença par rire de ces bavardages, puis il finit par se dire qu'au fait la chose n'était pas impossible; pourquoi un esprit ne lui révélerait-il pas l'endroit où un trésor aurait été enfoui? Il laisssait dire les gens, quand ils faisaient allusion à cette histoire de pacte. Il continuait son métier, mais avec bien moins d'ardeur; souvent il perdait une bonne partie de sa journée à errer de droite et de gauche, en quête d'une aventure qui le rendrait riche. Pour son malheur, le flot lui poussa un jour sous les pieds une boule jaune, qu'il ramassa et qu'il examina curieusement : c'était de l'or pur.

Wilm en resta tout saisi. Il n'était donc pas aussi fou qu'il en avait l'air, en espérant être servi par le hasard. Cette boule d'or provenait certainement d'un lingot roulé et usé sur le galet par les vagues; certainement ce lingot faisait partie de la cargaison d'un navire qui s'était perdu dans ces parages. S'il pouvait retrouver le vaisseau! Il négligea tout pour une chimère pareille; il se cacha de

tous ses amis, de Kaspar lui-même, pour venir, pendant des journées
et des nuits, draguer la mer en cet endroit, avec un appareil qu'il
s'était fabriqué exprès. Il ne trouva rien que la misère. Comme il ne
gagnait plus rien, et que ce que gagnait ce paresseux de Kaspar ne
pouvait suffire pour deux, ils vivaient sur leurs petites économies.
Kaspar ne se plaignait pas, et c'était justement ce qui poussait Wilm
à redoubler d'énergie. Quand il cherchait, ou quand il se reposait,
il entendait toujours un mot vague lui bourdonner aux oreilles,
mais pas assez distinctement pour qu'il pût le comprendre. Il ne
savait pas ce qu'il devait penser de cette circonstance, mais elle
existait, et il en conclut qu'il était destiné à de grandes choses.
Donc, d'après lui, il devait fatalement devenir très riche un jour ou
l'autre.

Comme il était en train de draguer aux environs de l'endroit où
il avait découvert le lingot usé, il fut surpris par une tempête si
violente, qu'il fut obligé de se réfugier dans une grotte du voisinage.
Cette grotte était connue des habitants sous le nom de caverne de
Steenfoll; elle formait un long couloir souterrain, et avait deux
issues sur la mer; les vagues y pénétraient en tout temps, et en
battaient les parois avec des rugissements et des bouillonnements
formidables. Elle n'était accessible que par une crevasse à la partie
supérieure; personne ne s'avisait d'ailleurs de s'y aventurer, à
l'exception de quelques gamins intraitables : on disait qu'elle était
hantée. Wilm y descendit avec beaucoup de mal; il dut s'y tenir
debout sur une pierre en saillie, qui était comme suspendue au-
dessus du gouffre. Pendant que la mer hurlait sous lui, et que la
tempête hurlait au-dessus de lui, il ne songeait qu'à son fameux
trésor. Malgré tous les pas et toutes les démarches qu'il avait faits,
il n'avait rien appris des plus anciens habitants : personne n'avait
entendu parler d'un naufrage sur les côtes de l'île. Quand il se
réveilla de sa songerie, il s'aperçut que la tempête s'était calmée; il

se préparait à remonter par la crevasse, mais au même instant une voix sourde qui venait des profondeurs de la caverne dit distinctement :

« *Carmilhan.*

— *Carmilhan,* répéta Wilm terrifié, c'est le mot que j'ai sur le bout de la langue depuis je ne sais combien de temps sans pouvoir le dire. Seigneur, qu'est-ce que tout ça peut bien signifier ?

— *Carmilhan,* » soupira la caverne une seconde fois.

Et Wilm se sauva, comme s'il avait eu le diable en personne à ses trousses.

Wilm n'était pas un lâche cependant ; c'était dans un premier moment de surprise qu'il s'était enfui ; d'ailleurs l'avarice qui le tourmentait ne lui aurait pas permis de reculer tout simplement parce que le chemin était dangereux. Il s'acharna de plus belle, au contraire. Souvent la nuit le surprenait à draguer, à draguer, sans s'accorder une minute de repos. Un soir, il sentit de la résistance en tirant sur son appareil ; il tira plus fort, il tira de toutes ses forces, sans parvenir à rien amener. Entre temps, le ciel s'était couvert, la mer était devenue agitée et secouait la barque, qui menaçait de chavirer. Wilm ne voyait rien ; il voulait avoir ce qu'il tenait. La corde vint tout à coup comme si elle s'était cassée ; les nuages s'écartèrent juste à point pour lui montrer une masse noire de forme arrondie, de laquelle s'échappa le fameux mot : *Carmilhan.* Il allongea le bras, mais l'objet s'en allait déjà à la dérive, et comme la mer se faisait de plus en plus mauvaise, il dut aller s'abriter derrière des rochers voisins. Wilm était exténué ; il se jeta au fond de sa barque et s'endormit. Le lendemain matin, ce fut le soleil qui le réveilla. Il se mit debout, reprit les avirons, et voulut recommencer ses recherches. En regardant au large, il vit un canot qui se dirigeait vers la côte ; quelqu'un était assis à l'arrière. Wilm attendit ; il fut frappé tout de suite de ce que le canot avançait vite sans un pouce de toile et sans un coup de rame ; celui qui était assis dedans ne faisait pas plus de mouvement qu'un mort. Le canot arriva près de Wilm ; le singulier passager était habillé de toile jaune et coiffé d'un haut bonnet rouge ; c'était un petit vieux, tout ramassé sur lui-même, qui tenait les yeux fermés. Le pêcheur le héla, mais l'autre

Ce singulier personnage était coiffé d'un haut bonnet rouge.

ne répondit pas. Wilm voulut attirer à lui le canot et secouer le petit vieux, pour voir s'il en tirerait quelque chose ; alors le petit vieux ouvrit les yeux, et promena autour de lui un regard effaré. Puis il se mit à se démener comme un beau diable dans un bénitier.

« Où suis-je ? » demanda-t-il en hollandais, en poussant un grand soupir.

Wilm connaissait un peu de cette langue, parce qu'il s'était trouvé souvent en relations avec les pêcheurs de harengs venus de Hollande. Il renseigna le petit homme jaune, puis il s'informa de ce que l'étranger était et de ce qu'il faisait là.

« Je cherche le *Carmilhan*, » répondit l'autre.

Wilm fit un bond.

« Le *Carmilhan?* répéta-t-il avec violence; tu vas me dire ce que c'est, alors.

— Je n'aime pas qu'on me parle sur ce ton-là, riposta le petit vieux.

— Je te demande pardon, reprit le pêcheur en se contenant; mais si tu sais ce que c'est que le *Carmilhan*, tu voudras bien me l'apprendre sans doute?

— Le *Carmilhan* était un navire chargé d'or.

— Quand a-t-il péri? Où?

— Il y a une centaine d'années, je ne sais pas au juste où. Je le cherche, je voudrais repêcher l'or. Si tu veux m'aider, nous partagerons.

— Je ne demande pas mieux. Qu'est-ce qu'il faut que je fasse?

— Quelque chose qui demande du courage. Tu iras dans la partie la plus retirée et la plus sauvage de l'île avec une vache; tu abattras la vache, tu la dépouilleras, tu t'envelopperas dans la peau toute fraîche, et tu attendras. Il faut que ce soit à minuit; avant qu'une heure sonne, tu connaîtras l'endroit où est l'or du *Carmilhan*.

— Mais c'est comme cela que le vieux Engrol a perdu son corps et son âme, s'exclama Wilm avec terreur; tu es Satan, et tu peux t'en retourner en enfer, je n'accepte rien de toi. »

Le pêcheur fit force de rames, sans s'inquiéter du petit vieux qui se démenait de plus belle, et jurait et sacrait comme un véritable démon. Il fut bientôt hors de portée de la voix, et il cessa de le voir quand il eut tourné une pointe de rocher.

La certitude que l'esprit malin le guettait et lui tendait des pièges ne fit pas réfléchir le malheureux. Il n'y vit qu'une chose, c'est que le *Carmilhan* avait existé, et qu'il pourrait peut-être le retrouver en se passant des services de messire Satanas. Dans ces conditions, la misère devint si grande chez les deux amis, que souvent ils souffraient de la faim ; Kaspar supportait tout et ne pensait pas à se plaindre. Leur ruine ne l'empêchait nullement d'avoir toujours la même confiance dans son compagnon, et cette résignation du bon Strumpf surexcitait jusqu'à la folie la cupidité du tenace Falk : quand il serait riche, riche, il saurait bien faire oublier à Kaspar toutes ces privations.

Finalement la misère, les déceptions, l'avarice, eurent raison des scrupules de Wilm ; il résolut de faire ce que l'homme jaune lui avait dit.

Tout ce que Kaspar put dire fut inutile ; plus le pauvre garçon le suppliait de renoncer à une idée pareille, plus l'autre s'entêtait. Kaspar finit donc par céder. Le cœur à tous deux se serra quand ils passèrent une corde aux cornes d'une belle vache qu'ils avaient élevée, et que toujours ils avaient refusé de vendre ; tous les bons sentiments étaient morts chez Wilm, qui n'aimait plus que l'or, et Kaspar ne voulait pas autre chose que Wilm. Cela se passait en septembre. Les longues nuits d'hiver sont déjà commencées en Écosse à ce moment de l'année. Le vent était terriblement vif et charriait de gros nuages noirs ; les gorges des montagnes et les tourbières de la plaine ne se distinguaient plus, et les rivières s'entendaient, mais ne se voyaient pas. Falk marchait le premier, Strumpf suivait, se demandant si c'était bien lui qui avait le courage de partir pour une pareille expédition, et de conduire à la mort une bonne bête si douce, si familière. Ce fut avec beaucoup de peine qu'ils atteignirent un petit plateau semé de buissons chétifs et entouré de hauteurs dont les sommets se perdaient dans les brumes ; de grosses pierres dressées étaient éparpillées parmi les buissons. Ce n'était qu'un marécage, et il était rare qu'on passât sur cet endroit désolé. Ils s'en allèrent sur un sol mouvant, jusqu'à une pierre plus grosse encore que les autres, qui se trouvait au milieu du plateau; quand ils s'approchèrent, un grand aigle s'envola en poussant un cri sinistre. La vache répondit par un petit beuglement de détresse, comme si elle se fût rendu compte de ce qui l'attendait. Kaspar se détourna précipitamment pour ne pas laisser voir qu'il pleurait à chaudes larmes; il s'essuya les yeux, et se mit à regarder machinalement autour de lui, d'abord le ravin par lequel ils étaient arrivés là, ensuite les hauteurs, au-dessus desquelles s'amassaient des nuages énormes, noirs comme l'encre, d'où sortaient de temps en temps des bruits peu rassurants. Quand il crut son émotion bien apaisée, il se retourna, et vit la vache attachée à la pierre levée, et Wilm armé de la hache, prêt à assommer la pauvre bête. Ah! cette fois, c'en était certainement plus que Kaspar n'en pouvait faire, même pour Wilm.

« Ne la tue pas, ne la tue pas, Wilm, s'écria-t-il en tombant à genoux, aie pitié de nous, et d'elle, et de ton âme... Si tu veux tenter Dieu malgré tout, attends à demain, nous prendrons une autre vache. Celle-là est trop belle. N'est-ce pas, qu'elle est trop belle?

— Tu es fou, répliqua Wilm en brandissant sa hache comme un forcené; tu aimes donc mieux mourir de faim?

— Nous ne mourrons pas de faim, reprit Kaspar avec plus d'énergie qu'il ne s'en serait jamais cru, nous ne mourrons pas de faim, Wilm, aussi longtemps que j'aurai de bons bras. Je travaillerai, je travaillerai du matin jusqu'au soir, mais, pour l'amour de Dieu, pense à ton salut éternel, et ne tue pas notre vache.

— Alors, prends la hache, et casse-moi la tête tout de suite, riposta Wilm d'un air farouche; je te préviens, je ne m'en irai pas d'ici sans avoir fait ce que je veux. Est-ce toi qui me remplaceras les trésors du *Carmilhan?* Nous ne mourrons pas de faim, dis-tu, tu travailleras. La belle affaire que d'avoir un morceau de pain à manger et pas autre chose... J'aime mieux en finir tout de suite que de mener une existence pareille. Laisse-moi tuer la bête.

— Si tu la tues, tue-moi aussi. Ce n'est pas à cause de la vache, ce que je t'en dis, Wilm, c'est surtout à cause de ton salut éternel. Tu sais bien que cette pierre-là, c'est l'autel des Pictes, et que ton sacrifice, tu le fais au diable.

— Je ne sais pas où tu vas chercher tout cela, s'écria Falk en éclatant de rire comme un homme qui veut s'étourdir; tu as perdu la tête sûrement. »

Puis, se ravisant :

« Mais tiens, puisque c'est ainsi, garde-la, ta vache. »

Il jeta la hache, et s'empara de son coutelas qu'il avait posé sur la pierre.

Kaspar crut que Wilm voulait s'en frapper; il s'élança sur lui, lui arracha l'arme, qu'il lança au loin, puis, ramassant la hache, il l'abattit à tour de bras sur la tête de l'animal, qui tomba. Un grand éclair, accompagné d'un violent coup de tonnerre, les aveugla au même instant.

Wilm regardait Kaspar d'un air stupide, comme s'il eût vu un enfant faire une chose dont lui-même ne se fût pas senti le courage. Kaspar n'était plus reconnaissable; il ne semblait pas voir l'éclair ni entendre le tonnerre, il dépouillait la vache sans dire un mot. Falk se mit à la besogne avec lui, mais il montrait maintenant autant de répugnance qu'il avait montré d'ardeur pour décider son compagnon. Pendant ce temps l'orage s'était déchaîné; les éclairs ne cessaient de passer au-dessus de leur tête, le tonnerre roulait d'une façon vraiment effrayante, tandis que le vent remplissait les gorges d'un vacarme incroyable. Quand l'opération fut terminée, les deux hommes étaient trempés jusqu'aux os. Ils étalèrent la peau de la vache sur le sol, et Kaspar en enveloppa Wilm en l'attachant

17

solidement, comme Wilm le recommandait. Lorsque tous ces préparatifs furent faits, le pauvre Kaspar retrouva la parole, pour
demander d'une voix toute tremblante à Falk, qui était comme
hébété :

« C'est tout ce que je peux faire pour toi ?

— C'est tout, répondit l'autre, adieu.

— Adieu. Que le bon Dieu t'assiste, et qu'il te pardonne comme
moi. »

Ce furent les dernières paroles que Wilm entendit, car Kaspar
s'en alla ; et au même moment éclata une tempête comme Wilm ne
se souvenait pas d'en avoir jamais vu. Les éclairs étaient si vifs et
si continus, que Wilm pouvait voir non seulement les montagnes
qui l'entouraient, mais encore la vallée qui se trouvait bien au-
dessous de lui, le golfe avec la mer qui déferlait avec rage contre
les rochers, les petites îles, et un navire de formes bizarres, qui
cinglait toutes voiles dehors malgré ce temps abominable.

La pluie tombait avec une telle abondance que le plateau fut
bientôt transformé en lac. Wilm ne tarda pas à avoir de l'eau jusqu'aux épaules, malgré la précaution que Kaspar avait eue de l'ados-
ser à une petite butte ; il en eut jusqu'aux oreilles, puis il en eut
jusqu'au menton... Alors il appela Kaspar ; mais Kaspar était loin
déjà. Il en eut jusqu'aux lèvres, et alors il s'écria :

« Mon Dieu, je suis perdu ! »

Un mugissement sourd lui répondit : c'étaient les eaux qui
avaient pu se frayer un passage au travers de l'enceinte de rochers.
La pluie commença à se calmer, le ciel parut vouloir se dégager, et
Wilm crut que tout espoir ne devait pas l'abandonner. Bien qu'il se
sentît rompu et épuisé à ne pouvoir remuer un membre, il n'était
pas encore au but tant désiré, et, maintenant qu'il ne craignait plus
tant pour sa vie, le souci de la richesse renaissait en lui. Il résolut
de persévérer : c'était d'ailleurs le seul parti qu'il avait à prendre,

et comme il se tint coi, il finit par tomber dans un profond sommeil.

Il avait dormi une couple d'heures environ, plongé dans l'anéan-
tissement le plus complet et le plus agréable, quand un vent glacé
vint le réveiller. Le ciel était aussi sombre qu'il avait pu l'être dans
la soirée, les éclairs le sillonnaient sans interruption ; Wilm revit le
navire fantastique au sommet d'une lame monstrueuse près de la
caverne de Steenfoll, puis la lame se déroba, et le navire disparut.
En cet instant, Wilm fut soulevé et projeté contre la montagne avec
tant de force qu'il en perdit connaissance.

Wilm revint à lui au bout de quelque temps. La nuit était
belle, les étoiles brillaient, la mer moutonnait doucement, et faisait
entendre un murmure monotone. Une musique lointaine se mêlait
à ce bruit, mais si faible que Wilm crut d'abord se tromper ; mais
elle devint plus nette, comme si elle se rapprochait, et Wilm reconnut distinctement le motif d'un psaume que les hommes des barques hollandaises disaient souvent.

Il put bientôt démêler les voix, suivre les paroles ; le chant
solennel se rapprochait toujours, et en soulevant sa tête Wilm vit
un cortège nombreux qui s'en venait vers lui. Les gens qui le formaient avaient tous des figures crispées par l'angoisse ; leurs vêtements paraissaient ruisselants. Ils se turent en arrivant près de
Wilm ; plusieurs musiciens marchaient en tête : ils étaient suivis de
quelques marins, puis d'un personnage de grande taille et de forte
corpulence, qui portait un costume à l'ancienne mode, galonné et
chamarré d'or. Un négrillon se tenait près de ce personnage et lui
passait de temps en temps une grande pipe à fourneau de porce-
laine ; l'homme à galons en tirait gravement quelques bouffées et
la remettait au négrillon. Il se planta droit comme un cierge devant
Wilm ; les marins se placèrent à sa droite et à sa gauche : eux aussi
avaient des pipes, mais moins riches que celle de l'homme habillé à

l'ancienne mode. Derrière eux se rangèrent les autres personnes du cortège; parmi elles, Wilm remarqua plusieurs femmes qui avaient des petits enfants sur les bras. Enfin, un groupe de matelots qui fumaient des pipes toutes courtes, en promenant des regards farouches autour d'eux.

Le pêcheur fixait des yeux effarés sur cette bizarre compagnie; l'attente de ce qui allait certainement se passer le tenait en suspens. Ces gens restèrent longtemps ainsi à fumer, sans dire une parole, mais leur cercle se rétrécissait petit à petit, et la fumée de leurs pipes faisait au-dessus de Wilm un gros nuage transparent, au travers duquel les étoiles scintillaient. Le cercle se rétrécissait toujours; malgré son courage, et malgré le sang-froid dont il s'était armé en prévision des événements extraordinaires, Wilm sentait l'affolement le gagner devant cette foule qui l'étreignait dans sa masse, comme pour l'étouffer, l'écraser. Une sueur froide lui mouilla la face, et il crut trépasser de terreur. Mais ce fut bien pis encore quand il s'aperçut que le petit vieux de la barque était assis tout près de lui, dans la même position que le jour où il l'avait rencontré en mer; seulement l'homme jaune avait une pipe à la bouche comme les autres.

Alors le pauvre Wilm perdit la tête, et cria au personnage cousu d'or :

« Au nom de celui que vous servez, qui êtes-vous?... Que voulez-vous de moi?... »

Le grave personnage tira trois bouffées et répliqua d'un ton glacial :

« Je suis Alfred-Frans Vanderswelder, commandant le *Carmilhan*, du port d'Amsterdam, qui s'est perdu corps et biens au retour de Batavia. Voici mes officiers, voici mes passagers, et voici mes matelots qui se sont tous noyés avec moi. Pourquoi nous as-tu dérangés? Que nous veux-tu?

— Où sont les trésors du *Carmilhan?*

— Au fond de la mer.

— En quel endroit?

Il prit une torche, un briquet, une corde...

— Dans la caverne de Steenfoll.

— Comment pourrai-je les retirer ?

— Comme l'oiseau retire de l'eau le poisson dont il se nourrit. Les trésors en valent la peine.

— En aurai-je une bonne part?

— Plus qu'il ne t'en faut. »

L'homme jaune se mit à ricaner, et la foule l'imita.

« C'est tout? dit encore le commandant.

— C'est tout, adieu.

— C'est bien, au revoir!... »

Le Hollandais fit demi-tour, et le cortège se reforma derrière lui dans le même ordre, s'éloigna en chantant le même psaume, qui finit par se perdre au loin, dans le bruit monotone de la mer.

Wilm fit appel à toute son énergie, et parvint à dégager un bras; il put ainsi détacher la corde qui maintenait la peau sur lui, et sans perdre un instant il courut vers la cabane, où il trouva Kaspar étendu par terre sans connaissance. Il eut beaucoup de peine à le faire revenir à lui. Le pauvre Strumpf pensa mourir de joie en revoyant un ami auquel il comptait bien avoir dit ses derniers adieux, mais sa joie ne fut pas de longue durée. Il resta accablé en apprenant que son cher Wilm avait l'intention de plonger dans la caverne de Steenfoll.

« Dis tout ce que tu voudras, s'exclama Falk au comble de la surexcitation, j'irai : tu es libre de venir ou de ne pas venir. »

Wilm prit une torche, un briquet et une corde et s'élança au dehors. Kaspar le suivit alors naturellement; il vit que son ami y était déjà descendu. Il voulut descendre aussi, mais Falk lui cria de n'en rien faire : il s'attacherait la corde autour des reins, et Kaspar tiendrait le bout. Wilm risqua cent fois la mort pour parvenir à un bloc qui émergeait à peine de l'eau; sa torche à la main, il se penchait avidement sur le gouffre, pour le sonder du regard. Il crut y distinguer une masse sombre; il plongea, saisit l'objet, qui était fort lourd, et remonta en haletant. Quand il eut repris pied, il constata que c'était une cassette de fer pleine d'or. Wilm s'empressa de crier la bonne nouvelle à Strumpf, qui le supplia de s'en contenter et de revenir. Wilm n'y voulut jamais consentir; ce premier succès ne faisait que l'exciter. Il plongea une seconde fois, et un éclat de rire effrayant monta de la mer : Wilm Falk ne reparut pas.

Kaspar rentra seul au logis : cette aventure le rendit méconnaissable. Lui qui n'avait jamais eu la tête bien solide devint complètement fou; il ne se livra plus à aucun travail et passa ses journées à rôder machinalement le long de la côte.

Il disparut sans laisser de traces, le soir d'une tempête où quelques-uns prétendirent avoir vu le *Carmilhan* et reconnu Wilm Falk parmi la foule des passagers.

La légende ajoute que Kaspar fut reconnu assis sur le même navire fantastique, car, depuis ces événements, le *Carmilhan* revenait, à des intervalles réguliers, dans les parages de la caverne de Steenfoll.

XII

DANS LEQUEL FÉLIX JOUE UN TOUR PENDABLE
A MESSIEURS LES BRIGANDS

« Il est minuit sonné, dit le roulier, je commence à croire que nos craintes n'étaient pas justifiées. Nous nous sommes sans doute effrayés à tort. Nous pourrions, je crois, nous coucher, car je tombe de sommeil.

— Moi, dit l'intendant, je ne suis pas aussi complètement rassuré. Il serait prudent, me semble-t-il, d'attendre encore une heure ou deux.

— C'est aussi mon avis, ajouta le ciseleur; Monsieur l'étudiant pourrait donc profiter de ce retard pour achever l'histoire qu'il avait commencée.

— Volontiers, repartit l'étudiant. Je continue donc... »

Mais à peine eut-il prononcé quelques mots qu'il fut de nouveau interrompu par le valet, qui vint annoncer que, de la fenêtre où il faisait le guet, il avait vu une douzaine d'ombres humaines se glisser vers l'auberge. Un chien aboya précisément, et tous retinrent leur haleine pour écouter. Aucun bruit ne se fit entendre.

18

L'intendant s'arma de ses pistolets, l'étudiant fit de même, les compagnons assurèrent à leur poignet leur solide gourdin, le roulier tira son couteau.

« A l'escalier, souffla l'étudiant, il nous sera plus facile de leur résister, car ils ne peuvent monter qu'à deux de front. »

En même temps il remettait un de ses pistolets au ciseleur et convenait avec lui de ne tirer que l'un après l'autre. On alla se poster au haut de l'escalier : l'étudiant et l'intendant le barraient dans toute la largeur; le ciseleur se plaça un peu de côté, de manière à se pencher par-dessus la rampe et à ne pas manquer le premier qui tournerait le pilier; l'orfèvre et le roulier se tinrent derrière de façon à intervenir tout de suite si une lutte corps à corps s'engageait.

Quelques minutes s'écoulèrent dans un silence plein d'angoisse, puis un murmure de voix contenues se fit entendre au-dessous... L'instant d'après, des pas se rapprochaient de l'escalier, puis les marches craquèrent, et trois bandits parurent.

« Halte, ou vous êtes morts, leur cria l'intendant; attention, les amis, pas de balle perdue, n'est-ce pas ? »

Les bandits avaient déjà battu en retraite. L'un d'eux revint aussitôt cependant et dit poliment :

« Messieurs, si j'ai un conseil à vous donner, c'est de ne faire aucune résistance. Nous n'en voulons d'ailleurs ni à votre vie ni à votre bourse.

— Je ne vois pas alors ce que vous venez faire ici, Messieurs, riposta l'étudiant; aussi vous me permettrez de n'avoir qu'une confiance restreinte dans vos paroles. Si j'ai un conseil à vous donner, c'est de ne pas vouloir passer malgré moi. Vous vous éviterez ainsi de vous faire casser la tête.

— Remettez-nous la dame de bon gré, reprit le brigand, nous ne lui ferons aucun mal, soyez-en persuadés. Nous nous contenterons de la garder en lieu sûr, pendant que ses gens iront chercher près du comte la rançon de vingt mille florins, contre laquelle nous nous empresserons de lui rendre sa liberté.

— Gredin ! fit l'intendant d'une voix frémissante, si, quand j'aurai compté jusqu'à trois, tu n'es pas descendu, je te descends proprement d'une balle dans la peau. Une... deux...

— Holà ! s'exclama le bandit d'une voix tonnante, depuis quand tire-t-on sur un homme désarmé ? Tu seras bien avancé, l'ami, quand tu m'auras tué : j'ai là vingt hardis compagnons qui ne demanderont pas mieux que de me venger. Penses-tu que tu auras rendu un grand service à la comtesse en vous faisant écharper tous ? Qu'elle se rende, elle sera bien traitée ; mais si on est obligé d'en venir aux mains à cause d'elle, tant pis pour elle, et si à trois vous n'avez pas, vous, déposé les armes, tant pis pour vous. Une, deux, trois.

— Il n'y a pas à rire avec ce diable d'homme, » grommela l'intendant, qui donna l'exemple de la soumission.

Puis il ajouta plus haut :

« Accordez-nous une demi-heure, le temps de préparer Mᵐᵉ la comtesse. Si nous n'usions pas de ménagements, elle pourrait en prendre une frayeur mortelle.

*⁎
⁎ ⁎*

— Entendu, riposta le brigand ; six hommes par ici pour garder l'escalier. »

Les voyageurs se retirèrent alors dans la chambre où se tenait la comtesse. Ils étaient bouleversés, mais elle l'était plus qu'eux encore, car ces pourparlers avaient eu lieu si près et si haut que pas un mot ne lui avait échappé. Ils la trouvèrent affreusement pâle, mais vaillante et résignée à subir son sort.

« Pourquoi exposerais-je inutilement la vie de tant de personnes ? leur dit-elle ; vous ne me connaissez même pas, Messieurs. Le seul moyen de salut c'est encore, je le vois bien, de faire ce que ces bandits attendent de moi. »

Tous admirèrent fort le courage de la comtesse ; l'intendant jura qu'il ne survivrait pas à une telle honte ; mais l'étudiant s'écria avec chaleur :

« Ah ! Madame, que n'ai-je un pied de moins et pas de barbe !... Je vous prierais alors de me laisser quelques-uns de vos vêtements en échange des miens, sous lesquels vous pourriez tromper facilement ces coquins. »

Félix avait été touché plus que les autres, peut-être, de la noble attitude de la dame ; il se sentait plein de respect et de sympathie pour ce malheur, et il se disait qu'il eût volontiers donné sa vie pour lui venir en aide. Les paroles de l'étudiant furent un trait de lumière pour lui ; il oublia toutes ses propres angoisses pour ne se souvenir que d'elle.

« Mais je puis faire, Madame, ce que ce monsieur ne peut faire, dit-il avec conviction ; prenez mon habit, mon chapeau, mon sac, et partez : de cette façon vous ne serez plus que Félix, pauvre compagnon orfèvre. »

L'intendant lui frappa énergiquement sur l'épaule : le brave homme ne pensait plus à se désespérer maintenant.

« Tu ferais cela, mon garçon ? répliqua-t-il tout joyeux ; mais je te jure que je ne te laisserai pas partir tout seul avec ces canailles : je te suis.

— Moi aussi, » déclara l'étudiant.

*

* *

Il fallut insister longtemps auprès de la dame pour la décider à se prêter à cette combinaison : elle ne pouvait se résigner à voir quelqu'un se sacrifier aussi complètement pour elle. Cependant elle y consentit enfin, surtout parce qu'on lui avait représenté qu'elle pourrait mettre tout en œuvre pour délivrer son sauveur dès qu'elle-même serait libre. Félix passa dans la chambre de l'étudiant, où la transformation s'opéra en quelques minutes. L'intendant la compléta en coiffant le jeune homme de deux fausses nattes empruntées à la femme de chambre, et d'un chapeau appartenant à la comtesse. Les exclamations partirent de tous côtés : c'était tout simplement à ne pas y croire, personne ne le reconnaîtrait certainement, les brigands s'y laisseraient prendre les premiers, ce n'était pas possible autrement. Le ciseleur assura que dans la rue il aurait salué avec la conviction d'avoir affaire à une demoiselle.

Pendant ce temps, la comtesse avait fait de même avec des vêtements pris dans le sac de Félix. En la retrouvant ainsi, tous eurent quelque peine à retenir un rire; et cette mascarade les eût fort égayés en d'autres circonstances sans aucun doute. Ce fut avec des larmes dans les yeux que le nouveau compagnon orfèvre remercia le jeune homme, et lui promit de ne pas perdre un instant pour le délivrer.

« J'ai une prière à vous adresser, Madame, reprit Félix; il y a dans mon sac un petit paquet que je vous recommande bien de ne pas égarer. Il est destiné à ma marraine, et si je ne pouvais le lui remettre quand je me présenterai chez elle, je serais certainement le plus malheureux des hommes.

— Godefroy reste avec vous ; il vous amènera au château, où vous retrouverez tout en parfait état, mon ami ; car il est entendu, n'est-ce pas, que mon mari et moi nous comptons sur votre visite pour le jour où vous serez libre. Nous serions désolés de ne pas pouvoir vous remercier comme il convient. »

En ce moment des voix enrouées se firent entendre dans l'escalier : les brigands rappelaient que la demi-heure demandée était écoulée et que tout était prêt pour le départ de Mme la comtesse. L'intendant s'en alla les rejoindre et leur annoncer qu'il accompagnait sa maîtresse ; jamais il n'aurait osé reparaître sans elle devant le comte qui la lui avait confiée. L'étudiant déclara également qu'il voulait partager le sort de la dame ; les bandits tinrent conseil un instant, puis ils y consentirent, à la condition expresse, toutefois, que l'intendant leur remettrait ses armes immédiatement, ce qui fut fait. Ils recommandèrent ensuite aux autres voyageurs de se coucher.

Félix baissa son voile, et, s'étant assis dans un coin, se prit le visage dans les mains comme une personne qui est dans la plus profonde affliction, et ce fut dans cette attitude qu'il attendit l'arrivée des bandits. L'intendant avait pris place à une distance respectueuse, ainsi qu'il convient à un serviteur de bon ton ; un accablement parfaitement simulé se peignait sur les traits du brave homme, qui avait l'œil au guet cependant. Les autres s'étaient retirés dans la chambre de l'étudiant ; ils s'étaient naturellement arrangés de manière à ne rien perdre de ce qui allait se passer.

La porte s'ouvrit au bout de quelques minutes, et un bel homme d'environ trente-six ans entra. Il portait une sorte d'uniforme, sur lequel brillait une décoration, et il tenait à la main un chapeau d'ordonnance orné d'un magnifique plumet. Derrière lui, deux sentinelles se mirent en faction aux deux côtés de la porte. Il s'inclina profondément ; il semblait passablement ému et chercha assez longtemps ses mots avant de parvenir à s'éclaircir convenablement la voix.

*
* *

« Madame, dit-il, il est des circonstances dans lesquelles nous avons souvent besoin de patience : c'est le cas pour vous aujourd'hui. Croyez bien que je n'oublierai pas un seul instant les égards qui sont dus à une personne de votre sexe et de votre rang; vous n'aurez, je le pense du moins, à vous plaindre de nous en aucune manière, si ce n'est de vous avoir causé la frayeur par laquelle vous venez de passer. »

Il s'arrêta une seconde, comme s'il se fût attendu à quelque protestation; puis, voyant que la comtesse ne sortait pas de son silence, il poursuivit :

« Je vous supplie, Madame, de ne pas me considérer comme un vulgaire détrousseur de grand chemin. Je suis un homme que des destins contraires ont réduit à cette fausse situation. Notre intention est de quitter ce pays pour ne plus y revenir, mais il nous faut de l'argent pour faire le voyage. Nous aurions pu nous en procurer en dévalisant quelques voyageurs, quelques malles, mais c'était nous exposer à attenter à la vie de plusieurs personnes. Nous avons préféré recourir à un expédient comme celui de ce jour. Nous savons de source certaine que votre mari a fait dernièrement un héritage de cinq cent mille écus : nous ne demandons pourtant que vingt mille florins pour votre rançon, et vous reconnaîtrez, j'en suis persuadé, combien nous sommes modérés. Je vous prie donc de vouloir bien lui écrire une lettre, que je me charge de lui faire parvenir, et dans laquelle vous l'informerez que nous sommes prêts à vous remettre en liberté dès que la somme nous aura été comptée. Nous lui serons reconnaissants de faire diligence. Dans le cas où il

ne croirait pas devoir se rendre à nos conditions... Mais j'espère,
Madame, que votre époux ne nous réduira pas à user de rigueur à
votre égard. Qu'il veuille bien noter en outre que nous réclamons
de lui le secret le plus absolu : nous refuserions la somme si elle ne
nous était pas envoyée par un homme seul. »

Cette scène avait pour spectateurs tous les hôtes de l'auberge ;
la personne dont l'angoisse était la plus poignante était certes la
comtesse même. Le jeune homme n'avait-il pas trop présumé de lui-
même ? N'allait-il pas se trahir ? La pauvre femme consentait bien à
la rançon qu'on exigeait d'elle, mais pour rien au monde elle n'eût
suivi les ravisseurs. Comme elle avait trouvé un couteau dans les
vêtements du brave enfant, elle était fermement résolue à s'en frapper si la supercherie se découvrait avant qu'elle fût en sûreté. Ses
craintes étaient inutiles toutefois ; loin de se troubler et de perdre
la tête, Félix se sentait de plus en plus maître de lui, et c'était la
seule inquiétude de se trahir qui lui faisait garder le silence. Cependant, lorsque le capitaine lui parla d'une lettre à écrire, il eut un
frisson : comment pourrait-il la rédiger sans éveiller les soupçons
du bandit ? Le temps pressait, déjà l'autre lui avançait une plume,
de l'encre et du papier.

Félix en prit enfin son parti : il releva son voile tout en guet-
tant du coin de l'œil les impressions qui allaient se refléter sur les
traits du capitaine ; il vit que l'épreuve lui était favorable, et cela
l'encouragea. Après avoir rassemblé un peu ses souvenirs, il écrivit
la missive suivante, calquée sur une du même genre qu'il avait lue
un jour dans un livre :

« Mon cher époux, j'ai la douleur de vous apprendre que le plus
grand des malheurs m'arrive au cours de mon voyage ; des gens qui
ne me semblent pas animés des intentions les plus avouables se
sont emparés de moi et ne veulent me rendre ma liberté que contre
une rançon de vingt mille florins. Si vous tenez à m'éviter une lon-

Félix prit enfin son parti et écrivit.

gue et dure captivité, vous leur ferez parvenir cette somme dans
le plus bref délai, en vous gardant soigneusement d'instruire les
autorités ou de faire appel à leur secours. Il serait aussi prudent
de n'envoyer la rançon que par un seul homme, non armé, qui la
déposerait à l'auberge, dans le Spessart. En vous conformant à ces
règles, vous éviterez les ennuis les plus graves à votre épouse infor-
tunée. »

Félix présenta cette lettre au capitaine, et celui-ci se déclara
satisfait, après l'avoir parcourue rapidement.

« Vous plairait-il maintenant, Madame la comtesse, ajouta-t-il,
de désigner lequel de votre intendant ou de votre femme de chambre
doit vous accompagner ? L'autre se chargera de cette missive avec
vos instructions.

— Je garde mon intendant ; vous devez savoir que ce monsieur
nous accompagne également. »

Félix désignait l'étudiant.

« Fort bien, Madame la comtesse, » répliqua le capitaine, qui
s'empressa d'aller appeler la camériste.

Celle-ci tremblait visiblement, et Félix ne savait pas trop de son
côté comment il allait se tirer de ce mauvais pas, quand il eut une
inspiration.

« Je n'ai rien de plus à te dire, Marie, fit-il tranquillement ; aie
bien soin de cette lettre, et ne la remets qu'à Monsieur, tu m'entends
bien ?

« Oui, Madame, répondit la femme de chambre d'une voix
étranglée.

— N'oubliez pas, reprit le capitaine en appuyant sur chaque
mot, n'oubliez pas de recommander à M. le comte d'agir avec la plus
grande discrétion et de n'entreprendre rien contre nous aussi longtemps que Mme la comtesse sera entre nos mains ; car, dans le cas
contraire, je ne répondrais plus de rien.

— Oui, Monsieur, » répéta la femme de chambre d'une voix encore moins nette.

On lui eût fait promettre tout ce qu'on eût voulu.

Comme le capitaine déclarait qu'il était absolument impossible d'emporter de gros bagages, la cameriste fit à la hâte un paquet de quelques vêtements et du linge le plus indispensable.

« Veuillez me suivre, Madame la comtesse, » dit le capitaine quand ce fut fait.

Il descendit; Félix l'imita, accompagné de l'intendant et de l'étudiant.

Les chevaux attendaient devant l'auberge. Le capitaine mit en selle la pseudo-comtesse; les deux autres prisonniers reçurent l'ordre d'enfourcher les montures qui leur étaient destinées, puis, toute la bande ayant fait de même, le chef fit entendre un coup de sifflet aigu, et la troupe partit. Au bout de quelques instants, elle disparaissait dans la forêt.

Ceux qui étaient restés à l'intérieur laissèrent échapper un soupir de soulagement quand le pas des chevaux se perdit dans l'éloignement. Ils se seraient probablement abandonnés à la joie la plus bruyante, comme des gens qui viennent de se trouver en présence d'un grand péril et qui en ont été quittes pour la peur, si la pensée de leurs compagnons absents ne les avait attristés.

C'était à qui ferait l'éloge du jeune orfèvre, et la comtesse avait des larmes plein les yeux en parlant de ce brave enfant, qu'elle ne connaissait pas, et qui cependant n'avait pas hésité à se dévouer pour elle. On ne disait pas moins de bien au sujet de l'intendant et de l'étudiant qui avaient tenu à ne pas le laisser partir seul; ils pourraient le consoler, le distraire, le secourir, le défendre si c'était nécessaire. Puis ils ne manqueraient certainement pas de le faire profiter de la première occasion qui se présenterait de fausser compagnie aux bandits.

On délibéra sur ce qui restait à faire. Comme rien ne liait personnellement la comtesse, elle résolut de retourner sans perdre de temps auprès de son mari et, de concert avec lui, de mettre tout en œuvre pour découvrir la retraite des prisonniers et les délivrer. Le roulier déclara qu'il allait gagner Aschaffenbourg le plus tôt possible et prévenir la justice ; dans ces conditions, le ciseleur ne pouvait que continuer son voyage, et ce fut ce qu'il décida de faire.

La nuit s'acheva sans que les voyageurs fussent inquiétés de nouveau ; l'auberge était plongée dans le silence, et on ne se serait guère douté en ce moment des scènes émouvantes qui venaient de s'y passer. Pourtant, quand les domestiques de la comtesse descendirent le matin pour préparer le départ, ils ne tardèrent pas à remonter précipitamment en annonçant que les gens de l'auberge étaient dans un lamentable état et réclamaient des soins, car ils avaient été liés par les bandits.

Ce fut un ahurissement général.

« Voilà quelque chose que je ne comprends pas, s'exclama le ciseleur ; alors nous avions donc la berlue autant l'un que l'autre. Ma parole, jamais je ne me serais figuré que c'étaient de braves et honnêtes personnes. Fiez-vous donc à la mine des gens...

— Que je sois pendu à leur place, fit le roulier, si je me suis trompé sur leur compte... Vous devinez bien que tout ça n'est qu'une comédie et que c'est pour qu'on ne les soupçonne pas de connivence avec les brigands. Mais ce n'est pas à un vieux singe comme moi qu'on apprend à faire les grimaces, pas vrai ? Je vois encore le chien quand j'ai voulu sortir hier... Et la figure de la vieille donc !... c'est moi qui vous le dis. Tout de même, Madame la comtesse, c'est ce qui vous a sauvée ; s'ils n'avaient pas eu si mauvaise tournure, nous n'aurions pas ouvert l'œil comme nous l'avons fait, et en ce moment vous seriez à la place de ce bon petit garçon. Seulement il ne faut pas leur laisser deviner que nous trouvons la

malice cousue de fil blanc ; si nous avons l'air de donner dans
le panneau, ils ne se défieront pas, et on pourra les prendre au
nid. »

On tint l'avis pour bon, et les domestiques et le roulier s'en allèrent détacher les liens de la femme, de la servante et du valet. Ils
se récrièrent avec tout ce joli monde sur la brutalité de ces canailles
de brigands ; l'aubergiste continua de jouer son rôle avec beaucoup
d'habileté et, pour mieux se poser en victime, elle ne demanda que
peu de chose à chacun, en disant qu'elle espérait revoir bientôt ces
messieurs.

Le roulier paya sa dépense et fit mine de se remettre en route ;
ensuite ce fut le tour des deux ouvriers. La mégère les reconduisit
jusque sur le seuil et poussa l'amabilité jusqu'à leur tendre la
main.

« Seigneur Jésus ! s'exclama-t-elle en regardant la comtesse,
est-il Dieu possible que vous couriez déjà le monde à votre âge ? Un
blanc-bec comme vous !... C'est bien sûr que votre patron aura été
trop content de vous. Mais ce n'est pas mon affaire ; bon voyage,
et ne passez pas sans entrer chez nous si votre bonne étoile vous
ramène dans le pays, mon garçon. »

La comtesse ne répondit pas : elle se sentait sur le point de
défaillir, et devint toute pâle. Le ciseleur s'en aperçut ; il la prit
cavalièrement par le bras et l'entraîna vivement en chantant à plein
gosier, après avoir souhaité le bonjour à la vieille.

« Maintenant je n'ai plus rien à craindre, je crois, dit-elle quand
ils eurent fait quelques centaines de pas ; combien j'avais peur que
l'affreuse femme ne me reconnût et ne me fît prendre par ses gens !
Combien je vous dois à tous !... Voulez-vous venir jusqu'au château ? Vous pourrez y attendre le retour de votre camarade. »

Le ciseleur accepta volontiers. Ils s'arrêtèrent, la voiture venait
de les rejoindre ; le valet sauta vivement à terre, ouvrit la portière

et la referma prestement. La comtesse adressa un dernier salut au jeune homme, et l'équipage s'éloigna au grand trot.

Vers la même heure, les prisonniers et leurs gardiens arrivaient au terme de leur course. Pendant tout le trajet on avait conservé une allure assez soutenue, et la conversation s'était bornée à quelques mots échangés à voix basse entre les brigands aux bifurcations de chemins. Quand on se vit devant un ravin profond, aux pentes abruptes, tous les bandits mirent pied à terre; le capitaine offrit galamment et respectueusement son bras à Félix pour descendre de cheval. Puis on s'engagea dans un sentier si rapide et si dangereux, que sans une grande habitude du terrain on s'y fût rompu cent fois le cou avant d'arriver en bas. L'étroit vallon dans lequel ils reprirent pied enfin n'avait pas plus d'une centaine de pas de large; il était entouré de hauts rochers qui semblaient pour ainsi dire à pic et sans aucune ouverture. A la clarté vague du jour qui pointait, Félix découvrit une demi-douzaine de chaumines construites avec des troncs d'arbres et des planches; des femmes dont la propreté était plus que douteuse s'avançaient curieusement par les portes entre-bâillées, et des meutes entières de chiens énormes bondirent à la rencontre des nouveaux venus en poussant des aboiements féroces.

Le capitaine conduisit les prisonniers à l'une de ces cabanes et les y laissa en leur souhaitant un bon sommeil, dont ils devaient avoir besoin, dit-il, après toutes ces émotions et toutes ces fatigues. L'intérieur était garni de peaux de cerfs et de nattes qui formaient tout le mobilier. On ne pouvait vraiment regarder comme meuble le cadre de bois grossièrement assemblé sur lequel des couvertures de laine étaient jetées et qui devait servir de lit. Tel était le château dont la fausse comtesse se contenterait forcément en attendant sa rançon... ou son évasion.

Une fois seuls, les trois compagnons d'aventures eurent le

loisir de réfléchir à leur situation. Ce fut ce qu'ils firent; ces
réflexions eurent pour résultat de plonger le pauvre Félix dans le
désespoir; et il se mit à sangloter bruyamment.

« Pour l'amour de Dieu, tais-toi, mon garçon, lui dit l'intendant,
qui crut prudent d'assourdir sa voix; que deviendrions-nous si on
nous épiait? Et il serait vraiment étonnant qu'on ne le fît pas.

— Rien qu'au son de ta voix ou à ta manière de parler, ils pourraient soupçonner la vérité, » ajouta l'étudiant.

Comme ces reproches étaient fondés, le compagnon orfèvre se
maîtrisa de son mieux.

« Si je me désole de cette façon, répliqua-t-il, quand il se fut un
peu calmé, ce n'est pas parce que j'ai peur de ces brigands ou que
l'avenir me semble trop noir. Non, c'est autre chose qui me trotte
dans l'esprit, et vous ne seriez pas étonnés de mon chagrin si vous
en connaissiez la cause.

— Qu'est-ce donc? demanda l'intendant intrigué.

— Mes parents habitaient Nuremberg. Mon père était un
ouvrier orfèvre très habile dans son métier; ma mère avait été
femme de chambre chez une grande dame, une comtesse qui l'aimait beaucoup et qui avait promis de ne jamais l'abandonner. La
comtesse avait voulu être ma marraine, et à mon baptême elle avait
fait les plus riches cadeaux à mes parents. Quand mon père et ma
mère sont morts, dans une épidémie, à quelques jours l'un de l'autre,
ma marraine m'a recueilli et m'a placé dans une bonne pension. J'y
ai passé plusieurs années. Ma marraine m'a demandé alors si je
voulais apprendre le métier de mon père : c'était dans mes goûts,
et elle m'a fait entrer en apprentissage chez un bon patron de
Wurzbourg. Quand j'ai eu mon certificat dans ma poche, ça n'a pas
traîné, je vous en réponds, je le lui ai fait savoir, et tout de suite elle
m'a répondu que c'était elle qui faisait les frais de mon tour d'Allemagne. Elle envoyait en même temps une belle collection de pierres

fines, en me chargeant de lui en faire une parure pour lui donner la preuve de mon habileté. Elle entendait que je lui portasse la parure moi-même, et elle profiterait de l'occasion pour me remettre l'argent de mon voyage. Je n'ai pas besoin de vous dire si j'ai pris la tâche à cœur ; je m'en suis si bien tiré, que le patron ne voulait pas en croire ses yeux. Quand tout a été prêt, j'ai empaqueté soigneusement les bijoux au fond de mon sac et je me suis mis en route pour le château de ma marraine. Sans ces maudits gredins de brigands, je serais tout près de chez elle à l'heure qu'il est. Que voulez-vous que je devienne, Monsieur l'intendant, si votre maîtresse perd mon sac, ou si elle a oublié ce que je lui ai tant recommandé au sujet du petit paquet qui est au fond ? Ma marraine ne m'a jamais vu : est-ce qu'elle voudra me croire si je lui raconte ce qui m'est arrivé ? Est-ce qu'elle ne supposera pas que j'ai vendu ses pierres et que je me suis amusé avec l'argent ? Sûrement elle n'aura pas bonne opinion de moi, et je pourrai faire mon deuil de la somme qu'elle m'avait promise pour mon voyage. Comprenez-vous maintenant pourquoi je me désole tant ?

— Sans doute, je te comprends, mon garçon, je te comprends fort bien ; mais je pense que tu ne devrais pas te chagriner tant. Madame la comtesse ne perdra certainement pas ton sac ou tes bijoux ; d'un autre côté, elle les perdrait, qu'elle se ferait certainement aussi un devoir et un plaisir de te les remplacer en te donnant une lettre d'explication pour ta marraine. Tu peux donc te tranquilliser pour l'instant. Maintenant, nous allons te laisser faire un somme, et nous reposer nous-mêmes. Je crois que nous en avons tous besoin, n'est-ce pas ? Pour ma part, je tombe de fatigue. Ensuite on avisera, et s'il y a moyen de partir sans le consentement de ces messieurs, le plus tôt sera le meilleur. Allons, bonsoir ! »

Lorsque l'intendant et l'étudiant revinrent au bout de quelques heures, Félix avait repris un peu de confiance et de gaieté. Ils eurent le bonheur de lui apprendre que le capitaine se montrait toujours fort soucieux du bien-être de Madame la comtesse, qu'une femme serait mise à la disposition de Madame la comtesse, et que le déjeuner de Madame la comtesse allait lui être servi dans quelques instants.

En effet, la porte s'ouvrit, et une vieille bohémienne à la bouche édentée, à la face ridée comme une reinette en janvier et au teint luisant de crasse, fit son apparition avec le fameux déjeuner. Elle fit une révérence qui voulait être aimable et qui était simplement grotesque, puis elle demanda d'une voix éraillée ce qu'il y avait pour le service de Madame la comtesse. Félix lui fit signe de se retirer; elle hésitait encore, quand elle se retrouva dehors grâce à l'intervention... énergique de l'intendant.

« Le palais que vous occupez, Madame la comtesse, dit-il ensuite d'un ton gravement comique, a dû être à l'origine la résidence de Son Excellence le chef des bandits. Il est moins vaste que les autres qui l'entourent, mais il a été édifié avec des matériaux plus précieux, et aménagé avec un goût, un luxe, dont vous pouvez apprécier toute la distinction. Les six autres qui composent avec le vôtre cette splendide cité ne renferment que des femmes, des enfants et des chiens; ces messieurs sont rarement au logis. Nous sommes placés sous la vigilance farouche de trois sentinelles dont l'une est à quelques pas de votre demeure, Madame la comtesse, la seconde au pied du sentier, et la troisième au sommet. Ces braves se relèvent de deux heures en deux heures; ils ont pour leur tenir compagnie ces jolis toutous que vous avez pu entrevoir et qui sont encore plus vigilants que leurs maîtres. Je pense donc, Madame la comtesse, qu'il faut nous résigner à vivre parmi ces misérables, jusqu'au moment où mon maître, votre époux, aura la complaisance de venir vous chercher. »

Les jeunes gens éclatèrent de rire.

« Allons, nous aurons peut-être plus de chance que vous ne le pensez, répliqua Félix, qui semblait avoir reconquis la belle insouciance propre à la jeunesse. En attendant, rien ne presse pour le quart d'heure, et il n'est pas du tout nécessaire de nous mettre martel en tête sur ce chapitre ; si nous parlions d'autre chose ?

— Parlons donc d'autre chose, dit l'intendant.

— Étudiant, mon bon ami, dit l'orfèvre, sans doute parce qu'il tenait à bien montrer sa tranquillité d'esprit, pourquoi n'achèverais-tu pas maintenant l'histoire du cœur de pierre ? Je l'entendrais avec grand plaisir. A vrai dire, Monsieur l'intendant n'en connaît pas le commencement.

— Qu'à cela ne tienne, contez quand même, je tâcherai de m'y reconnaître. D'ailleurs il s'agit surtout de passer le temps. »

Et l'étudiant s'exprima en ces termes :

XIII

COMMENT FINIT LA VÉRIDIQUE HISTOIRE DU CŒUR DE PIERRE

Quand Pierre se rendit le lundi matin à la verrerie, il y trouva non seulement les ouvriers, mais encore des gens avec lesquels on ne tient aucunement en général à faire connaissance, je veux dire le bailli et ses clercs. Le bailli lui souhaita gaiement le bonjour, lui demanda s'il avait bien dormi, tout en tirant de sa poche un papier barbouillé d'un grimoire du diable : des lignes et des lignes. C'était la liste des dettes de Pierre.

« Payez-vous ou ne payez-vous pas? dit le bonhomme de bailli. Dépêchons, voulez-vous? C'est que je suis pressé, moi. »

Alors Pierre fut tout penaud et tout marri; il dut avouer qu'il n'avait plus un rouge liard, et il dut laisser faire le bailli et les clercs, qui se mirent à saisir tout ce qui lui appartenait, l'usine, les magasins, le cheval, la voiture, la maison, les meubles.

Pendant que le bailli et les clercs allaient, venaient, furetaient, Pierre se dit qu'il n'en avait pas pour longtemps à courir jusqu'au Grand-Sapin; que si le petit verrier ne voulait pas le sortir de là, le grand Michel ne serait pas fâché de lui rendre ce petit service, et Pierre partit sans rien dire à personne de ce qu'il allait faire. Quand

il passa devant l'endroit où il avait vu le petit verrier, il sentit que
quelqu'un qu'il n'apercevait pas le retenait au passage; il se
dégagea brusquement et repartit de plus belle jusqu'au fossé qui
marquait la limite du terrain du colosse, et il se mit à appeler de
toutes ses forces :

« Hé, Michel !... Monsieur Michel !... »

Il n'avait pas fini de parler que le Hollandais se tenait devant
lui avec sa grande gaffe sur l'épaule.

« Ah ! c'est toi, s'écria Michel en riant; ils t'ont moulu, n'est-ce
pas ? et tes créanciers veulent te mettre sur la paille à présent ?
Allons, ne te chagrine pas, on verra à te sortir de là. Est-ce que
tu pouvais t'attendre à autre chose avec un pince-maille comme le
petit ? Est-ce que je ne t'avais pas prévenu ? Moi, je comprends que
quand on donne on doit donner sans regarder; autrement il vaut
mieux ne pas s'en mêler. Allons, viens avec moi, poursuivit-il en
s'enfonçant sous les arbres; à la maison nous verrons si nous pouvons faire une affaire ensemble. »

Ces mots firent dresser l'oreille à Pierre. Faire une affaire
ensemble ! Quelle affaire ? quelle espèce d'affaire ? Enfin il le ver-
rait bientôt. Tout en songeant, il marchait derrière le Hollandais,
qui avait pris une sente bonne pour les chèvres plutôt que pour les
chrétiens. Tout à coup ils débouchèrent juste en face d'un ravin
taillé à pic et profond comme un précipice. Michel sauta tranquillement au fond, et les cheveux de Pierre se dressèrent sur sa tête
en voyant le Hollandais grandir, grandir, grandir jusqu'à pouvoir
lui mettre sous le nez une main large comme une table au bout
d'un bras long comme un mât.

Le colosse lui cria d'une voix forte ni plus ni moins qu'un
bourdon de cathédrale :

« Assieds-toi dans ma main, et tiens-toi à mes doigts si tu as
peur de tomber. »

Pierre monta dans la main de Michel, et comme il avait grand'-peur vraiment, il se cramponna au pouce de la main prodigieuse.

Le géant descendit donc Pierre, mais, à l'étonnement de Pierre, il avait beau descendre, la clarté restait la même d'abord, puis elle

Pierre monta dans la main de Michel.

devint beaucoup plus vive, et si vive enfin que Pierre dut fermer les yeux, tant la clarté l'éblouissait et lui brûlait les prunelles. Au fur et à mesure que Pierre descendait, le Hollandais diminuait de proportions, et finalement, quand il posa Pierre à terre, il avait repris sa taille ordinaire, et il se trouvait devant une maison pareille à toutes celles des paysans riches de la forêt Noire.

La pièce dans laquelle Pierre fut introduit ne se distinguait en rien des pièces dans lesquelles il était entré chez d'autres, si ce n'est cependant qu'elle était déserte. Le coucou, le grand poêle de faïence, les bancs, les vaiselles sur les étagères, étaient les mêmes qu'ailleurs.

Michel dit à son visiteur de prendre place à table, puis il sortit pour revenir tout de suite avec un pot de vin et des verres. Alors ils se mirent à causer tout en buvant, et Michel vanta tous les beaux pays qu'il avait parcourus, avec leurs rivières larges comme des bras de mer et leurs cités grandes comme des mondes. Si bien que Pierre se sentit plein d'envie de voir toutes ces choses et toutes ces merveilles, et qu'il ne put s'empêcher de le dire à Michel.

« Je comprends cela, répliqua le Hollandais; à ta place je serais comme toi, bien sûr. Mais je parierais qu'au fond tu n'es pas fort rassuré. Et sais-tu d'où ça vient? Eh bien, je vais te le dire : ça vient de ce que tu as encore un cœur, et ça ne vient pas d'autre chose. Réfléchis un moment. Tu as la bonne envie de faire quelque chose, tu sens bien que ce n'est pas la force ni le courage qui te manquent, mais voilà quelque chose qui se met à battre et à sauter dans ta poitrine : toc, toc toc... C'est ton cœur. On te vexe : toc, toc toc; on te traite de voleur, de canaille : toc, toc toc; on te met à la porte de ta maison : toc, toc toc; je te le dis, tout vient de ton cœur. Ce n'est pas à la tête que ça se porte, ce n'est pas à l'estomac que ça te gêne : non, c'est au cœur, toujours au cœur. Dis, n'ai-je pas raison?

— Oui, Monsieur Michel, répondit le pauvre garçon, qui se tenait la poitrine à deux mains tant son cœur battait fortement.

— Puisque je te le dis. Tu as jeté l'argent par les fenêtres, tu as rendu service à des tas de gens; ce n'est pas un reproche que je te fais, comprends bien, mais en es-tu plus avancé aujourd'hui? Non, pas vrai? Ils t'ont souhaité bonne chance et bonne santé, sans doute; seulement je ne vois pas que tes affaires aient mieux marché et que ta santé soit devenue meilleure, au contraire. Avec la moitié de ce que tu leur as donné tu aurais entretenu grassement un médecin qui aurait été aux petits soins pour un aussi bon client. Et qui est-ce qui te poussait à mettre la main à la poche chaque fois qu'un loqueteux te tendait son vieux chapeau? Ton cœur, toujours et toujours ton cœur... Ce n'étaient pas tes yeux, ce n'était pas ta langue, ce n'était pas ton bras, ce n'était pas ta jambe : c'était ce satané cœur. Tu prenais les choses trop à cœur, comme on dit.

— Certainement, Monsieur Michel, que c'était bien comme vous dites; mais le moyen de faire autrement? J'avais beau essayer de l'étouffer, il battait, il battait toujours à m'en faire mal même quelquefois.

— Bien sûr, mon pauvre petit, que tu ne pouvais rien contre ça, riposta le Hollandais en se mettant à rire, mais moi, ce n'est plus la même chose, et la preuve c'est que si tu veux me laisser la petite machine qui fait toc toc là dedans, je te promets que tu t'en trouveras joliment bien.

— Que je vous le laisse, Monsieur Michel! se récria Pierre épouvanté; alors je mourrais tout de suite? Je ne veux pas.

— Bêta, si c'était un chirurgien qui dût faire l'opération, tu mourrais certainement, et tu ferais bien de dire non ; mais moi, je m'y prends d'une autre manière. Crois-tu que ce soit la première fois que je m'en charge? Viens, tu vas voir quelque chose. »

Le Hollandais ouvrit une porte et fit entrer Pierre dans la seconde pièce. Le cœur du pauvre diable se tordit bien comme dans une crampe quand il franchit le seuil, mais Pierre n'en tint compte, tant ce qu'il apercevait le plongeait dans l'étonnement. Les murs de la chambre étaient garnis de rayons sur lesquels étaient rangés des bocaux en verre; les bocaux étaient pleins d'une espèce de liqueur, et dans chaque bocal il y avait un cœur.

Les bocaux avaient des étiquettes, et sur les étiquettes des noms étaient écrits. Pierre s'approcha curieusement pour les lire,

21

et sa surprise fut grande en retrouvant là le cœur du bailli et celui du Roi du bal, et celui du gros Ézéchiel, et celui du forestier principal, et ceux des officiers recruteurs, et ceux de tous les personnages les plus connus à vingt lieues à la ronde. C'était vraiment une belle collection.

« Tu vois bien, reprit le Hollandais, tous ces gens-là sont débarrassés pour le reste de leur vie de tous les ennuis, et de tous les tracas, et de tous les chagrins, et de toutes les mortifications. Leurs cœurs sont bien tranquilles dans le bocal où je les ai mis, et ne sautent plus à propos de rien comme c'était l'habitude dans le temps où ils les avaient encore dans la poitrine.

— Mais alors qu'est-ce qu'ils ont à la place, Monsieur Michel? demanda le verrier qui commençait à voir tourner tout autour de lui.

— Ce qu'ils ont à la place? répéta le Hollandais. Ils ont ça. »

Et il lui tendit un objet qu'il venait de prendre dans un tiroir.

C'était un cœur de pierre.

« Ah! fit Pierre pendant qu'un frisson lui passait par tous les membres, un cœur de marbre. Il me semble que ce doit être bien froid, Monsieur Michel?

— Non, ça tient frais seulement, pas davantage. Tu crois donc qu'il est nécessaire d'avoir un cœur chaud? A quoi cela sert-il, franchement? Est-ce qu'un bon verre de kirsch ne vaut pas mieux en hiver que le cœur le plus brûlant? Et en été ce n'est pas aussi agréable quand on ne sait plus où se mettre pour trouver un peu de fraîcheur. Sans compter qu'avec un cœur de marbre comme celui-là, on ne sent plus rien de rien, ni douleurs, ni tristesses, ni pitié pour les autres. Un vrai cœur de pierre enfin.

— Alors c'est tout ce que vous avez à m'offrir, Monsieur Michel? dit le jeune homme avec humeur; je croyais que vous me donneriez de l'argent, et vous ne me proposez qu'un caillou.

— Tiens, c'est vrai, ma foi. Tu aurais assez avec cent mille florins, pour commencer, je suppose. Avec une mise de cent mille florins, tu n'auras pas de peine à devenir millionnaire si tu t'y prends bien.

— Cent mille florins ! répéta Pierre au comble de la joie ; vite, Monsieur Michel, retirez-moi mon cœur, qui saute comme s'il se doutait de ce qui va lui arriver, et donnez-moi votre caillou et votre argent.

— Allons, tu es un brave garçon, fit le Hollandais qui rit de nouveau ; je savais bien que nous finirions par nous entendre. Trinquons encore un coup, je te donnerai l'argent après. »

Ils vinrent se rasseoir à la table, et boire et boire tant et si bien que Pierre finit par être complètement ivre, et s'endormit profondément.

Ce qui le réveilla, ce fut la joyeuse fanfare d'un cor de postillon.

Pierre était confortablement installé dans une belle berline, il roulait sur une bonne route et pouvait voir par les portières les pentes sombres de la forêt Noire qui fuyaient au loin derrière la voiture. Les vêtements qu'il portait en ce moment ne ressemblaient pas le moins du monde à ceux qu'il avait portés la veille en se rendant chez Michel le Hollandais, mais ses souvenirs se réveillèrent ; il se rappela ce qui s'était passé, le marché qu'il avait fait avec le colosse, et il dit tout haut pour s'assurer qu'il ne rêvait pas :

« Oui, c'est moi, c'est bien moi, Pierre le charbonnier. »

Il éprouva d'abord une grande surprise de ne rien ressentir en se séparant d'un pays où il avait vécu si longtemps ; il avait beau penser à sa mère qui allait être réduite à la plus affreuse misère, il ne trouvait pas un soupir, pas une larme, sur le sort de la pauvre femme. Tout cela lui était si indifférent à présent !...

« Tiens, c'est vrai, songea-t-il, le mal du pays, la tristesse, les soupirs, les larmes, tout cela ce sont des choses qui viennent du cœur, et ce brave Michel a dû me prendre le mien, et le remplacer par un autre en pierre. »

Il appuya la main sur sa poitrine et constata que son cœur ne battait pas.

« A présent il s'agit de voir si Michel a tenu parole aussi bien pour l'argent. »

Il se mit à chercher dans la voiture ; les coffres étaient bien garnis de linge et d'habits, mais d'argent point. Déjà il croyait avoir été dupé par le géant, quand il s'avisa d'ouvrir un petit portefeuille posé sur la banquette près de lui : les poches étaient bourrées de billets de banque et de traites sur les meilleures maisons des plus grandes villes de la terre.

« Allons, j'ai tout ce que je voulais », se répéta-t-il à différentes reprises, et il s'installa de son mieux pour continuer le voyage sans fatigue.

Pierre courut le monde pendant deux ans. Pendant deux ans il alla de ville en ville, regardant par les glaces de la berline, descendant aux meilleurs hôtels, se faisant montrer les curiosités de la première à la dernière. Mais rien ne lui faisait plaisir, ni les beaux monuments, ni la belle musique, ni les beaux tableaux ; son cœur de pierre ne s'intéressait à rien, et ses yeux et ses oreilles ne se réjouissaient de rien. La seule chose qui lui restât, c'était de bien manger, de bien boire et de bien dormir, et ce fut ainsi qu'il vit les pays et les gens : il mangeait et buvait pour se distraire, et dormait pour ne pas mourir d'ennui.

De temps en temps il se rappelait bien qu'un jour il avait été plus heureux et plus gai, à l'époque où il était encore pauvre et travaillait afin de gagner sa vie ; la moindre des choses l'amusait alors, et la maigre pitance que sa mère lui apportait à l'heure du dîner était attendue avec l'impatience d'un bon appétit.

Quand il pensait à tout cela, il se demandait comment il avait pu en arriver à ne plus jamais rire, lui qui partait de bon cœur à la plus futile occasion. Maintenant, s'il faisait semblant de rire, c'était pour être poli avec les gens; les lèvres grimaçaient, mais le cœur n'y était pas.

Il se sentait tranquille autant que quelqu'un peut l'être sur la terre, il ne pouvait dire le contraire; mais il ne sentait pas le moindre contentement. Aussi quand il se décida à prendre le chemin du pays, ce ne fut pas parce qu'il regrettait sa chère forêt Noire, plus rien ne lui était cher, mais bien parce que la satiété, l'ennui, l'esseulement, commençaient à lui peser terriblement sur les épaules.

Quand il eut laissé Strasbourg derrière lui, quand il revit les sapinières sombres au milieu desquelles il était né, quand il se retrouva en présence de gens vêtus comme lui-même l'avait été si longtemps, il mit vivement la main sur son cœur, car il avait pensé que son cœur bondirait dans sa poitrine et qu'il serait tenté de rire et de pleurer du même coup. Aussitôt il laissa retomber sa main, en se disant qu'il devait être en passe de perdre la tête, pour s'imaginer que quelque chose pouvait troubler un cœur de pierre.

Sa première visite fut, naturellement, pour le Hollandais; il fut reçu de la façon la plus aimable par le colosse.

« Ce n'est pas tout ça, Michel, lui dit-il sans autre préface; j'ai bien vu du pays, mais je n'en suis pas plus avancé : rien de rien ne m'a fait le moindre plaisir. Bien sûr qu'avec le caillou que tu m'as mis là, on est tranquille sous quelques rapports; seulement, d'un autre côté, on est aussi privé de bien des choses. Si je ne me mets jamais en colère, si jamais je ne me vexe, si jamais je ne pleure, jamais non plus je ne ris et jamais je ne m'amuse. Enfin, vivre comme ça, franchement, ce n'est pas vivre. Est-ce que tu ne pourrais pas t'arranger de manière à ce que je ressente quelque chose de temps en temps? Tu pourrais même me rendre mon vrai cœur. Il y avait une vingtaine d'années et plus que je m'y étais habitué; je sais bien qu'il m'a joué plus d'un tour, mais c'est égal, il n'était pas méchant et riait volontiers. »

Alors le Hollandais fit entendre un éclat de rire mauvais et sinistre.

« Nous reparlerons de ça plus tard, Pierre Munk, répliqua-t-il; tout ce que je puis te dire pour le moment, c'est que ton cœur si tendre, si sensible, te sera restitué sûrement quand tu seras mort : alors tu auras tout le temps de te rendre compte de ce que c'est que pâtir et souffrir. Mais tant que tu seras sur la terre, il ne faut pas y penser. Maintenant tu me racontes que tu as vu du pays et que rien de rien ne t'a fait plaisir : est-ce possible de s'amuser quand on vit comme tu as vécu pendant ces deux années? Établis-toi quelque part, construis-toi une maison, marie-toi, fais valoir ton bien, et tu m'en diras des nouvelles. Tu t'amusais parce que tu ne travaillais pas, et tu t'ennuyais parce que tu ne savais à quoi employer ton temps, mais ce n'est pas une raison. Tu t'en prends à ton cœur de pierre, ce n'est pas lui qui en est cause. »

Pierre fut bien obligé de reconnaître qu'au fond le Hollandais n'avait pas tort, et il se promit de tout faire pour s'enrichir et s'enrichir de plus en plus. Michel lui donna cent mille autres florins, et ils se quittèrent bons amis.

Bientôt la nouvelle se répandit dans toute la forêt Noire que Pierre le charbonnier, Pierre le joueur, était revenu plus riche qu'il n'avait jamais été. Alors il se passa ce qui se passe ordinairement en pareil cas. Ceux qui le décriaient et lui jetaient la pierre au temps où il n'avait plus un sou vaillant, furent les premiers à lui serrer la main, et ce fut à qui lui prodiguerait les marques d'estime et de respect quand on l'eut vu jouer gros jeu avec Ézéchiel, comme par le passé.

Pierre ne reprit pas le commerce du verre; il se fit grainetier et marchand de bois; mais son trafic le plus productif c'était encore le commerce de l'argent. Bientôt la bonne moitié de la forêt lui dut des sommes plus ou moins rondes; Pierre ne prêtait pas au-dessous de dix pour cent et ne se faisait nullement scrupule de vendre le blé trois fois ce qu'il valait à ceux qui ne le payaient pas comptant.

Lui et le bailli étaient comme les deux doigts de la même main, et ceux qui se trouvaient dans l'impossibilité de régler au jour convenu étaient sûrs d'être saisis et vendus sans délai.

Ces procédés eurent d'abord quelques désagréments pour Pierre; les pauvres gens venaient lui demander des sursis, les hommes lui montraient le poing et le menaçaient, les femmes l'injuriaient, les enfants lui tendaient la main; en homme avisé, il se procura deux bons chiens de garde, qu'il lâcha sans scrupule sur les malheureux, et ce fut ainsi qu'il mit fin à ce charivari, comme il disait lui-même.

Ses tracas les plus désagréables lui venaient très certainement de la « vieille ». Or celle qu'il appelait ainsi n'é-

La mère de Pierre vivait de la charité publique.

tait autre que sa propre mère. Elle était tombée dans la dernière des misères lorsqu'on avait tout vendu chez son fils, et Pierre n'avait pas cru devoir s'occuper d'elle depuis qu'il était de retour. Elle vivait donc de la charité publique, et on la rencontrait qui se traînait péniblement par les routes en s'aidant d'un bâton. Chaque fois qu'elle passait devant la grande et belle maison de son garçon, elle ne pouvait s'empêcher de pleurer toutes les larmes de son corps, rien qu'à penser qu'il aurait pu lui faire une vieillesse si heureuse, au lieu de la laisser tendre la main aux gens compatissants. Cependant elle se gardait bien d'entrer : un jour il l'avait mise à la porte ni plus ni moins que la première venue. Tous les samedis elle se présentait chez Pierre; il lui envoyait une pièce de six batz enveloppée dans un bout de papier, et quand il l'entendait s'en aller lentement il ne se disait rien, sinon que c'était encore une pièce de six batz perdue.

Pierre songea enfin à prendre femme. Il n'ignorait pas que dans toute la forêt Noire pas un père ne lui eût refusé sa fille, mais il voulait une femme comme il serait seul à en avoir une. Il battit donc le pays dans tous les sens, s'informant par-ci, se renseignant par-là, n'en trouvant pas d'assez jolies pour lui parmi toutes les jolies filles des alentours. Il commençait déjà à croire qu'il ne trouverait pas chaussure à son pied, quand il entendit dire que la plus belle des belles et la plus sage de toutes les sages était, sans aucun doute, la fille d'un pauvre bûcheron qui tenait le ménage de ses parents.

Aussitôt que Pierre connut l'existence de cette merveille, il se dit qu'elle serait à lui. Il sella donc son cheval sans perdre de temps et s'en alla vers la chaumière qui lui avait été désignée. Le pauvre bûcheron tomba de son haut quand il sut à qui il avait affaire, mais il crut devenir fou quand il apprit que le richard Pierre Munk venait lui demander Lisbeth en mariage. Il dit oui avant même d'avoir pensé à la consulter, et Lisbeth était une fille si respectueuse qu'elle consentit sans se récrier à être Mᵐᵉ Pierre Munk. Le mariage se fit donc.

La pauvre Lisbeth ne tarda pas à voir que la vie ne lui serait

pas aussi facile qu'elle se l'était imaginé d'abord. Elle croyait être
bonne ménagère, et cependant elle ne faisait rien au gré de son
mari; elle avait un cœur excellent, et comme elle savait Pierre
fort riche, elle donnait volontiers à ceux qui en avaient besoin : une
pièce d'argent à une pauvre vieille, un petit verre à un pauvre vieux.
Pierre s'en aperçut vite et ne lui mâcha pas sa façon de penser.

« As-tu bientôt fini de gaspiller mon bien avec des gueux et
des vagabonds? lui cria-t-il d'une voix brutale; on voit que Mademoiselle avait une belle dot. Combien de soupes ferait-on bouillir
avec le bâton que ton père prend pour aller mendier? A-t-on jamais
vu une princesse pareille? Que je ne t'y reprenne pas, ou tu appren-
dras ce que ma main pèse. »

La belle Lisbeth se retira dans sa chambre pour pleurer;
jamais elle ne se serait figuré qu'un homme pouvait avoir le cœur
si dur, et elle regretta le temps où elle était pauvre; combien elle
était plus heureuse dans la cabane de son père!...

Si elle s'était doutée que Pierre avait un caillou en place de cœur
dans la poitrine, elle n'eût pas été aussi étonnée d'être traitée de
la sorte. Par la suite, chaque fois que la bonne Lisbeth entendait un
malheureux s'approcher, elle fermait les yeux pour ne pas voir
la misère qu'il lui était défendu de soulager, et elle serrait les
poings pour ne pas céder à la tentation de puiser dans sa bourse.
Ainsi elle se fit une nouvelle réputation, d'après laquelle Mme Lisbeth
Munk était plus avare et plus dure aux pauvres gens que Pierre
Munk lui-même, ce qui n'était pas peu dire.

Or, un jour que, par un très beau temps, elle était assise dehors
et filait en frédonnant une chanson, elle vit venir vers elle un vieux,
si vieux et si courbé qu'on ne pouvait certainement imaginer ni plus
courbé ni plus vieux. Et pourtant il n'en portait pas moins sur son
dos un sac qui avait l'air terriblement lourd, car le vieux s'arrêtait
à tous les pas et ne cessait de geindre à fendre l'âme.

Mme Lisbeth le regardait d'un air plein de pitié, et elle se disait que ce n'était pas humain de charger à ce point un pauvre homme qui ne pouvait plus marcher.

Le petit vieux avançait péniblement; il finit par arriver près de la jeune femme, mais là ses forces l'abandonnèrent et il se laissa tomber à terre.

« Pour l'amour de Dieu, donnez-moi un verre d'eau, ma bonne dame, balbutia-t-il d'une voix éteinte; je n'en peux plus, tant j'ai soif.

— Vous ne devriez pas prendre d'aussi grosses charges à votre âge, répliqua Lisbeth.

— Il faut bien que je gagne ma vie, ma bonne dame, et je fais des commissions. Ah! ceux qui ne manquent de rien, comme vous, ne savent pas le plaisir que fait un coup d'eau fraîche par une chaleur pareille. »

Lisbeth se leva vivement et courut prendre sur une étagère un pot qu'elle remplit d'eau bien fraîche, et avec lequel elle revint non moins vivement vers le pauvre homme. Seulement, en le regardant encore, elle fut prise d'une grande pitié, car elle ne se souvenait pas d'avoir jamais vu un être plus pitoyable. Elle rebroussa chemin, et, comme son mari était aux champs, elle versa l'eau et descendit à la cave tirer un pot du meilleur vin. Elle en remplit un gobelet, coupa une bonne tranche de pain et donna le tout au pauvre vieux en disant :

« Un coup de vin vous vaudra mieux qu'un verre d'eau, et une bouchée de pain ne vous fera pas de mal, j'en suis sûre. Ne buvez pas trop vite et mangez votre pain avec votre vin. »

Le vieux releva sur elle des yeux étonnés, dans lesquels brillaient de grosses larmes.

« Je suis bien vieux, ma bonne dame, murmura-t-il tout en faisant ainsi qu'elle le lui recommandait, mais je n'ai pas encore trouvé beaucoup de personnes pour avoir autant de bonté et savoir si bien donner. Cela vous portera bonheur, Madame Lisbeth, vous pouvez me croire; on est toujours récompensé de faire le bien.

— Et c'est tout de suite qu'elle va l'être, » fit une voix furieuse derrière eux.

Ils se retournèrent et se trouvèrent en face de Pierre qui était cramoisi de colère.

« Tonnerre! c'est mon meilleur vin que tu oses prendre pour régaler des va-nu-pieds, et c'est dans mon gobelet d'argent que les vagabonds s'en régalent!... Attends, je vais te récompenser comme tu le mérites. »

Lisbeth se laissa glisser à genoux en lui demandant pardon, mais Pierre n'était plus qu'un fou, incapable d'entendre quoi que ce fût; il saisit son grand fouet par le petit bout, le fit tournoyer dans l'air et frappa de toute sa force : la poignée s'abattit sur le front de la pauvre femme, et le coup la fit rouler à terre dans une mare de sang.

Quand il vit ce qu'il venait de faire, Pierre parut éprouver quelque chose qui ressemblait à du remords, mais cela ne fit que passer. Il se pencha sur Lisbeth comme pour savoir si elle respirait encore.

« Ne te donne pas tant de peine, Pierre, dit alors une voix que Munk connaissait bien; c'était la plus jolie fleur de la forêt Noire, mais tu l'as foulée aux pieds et tu t'es arrangé de manière à ce qu'elle ne refleurisse pas. »

Pierre devint pâle comme la mort, et il balbutia :

« Ah! c'est vous, Monsieur le verrier... Enfin, ce qui est fait est fait, et il n'y a pas à y revenir. Je compte bien que vous aurez la bonté de ne pas me dénoncer à la justice parce que j'ai tué ma femme, n'est-ce pas?

— Misérable, répliqua le verrier, à quoi me servirait-il de faire périr ton corps à la corde d'une potence? Ce n'est pas la justice des hommes que tu devrais craindre, mais une autre justice autrement redoutable, car tu as vendu ton âme à Satan.

— C'est mon cœur que je lui ai vendu, et si je lui ai vendu mon cœur, c'est de ta faute, petite canaille de verrier. Si tu ne m'avais pas trompé, je n'en serais pas là aujourd'hui, je n'aurais pas eu besoin d'aller trouver le Hollandais. Oui, c'est toi qui es cause de tout, toi, toi, et rien que toi... »

Mais Pierre n'avait pas fini de parler qu'il regrettait déjà ses paroles imprudentes. Le verrier grandissait, prenait des proportions effroyables, avec des yeux aussi larges que des soucoupes et une bouche aussi grande qu'un four à verre, et dans cette bouche des flammes brillaient. Pierre avait beau ne pas avoir de cœur, il n'en eut pas moins une peur telle qu'il se laissa tomber et se mit à trembler comme feuille; le génie le saisit à la nuque et l'enleva aussi facilement qu'il eût enlevé un fétu de paille.

« Ver de terre, cria le verrier d'une voix formidable, tandis qu'il le lançait sur le sol avec tant de force que les os du pauvre Pierre craquèrent, je pourrais te réduire en poussière si je voulais, car tu as péché contre le seigneur maître de la forêt : en considération de cette femme, qui a apaisé ma faim et ma soif, je t'accorde un sursis de huit jours. Dans huit jours je reviendrai, et si tu ne t'es pas amendé, je broierai tes os et tu mourras dans l'impénitence finale. »

La nuit tombait déjà quand les passants trouvèrent Pierre Munk gisant inanimé sur la route. Ils le tournèrent, le retournèrent, le tournèrent encore pour voir s'il resirait encore; l'un s'en alla chercher de l'eau et lui arrosa le visage. Pierre soupira et ouvrit les yeux. Il promena ses regards autour de lui et balbutia :

« Lisbeth! où est Lisbeth? »

Mais personne ne put le renseigner, car personne n'avait vu Mme Munk.

Alors Pierre les remercia
de leur bonté et rentra chez
lui comme il put. Il fouilla
toute la maison, de la cave au
grenier : Lisbeth n'était ni en
haut ni en bas, et Pierre dut
bien admettre que ce qu'il
avait pris pour un rêve affreux
était une affreuse réalité.

Des idées bizarres la han-
tèrent quand il se vit seul. Il
n'avait pas peur, c'est vrai,
puisqu'il n'avait pas de cœur,
mais la mort de sa femme le
faisait penser à sa propre
mort, et il se disait que les
derniers moment ne seraient
pas extrêmement gais pour
lui. Est-ce qu'il n'aurait pas
à répondre de tout le mal qu'il
avait causé, de toutes les larmes qu'il avait fait couler, de
toutes les malédictions qu'il
avait provoquées, de toutes
les souffrances dont il était
l'auteur, de la douleur où sa
mère aurait passé ses vieux
jours, et aussi du sang de
Lisbeth qu'il avait versé? Et
que dirait-il si le pauvre bû-

Des passants trouvèrent Pierre Munk gisant
inanimé sur la route.

cheron venait lui demander ce qu'il avait fait de sa bonne Lisbeth?

Et que dirait-il quand le Juge des juges lui ferait rendre compte de ses actes?

Il rêva de ces choses effrayantes toute la nuit; à tout instant il entendait une voix qui lui murmurait à l'oreille : « Reprends ton cœur, Pierre. » Il se réveillait chaque fois avec la conviction que cette voix était celle de Lisbeth.

Le lendemain il s'en alla à l'auberge pour y noyer ses préoccupations dans le vin. Il y rencontra le gros Ézéchiel et se mit à causer avec lui de choses et d'autres, de la pluie, du beau temps, des contributions, et finalement de la mort, à propos de gens qu'on avait mis en terre tout dernièrement.

« Voyons, toi, qu'est-ce que tu en penses? demanda Pierre brusquement; qu'est-ce qu'on peut devenir après la mort?

— Belle demande! répliqua Ézéchiel; le corps s'en va pourrir en terre, et l'âme monte au ciel ou descend en enfer, ça dépend.

— Et le cœur? Qu'est-ce qu'on fait du cœur? insista Pierre avec inquiétude.

— Il fait comme le corps, pardienne.

— Alors on le met en terre aussi?

— Bien sûr qu'on le met en terre.

— Mais quand on n'a pas de cœur? »

Sur ce mot, le gros Ézéchiel le regarda d'un air farouche.

« Comment, quand on n'a pas de cœur? Est-ce que tu te moquerais de moi, par hasard? Est-ce que tu te mettrais en tête que je n'ai pas de cœur?

— Pour ça non, je sais que tu en as un, et même qu'il est dur comme pierre.

— Ah, tu sais ça, toi? reprit l'autre avec un accent singulier, après s'être assuré d'un coup d'œil que personne ne les écoutait; où donc l'as-tu appris? Est-ce que tu en aurais un tout pareil?

— Si le mien bat, ce n'est plus là en tout cas, fit Pierre en portant la main à sa poitrine ; mais, à présent que tu me comprends, pourrais-tu me dire ce que nos cœurs à nous deviendront lorsque nous serons morts ?

« Ah ! mon pauvre camarade, s'écria le gros Ézéchiel en éclatant de rire, ce n'est pas ça qui me tracasse, je t'en réponds. Pourvu que je boive bien, que je mange bien, que je dorme bien, le reste ne me fait ni chaud ni froid. Hein ! c'est commode un cœur comme nous en avons un ? On peut penser à tout cela sans avoir la chair de poule.

— C'est vrai, mais ça n'empêche pas d'y penser. Pour mon compte, ça ne m'empêche pas non plus de me rappeler comme j'avais peur de l'enfer dans mon jeune temps.

— Bien sûr qu'il y en aura de plus heureux que nous, fit Ézéchiel, dont la figure se rembrunissait ; j'ai questionné un jour le maître d'école là-dessus, et il m'a répondu que les cœurs seraient pesés au poids de leurs péchés. M'est avis que les nôtres auront le poids : qu'est-ce que tu en dis ?

— Dame ! des cœurs de pierre ! Quelquefois ça me gêne vraiment de ne rien ressentir, d'être indifférent à tout. Mais j'éloigne ces pensées. »

Ils en restèrent là, mais la nuit suivante ce Munk le richard entendit encore la voix si douce lui répéter cinq ou six fois la même phrase : « Reprends ton cœur, Pierre. »

Certainement il n'avait pas de remords ; seulement, quand il se voyait obligé de dire que Lisbeth était partie en voyage, il ne pouvait faire autrement que de se demander :

« Où peut-elle bien être passée ? »

Pendant six jours, il mena ainsi une existence d'âme en peine, entendant la voix dès qu'il s'endormait, et songeant à la menace du verrier dès qu'il était éveillé. Enfin, le septième jour, il n'y tint plus ; il sauta de bonne heure à bas de son lit en grommelant :

« Tout de même, je m'en vais reprendre mon cœur; car ce n'est pas vivre que d'avoir un caillou dans la poitrine. »

Il mit ses habits du dimanche, sella son cheval et prit au trot la direction du Grand-Sapin.

Quand il fut à l'endroit où les arbres devenaient de plus en plus serrés, il mit pied à terre, attacha sa monture à un tronc et gagna rapidement le sommet de la hauteur. Il se posta devant le sapin qu'il connaissait bien et dit les paroles.

Le petit verrier ne se fit pas attendre; cette fois, il était de noir habillé et avait la mine triste et sombre. Pierre devina tout de suite de qui le petit verrier portait le deuil.

« Qu'est-ce que tu me veux encore, Pierre? demanda le petit homme d'une voix sourde.

— J'ai encore un souhait, Monsieur le verrier, répondit Pierre en tenant les yeux baissés.

— Un cœur de pierre peut donc souhaiter quelque chose? Tu as tout ce qu'il faut à un mauvais cœur comme le tien, et je pense qu'il me sera bien difficile de faire quoi que ce soit pour toi.

— Vous m'avez accordé deux souhaits; alors il m'en revient encore un.

— Souviens-toi que je me suis réservé le droit de le repousser, si je le juge à propos. Et maintenant parle, je t'écoute.

— Alors retirez-moi la pierre que j'ai là et rendez-moi mon vrai cœur.

— Tu te trompes, ce n'est pas avec moi que tu as fait marché; adresse-toi à Michel le Hollandais qui t'a fait ce cadeau.

— Vous savez bien qu'il ne voudra pas me rendre mon cœur.

— Tiens, tu as beau être méchant, tu me fais pitié. Comme ton souhait est raisonnable, je ne veux pas te refuser mon concours. Comme bien tu penses, il ne faut pas songer à recouvrer ton pauvre cœur par la force; il te reste la ruse, et de ce côté tu as des chances pour toi, car Michel est un parfait nigaud, tout en se croyant d'une finesse sans pareille. Tu vas donc aller le trouver et tu t'y prendras avec lui comme je vais te l'expliquer. »

Puis, quand il l'eut bien renseigné, il lui donna une petite croix de cristal en ajoutant :

« Il ne peut pas te tuer, et il te laissera partir si tu prends la précaution de lui présenter cette croix en récitant des prières. Quand tu auras ce que tu réclames, tu reviendras me trouver. »

Pierre Munk prit la croix de cristal, se remémora bien tout ce que le petit verrier lui avait dit, et s'en alla chez Michel. Michel le reçut en vieille connaissance.

« Alors tu as tué ta femme ? lui dit-il avec un grand éclat de rire ; ce n'est pas un grand malheur, va : elle aurait fini par te mettre sur la paille, avec sa manie de donner à tous ceux qui demandent. Il y aura sans doute un tas d'histoires si on ne la retrouve pas, et tu feras bien de quitter le pays pour quelque temps. Au fait, je parie que c'est à cause de ça que tu viens ; il te faut de l'argent pour le voyage, hein ?

— Justement, et tu feras bien de m'en donner une bonne somme, car je compte m'en aller jusqu'en Amérique. »

Michel passa devant, et ils entrèrent dans la maison ; le Hollandais ouvrit le grand coffre où étaient entassés des sacs d'or ; il y plongea et en retira plusieurs, qu'il aligna sur une table.

« C'est égal, Michel, reprit Pierre pendant cette opération, tu t'es joliment moqué de moi en me contant que tu m'avais enlevé mon cœur et que je n'avais plus qu'une pierre dans la poitrine.

— Qu'est-ce que tu me dis là ? se récria Michel stupéfait ; tu le sens donc encore ? Il n'est pas froid comme glace ? Tu as du chagrin ou bien des remords ?

— Tu l'as arrêté, grand farceur, mais tu ne l'as pas pris, et le

23

gros Ézéchiel est dans le même cas. D'ailleurs ça ne me surprend pas ; pour le retirer et le remplacer par un caillou, il faudrait que tu fusses un enchanteur, et tu n'es pas un enchanteur, j'en mettrais ma main au feu, vois-tu, Michel.

— C'est trop fort. Je te dis que toi, et le gros Ézéchiel, et tous ceux qui ont fait marché avec moi, vous avez tous la même pierre et que vos cœurs à tous sont là dans mon magasin.

— Ce n'est pas l'assurance qui te manque, Michel, mais tu sais, ce n'est pas à moi qu'il faut en faire avaler de pareilles. Est-ce que tu crois que je n'ai pas vu plus fort que ça pendant que je voyageais ? Ceux qui font des tours dans les théâtres sont aussi forts que toi, mon pauvre Michel, car je ne m'en dédis pas : tu n'es pas un sorcier. Un malin, oui, mais pas autre chose. »

Cette fois la moutarde monta au nez du Hollandais, et il ouvrit brusquement la porte de ce qu'il appelait son magasin.

« Regarde toi-même et lis les étiquettes. Là, celui-là, c'est le tien : est-ce qu'il bat assez fort ? Est-ce qu'il a l'air d'être en cire ?

— Possible qu'il n'en a pas l'air, mais il doit être en cire tout de même. C'est joliment bien imité en tout cas ; qu'est-ce que tu mets dedans pour le faire battre comme ça ? Tu sais, ne te gêne pas, si c'est un secret, je ne tiens pas du tout à le savoir.

— Mais si, mais si, et tu reconnaîtras toi-même si c'est bien le tien ou non. »

Michel prit le cœur qui palpitait dans le bocal et, ayant ouvert la veste de Pierre, il le lui remit en place, après avoir retiré le caillou.

Pierre sentit tout de suite les battements, et il en éprouva une joie sans égale.

« Eh bien, qu'en dis-tu à présent ? fit le colosse avec un sourire de triomphe.

— C'est vrai, tu as raison, répliqua Pierre en tirant adroitement la croix de sa poche, je ne me serais pas figuré que ces choses-là pouvaient se faire.

— Quand je te le disais. Maintenant viens là, que je te remette ta pierre.

— Là, là, doucement, Monsieur Michel ; comme tu es pressé, riposta Munk en brandissant son arme d'un nouveau genre; on dit que c'est plus facile de prendre des mouches avec du miel qu'avec du vinaigre, et je viens de m'en apercevoir. Pour cette fois, c'est toi qui es le dindon de la farce, mon pauvre Michel. »

Et Pierre se mit à réciter les prières qui lui revenaient à la mémoire.

Alors il vit que le Hollandais se faisait de plus en plus petit, qu'il se tordait comme un ver, tout en geignant et en se lamentant et en jurant. En même temps les cœurs renfermés dans les bocaux commençaient de battre si fort et si haut que c'eût été à se croire dans l'atelier d'un horloger. Pierre n'était plus rassuré du tout; il se sauva à toutes jambes et escalada les rochers avec la vivacité d'un écureuil, car il entendait derrière lui le Hollandais qui faisait un vacarme du diable. Quand il fut en haut, il détala prestement vers le Grand-Sapin, d'autant plus qu'un orage épouvantable venait d'éclater, que les éclairs ne cessaient de fendre le ciel, et que plusieurs arbres s'abattaient fracassés auprès de lui. Il ne fut pas blessé cependant et arriva sain et sauf sur le terrain du petit verrier.

Son cœur battait, et sautait, et bondissait, tout joyeux de se retrouver enfin à sa place. Mais tout en courant Pierre revoyait sa vie passée, et il aurait pleuré des larmes de sang à la pensée de tout le mal qu'il avait déjà fait; il se souvint de sa femme, la belle, et douce, et bonne Lisbeth, qu'il avait tuée par avarice, et il pleurait réellement de tout son cœur quand il fut devant le petit verrier.

Le génie était assis sur une grosse racine à fumer tranquillement sa pipe; il avait l'air plus accueillant.

« Tu pleures, Pierre? lui dit-il; tu n'as donc pas réussi? C'est donc toujours le caillou que tu as dans la poitrine?

— Ah! Monsieur le verrier, sanglôta le pauvre Pierre, quand j'avais le caillou je ne pleurais jamais, et mes yeux étaient aussi secs que la terre en juillet. C'est l'autre que j'ai maintenant, et il me semble que je le sens se briser de douleur quand je pense à tout ce que j'ai fait. J'ai réduit mes débiteurs à la dernière des misères, j'ai lâché mes chiens sur les malheureux, j'ai laissé ma mère dans la misère, et j'ai tué ma bonne Lisbeth, vous le savez aussi bien que moi.

— Pierre, tu as été un grand coupable; l'oisiveté et l'amour de l'or t'ont perdu, si bien que ton cœur s'était changé en pierre et que plus rien ne le touchait, ni la joie, ni la douleur, ni la pitié. Mais le repentir rachète bien des choses, et si j'étais certain que tu te repentes sincèrement, je pourrais faire quelque chose pour toi.

— Je ne vous demande plus rien, Monsieur le verrier, répliqua Pierre en baissant la tête d'un air accablé; je sens bien que tout est fini pour moi et que jamais plus je ne pourrai être content. Que voulez-vous que je fasse maintenant que je suis seul sur la terre? Ma mère ne me pardonnera jamais tout ce que je lui ai fait souffrir... Vit-elle encore seulement? Faites-moi mourir plutôt, Monsieur le verrier; je serai ainsi débarrassé de tout.

— Comme tu voudras, reprit le génie; tu dois savoir ce que tu as à faire. Je vais chercher ma hache qui est là tout près. »

Il secoua tranquillement sa pipe de verre et la glissa dans sa poche, puis il se leva et disparut lentement derrière le gros sapin. Pierre le laissa partir; il était affaissé dans l'herbe et triste, triste comme jamais il n'avait été triste. Ce fut dans cette position qu'il attendit le coup de la mort.

« Pierre! » appela tout à coup le verrier derrière le malheureux.

Pierre se retourna involontairement et... se trouva en présence

Pierre se trouva en présence de sa mère et de sa femme.

de sa mère et de sa femme qui le regardaient tendrement. Alors il se leva d'un bond en s'écriant :

« Tu n'es donc pas morte, Lisbeth ? Et vous, mère, vous m'avez pardonné, puisque vous voilà ?

— Elles te pardonnent toutes deux et désirent que tout soit oublié, car ton repentir est sincère, fit le verrier. Reprends la cabane de ton père et ton ancien métier, Pierre ; redeviens un honnête homme, et tes voisins auront de l'estime pour toi. Ils en auront plus que si tu avais des monceaux d'or. »

Et le petit homme de verre les congédia tous les trois.

Il ne restait rien de la belle maison qu'avait possédée Pierre le richard ; la foudre y avait mis le feu, et l'incendie avait dévoré jusqu'à la dernière planche. Mais la cabane où le petit Munk avait vécu ne se trouvait pas loin de là, et ce fut de ce côté qu'ils s'en allèrent, sans grands regrets de ce qu'ils avaient perdu.

Ils crurent rêver quand ils virent à la place de la chaumine qu'ils connaissaient bien, une belle maison toute simple, mais d'une propreté admirable.

« C'est le bon petit verrier qui ne nous a pas oubliés, s'exclama Pierre.

— Mon Dieu ! que c'est donc beau ! surenchérit dame Lisbeth au comble du ravissement ; je t'assure, mon bon Pierre, que je m'y plairai sûrement mieux que dans ta grande bâtisse pleine de domestiques. »

A partir de ce jour, Pierre Munk fut honnête et laborieux ; il sut se contenter de ce qu'il avait et devint un charbonnier modèle. Il ne tarda pas, naturellement, à se trouver dans l'aisance, et on l'estima, et on l'aima dans toute la forêt Noire, autant qu'on l'y avait méprisé et détesté auparavant. Il vécut en bonne intelligence avec sa femme, traita sa mère avec le respect qui est dû aux vieillards, et ne ferma pas sa porte à ceux qui étaient malheureux.

L'année suivante, la bonne Lisbeth devint mère d'un beau petit garçon, et Pierre s'empressa de mettre ses habits du dimanche et de courir au Grand-Sapin pour apprendre la bonne nouvelle au génie bienfaisant. Mais il eut beau dire et redire les paroles, le petit verrier ne se montra pas.

« Monsieur le verrier, cria-t-il enfin, vous n'avez pas besoin d'avoir peur ; tout ce que je désirais vous demander, c'était de vouloir bien être le parrain de mon petit Pierre. »

Le verrier ne se rendit pas à la prière de son protégé ; cependant un coup de vent qui passa dans le bois fit tomber quelques pommes de sapin à deux pas de Pierre.

Il les ramassa.

« Je les emporte, Monsieur le verrier, dit-il encore tout haut ; ce sera un souvenir, puisque vous ne voulez pas vous faire voir. Adieu, adieu, Monsieur le verrier. »

Mais quand il fut de retour au logis et que sa mère prit les habits du dimanche pour les ranger dans l'armoire, elle retourna les poches, et quatre rouleaux d'écus tout neufs lui crevèrent dans les mains. C'étaient des écus de Bade, et pas un seul de mauvais.

Le verrier n'était pas le parrain, mais il se conduisait aussi généreusement que le plus riche et le plus généreux des parrains.

Ils vécurent longtemps tous parfaitement unis et parfaitement heureux. Pierre avait des cheveux blancs depuis bon nombre d'années qu'il répétait encore à la moindre occasion :

« Il vaut mieux se contenter de peu, mes enfants, que d'avoir de l'or plein ses poches et de manquer de cœur... »

XIV

Les prisonniers ne pouvaient certainement se plaindre de la façon dont ils étaient traités. Mais ils n'éprouvaient pas moins le désir le plus vif de recouvrer leur liberté.

Le soir du cinquième jour, l'intendant déclara nettement à ses compagnons qu'il était bien résolu à tenter une évasion cette nuit-là, dût-il y laisser sa vie.

« Faites-vous comme moi? poursuivit-il; vous auriez tort de ne pas essayer : c'est une chance à courir. Je me charge de la première sentinelle; je le regrette pour celui qui sera de faction, mais il est condamné.

— Quoi! vous voulez le tuer? s'écria Félix saisi d'horreur.

— A moins que vous ne préfériez que ce soit lui qui me tue? Nos bandits ont des mines qui ne me disent rien de bon; d'après ce que j'ai pu entendre par-ci par-là, ils sont traqués; les femmes leur montent la tête contre nous, et je mettrais ma main au feu que si on découvre leur repaire, nous serons massacrés sans pitié.

— Miséricorde! gémit l'orfèvre.

— Bah! ils ne nous tiennent pas encore. Alors vous comprenez

24

qu'il vaut mieux prendre les devants. Quand la nuit sera venue, je
m'en irai tout doucement du côté de la sentinelle; si elle me hèle, je
lui dirai que je cherche le capitaine parce que Mme la comtesse est
malade; pendant qu'il écoutera, un coup de poignard, et ce sera
fini. Je viens ensuite vous prendre, nous faisons de même avec la
deuxième et avec la troisième, et nous sommes libres. »

L'intendant avait en ce moment un air si résolu et si féroce,
que Félix tremblait à l'écouter. Le pauvre garçon se préparait à le
supplier de renoncer à ce plan, lorsque la porte s'ouvrit silencieusement et que quelqu'un entra : c'était le capitaine. Celui-ci fit un
signe aux prisonniers afin de leur recommander la prudence, et vint
s'asseoir près de Félix.

« Madame la comtesse, dit-il à demi-voix, votre situation
devient dangereuse. Non seulement votre mari n'a tenu aucun
compte de nos conditions au sujet de la rançon, mais encore il a
porté plainte contre nous. La force publique est à notre recherche.
J'ai fait menacer le comte de vous mettre à mort, mais cette menace
ne l'a pas arrêté : ou votre vie lui est bien peu précieuse, ou notre
parole lui semble bien peu de chose. Toujours est-il que votre vie
est à notre discrétion, et que nous aurions le droit d'en disposer
après ce qui vient de se passer : que vous en semble? »

Les prisonniers se regardèrent avec effarement, ils ne savaient
que répondre, car dévoiler en ce moment la supercherie à laquelle
ils avaient eu recours pour sauver la comtesse, c'eût été doubler le
péril.

« Je ne puis me résigner à sacrifier ainsi une personne pour
laquelle j'ai le plus profond respect et la plus vive sympathie, reprit
le capitaine; dans ces conditions, je ne vois pour vous qu'un seul
mode de salut : la fuite. Je fuirai avec vous. »

Cette fois, ce fut de la stupéfaction que trahirent les regards
des trois amis.

« Mes compagnons ont l'intention de passer pour la plupart en Italie et de se joindre à une bande fameuse dont ils ont entendu parler; or, j'ai trop l'habitude du commandement à présent pour me plier à subir le commandement d'un autre. Je ne ferai donc pas cause commune avec mes hommes; en revanche, je vous supplierai, Madame la comtesse, de vouloir bien me promettre d'user de votre crédit en ma faveur. Votre parole me suffira; donnez-la-moi, et je vous sauve pendant qu'il en est encore temps. »

Félix garda un silence embarrassé; il éprouvait la plus vive répugnance à abuser de la confiance d'un homme qui se disposait à lui rendre un tel service. Pouvait-il prendre un engagement de ce genre, sans savoir si la comtesse se regarderait comme tenue de le remplir?

« En ce moment on demande des soldats de toutes parts, reprit le capitaine que ce silence semblait inquiéter; j'entrerai dans l'armée, si modeste que soit le grade. Je sais, Madame la comtesse, que vos relations sont brillantes, que votre influence est considérable : cependant je n'exige rien de vous que de vouloir bien me seconder dans cette circonstance.

— Eh bien, soit! répliqua enfin le jeune orfèvre sans oser relever les yeux; je vous promets de faire ce que je pourrai pour vous être utile; c'est une satisfaction pour moi, croyez-le bien, de vous voir renoncer aussi spontanément à un métier indigne de tout honnête homme.

— Je ne saurais trop vous remercier, Madame la comtesse, de votre bonté pour moi, dit le chef, qui était visiblement ému; soyez prête à partir deux heures après le coucher du soleil. »

Et le capitaine se retira avec non moins de précautions. Les prisonniers respirèrent.

« Voilà un capitaine de brigands comme nous pouvions le désirer, fit l'intendant dont la figure rayonnait; le brave garçon

s'est sans doute avisé que nous devions en avoir assez. Sur ma
parole, Madame la comtesse, c'est à croire que l'on rêve; est-ce que
ces choses-là arrivent encore en réalité? On me l'aurait raconté que
je n'aurais pas voulu y croire.

— C'est vraiment étonnant, riposta Félix, seulement je me
demande si j'ai bien agi en lui promettant une influence qui n'existe
pas. Ne vaudrait-il pas mieux lui apprendre loyalement qui je suis?

— Gardez-vous-en bien, se récria l'intendant; ce n'est pas quand
on a joué si bien un rôle comme le vôtre qu'on gâte tout avant la fin
du spectacle. D'ailleurs si vos scrupules vous honorent, ils n'en sont
pas moins inutiles; notre ruse est de bonne guerre : le capitaine
avait un moyen bien simple de ne pas s'y exposer, c'était de nous
laisser passer tranquillement notre chemin. D'un autre côté, vous
pouvez vous rassurer : la justice lui tiendra compte de s'être livré
spontanément. »

Ces raisons étaient excellentes, et elles convainquirent Félix.

Ce fut avec une joie mêlée d'inquiétudes fébriles que les prisonniers attendirent l'heure fixée pour leur délivrance. La nuit était
déjà venue quand le capitaine entra un instant pour donner un
paquet à Félix en lui disant :

« Il faut, Madame la comtesse, que vous mettiez ces vêtements
d'homme; c'est nécessaire pour faciliter notre fuite. Avant une heure
nous quitterons le camp. »

L'intendant ne put s'empêcher de rire lorsque le chef eut disparu.

« Deuxième déguisement, mon garçon, fit-il gaiement, mais je
parie que celui-là t'ira encore mieux que le premier. »

Ils ouvrirent le paquet et y trouvèrent un costume de chasse
qui alla comme un gant au jeune orfèvre. L'intendant voulait abandonner dans un coin les vêtements qui avaient servi à faire passer
Félix pour la comtesse, mais Félix s'y opposa : il les emporterait et

demanderait à la bonne dame la permission de les conserver en souvenir de cette étrange aventure.

Le capitaine fut exact. Il était armé jusqu'aux dents, et portait en outre les pistolets de l'intendant, auquel il les remit, avec une poire à poudre. L'étudiant reçut une carabine, et l'orfèvre un coutelas; comme l'obscurité était pour ainsi dire complète, le capitaine ne put voir avec quel empressement, bien étrange chez une dame de si haute compagnie, cette arme était accueillie.

Ils sortirent silencieusement, et l'intendant remarqua tout de suite que la sentinelle voisine n'était pas à son poste. Au lieu de se diriger du côté par où les prisonniers avaient été amenés, le capitaine marcha droit vers une paroi de rochers qui se dressait à pic et semblait inaccessible; au pied, ils virent une échelle de corde qui descendait du faîte. Le chef y grimpa le premier, suivi de Félix, qu'il soutenait; l'intendant venait le dernier. Ils prirent pied dans un sentier qui aboutissait à cet endroit et qu'ils suivirent d'un pas rapide.

« En allant toujours droit devant nous, leur expliqua le capitaine, nous tomberons sur la route d'Aschaffenbourg; votre époux, Madame la comtesse, doit s'y trouver en ce moment, si je suis bien renseigné, avec un détachement de troupes envoyé à notre poursuite. »

Ils marchèrent à cette allure pendant près de trois heures avant que le capitaine crût pouvoir accorder quelques minutes de repos à ses compagnons; mais alors il pria Félix de s'asseoir sur un arbre abattu, et il lui offrit du pain et une gourde pleine de bon vin, dont il avait eu le soin de se munir.

« Dans une heure au plus, Madame la comtesse, dit-il encore, nous rencontrerons le cordon de soldats qui cerne la forêt; il faudra que l'un de vous s'abouche avec les officiers qui les commandent. Il faudra aussi, Madame, que vous ayez l'obligeance de vous souvenir de votre promesse et d'intervenir en ma faveur. J'espère ainsi être traité convenablement.

— Je n'aurai garde d'y manquer, » répliqua le jeune homme, tout en se répétant que cette intervention n'aurait probablement pas toute l'efficacité que l'autre en attendait.

Le capitaine ne s'était pas trompé dans ses prévisions; une heure ne s'était pas encore écoulée depuis qu'ils étaient repartis, et le jour ne faisait que poindre, quand une voix retentit devant eux.

« Halte-là! » criait-on.

Ils obéirent, et cinq hommes s'avancèrent à leur rencontre, l'arme au poing. Ils furent conduits sans délai près du commandant, et les faisceaux dont les canons brillaient dans la demi-obscurité leur firent conjecturer un déploiement de forces assez considérable. Le commandant, les officiers placés sous ses ordres et quelques autres personnes étaient réunis sous un grand chêne; déjà il se mettait en devoir d'interroger les nouveaux venus.

« Mais c'est M. Godefroid, dit un des assistants.

— Lui-même, et bien content de vous serrer la main, Monsieur le bailli, » répliqua l'intendant.

Il y eut un moment de stupéfaction générale. L'intendant prit le commandant et le bailli à l'écart et les mit au courant en peu de mots de leur aventure et de la décision du capitaine.

Le commandant fut on ne peut plus satisfait de la tournure que prenaient les choses; il donna aussitôt les instructions nécessaires pour diriger le chef de bande sous bonne escorte vers le chef-lieu, puis il présenta Félix à ses subordonnés, en leur faisant le plus grand éloge du courage et du sang-froid du jeune homme. Tous le complimentèrent à l'envi et ne lui marchandèrent pas les vigoureuses poignées de main. Inutile de dire qu'il dut faire plusieurs fois le récit de ce qui leur était arrivé.

Sur ces entrefaites, le jour était venu complètement; il fallut songer au départ, et le commandant résolut d'accompagner les amis jusqu'à la ville. On gagna le village voisin, où l'on trouva une voiture, celle du bailli, et Félix dut y monter avec l'officier et le magistrat. La troupe les escortait, des curieux suivaient ou précédaient à pied ou à cheval, de sorte que leur entrée à la ville avait toutes les apparences d'un triomphe. D'ailleurs, le bruit de ce qui s'était passé à l'auberge du Spessart, du dévouement de l'orfèvre, s'était répandu

Félix dut monter dans la voiture avec l'officier et le magistrat.

dans toute la contrée; la nouvelle du retour des prisonniers fit, comme de juste, la traînée de poudre, et Félix fut accueilli par de véritables hourras.

Le pauvre garçon ne savait quelle contenance tenir pendant que la voiture s'avançait lentement par les rues, où la foule s'entassait; mais ce fut bien autre chose à l'hôtel de ville. Un personnage à l'air plein de bonté et aux riches vêtements vint le recevoir au bas du perron.

« Comment me sera-t-il jamais possible de reconnaître tout ce que tu as fait pour moi? lui dit-il en le serrant dans ses bras pendant que de grosses larmes roulaient sur ses joues; c'est à toi que je dois la vie de ma femme : sa santé est si délicate que des émotions aussi redoutables l'auraient certainement tuée. »

Ce personnage n'était donc que le comte lui-même.

Félix eut beau se défendre, refuser toute récompense en assurant qu'il n'avait rien fait de plus que son devoir, le comte ne voulut rien entendre, et le jeune homme finit par se rendre. Il profita de cette occasion pour disposer le comte en faveur du capitaine, exaltant l'importance du service que celui-ci leur avait rendu, service qui s'adressait en somme à la comtesse. Le comte fut doublement touché de cette modestie et de ce généreux désintéressement, et il promit d'user de toute son influence pour être utile dans cette occasion à l'ancien chef de bande.

Quelques instants plus tard, le comte, l'intendant et l'orfèvre étaient emportés au grand galop vers le château, où la comtesse attendait avec la plus vive impatience des nouvelles de Félix. Elle lui fit fête, naturellement, et ses questions alternaient sans cesse avec ses marques de reconnaissance. Elle envoya chercher ses enfants afin de leur montrer celui qui avait sauvé leur mère de ces méchants brigands, et les chers petits le remercièrent en des termes si câlins et si touchants que le pauvre Félix ne savait plus vraiment où il en était.

Quand les épanchements se furent un peu calmés, la comtesse fit un signe à un domestique, qui s'éloigna pour revenir aussitôt avec les vêtements et le sac prêtés lors du changement des rôles.

« Voici ce qui m'a permis de brûler la politesse à vos geôliers, mon cher enfant, dit la noble dame avec un bon sourire; je vous rends le tout, mais, si vous voulez bien, je vous les achète à titre de souvenir contre la rançon que l'on exigeait de mon mari. Le marché vous convient-il ?

— C'est trop, Madame, beaucoup trop, balbutia Félix; je suis heureux de vous avoir rendu un petit service, mais vous ne me devez rien. Si vous voulez me faire plaisir, vous garderez ces choses, mais sans me les payer. D'un autre côté, je saurai que vous me voulez du bien, et si jamais je pense que vous pouvez m'être utile, je ne manquerai pas d'avoir recours à votre bonté. D'ici là je n'accepterai rien. »

Les deux époux durent donc se rendre; le domestique allait s'éloigner de nouveau avec les vêtements et le petit sac, lorsque Félix se souvint des bijoux de sa marraine.

« Un instant, je vous prie, s'écria-t-il vivement; je vous demande la permission, Madame la comtesse, de prendre quelque chose qui se trouve dans mon sac.

— Faites à votre guise, répliqua-t-elle; je vous avoue cependant que j'eusse préféré garder ces habits tels que je les avais portés. Mais ne pourriez-vous nous apprendre quels sont les objets dont vous faites un si grand cas? »

Cependant Félix avait tiré de son sac un écrin de maroquin rouge.

« Je vous abandonne de grand cœur ce qui m'appartient, Madame la comtesse, répliqua-t-il en souriant, mais je ne puis le faire pour ce qui ne m'appartient pas. Ce sont des bijoux que j'ai montés moi-même pour ma marraine, avec des pierres qu'elle m'avait envoyées. »

Il ouvrit l'écrin et le présenta à la comtese; mais celle-ci eut à peine jeté les yeux qu'elle laissait échapper un cri de surprise.

« Quoi! ces pierres vous ont été envoyées par votre marraine, dites-vous? demanda-t-elle avec une vive émotion.

— Oui, Madame la comtesse, et j'allais lui porter cette parure quand je vous ai rencontrée.

— Mais tu es donc Félix Perner, de Nuremberg? reprit-elle avec des larmes dans les yeux.

— Certainement, Madame la comtesse, riposta l'orfèvre au comble de l'étonnement; comment l'avez-vous deviné?

25

— Les hasards de la vie sont vraiment extraordinaires, dit la comtesse en s'adressant à son mari, dont l'étonnement n'était pas moins grand; croirais-tu que cet enfant est tout simplement mon filleul, le fils de Sabine? Félix, c'est ta marraine que tu as sauvée sans t'en douter.

— Comment! c'est vous Madame la comtesse de Sandau qui a fait tant de bien à ma mère et à moi? Alors je suis au château de Mayenbourg? Mon Dieu! que je suis donc content de vous avoir rendu un peu de tout ce que vous avez fait pour nous!

— Mais c'est moi qui reste ta débitrice, mon brave Félix. Je te promets de ne pas l'oublier aussi longtemps que je vivrai. Mon mari te servira de père, comme mes enfants de frères et moi-même de mère, et cette parure sera certainement celle que je porterai le plus volontiers. Elle me rappellera ce que je te dois. »

La comtesse tint scrupuleusement parole.

Quand Félix eut fini son tour d'Allemagne et fut revenu aussi habile que le plus habile des ouvriers, elle lui acheta une belle maison à Nuremberg et la meubla richement.

Sa réputation d'habileté et le bruit de ses aventures firent affluer les clients dans son atelier; avec le temps, il passa au nombre des curiosités de la bonne ville de Nuremberg, et les étrangers qui la visitaient ne manquaient pas de se rendre chez maître Félix afin de pouvoir dire que de leurs yeux, de leurs propres yeux, ils avaient vu, bien vu le célèbre orfèvre.

Mais parmi ceux qu'il voyait avec le plus de plaisir entrer chez lui, Félix comptait en première ligne l'intendant, l'étudiant, le ciseleur et le roulier avec lesquels il avait passé la fameuse nuit. Chaque fois qu'il allait de Furth à Wurzbourg, le roulier allait dire bonjour à l'orfèvre; tous les ans l'intendant venait, à différentes reprises, remettre à son compagnon d'aventures de riches cadeaux offerts par la comtesse à son filleul. Le ciseleur avait fini par se fixer également à Nuremberg, après avoir couru le monde en tout sens. Pour l'étudiant, il était plus rare, étant devenu un personnage considérable au service de l'État; quand l'occasion s'en présentait, il ne dédaignait pas cependant d'accepter à dîner chez maître Félix. Dans l'une de ces rencontres, il apprit aux amis qu'il avait revu le capitaine en Italie; c'était maintenant un excellent officier à l'armée du roi de Naples.

La nouvelle réjouit fort l'orfèvre : certes, il n'aurait pas couru de tels dangers sans cet homme, mais sans lui non plus il ne se fût pas tiré aussi facilement des mains des brigands. Et de cette façon maître Félix n'avait que d'agréables souvenirs quand il se souvenait de l'auberge de la forêt Noire.

TÊTE ET POING

TÊTE ET POING

HISTOIRE TRAGIQUE

Je suis né à Constantinople. Mon père était drogman de la Sublime Porte, et se livrait en outre à un commerce assez lucratif d'essences et de soieries. Mon éducation fut très soignée; il s'en chargea lui-même, avec l'aide d'un prêtre de notre religion. Sa première intention était de faire de moi son successeur dans son trafic; mais comme j'avais des dispositions plus développées qu'il ne l'avait espéré, il se décida à me faire étudier la médecine, cédant en cela aux conseils d'un ami et de sa propre expérience : un médecin qui en sait un peu plus long que n'en savent habituellement les marchands d'orviétan fait rapidement son chemin à Stamboul. Mon père était en relations avec de nombreux étrangers, des Francs surtout. Un de ceux-ci lui persuada de m'envoyer faire mes études dans la ville de Paris, qui est la plus grande du Franghistan. Selon lui, j'y trouverais les maîtres les plus fameux dans l'art de guérir, et les leçons que j'y prendrais me seraient données gratuitement. Ce Franc consentait d'ailleurs à m'emmener avec lui lorsqu'il repartirait pour son pays. Mon père avait lui-même beaucoup voyagé autrefois;

il accepta donc volontiers, et le départ fut fixé à trois mois. La pensée que j'allais voir tant de choses nouvelles me transportait de joie, et le moment de m'embarquer venait trop lentement au gré de mes désirs. Il arriva enfin; le Franc nous annonça que ses affaires étaient terminées, et la veille du jour fixé pour notre départ mon père me prit en particulier dans sa chambre. Des vêtements et des armes étaient empilés sur une table, et, ce qui attira plus encore mon attention, une somme importante en pièces d'or gisait à côté.

Mon père m'embrassa et me dit :

« Tu le vois, mon enfant, j'ai préparé ce qui t'est nécessaire pour un voyage aussi long. Ces armes sont à toi; ce sont celles que ton grand-père me donna dans une circonstance toute semblable. Je sais que tu es à même de t'en servir; n'en fais jamais usage que pour ta défense, mais alors défends-toi bravement. Je ne suis pas bien riche, malheureusement, et j'ai dû faire de ma fortune trois parts : l'une pour subvenir à tes besoins, la seconde pour pourvoir aux miens, et la troisième que je garde, mais à laquelle je ne toucherai pas et sur laquelle tu pourras compter dans le cas où tu tomberais dans la misère. »

Ainsi parla mon père, pendant que ses yeux se voilaient de larmes. Pressentait-il déjà qu'il ne me reverrait pas ?

Notre traversée fut bonne, et nous ne tardâmes pas à aborder au pays des Francs. Six jours plus tard nous entrions dans la grande ville de Paris. Mon protecteur me loua une chambre et me recommanda d'être économe de mon argent, si je ne voulais pas en manquer à un moment donné : j'avais deux mille écus environ. Avec cette somme je vécus trois ans à Paris; j'appris tout ce qu'un médecin sérieux doit savoir, et je me fis quelques amis dont l'affection ne s'est pas démentie.

Cependant le mal du pays m'envahissait peu à peu; d'un autre côté, j'étais sans aucunes nouvelles de mon père : je m'empressai

donc de saisir la première occasion qui s'offrit à moi de retourner
dans ma patrie. Le souverain des Francs envoyait une ambassade
à la Sublime Porte ; je réussis à me faire nommer chirurgien de la
mission ; et ce fut ainsi que je revins à Stamboul. Je trouvai notre
maison close : mon père était mort deux mois auparavant. Le prêtre
qui avait été mon précepteur me remit la clef, et je pus pénétrer dans
le logis, maintenant désert et morne ; toutes choses étaient bien
dans l'état où mon père avait dû les laisser, mais ce fut en vain
pourtant que je cherchai la troisième part qu'il avait faite de son or.
Je m'informai auprès du prêtre ; il me répondit que mon père était
mort dans les plus saintes dispositions et qu'il avait légué une forte
somme à l'église, avant de rendre le dernier soupir. C'était là une
nouvelle bien propre à me causer de la surprise ; mais que pouvais-je
faire ? Je n'avais aucune preuve de ce que je supposais, et je me tins
encore pour heureux qu'il n'eût pas considéré les marchandises
comme faisant partie du legs. C'était la première déception que
j'éprouvais ; j'en eus bientôt d'autres à subir, et coup sur coup. Je
m'établis, mais la clientèle ne vint pas ; d'un côté je n'avais aucun
goût pour la charlatanerie, et de l'autre je manquais des relations
indispensables pour me faire patronner. Si mon père avait encore
vécu, la situation eût été bien différente ; il m'eût chaudement recommandé auprès de tous ces gros bonnets qui se souvenaient à peine
de moi. Les marchandises du magasin s'écoulaient difficilement ; ce
n'est pas en quelques jours que pouvait se rachalander une maison
fermée depuis plusieurs mois. En songeant un jour à ce que je
devais faire, je me rappelai avoir vu souvent, au pays des Francs,
nombre de mes compatriotes qui allaient de marché en marché,
avec des objets du Levant ; on les leur achetait volontiers et à bon
prix, sans doute parce que c'étaient des étrangers. Ma résolution
fut aussitôt arrêtée : je vendis notre maison, je confiai à un ami sûr
la moitié de la somme que j'en retirai, et avec l'autre moitié je m'ap-

26

provisionnai de châles, de foulards, de parfums et d'essences fines,
toutes choses que je savais d'un débit facile dans les régions du
Couchant. Tous ces préparatifs terminés, je m'embarquai une
seconde fois pour le Franghistan.

On eût dit que la chance me revenait dès que je tournais le dos
à la Corne-d'Or; notre voyage fut on ne peut plus heureux, les ache-
teurs affluaient autour de moi dans toutes les villes où je passais, et
mon ami renouvelait sans cesse mes marchandises, fournies avec
l'argent que je lui avais laissé. Quand j'eus à ma disposition une
assez forte somme et que je jugeai le moment venu de tenter une
plus grosse affaire, je me dirigeai vers l'Italie. Je dois dire que mes
connaissances en médecine m'étaient aussi d'un grand secours; dès
que j'arrivais quelque part, je faisais afficher qu'un docteur grec,
ayant déjà obtenu nombre de cures remarquables, se tenait à la disposition des malades qui voudraient bien le consulter. Je ne mentais
point en affirmant ces guérisons, car elles étaient réelles, et dans
bien des cas mes onguents et mes élixirs avaient fait merveille.
J'allai me fixer à Florence, et je fis annoncer comme d'habitude
que je m'installais. J'avais l'intention de prolonger mon séjour dans
cette ville; d'abord elle me plaisait beaucoup, et ensuite j'éprouvais
le besoin de prendre un peu de repos. Je louai donc une boutique dans
le quartier Santa-Croce; pour mon logement je retins dans une
hôtellerie voisine deux belles chambres avec balcon. Dès le premier
jour, les clients affluèrent; mes prix étaient élevés cependant, mais
j'étais aimable et plein d'attentions envers les chalands, et je n'eus
bientôt plus rien à craindre de mes concurrents. Quatre jours se
passèrent ainsi pendant lesquels je n'eus qu'à me féliciter d'avoir
dirigé mes pas de ce côté; je rangeais, le soir du quatrième jour,
mes marchandises avant de fermer mon magasin, lorsque je trouvai
dans un tiroir un billet que je ne me souvenais pas d'y avoir placé.
Je l'ouvris, et je lus une invitation à me rendre, cette nuit-là même,

vers minuit, sur le vieux pont. Je cherchai d'abord à deviner la personne qui me donnait ce mystérieux rendez-vous; comme je ne connaissais âme qui vive à Florence, je me dis que c'était, sans doute, quelque malade auprès duquel on m'appelait : des cas semblables s'étaient déjà présentés plusieurs fois au cours de mes tournées. En conséquence, je résolus d'agir ainsi qu'on me le demandait; je pris toutefois la résolution de m'armer du sabre que mon père m'avait remis.

Il n'était pas loin de minuit quand je m'acheminai vers le vieux pont, où je fus en quelques minutes. Le pont était désert; je m'accoudai au parapet pour attendre l'heure indiquée. La nuit était claire et froide; la lune brillait, et les flots de l'Arno scintillaient au-dessous de moi. Au moment où l'heure commençait à sonner aux églises de la ville, je me redressai, et je me trouvai brusquement en présence d'un homme de grande taille; il était drapé dans un ample manteau rouge dont il ramenait un pan sur son visage.

Je restai un peu décontenancé de ce que je ne l'avais pas entendu s'approcher, mais je me remis vite de ma surprise et je lui dis :

« Vous m'avez demandé, je suis venu; que désirez-vous de moi? »

L'homme au manteau rouge fit un demi-tour en me répondant par un seul mot :

« Viens. »

Alors je commençai à être pris de malaise devant ces façons étranges; au lieu de le suivre, je ripostai :

« Mon cher Monsieur, je tiendrais à savoir où vous entendez me conduire; ensuite je ne serais nullement fâché de voir un peu votre visage, afin de me rendre compte à peu près de vos intentions. ».

Mais ces propos ne produisirent aucun effet sur l'inconnu, qui continua à s'éloigner en disant :

« Reste, Zaléoukos, si tu ne veux pas venir. »

La colère s'empara de moi.

« Pensez-vous, lui criai-je, qu'un homme comme moi se laisse jouer par le premier venu, et que je vous aurai attendu inutilement par une nuit aussi froide? »

En trois bonds je fus sur lui et je le maintins par son manteau, tout en faisant mine de dégainer. Le manteau me resta entre les doigts, pendant que l'inconnu disparaissait au premier tournant de rue.

Ma colère ne tarda pas à s'apaiser : j'avais le manteau, et par le manteau j'espérais bien avoir la clef de ce mystère. Je le jetai sur mes épaules et je me dirigeai vers mon logis; j'avais à peine fait une centaine de pas qu'un passant chuchota en me croisant :

« Prenez garde, comte; rien cette nuit. »

C'était évidemment le manteau rouge qui me valait cet avis; il eût peut-être été précieux pour le propriétaire légitime, mais il ne m'apprenait absolument rien.

En y réfléchissant posément le lendemain matin, je renonçai à faire crier le manteau par les carrefours de la ville, comme j'en avais eu tout de suite l'intention : l'inconnu aurait pu le faire réclamer par un tiers, et tout était dit alors. Tout en songeant, j'examinais le manteau, qui était vraiment magnifique, de velours rouge de Gênes fourré d'astrakan et richement brodé d'or; il était de la plus grande valeur, et cette circonstance me suggéra l'idée de l'exposer dans ma boutique comme s'il eût été à vendre; j'en comptais exiger un prix si élevé que personne certainement ne voudrait me l'acheter. En m'y prenant ainsi, je pourrais observer à loisir ceux qui me le marchanderaient et reconnaître l'homme mystérieux du vieux pont; je ne l'avais qu'entrevu sans doute, mais je ne me faisais pas moins fort de le reconnaître entre mille. Beaucoup s'extasièrent sur le manteau; aucun des admirateurs ne ressemblait toutefois à mon inconnu; de plus, aucun ne consentit à m'en donner les deux

centaines de sequins que j'en demandais. Je m'informai adroitement
auprès de différentes personnes, et, fait assez singulier, toutes

Je me trouvai en face d'un homme de grande taille, drapé dans un manteau rouge.

furent unanimes à me déclarer n'avoir jamais vu un vêtement de ce
prix sur le dos d'un Florentin.

Le jour baissait déjà quand je vis revenir un jeune gentilhomme, à qui le chemin de ma boutique était déjà familier; il avait
paru fort tenté par le fameux manteau.

« Pardieu ! Zaléoukos, s'écria-t-il en jetant une bourse sur ma table, j'aurai ton manteau, quand je devrais aller mendier avec. »

Il se mit à compter la somme sous mes yeux. Je n'ai pas besoin de vous dire que mon embarras était grand ; je n'avais étalé le manteau aux regards de tous mes clients que dans l'espoir d'en retrouver le maître, et j'étais pris à mon propre piège par un jeune fou. Cependant je n'avais pas le choix : il me fallait céder, et je le fis sans trop de remords, en me disant que c'était justice, en raison de mon dérangement de la veille. Le gentilhomme mit le manteau et sortit ; quelques instants après, il rentrait pour détacher une feuille de papier épinglée au manteau. Il me la tendit en disant :

« Voici, Zaléoukos, quelque chose qui ne m'appartient certainement pas. »

Je pris machinalement le papier ; mais jugez de mon ahurissement quand j'y lus ceci : « Rapporte le manteau ce soir à l'heure et à l'endroit que tu sais ; il te sera payé quatre cents sequins. » Je demeurai abasourdi. Ainsi, je ne pouvais m'en prendre qu'à moi-même si je perdais une grosse somme avec l'occasion de tout savoir... Mais il était peut-être temps encore... Je ramassai les deux cents sequins, et je courus après celui qui emportait le manteau.

« Reprenez votre argent, mon ami, lui dis-je, et rendez-moi mon manteau : il m'est impossible de vous le laisser. »

Il crut d'abord que je plaisantais ; mais quand il se convainquit que je parlais sérieusement, il se fâcha, m'injuria et finit même par me maltraiter. Nous en vînmes aux mains, et comme j'avais été assez heureux pour lui arracher le manteau des mains, j'allais prendre la fuite, lorsque mon adversaire appela le guet, qui nous conduisit tous deux par-devant un magistrat. Celui-ci se montra fort étonné de ma manière de procéder et attribua naturellement l'objet en litige à mon client. Je n'avais plus qu'une chose à faire dans ces conditions : je m'offris à le lui racheter vingt, quarante, quatre-

vingts, cent sequins plus cher qu'il ne l'avait payé; et j'obtins ainsi
ce que je voulais. Il empocha mes bonnes pièces d'or; les gens
ne manqueraient pas de me faire passer pour fou, mais que m'importait? J'avais le manteau, et c'était l'essentiel. Je savais mieux que
tout autre comment il me fallait m'y prendre pour faire une bonne
affaire dans ce cas.

La nuit vint trop lentement au gré de mes désirs. A l'heure
convenue, j'étais sur le vieux pont avec le manteau. Au dernier
coup de minuit, une ombre se dressa brusquement devant moi;
c'était mon inconnu, sans aucun doute.

« Tu as le manteau? me demanda-t-il.

— Le voici, mais il me coûte cent sequins.

— Je le sais; en voici quatre cents, qui t'ont été promis. »

Il s'approcha du large parapet, sur lequel il aligna les pièces
d'or; le compte y était bien. Mes yeux se réjouirent de l'éclat que ces
beaux sequins jetaient à la clarté de la lune; j'étais loin de me
douter que c'était la dernière joie que j'éprouverais de longtemps. Je
les fis glisser dans ma bourse, tout en étudiant l'inconnu du coin de
l'œil; et je m'aperçus alors qu'il était masqué et que ses prunelles
me lançaient des éclairs par les trous de son masque.

« Je vous remercie de votre bonté, Monsieur, lui dis-je enfin;
qu'attendez-vous de moi? Je suis prêt à vous servir, si vous ne me
demandez rien que d'honorable.

— Rassurez-vous, me répliqua-t-il en mettant le manteau; c'est
du docteur que j'ai besoin, et encore n'est-ce que pour une morte.

— Comment se peut-il...? me récriai-je.

— Nous venons de fort loin, ma sœur et moi, reprit-il, en me
faisant signe de le suivre; l'hospitalité nous a été offerte par un ami
de notre famille. Ma sœur est morte hier de façon pour ainsi dire
subite, et nos amis voudraient l'enterrer dès demain. Tous les
membres de notre famille reposent dans le même caveau; ceux qui

meurent à l'étranger y sont ramenés après avoir été embaumés.
Je tiens à ne pas faire autrement avec ma sœur; si je consens à
laisser son corps ici, je veux au moins emporter la tête, pour que
mon père puisse la revoir une dernière fois. »

Ce qu'il voulait faire me semblait vraiment épouvantable, mais
je ne laissai rien voir de mes impressions, par crainte de l'offenser.
Je lui déclarai donc simplement que j'étais prêt à procéder à l'em-
baûmement; je ne pus m'empêcher toutefois de lui demander pourquoi il s'entourait de tant de mystère.

« Vous n'en serez plus surpris, me répondit-il, quand vous
saurez que mon hôte trouve mon dessein odieux; je suis donc
obligé d'avoir recours à la ruse. Quand l'opération sera faite, mon
ami devra bien se résigner à ma volonté. »

Nous étions arrivés devant un palais considérable; et mon
compagnon me fit signe que c'était là. Cependant il ne se présenta
pas au grand portail; il se dirigea vers un guichet, dont il referma
soigneusement le battant derrière nous. Nous gravîmes dans l'obscurité un escalier tournant, au haut duquel nous nous trouvâmes
dans un corridor assez sombre; et de là nous pénétrâmes dans une
chambre qu'éclairait une lampe suspendue à la voûte. Il y avait dans
cette chambre un lit sur lequel reposait le corps.

L'inconnu me désigna le lit tout en cachant son visage, comme
pour ne point me laisser voir ses larmes. Il me pria de faire mon
devoir et de faire vite, puis il sortit.

Je pris la trousse que je portais toujours sur moi et je m'approchai du lit. La tête seule était découverte; elle avait des traits si
beaux que je me sentis envahi par une profonde pitié. D'épaisses
boucles de cheveux noirs l'encadraient; les paupières étaient closes,
et le teint d'une pâleur extrême. Je fis d'abord une incision circu-
laire, puis je m'armai de mon meilleur couteau, et d'un seul coup
je tranchai la gorge. Comment vous décrire ce que j'éprouvai lors-

que la jeune fille, que je croyais morte, ouvrit les yeux, les referma
et poussa un profond soupir? Au même instant, un flot de sang avait
jailli de la blessure. Je ne pouvais en douter, c'était moi qui venais
de la tuer; il était impossible de la sauver, je le savais. Je restai
comme anéanti pendant plusieurs minutes. L'homme au manteau

Il se détournait, comme pour ne point laisser voir ses larmes.

rouge m'avait-il trompé volontairement? Avait-il été trompé lui-
même par une léthargie? Ce dernier cas était le plus probable. Mais
je ne pouvais lui avouer qu'avec un peu plus de précaution de ma
part semblable catastrophe ne se fût pas produite; je devais donc,
coûte que coûte, achever ma triste besogne. J'allais m'y résigner,
quand un râle lugubre se fit entendre, et des mouvements convulsifs
agitèrent le corps. Cette fois, l'horreur fut plus forte, et je m'enfuis.
Le corridor était maintenant plongé dans les ténèbres, et comme

mon guide avait disparu, je fus obligé de longer les murs à tâtons
pour retrouver l'escalier tournant. La porte à laquelle il aboutissait
n'était que poussée; je respirai plus librement quand je me revis
dans la rue. Talonné par une épouvante, hélas! trop justifiée, je
courus m'enfermer chez moi et m'enfouir la tête dans les coussins
de mon lit, pour tâcher d'oublier le crime dont je venais de me rendre coupable. Le sommeil m'évita obstinément; le jour se leva enfin.
Il me fallait prendre un parti. Je ne croyais pas être dans l'erreur en
supposant que l'inconnu sur les prières duquel j'avais commis une
action aussi abominable, se garderait bien de me dénoncer; la seule
chose que j'avais à faire dans ces conditions, c'était donc de ne rien
changer à mes habitudes. En me préparant pour descendre à mon
magasin comme les autres matins, je constatai que mon bonnet, ma
ceinture et ma trousse me manquaient. Je fus atterré par ce nouveau
coup. Il ne m'eût pas été possible de préciser si je les avais laissés
dans la chambre de ma victime, ou si je les avais perdus dans ma
course à travers les rues; mais j'avais tout lieu de croire que, dans
ma précipitation, je les avais oubliés.

Je venais d'ouvrir ma boutique, quand un voisin vint me souhaiter le bonjour comme il le faisait toujours : c'était un homme qui
aimait beaucoup à bavarder.

« Eh bien! en voilà une histoire, n'est-ce pas? s'exclama-t-il; et
dire que ces choses-là se passent en pleine Florence! »

Et comme je feignais, naturellement, de ne pas le comprendre :

« Comment! vous ne savez pas? Mais on ne parle que de cela
dans toute la ville. Cette nuit, la fille du gouverneur, Bianca, la
belle des belles, a été assassinée dans son lit. Poveretta! elle qui
avait l'air si heureuse encore hier en se promenant avec son fiancé!
C'est qu'elle devait se marier aujourd'hui. »

Chacun des mots de mon voisin me déchirait le cœur, et ce fut
une torture qu'il me fallut subir bien d'autres fois dans le courant

de cette matinée. Aucun de mes clients ne me fit grâce de cette nouvelle émouvante, et chacun d'eux renchérissait sur les autres dans le luxe et la cruauté des détails du crime; malheureusement tout ce qu'ils pouvaient imaginer n'était rien auprès de ce que j'avais vu et de ce qui me hantait sans trêve ni merci. Il était près de midi lorsque je vis arriver un homme de justice, qui me pria d'éloigner tout le monde.

« Ceci est-il à vous, Zaléoukos ? » dit-il en me mettant sous les yeux les objets dont j'avais remarqué la disparition.

J'hésitais sur ce que je devais répondre; en ce moment j'aperçus, par l'entre-bâillement de la porte, mon hôtelier et diverses personnes que je connaissais : on en appellerait certainement à leur témoignage si je niais; et j'aurais simplement aggravé ma situation déjà si grave. Je reconnus donc que ces objets m'appartenaient bien. Le magistrat m'ordonna de le suivre et me conduisit jusqu'à un grand édifice, dans lequel je ne tardai pas à deviner la prison. On m'y retint en attendant que mon affaire s'instruisît.

J'eus tout le loisir de réfléchir à ma destinée; elle était affreuse, et plus j'y songeais, plus je voyais que moi seul en avais été l'instrument. Si j'avais cédé moins facilement à l'appât du gain, je n'eusse pas commis le crime que je me reprochais si amèrement et dont les conséquences allaient être sans doute terribles pour moi. Deux heures s'étaient écoulées ainsi lorsque la porte de ma cellule se rouvrit; des sbires m'emmenèrent, me firent descendre plusieurs escaliers et m'introduisirent enfin dans une vaste salle. Douze juges, des vieillards pour la plupart, étaient assis autour d'une grande table couverte d'un drap noir qui occupait le fond; les plus hauts personnages de la cité avaient pris place sur des gradins qui régnaient le long des murs, et une assistance nombreuse, mais moins choisie, s'entassait dans des tribunes. Dès que je fus en présence du tribunal, un homme au visage sombre et triste se leva : c'était le gouverneur. Il déclara que, pour ne pas être accusé de partialité dans une cause où le père était trop intéressé pour que le juge se désintéressât complètement, il avait remis ses pouvoirs entre les mains du doyen des sénateurs. Ce doyen avait au moins quatre-vingt-dix ans; son dos était voûté, et de rares cheveux blancs lui garnissaient les tempes, mais ses yeux brillaient d'un éclat encore très vif, et sa voix était claire et ferme. Il commença par me demander si je reconnaisais le bien fondé de l'accusation; je le priai de vouloir bien m'entendre, et je racontai simplement, franchement, tout ce qui s'était passé. Je ne fus pas sans m'apercevoir que le gouverneur pâlissait et rougissait tour à tour pendant mon récit; lorsque j'eus fini, il se dressa brusquement et s'écria avec fureur :

« Misérable! tu oses rejeter sur un autre le crime que ta cupidité seule t'a fait commettre? »

Le président lui reprocha cette violence; d'un autre côté, il était loin d'être prouvé que le vol eût été le mobile du crime ; le gouverneur avait pu constater lui-même que rien n'avait été dérobé. Il alla même plus loin : il exigea qu'une enquête fût faite sur le passé de Bianca ; c'était le seul moyen de contrôler la sincérité de mes dires. Sur ces paroles il leva l'audience et la renvoya au lendemain. Je fus reconduit à ma cellule, où je demeurai en proie aux sentiments les plus divers : j'espérais toujours cependant; car il se pouvait qu'on fût mis à l'imprévu sur la piste de l'homme au manteau rouge. Lorsque je reparus le jour suivant devant mes juges, quelques lettres étaient étalées sur la table devant le sénateur; il me les fit passer en me demandant si elles étaient de moi. Je les examinai, et je n'eus aucune peine à voir qu'elles étaient de la même écriture que les deux billets reçus par moi. J'en fis l'observation, mais on ne parut pas y attacher la moindre importance. Elles contenaient des menaces, et les plus violentes, à l'adresse de la fille du gouverneur, à propos de son prochain mariage; elles étaient signées d'un Z : ces deux circonstances semblaient établir pour beaucoup la certitude de ma culpabilité.

Le gouverneur devait avoir mis le temps à profit pour me nuire dans l'esprit des magistrats, car le tribunal se montra plus sévère et plus défiant à mon égard. J'insistai pour que l'on prît connaissance de mes papiers ; on me répondit qu'une perquisition avait été faite chez moi, et qu'elle n'avait donné aucun résultat. Je vis bien cette fois que j'étais perdu, et je ne fus nullement surpris, à la troisième audience, de m'entendre donner lecture d'un arrêt qui me déclarait coupable de meurtre avec préméditation, et me condamnait à la peine capitale. C'en était fait : abandonné de tous, j'allais finir à la fleur de l'âge sous la hache du bourreau.

On me jeta dans un cachot, où je tombai dans l'abattement le plus complet. Le bruit de ma porte qui s'ouvrait ne put m'en faire sortir ; et il fallut que l'homme qui était entré et qui m'avait observé longtemps en silence m'adressât la parole pour attirer mon attention.

« Voilà donc comment je devais te retrouver, Zaléoukos ! » s'écria-t-il enfin, avec un accent douloureux.

Ma lampe donnait une lueur si incertaine que je ne le reconnaissais pas, mais le son de cette voix réveilla aussitôt en moi des souvenirs précis : c'était Valetti, l'un de ces quelques amis avec lesquels je m'étais lié pendant mon séjour à Paris. Il m'apprit que le hasard l'avait ramené à Florence, où son père jouissait d'une belle situation ; il était instruit des événements déplorables auxquels j'étais mêlé, et il avait tenu à me revoir une dernière fois ; peut-être qu'en considération de notre vieille amitié userais-je de franchise avec lui et lui dirais-je par suite de quelles circonstances j'avais pu en arriver là ; c'était du moins ce qu'il désirait. Je lui racontai tout. Mon histoire l'étonna et le laissa même incrédule ; il me conjura de ne rien lui cacher, à lui, mon plus sûr ami. Je ne pus que lui affirmer, sous la foi des serments les plus sacrés, que

je ne lui mentais pas ; mon crime, mon seul crime, c'était de
m'être laissé trop facilement entraîner par l'envie de gagner une
somme considérable, trop facilement dupé par l'inconnu, dont la
fable était bien invraisemblable.

« Alors tu ne connaissais pas Bianca ? reprit-il.

— Je t'assure que je ne l'avais même jamais vue. »

Valetti me dit que toute cette affaire était entourée d'un mystère
bien impénétrable ; le gouverneur avait mis tout en œuvre pour que
mon procès marchât rapidement ; le public était convaincu que je
connaissais Bianca depuis longtemps, et que si je l'avais tuée, c'était
pour empêcher l'union qu'elle était sur le point de contracter. Je lui
fis remarquer que tout cela pouvait être vrai pour l'homme au manteau rouge, mais que je n'avais aucun moyen de le prouver. Valetti
m'embrassa en pleurant, et me promit de faire tout ce qu'il était
humainement possible de faire pour me sauver. Je le savais homme
de bon conseil et de plus très versé dans l'étude des lois ; cependant
j'espérais peu de son dévouement. Deux jours s'écoulèrent pendant
lesquels je fus en proie à la plus cruelle des incertitudes. Valetti
reparut enfin.

« Ce que j'ai à t'apprendre, me dit-il, est à la fois heureux et
triste : tu vivras, tu seras libre, mais tu auras le poignet coupé. »

J'étais si ému que je ne savais comment lui exprimer ma reconnaissance. Il me dit encore que le gouverneur s'était impitoyablement refusé à une revision de mon procès ; tout ce que l'on avait pu
obtenir de lui avait été cette concession, arrachée par la crainte de
passer pour inhumain : si l'on pouvait découvrir dans les chroniques
florentines un cas analogue au mien, il consentait à ce que la peine
infligée dans ce cas me fût appliquée. Valetti et son père s'étaient
mis à compulser les vieux historiens de la cité, et ils n'avaient eu de
repos qu'après avoir trouvé ce qu'ils voulaient. Le cas était absolument le même que le mien ; la sentence rendue était celle-ci : « Et

pour ce, le coupable aura la main gauche tranchée en place publique
et sera banni perpétuellement du territoire de la République, et ses
biens confisqués. »

J'étais donc fixé désormais sur le sort qui m'attendait. Vous me
dispenserez de vous faire le récit de l'exécution; ces souvenirs sont
trop vivants et trop pénibles pour moi.

Valetti me donna asile jusqu'à ma guérison; il me munit ensuite
de l'argent nécessaire pour le voyage, et je dis adieu à Florence. Je
me dirigeai d'abord vers la Sicile, d'où je m'embarquai pour Constantinople. Mon seul espoir était la somme que j'avais un jour confiée
à un ami avant mon second départ pour le pays des Francs; peut-
être ne me refuserait-il pas l'hospitalité pendant quelque temps. Je
le retrouvai, et quand je m'ouvris à lui de mes intentions, il en fut
tout surpris; il me demanda si j'avais des raisons graves de ne pas
aller habiter ma maison. Ce fut à mon tour de ne pas comprendre;
il me conta alors qu'un inconnu avait acheté en mon nom une maison dans le Phanar, et annoncé ma prochaine arrivée aux voisins.
Nous nous y rendîmes sur-le-champ, et chacun me fit le meilleur
accueil; un vieux marchand me remit une lettre qui lui avait été
laissée pour moi par l'étranger. Elle disait :

« Zaléoukos, deux mains travailleront sans relâche afin que tu
ne souffres pas de la perte de la tienne. La maison que tu vois est à
toi avec ce qu'elle renferme, et tous les ans tu recevras en cadeau
une somme qui te fera riche parmi les riches de ta nation. Je t'ai
pris pour instrument de vengeance; mais cette vengeance, dont
l'idée m'avait semblé douce, devait changer le reste de ma vie en
un long et cruel supplice.

« Bianca m'avait dit qu'elle m'aimait, et cependant, pour obéir
à son père, elle consentait à épouser un autre que moi. Je n'ai pu
supporter cette situation. Elle avait consenti à un dernier entretien.
Un philtre l'a plongée en léthargie... Je t'ai amené près d'elle. Tu

ne sais que trop le reste. Puisses-tu, Zaléoukos, pardonner à qui est
bien plus malheureux que toi. »

Le vieillard qui me remit cette lettre ajouta que cet étranger
avait l'air d'un Franc et qu'il portait un manteau rouge... Tout
était expliqué.

Je trouvai une maison confortable et une boutique pleine des
marchandises les plus précieuses.

Dix ans ont passé depuis lors, et si je continue à trafiquer, c'est
plutôt pour m'occuper que pour faire face à mes besoins, car je suis
maître d'une grande fortune. Chaque année l'inconnu tient religieusement sa parole, et je reçois mille pièces d'or régulièrement. Si
c'est pour moi une satisfaction de le voir persévérer avec tant de
courage dans de si nobles dispositions, je n'en ai pas moins le
remords au fond de ma conscience, et j'aurai toujours devant les
yeux l'image sanglante de la pauvre Bianca.

HISTOIRE DE MESROB

HISTOIRE DE MESROB

L'histoire que voici s'est passée à Mogador, sur les bords de la grande mer, au temps où Mouley Ismaël régnait sur le Fez et le Maroc. C'est l'histoire de Mesrob, vieillard très savant, très subtil, très habile, très rusé même, à qui cependant il fut démontré, un jour, que la science, la subtilité, l'habileté et la ruse peuvent avoir de fâcheuses conséquences pour ceux qui en sont doués.

Le vieux Mesrob était en même temps trafiquant en toutes sortes de marchandises, et médecin justement renommé pour la guérison de diverses maladies. Ce jour-là, le vieux Mesrob s'en était allé faire un tour de promenade hors de la ville.

Mesrob flânait, l'air très satisfait, prenant de temps en temps une prise dans sa tabatière d'or, qu'il ne laissait pas trop voir.

Mesrob avait certainement fait une bonne journée, vendu à bon prix quelque esclave taré, acheté pour peu d'argent une grosse charge de gomme, ou administré à quelque malade, moyennant de beaux honoraires, le breuvage ayant pour mission non avouée de lui faciliter le pas difficile.

Il venait de sortir d'un petit bois de palmiers, quand il entendit derrière lui le bruit de gens qui couraient et qui appelaient : c'était

une troupe de palefreniers du sultan, qui, le connétable à leur tête,
regardaient de tous côtés comme des personnes qui auraient perdu
quelque chose.

« Holà, manant! lui cria le dignitaire de la cour qui n'en pouvait plus, n'as-tu pas vu passer un cheval sellé et bridé sans cavalier?

— Le meilleur coureur qu'on puisse trouver, repartit Mesrob
sans une seconde d'hésitation, le sabot tout petit, ferré d'argent à
quatorze carats, la robe alezan doré, la queue longue de trois pieds
et demi, le mors d'or à vingt-trois carats.

— C'est Émir! c'est Émir! dirent en chœur tous les hommes
lancés à la poursuite du fugitif.

— Oui, c'est certainement Émir, ajouta un vieux; j'ai dit plus
de dix fois au prince Abdallah de lui donner du bridon, mais le
prince n'a pas voulu m'écouter, et Émir l'a jeté à terre, et c'est moi
qui payerai les frasques d'Émir et l'entêtement du prince Abdallah.
Vite, de quel côté s'en allait-il quand tu l'as vu?

— Je n'ai pas vu de cheval, répliqua Mesrob en souriant; comment me serait-il possible de dire dans quelle direction l'alezan de
Sa Majesté s'en est allé? »

Devant une contradiction aussi flagrante, ils se disposaient à
insister, quand un nouvel incident se produisit.

*
* *

Par un de ces singuliers hasards comme il y en a tant dans la
vie, la chienne favorite de l'impératrice prenait la clef des champs
à l'heure même où Émir avait la fantaisie de tâter un peu de la
liberté.

Mesrob se promenait tranquillement hors de la ville.

Les noirs du harem s'étaient aussitôt mis en quête de la transfuge, et c'étaient eux qui arrivaient en criant sur tous les tons :

« Aline! ici, Aline!...

— C'est une chienne que vous cherchez, n'est-ce pas? leur dit Mesrob.

— Oui, une épagneule, s'empressa de répliquer le chef des noirs déjà content, où est-elle?

— Elle a mis bas tout dernièrement; le poil est très long, la queue très fournie, et elle boite un peu de la patte gauche de devant? continua Mesrob.

— C'est cela même. L'impératrice a eu une crise de nerfs en apprenant qu'Aline était perdue. Allah! qu'allons-nous devenir s'il faut que nous rentrions sans Aline?... Vite, de quel côté allait-elle quand tu l'as vue?

— Moi? Je n'ai pas vu de chienne du tout, et j'ignorais même que l'impératrice eut une épagneule, » répondit Mesrob.

Pour le coup, les gens de l'écurie et les esclaves du harem furent pris d'indignation devant l'insolence avec laquelle le vieillard se moquait d'eux et de ce qui appartenait à l'empereur; et ils furent unanimes à déclarer qu'il avait dû voler le cheval et la chienne.

Pendant que les autres continuaient les recherches en tous sens, le grand connétable et le chef des noirs houspillaient, arrêtaient et conduisaient devant le souverain ce malin de Mesrob, qui souriait toujours, mais avec moins d'assurance déjà.

⁂

Un rapport circonstancié de ces faits ayant été présenté sans retard à Mouley Ismaël, le sultan entra dans une grande fureur et

convoqua immédiatement le conseil suprême, qu'il voulut présider
lui-même, vu la gravité exceptionnelle du cas. Il ouvrit la séance en
faisant appliquer cinquante coups de bâton sur la plante des pieds
de l'accusé, qui eut beau crier, se lamenter, sangloter, prier, supplier, invoquer Allah, citer le Coran ; il eut beau dire : « La colère
du maître est aussi terrible que le rugissement du lion, mais sa
grâce est plus douce que la rosée ; » ou hurler : « Que ta main ne
retombe pas, si ton oreille et ton œil sont fermés ; » Mouley Ismaël
ne se laissa pas fléchir et jura de plus, par la barbe du Prophète et
par sa propre barbe, que Mesrob payerait de sa tête les contusions
du prince et les crises de l'impératrice, si Émir et Aline ne se
retrouvaient pas.

Les voûtes du palais rentissaient encore des cris déchirants de
ce pauvre Mesrob, quand on apprit que les deux fugitifs étaient
repris. Aline avait été découverte en la compagnie de plusieurs
molosses, tous gens d'une taille respectable, mais d'une éducation
plus que négligée ; quant à Émir, il tondait tranquillement l'herbe
tendre des prairies qui bordent la rivière : il paraissait même la
préférer de beaucoup à l'avoine impériale.

Mouley Ismaël ordonna au malheureux Mesrob d'expliquer
l'étrange conduite qu'il avait tenue.

Tout en déplorant sans doute en son for intérieur que cet ordre
ne lui eût pas été intimé avec plus de douceur, Mesrob s'empressa
d'obéir au redoutable sultan.

« Tout-puissant empereur, dit-il après avoir touché trois fois
le sol de son front, roi des rois, maître de l'Occident, étoile de
justice, puits de science, miroir de vérité, toi qui es plus pur que
l'or, plus éblouissant que le diamant, plus fort que le fer, écoute-
moi, puisqu'il est accordé à ton humble serviteur d'élever la voix en
ta sublime présence. Par le tout-puissant Allah, par son saint prophète, je jure que mes yeux n'ont vu ni ton incomparable coursier

ni la précieuse épagneule de Sa Grâce l'impératrice. Sache comment les choses se sont passées.

*
* *

« Je me promenais pour me reposer des fatigues de la journée dans le petit bois où j'ai eu la faveur de rencontrer Son Excellence le connétable et Sa Vigilance le gardien de ton harem sacré, lorsque je vis dans le sable les traces d'un animal. Comme j'ai quelque habileté dans l'art de suivre une piste, je reconnus sans peine que celle-ci était celle d'un chien ; et, en y regardant de plus près, d'une chienne allaitant des petits depuis peu de temps, car les bouts des mamelles gonflées traînaient à terre de place en place ; d'autres marques, à la hauteur des pattes de devant, m'apprirent que cette chienne avait de longues oreilles retombantes, et la façon dont le sable était fouetté de distance en distance, que la queue devait être longue et soyeuse. Je ne pouvais non plus manquer de remarquer que l'une des pattes de devant portait moins que l'autre ; et il me fallait en conclure que la chienne boitait légèrement, hélas ! s'il m'est permis de m'exprimer ainsi en parlant de l'épagneule de ma Très Gracieuse souveraine.

*
* *

« Pour le coursier de Ta Hautesse, tu sauras que des empreintes s'espaçaient dans l'allée que je suivais. J'avais à peine constaté la petitesse du pied, la finesse et la netteté de la fourchette, que je me

29

dis en moi-même : « Celui-là est un djenner, la plus belle de toutes
« les races. » Il n'y a pas encore quatre mois que mon tout-puissant
maître l'empereur en a acheté un troupeau à un seigneur franc, et
qu'il a gagné tant et tant sur ce marché ; je le tiens de mon frère qui
y était présent. Lorsque j'ai vu que les empreintes étaient si espa-
cées et si régulières, j'ai pensé que c'était un coureur, comme toi
seul peux en posséder ; et je me suis souvenu du cheval dont il a été
dit : « Le son magnifique de ses narines est effrayant, il s'égaye de
« sa force, il va à la rencontre d'un homme armé ; il se rit de la
« frayeur, il ne s'épouvante de rien, et il ne se détourne point de
« devant l'épée. Il n'a point peur des flèches qui sifflent tout autour
« de lui, ni du fer luisant de la hallebarde et du javelot. Il creuse
« la terre, plein d'émotion et d'ardeur, au son de la trompette,
« et il ne peut se retenir. » Je me baissai, comme j'ai l'habitude de
le faire, quand je vois quelque chose briller à terre, et je vis un
morceau de marbre que le cheval avait touché, et je vis que ce fer
devait être d'argent à quatorze carats : mon métier veut que je
reconnaisse à la touche tous les métaux, précieux ou non.

« L'allée était large de sept pieds ; et comme le tronc des palmiers était fouetté de place en place, j'en conclus que le coursier
avait une queue longue de trois pieds et demi au moins, et le bouquet de poils que je trouvai un peu plus loin me montra que c'était
un alezan doré. Au moment où je sortis du bois, un trait brillant
sur un rocher attira mon attention : je reconnus, au premier coup
d'œil, que c'était la touche de l'or à vingt-trois carats ; certainement
le mors du coursier avait frôlé la pierre. Ta magnificence est connue
de tous, ô roi des rois, et chacun sait que le plus humble de tes
chevaux aurait honte d'un mors forgé d'un autre métal. Voilà comment il se fait que...

— Par la Mecque et Médine, interrompit le sultan, voilà ce que
j'appelle de bons yeux, et ce sont des yeux comme ceux-là qu'il

faudrait à mon grand veneur et à mon chef de la police : il y aurait moins de limiers dans mes chenils et moins de voleurs par les chemins. Quant à toi, vilain, nous voulons bien user de clémence en cette circonstance, par égard pour la perspicacité extraordinaire dont tu as fait preuve : les cinquante coups de bâton que tu as reçus valent cinquante sequins; et ces cinquante sequins t'éviteront cinquante autres coups de bâton. Tire donc ta bourse, paye, et souviens-toi à l'avenir qu'il ne faut jamais plaisanter avec ce qui appartient à l'empereur. »

*
* *

Toute la cour admirait sincèrement la sagacité du vieillard, puisque le maître l'avait complimenté sur cette sagacité; mais le vieillard ne songeait nullement pour l'instant à s'en montrer touché : il ne pensait qu'à ses pauvres pieds endoloris et à ses pauvres sequins. Il les sortit un à un de sa bourse, les pesant l'un après l'autre sur le bout du doigt avant de s'en séparer. Pendant qu'il effectuait cette douloureuse opération, en poussant des soupirs et des gémissements à fendre l'âme, Golosouf, le fou de l'empereur, ne pouvait naturellement laisser échapper une aussi belle occasion de rire aux dépens d'un tiers :

« On peut les essayer sur le rocher où Émir a essayé son mors, insinua-t-il. Sur mon honneur, tu as manqué de flair, pour un homme aussi malin que toi; je te parie cinquante sequins que tu aurais préféré ne pas recevoir tant de compliments de la bouche de ton Gracieux maître. Mais tu connais le proverbe : « Le char « le plus rapide, fût-il attelé de quatre chevaux ailés, ne saurait « rejoindre un mot envolé. Ni une chienne non plus, quand même « elle ne boiterait pas. »

*
* *

Peu de temps après ces événements, dont il avait conservé le plus cuisant souvenir, Mesrob prenait le frais dans l'une des petites vallées des contreforts de l'Atlas. Il ne tarda pas à y rencontrer une troupe d'hommes armés, dont le chef lui cria d'aussi loin qu'il l'aperçut :

« Ohé, l'ami, n'aurais-tu pas vu passer une sclave noir du palais, qui a pris la fuite? On suppose que ce coquin est parti du côté de la montagne.

— Je n'ai vu personne, général, s'empressa de répondre le malheureux Mesrob, dont les souvenirs se réveillaient plus cuisants que jamais.

— A propos, est-ce que tu n'es pas ce vieux madré qui n'avait vu ni le cheval de l'empereur ni la chienne de l'impératrice? Allons, pas de paroles inutiles, et dis-nous ce que Géro est devenu; je te le répète, il a certainement passé par ici. Tu ne relèves pas sa piste dans l'herbe? C'est le meilleur tireur à la sarbacane; et comme la sarbacane est le passe-temps favori du sultan, tu comprends que nous sommes forcés de ramener Géro. Eh bien? Tu veux donc que je te fasse mettre aux fers tout de suite?

— Je ne puis pourtant pas vous dire que je l'ai vu, puisque je ne l'ai pas vu, répliqua Mesrob, dont le désespoir commençait à s'emparer.

— Pour la dernière fois, veux-tu nous dire de quel côté Géro s'est sauvé? Souviens-toi des coups de bâton, souviens-toi des sequins!

— Aïe! mes pieds! aïe! ma bourse!... Eh bien, il s'est sauvé par là,... à moins que ce ne soit d'un autre côté.

— Tu l'as donc vu? hurla l'officier.

— Il le faut bien, général, puisque vous y tenez. »

*
* *

La troupe entière s'élança dans la direction indiquée, pendant que Mesrob rentrait chez lui, en se félicitant déjà de s'en être tiré aussi facilement et à si bon compte.

Mais quelques heures ne s'étaient pas écoulées que les sbires du sultan venaient le relancer dans sa maison. On le traîna durement au palais, où Mouley Ismaël, en proie à une fureur indescriptible, le reçut de la belle façon.

« Chien, lui cria le puits de sagesse, tu te permets de lancer mes soldats sur une fausse piste, en leur jurant que Géro s'est jeté dans la montagne, tandis qu'il s'était sauvé du côté de la mer, et qu'on le reprenait juste au moment où il s'embarquait sur une galère espagnole? Qu'on lui donne cent coups de bâton sur la plante des pieds, qu'on lui fasse payer cent sequins d'amende, et qu'on frappe ferme, pour que ses pieds enflent, si sa bourse s'aplatit. »

La justice est prompte chez les souverains de Fez.

Mesrob fut donc bien battu et rançonné avant qu'il eût eu le temps de faire connaître son avis. En revanche, il eut tout le loisir de maudire sa destinée, qui s'en prenait à ses pieds et à sa bourse chaque fois que l'empereur avait la malchance de perdre quelque chose. Comme il se retirait clopin-clopant, larmoyant et geignant, le fou Golosouf lui dit de son air le plus aimable :

« Mesrob, mon ami, tu n'es qu'un ingrat. Comment! Allah te

favorise au point de t'intéresser directement à tout ce qui touche
Sa Clémente Majesté, et tu n'es pas transporté de joie? Mais puisque tu es ainsi fait, je te propose un marché, si tu veux me promettre un bon cadeau. Chaque fois que mon maître sera au moment
de perdre quelque chose, j'irai, une heure à l'avance, te dire :
« Ferme bien tes portes et ne sors pas de chez toi aujourd'hui. »

Mesrob ne crut pas devoir conclure le marché que lui proposait
Golosouf, et l'histoire ne dit point s'il eut de nouveau l'occasion
de connaître la sagesse du tout-puissant Mouley Ismaël.

LE CALIFE CIGOGNE

LE CALIFE CIGOGNE

Le calife Chassid, de Bagdad, était mollement allongé sur un sofa, par une belle après-dînée. Comme la chaleur était grande, il avait fait un bout de sieste et se trouvait dans la plus agréable disposition d'esprit. Il fumait dans une longue pipe en bois de rose, humait de temps en temps un peu de café qu'un esclave lui versait, et ne cessait de se caresser doucement la barbe, car le café lui paraissait excellent. Il était facile de voir que le calife se considérait comme un homme parfaitement heureux. On ne pouvait choisir un meilleur moment pour l'entretenir, tant son humeur était aimable et conciliante dans ces instants, et le grand vizir, qui le savait, avait pour habitude de prendre audience à cette heure si favorable. Il fit donc de même en cette belle après-dînée. Contre l'ordinaire, il avait le visage soucieux : le calife s'en aperçut ; il écarta de ses lèvres sa pipe en bois de rose pour dire à son ministre :

« Pourquoi as-tu l'air si inquiet, Mansor ? »

Le grand vizir croisa ses bras sur sa poitrine et s'inclina profondément devant son maître.

« Je ne sais, ô lumière de l'Orient, si j'ai l'air inquiet ; mais je sais qu'il y a dans la cour de ton palais un colporteur offrant les

plus admirables choses du monde, et que mon cœur saigne de ne
pas avoir l'argent nécessaire pour les lui acheter. »

Le souverain ne demandait qu'à être agréable à son ministre ;
il envoya chercher le colporteur par un esclave noir, qui ne tarda
pas à l'amener. Ce colporteur était un petit homme ventru, basané
et tout déguenillé ; il portait une boîte dans laquelle s'entassaient les
objets les plus variés : perles, anneaux, pistolets, coupes et peignes.
Le calife et le grand vizir tournèrent et retournèrent la boîte entière,
et le souverain finit par acheter les pistolets pour lui et son ministre, ainsi qu'un peigne magnifique pour la femme de Mansor. Le
colporteur remballait déjà sa marchandise, quand le monarque
avisa un petit compartiment qui avait jusqu'alors échappé à leur
attention ; il s'informa naturellement de ce qui s'y trouvait. Le marchand ne fit aucune difficulté pour se rendre à ce désir, et il en tira
une tabatière pleine de poudre noire, et un parchemin couvert d'une
écriture singulière, que Chassid ni Mansor ne purent déchiffrer.

« Je tiens ces deux objets d'un marchand qui les a trouvés
dans une rue de la Mecque, dit le petit homme pansu ; je ne sais ce
qu'ils peuvent contenir, et je vous les céderai volontiers pour peu
de chose, car je n'en ai que faire. »

Quoique le calife eût déjà dans sa bibliothèque nombre de
manuscrits précieux, auxquels il ne comprenait rien cependant, il
acheta encore la tabatière et le parchemin avant de congédier le
colporteur.

« Ne connaîtrais-tu personne qui pourrait débrouiller ce grimoire? dit à son ministre le calife, dont la curiosité était éveillée.

— Généreux maître, répondit Mansor, il y a à Bagdad un
homme qu'on appelle Sélim le savant, parce qu'il connaît toutes les
langues. Peut-être sera-t-il à même de te renseigner. Il demeure
près de la grande mosquée. »

Sélim fut immédiatement mandé.

« Sélim, lui dit le calife, tu passes pour un homme très savant. Vois ce grimoire et dis-moi ce que tu en penses. Si tu peux me lire ce qu'il renferme, tu recevras un vêtement neuf pour ta peine ; mais, si tu ne le peux pas, tu recevras douze soufflets et vingt-cinq coups de bâton sur la plante des pieds, pour te laisser traiter de savant quand tu n'es qu'un âne. »

Sélim croisa ses bras et répliqua en s'inclinant :

« Il sera fait suivant ta volonté. »

Puis il étudia attentivement le parchemin et s'exclama bientôt :

« Que je sois pendu si ce n'est pas du latin, seigneur.

— Si c'est du latin, traduis-le-nous, riposta le calife.

— « Toi qui auras trouvé ceci, remercie Allah de sa bonté, « qui que tu sois. Sache qu'il te suffira de priser un peu de la « poudre contenue dans cette boîte en disant : *Mutabor*, pour te « transformer en n'importe quel animal, et du même coup compren- « dre le langage des animaux. Sache encore que, pour reprendre la « forme humaine, il suffit aussi de s'incliner trois fois du côté de « l'orient, en répétant le même mot ; mais sache de plus qu'il te suf- « firait de rire pendant ta métamorphose pour que le mot s'effaçât « à tout jamais de ta mémoire, et que tu restasses ainsi pour tou- « jours. »

Lorsque Sélim le savant eut fini, le souverain ne se sentit plus de joie ; le lettré fut congédié, après avoir reçu la récompense qui lui avait été promise. Il dut jurer de ne souffler mot à âme qui vive du fameux parchemin latin, et quand il fut parti, Chassid s'écria :

« Voilà une bonne affaire, ou je ne m'y connais pas ! Tu ne sau- rais croire quelle joie je me fais de me changer en bête. Nous en essayerons dès demain ; tu viendras me chercher : nous irons faire une tournée dans les champs ; nous prendrons une prise de ma poudre, et nous écouterons ce qui se dira autour de nous. »

Le calife avait à peine fini de s'habiller et de déjeuner, le len-

·demain, que le grand vizir venait, en effet, le chercher pour la promenade convenue. Il eut soin de passer dans sa ceinture la boîte
renfermant la poudre magique; à un moment donné, il ordonna
à sa suite de l'attendre, et s'éloigna dans la seule compagnie de
Mansor. Ils parcoururent d'abord les immenses jardins du palais,
sans découvrir aucun être vivant, de sorte que force leur fut bien
d'attendre pour tenter leur expérience. Le ministre proposa finalement de gagner les bords d'un étang, dans le voisinage duquel
régnait une certaine animation; il se souvenait d'y avoir vu souvent
des cigognes, dont les allures majestueuses et les claquements de
bec l'avaient intrigué plus d'une fois.

Le calife y consentit volontiers, et tous deux se dirigèrent vers
la pièce d'eau en question. Lorsqu'ils s'en approchèrent, ils virent
une cigogne qui donnait une chasse active aux grenouilles, tout en
marmonnant; une seconde descendait des hauteurs du ciel.

« Par ma barbe, dit le grand vizir, les voilà qui lient conversation : si nous nous faisions cigognes?

— Accepté, répliqua le calife; auparavant, rappelons-nous bien
ce qu'il y a à faire pour redevenir hommes : j'y suis... Il suffit de
nous incliner trois fois du côté de l'orient en répétant : *Mutabor*,
pour que je me retrouve souverain, et toi ministre. Mais, par Allah !
n'allons pas nous aviser de rire : nous serions perdus. »

Pendant ce temps la cigogne descendait, descendait, et finissait
par se poser non loin de là. Chassid se hâta de tirer sa boîte, prit
une bonne pincée de poudre, qu'il se logea dans les narines
en criant : *Mutabor*. Le grand vizir s'était empressé d'en faire
autant.

L'effet ne se laissa pas attendre. Leurs jambes s'amincirent
aussitôt, en prenant une belle couleur rouge; les pantoufles jaunes
firent place à de longs pieds d'échassiers; les bras se transformè-
rent en ailes, le cou se dégagea des épaules et se fit long d'une

aune ; la barbe disparut, mais en revanche le corps entier se couvrit
de duvet et de plumes.

Lorsqu'il fut revenu de son ahurissement, le calife dit à son
ministre :

« Quel joli bec tu as, Mansor !... Par le Prophète, jamais je ne
me serais attendu à pareille aventure !...

— Je te remercie infiniment du compliment, ô commandeur des
croyants, riposta Mansor en saluant profondément ; je suis d'ailleurs
tenté d'affirmer que Ta Hautesse a meilleure façon encore en cigogne qu'en calife. Mais si tu le veux bien, nous nous approcherons
de nos nouveaux semblables et nous essayerons de comprendre
le cigognais. »

La seconde cigogne était en train de procéder à sa toilette ; elle
s'éplucha les pieds et se lissa les plumes avant de s'en aller vers
la cigogne qui pêchait. Les deux compagnons pressèrent le pas, de
sorte qu'ils purent entendre le dialogue suivant :

« Bonjour, Madame Longuepatte ; comme vous êtes matinale
aujourd'hui !

— Bonjour, ma chère Clacdubec ; j'avais une faim à ne plus y
tenir. Est-ce qu'un quartier de lézard ou une cuisse de grenouille
vous ferait plaisir ?

— Vous êtes trop aimable, mais décidément j'ai l'esprit trop
préoccupé pour avoir de l'appétit. Mon père reçoit, et, comme il
veut que je danse, je viens m'exercer un peu pendant qu'il n'y a
presque personne dehors. »

La jeune cigogne se mit à sautiller à travers la prairie avec des
mouvements fort comiques ; le calife et le grand vizir la regardaient
d'un air étonné ; elle se planta enfin sur une patte et battit gracieusement des ailes ; alors les deux spectateurs ne purent conserver leur
gravité. Ils furent pris d'un fol accès de rire, qui secoua longtemps
leurs mandibules. Ce fut le calife qui redevint maître de soi le premier.

« Voilà une scène que, pour rien au monde, je n'aurais voulu manquer, dit-il ; quel dommage que notre gaieté ait effarouché ces deux sottes : peut-être que nous aurions eu la chance de l'entendre chanter. »

Ces paroles rappelèrent au ministre que le rire était formellement interdit pendant la transformation. Il s'empressa de faire part de ses inquiétudes à son souverain.

« Par la Mecque et Médine, ce ne serait pas drôle s'il me fallait rester cigogne toute ma vie ! Cherche le mot ; moi j'ai beau faire, je ne le retrouve plus.

— Il suffit de s'incliner trois fois du côté de l'orient en disant : « Mu... mu... mu... »

Ils se tournèrent bien du côté de l'orient et ils s'inclinèrent bien jusqu'à toucher le sol du bout de leur bec ; mais, ô chagrin ! le mot magique avait disparu de leur mémoire. En vain le calife multipliait les génuflexions ; en vain le grand vizir criait de toutes ses forces : « Mu... mu... mu... » leurs souvenirs les trahissaient : le pauvre Chassid et le malheureux Mansor étaient et restaient cigognes.

Ils errèrent tristement par la campagne, ne sachant que faire d'eux-mêmes dans leur accablement. Ils ne pouvaient songer à regagner le palais et à faire constater leur identité. Personne n'eût certainement consenti à reconnaître le calife sous ce déguisement ; les eût-on reconnus, que le peuple de Bagdad se fût non moins refusé à garder une cigogne pour souverain.

Plusieurs jours se passèrent ainsi, pendant lesquels ils ne vécurent que de fruits ; encore avaient-ils de la peine à s'en nourrir, à cause de leur bec si long. Les lézards et les grenouilles n'avaient pas le don d'exciter l'appétit des deux longirostres forcés. La seule chose qui les consolait un peu de leur infortune, c'était d'avoir des ailes, et ils allaient fréquemment planer au-dessus de la ville ou se poser sur les toits en terrasse pour voir ce qui se passait dans la capitale.

Dans les premiers jours ils remarquèrent une grande agitation et une grande tristesse chez les habitants. Cette situation parut se modifier rapidement toutefois, car, le quatrième jour, Chassid et

Ils allaient se poser sur les toits en terrasse, pour voir ce qui se passait.

Mansor, postés sur le palais du calife, virent un magnifique cortège qui s'avançait à travers les rues. Les tambours et les flûtes faisaient vacarme ; un jeune homme, drapé dans un large manteau d'écarlate et monté sur un coursier plein de feu, parcourait la cité au milieu d'une suite nombreuse. Une foule considérable se pressait sur le passage du cortège, et les assistants clamaient avec enthousiasme :

« Gloire à Mizra, le maître de Bagdad !...

A ces cris, les deux cigognes se regardèrent d'une façon fort éloquente.

« Comprends-tu maintenant, Mansor ? dit le calife. Ce Mizra n'est autre que le fils de l'enchanteur Kachnour, mon mortel ennemi, qui a juré un jour de tirer de moi la plus éclatante vengeance. Mais je ne considère pas la partie comme définitivement perdue : si tu veux me suivre, fidèle compagnon, nous prendrons notre vol vers la ville sainte; peut-être que, devant le tombeau du Prophète, le charme se dissipera. »

Ils s'enlevèrent dans les nues et pointèrent dans la direction de Médine. Cependant ils avaient trop peu l'habitude de voler pour aller bien loin ainsi.

« Seigneur, claqueta le ministre au bout de deux heures, arrêtons-nous, je n'en puis plus. Puis la nuit commence à venir, et je pense que nous ferions bien de chercher un abri. »

Le calife consentit à ce que le grand vizir lui demandait. Comme ils virent au-dessous d'eux des ruines qui pouvaient certainement les héberger, ils descendirent de ce côté. Le lieu qu'ils avaient adopté pour s'y reposer semblait être un château abandonné; de sveltes colonnes se dressaient encore parmi les décombres, et quelques appartements moins délabrés laissaient deviner le luxe qui y avait régné. Chassid et Mansor les parcoururent pendant quelque temps, en quête d'un coin à peu près bon, et Mansor souffla tout à coup :

« Seigneur, ce que je vais te dire est parfaitement absurde, mais je ne me sens pas très rassuré. Il doit y avoir des revenants dans cette masure : je mettrais ma patte au feu que je viens d'entendre soupirer et se plaindre.

Le calife prêta l'oreille à son tour; il crut surprendre un gémissement qui paraissait venir d'un être humain plutôt que d'un animal. Il voulut s'élancer du côté d'où le bruit leur arrivait, et il

l'eût fait certainement sans hésiter, si le vizir ne l'eût retenu du
bec par une aile, en le suppliant de ne pas les exposer étourdiment
à quelque péril inconnu. Les prières du pauvre Mansor ne furent
pas écoutées, malheureusement; c'était un vaillant cœur qui battait
sous les plumes de la cigogne Chassid. Le calife se dégagea brusquement pour s'enfoncer bravement dans un couloir ténébreux.
Il se trouva bientôt en présence d'une porte qui n'était que poussée, et derrière laquelle les soupirs et les gémissements se répé-
taient. Chassid glissa son bec dans l'entre-bâillement pour écarter
l'huis, et entra; mais il s'arrêta dès le seuil, tant la surprise qu'il
éprouva fut grande. Une chouette de forte taille était blottie par
terre, dans un angle de cette chambre, qu'éclairait à peine une
étroite fenêtre grillée; de grosses larmes tombaient de ses yeux
ronds, et c'était de son bec crochu que s'échappaient les plaintes
dont le grand vizir s'était montré si ému. Elle fit entendre un cri
de joie lorsqu'elle aperçut les deux cigognes, car Mansor s'était
hâté de rejoindre son maître; elle s'essuya délicatement les yeux
du bout de ses ailes, et s'écria en excellent arabe, au plus grand
ahurissement des nouveaux venus :

« Soyez les bienvenues, ô cigognes! Votre arrivée est d'un bon
présage pour moi, car on m'a prédit un jour que le bonheur me
viendrait par des cigognes. »

Le calife se remit enfin de son étonnement; il courba respectueusement le jarret en disant :

« O chouette, tes paroles me font croire que ton destin est aussi
cruel que le nôtre. Mais, hélas! tu te berces d'un espoir chimérique
en supposant que nous puissions quelque chose pour toi, et tu le
reconnaîtras certainement quand tu sauras notre histoire. »

La chouette manifesta le plus vif désir d'entendre cette histoire,
et Chassid lui conta ce que nous n'ignorons plus. Quand il eut terminé, la pauvre chouette le remercia avec effusion et ajouta :

« Permettez-moi de vous instruire de mon infortune; vous reconnaîtrez qu'elle est au moins égale à la vôtre.

« Je me nomme Louza et je suis la fille unique du roi des Indes; celui qui m'a réduit au triste état dans lequel vous me voyez n'est autre que cet enchanteur Kachnour qui est également l'auteur de votre malheur. Il vint un jour demander ma main à mon père pour son fils Mizra; mon père, qui est un homme violent, le fit jeter à la porte par ses esclaves. Le misérable fut assez habile sans doute pour se faire admettre sous un déguisement parmi mes serviteurs, car, un soir que je me promenais dans les jardins du palais et que je réclamais à boire, il me présenta un breuvage qui fit de moi l'être affreux que je suis maintenant. Pendant que j'avais perdu connaissance, il m'apporta dans ce château en ruine et me dit d'une voix terrible :

« Tu resteras là, hideuse, dédaignée des autres animaux eux-mêmes, jusqu'à ce que la mort te vienne délivrer ou qu'un homme s'offre à t'épouser sous cette forme. Ce sera ma vengeance pour l'outrage que j'ai reçu de ton père. »

Elle avait dit, et elle essuya de nouveau les pleurs que le souvenir de ses souffrances lui avait arrachés.

Le récit de la princesse Louza avait plongé le calife dans de profondes réflexions.

« Si je ne me trompe, reprit-il enfin, nos destinées semblent liées l'une à l'autre. Mais où découvrir la clef de ce mystère?

— O seigneur! s'écria la princesse, peut-être sommes-nous plus près que tu ne le crois de notre délivrance. Je connais un moyen qui peut nous sauver tous, je pense.

— Quel est-il? s'empressa de demander Chassid.

— Ce maudit enchanteur a l'habitude de réunir quelques-uns de ses amis et de leur offrir un festin chaque mois, dans une salle que contiennent ces ruines. Je les ai épiés à différentes reprises, et je sais qu'ils profitent de l'occasion pour se raconter tous les méfaits qu'ils commettent. Peut-être, en parlant de vous, Kachnour prononcera-t-il ce mot dont vous ne vous souvenez plus.

— Chère princesse, s'exclama le monarque, dites-nous vite où se trouve cette salle et quand ce scélérat doit revenir. »

La chouette garda un instant le silence avant de répliquer :

« Je te prie d'être indulgent pour moi, seigneur, mais je ne puis me rendre à ton désir que sous une condition.

— Parle, parle, j'y consens d'avance.

— Je voudrais profiter de l'occasion qui m'est offerte pour recouvrer ma liberté; mais, tu le sais, il faut pour cela que l'un de vous deux m'offre sa main. »

La proposition surprit assez désagréablement les cigognes; Chassid fit un signe à Mansor, et ils sortirent.

« Grand vizir, dit le calife lorsqu'ils furent dans le corridor, le moment est venu de me donner une preuve de ton dévouement.

— Quoi! se récria le pauvre ministre, tu veux donc, ô commandeur des croyants, que ma femme m'arrache les yeux à notre retour? Puis, je ne suis plus d'âge à être agréé par la princesse. Toi, au contraire, tu es jeune, et tu es garçon : rien ne s'oppose à ce que tu épouses une fille de roi, jeune et jolie.

— C'est là le *hic*, mon cher Mansor, soupira le calife en laissant pendre tristement ses ailes; qui me garantit qu'elle soit jeune et jolie? C'est acheter chat en poche, ni plus ni moins. »

La discussion se prolongea pendant quelques minutes, et, lorsque le calife se fut rendu compte que le grand vizir était fermement résolu à rester cigogne plutôt que d'épouser la princesse, il se résigna à remplir lui-même la condition imposée. Louza en parut ravie; et elle les guida, par un long et sombre couloir, jusqu'à une muraille à demi écroulée, par les trous et les crevasses de laquelle une lueur passait; la princesse leur recommanda instamment de ne faire aucun bruit, pour ne pas révéler leur présence ni donner l'éveil à leur ennemi. Ils s'approchèrent doucement et virent une vaste salle qui était décorée avec le meilleur goût, et que des lampes aux verres de couleur éclairaient brillamment. Une large table ronde en occupait le centre et pliait sous le poids des mets les plus recherchés; huit hommes étaient assis à la turque sur un divan qui entourait la table. Les cigognes n'eurent aucune peine à reconnaître dans l'un d'eux le colporteur qui leur avait vendu la poudre; l'enchanteur contait précisément à ses invités la façon ingénieuse dont il avait dupé le calife de Bagdad et le grand vizir Mansor.

« Quel mot leur as-tu donné? demanda l'un de ses auditeurs.

— Un mot latin très difficile : *Mutabor*. »

Les deux cigognes faillirent perdre la tête de folle joie quand retentit ce mot tant désiré. Elles se mirent à courir vers l'entrée des ruines avec une telle rapidité que la chouette les suivait difficilement.

Lorsqu'ils furent dehors, le calife se retourna vers elle et s'écria :

« O toi qui nous rends la vie, daigne accepter pour époux celui qui te gardera une éternelle reconnaissance. »

S'étant orientés, ils s'inclinèrent par trois fois du côté du soleil levant en répétant : *Mutabor*, et au même instant ils se revirent tels qu'ils avaient été à l'heure de leur métamorphose. Ils en ressentirent un tel bonheur qu'ils se jetèrent aux bras l'un de l'autre, riant et pleurant tout ensemble. Mais qui dira la stupéfaction dont ils furent saisis lorsque, le souvenir de la chouette leur revenant, ils firent demi-tour et se virent en présence d'une dame très jeune et merveilleusement belle. Elle sourit au calife et dit en lui tendant la main :

« Vous ne me reconnaissez pas? »

C'était la princesse Louza, et le calife fut si charmé de tant de grâce et de beauté qu'il s'écria :

« Il ne pouvait m'arriver rien de plus heureux que d'être transformé en cigogne. »

Ils s'inclinèrent par trois fois du côté du soleil levant...

Ils prirent de compagnie le chemin de Bagdad. Comme Chassid
avait retrouvé dans ses vêtements non seulement la poudre magique,
mais encore sa bourse, il se procura au premier village ce qui leur
était nécessaire à tous trois pour le voyage, de sorte qu'ils arrivè-

rent promptement aux portes de la grande cité. Les habitants ne
purent d'abord en croire leurs yeux : Kachnour avait répandu le
bruit de la mort du calife, et la population fut enchantée de constater qu'on lui avait menti.

Elle n'en montra pas moins une grande fureur contre l'imposteur Mizra; le palais fut envahi, et le père et le fils faits prisonniers.
Le calife envoya Kachnour, sous bonne escorte, dans ce château
en ruine où la princesse Louza avait été si longtemps malheureuse,
et l'enchanteur fut pendu haut et court dans l'appartement où sa
victime innocente avait si longtemps pleuré. Quant à l'usurpateur,
qui n'était pas instruit des machinations ténébreuses du père, le
calife lui laissa la liberté de choisir entre la mort et une pincée de la
fameuse poudre. Mizra se décida pour la seconde. Mansor lui présenta obligeamment la tabatière : l'autre renifla, et, la formule magique aidant, Mizra, de calife devint cigogne. Il fut enfermé dans une
cage et exposé dans les jardins.

Chassid vécut de longs et heureux jours avec la princesse
Louza, sa femme. Ses meilleurs instants furent toujours cependant
ceux qu'il passait quotidiennement en compagnie de la princesse et
de ses enfants et du grand vizir. Ils causaient alors du temps où ils
avaient été cigognes, et lorsque le commandeur des croyants était
particulièrement bien disposé, il ne dédaignait pas d'imiter les
façons et les allures de Mansor échassier : il claquetait, il balançait
gravement la tête, il remuait ses bras comme s'ils eussent été des
ailes, il montrait les efforts inutiles que son ministre faisait pour
retrouver le mot en répétant : « Mu... mu... » La princesse et ses
enfants s'amusaient beaucoup de ce spectacle; mais lorsque le calife
continuait la plaisanterie trop longtemps au gré du vizir, celui-ci le
menaçait en riant de raconter à la princesse ce qui s'était passé dans
le couloir, après la proposition de la chouette, et le calife n'insistait pas.

L'HABIT NE FAIT PAS LE MOINE

L'HABIT

NE FAIT PAS LE MOINE

Il y avait une fois un jeune compagnon tailleur du nom de Labakan, qui travaillait chez un patron d'Alexandrie, en Égypte.

On ne pouvait pas dire que Labakan fût un mauvais ouvrier, car il maniait l'aiguille avec une habileté et une dextérité peu ordinaires; on aurait eu tort également de le croire paresseux, car il était capable de rester des heures et des heures attelé à la besogne sans en démordre, quand besoin était. Malheureusement il était capable aussi, et cela lui arrivait encore assez souvent, de rêvasser pendant des heures et des heures, l'aiguille en l'air, les yeux dans le vide. Son patron et ses camarades connaissaient bien ces moments, qui leur faisaient dire :

« Voilà Labakan qui prend ses grands airs. »

Le vendredi, quand les autres, en revenant de la prière, rentraient tranquillement chez eux ou reprenaient leurs occupations quotidiennes, Labakan s'habillait d'un vêtement magnifique qu'il s'était acheté à force d'économie, et il allait se promener par les places et les rues de la cité. Si quelque personne de connaissance, le rencontrant alors, lui disait :

32

« La paix soit avec toi ! »

Ou bien encore :

« Comment vas-tu, Labakan? »

Il répondait d'un petit geste de la main ou d'un léger signe de tête plein de condescendance.

« C'est dommage que tu ne sois pas prince, lui dit un jour son patron d'un ton ironique.

— N'est-ce pas? répliqua-t-il naïvement; il y a longtemps que je le pense. »

Les choses allèrent pendant quelque temps de cette manière; le patron fermait les yeux sur l'innocente manie de Labakan, d'autant plus facilement que celui-ci était un brave garçon et de plus un excellent ouvrier. Sélim, le frère du sultan, passa à cette époque par Alexandrie, et il envoya au maître tailleur un habit splendide, auquel il désirait faire quelques changements. Comme c'était Labakan qui était ordinairement chargé des travaux de fin, ce fut également à lui que l'habit fut confié. L'habit parut si beau à Labakan que, le soir, il ne résista pas au désir de le revoir; l'atelier était désert en ce moment. Il le contempla longuement, admirant tantôt l'éclat et la délicatesse de la broderie, tantôt les couleurs chatoyantes de la soie et du velours. Il finit même par l'endosser, et resta tout joyeux en constatant que l'habit semblait fait pour lui, tant il lui allait bien.

« Est-ce que je ne serais pas prince aussi bien que n'importe qui? murmurait-il en se pavanant dans l'atelier; le patron reconnaît lui-même que c'est dommage que je ne sois pas prince. »

Non seulement il avait l'habit, mais encore il prenait les façons d'un prince; il en vint aisément à se persuader qu'il devait avoir du sang royal dans les veines, et il résolut de courir le monde pour retrouver peut-être ses parents problématiques, pour fuir en tout cas une ville où les gens étaient assez bornés pour ne pas avoir deviné son illustre origine sous sa modeste condition. C'était sans

aucun doute quelque bonne fée qui lui envoyait à dessein ce vêtement magnifique, et il se serait reproché de dédaigner un aussi
riche présent. Il enferma donc dans sa ceinture ce qu'il possédait
d'argent, et il partit, profitant de la nuit pour s'éloigner sans être
remarqué.

Le prince de fraîche date fit partout sensation, grâce à son

« Est-ce que je ne serais pas prince, aussi bien que n'importe qui? »

habit et à sa prestance. Partout aussi on s'étonnait de le voir aller à
pied; quand on y faisait allusion devant lui, il souriait mystérieuse-
ment et répondait qu'il avait de bonnes raisons pour cela. Cependant il finit par comprendre qu'il devenait ridicule, et il s'acheta, à
un prix dérisoire, une vieille rossinante, d'humeur forcément pacifique : c'était là une qualité précieuse pour la monture d'un cavalier
si peu ferré en équitation.

Un jour qu'il chevauchait tranquillement au pas de sa Mourva, il fut rejoint par un cavalier qui lui demanda la permission de faire route de compagnie, afin que le temps leur parût moins long à l'un comme à l'autre.

Le nouveau venu était un jeune homme à la tournure élégante et aux manières avenantes ; il s'empressa d'engager la conversation avec Labakan, auquel il apprit volontiers que, lui aussi, courait le monde depuis quelque temps sans plan arrêté. En ce moment pourtant il avait un but, par suite des recommandations suprêmes que son oncle, Elfi Bey, le malheureux pacha du Caire, lui avait faites avant de mourir. Il lui dit encore se nommer Omar. En échange de toutes ces confidences, il ne reçut point des gages d'une aussi grande franchise : Labakan jugea plus sage de garder pour lui ce qu'il savait sur lui-même, et il se contenta de laisser entendre à son compagnon qu'il était de la plus noble origine.

Les deux jeunes gens prirent plaisir à se trouver ensemble, et ils chevauchèrent côte à côte pendant le reste de la journée. Le lendemain Labakan s'informa de quelle nature était l'espèce de mission que le défunt pacha avait confiée à son neveu ; il fut fort surpris lorsque le bel Omar lui répondit en ces termes :

« C'est mon oncle qui m'a élevé dès mes premières années, car je n'ai pas connu mes parents ; je le croyais mon oncle du moins. Quand Elfi Bey, accablé sous le nombre de ses ennemis, eut été vaincu dans trois batailles successives et blessé mortellement lui-même dans la dernière, il me révéla qu'aucun lien de parenté ne m'attachait à lui, que j'étais le fils d'un prince puissant qui m'avait éloigné de sa cour par suite de prédictions sinistres de ses astrologues, et qui avait fait le serment de ne me revoir qu'à ma vingt-deuxième année. Le pacha ne connaissait pas le nom de mon père, mais il possédait cependant les moyens de me rendre à ce prince. J'aurai vingt-deux ans le quatrième jour du prochain Ramadan, et, à cette date, je dois me trouver à la fameuse colonne El Sérouïah,

située à trois jours de marche, dans l'est d'Alexandrie, présenter
un poignard qu'Elfi Bey m'a remis aux gens que j'y rencontrerai,
en disant : « Je suis celui que vous cherchez, » et les suivre s'ils me
répliquent : « Loué soit le Prophète qui t'a protégé, » car ils me
conduiront à mon père.

Ce récit eut le don de rendre Labakan tout songeur ; désormais
ce fut d'un regard envieux qu'il observa son compagnon. Quoi ! le
destin aveugle portait jusque sur les marches d'un trône celui qui
passait déjà pour le neveu d'un pacha, alors que lui, Labakan,
serait réduit à traîner la plus misérable et la plus obscure existence, tout en étant doué de ce qui peut faire briller un prince !... Il
établit des comparaisons entre Omar et lui. Certes, le jeune homme
avait tout ce qui peut plaire : des traits réguliers, des yeux vifs et
expressifs, une physionomie à la fois douce et fière qui devait lui
attirer les cœurs ; mais, en toute sincérité, Labakan s'avouait qu'il
n'était en rien l'inférieur d'Omar, et que n'importe quel prince ayant
à choisir un fils entre les deux n'hésiterait certainement pas un
seul instant.

Ces réflexions l'absorbèrent tout le jour, et elles le préoccupaient
encore quand il s'endormit ; elles lui revinrent à l'esprit dès qu'il se
réveilla le lendemain matin. En apercevant Omar qui reposait tranquillement près de lui, rêvant sans doute aux grandeurs qui l'attendaient, il eut aussitôt la pensée de faire violence au destin et de
prendre par ruse ou par force ce qu'on ne lui accordait pas de bon
gré. Le poignard qui devait faire reconnaître le fils du prince était
passé à la ceinture du dormeur ; Labakan s'en saisit avec précaution
pour le plonger dans la poitrine de son compagnon. Cependant la
pensée de commettre un crime aussi épouvantable révolta l'âme
pacifique du pauvre tailleur ; il se contenta de garder l'arme, et
d'enfourcher la monture d'Omar, auquel il laissa sa rossinante en
échange. Lorsque le jeune prince se réveilla, celui en qui il avait si

mal placé sa confiance avait déjà sur lui une avance de plusieurs
heures.

Comme l'on n'était encore qu'au premier jour du Ramadan,
Labakan avait tout le temps nécessaire pour se rendre à la colonne
d'El Sérouïah, qu'il connaissait bien. Deux journées lui eussent
largement suffit pour l'atteindre, et pourtant il pressa son cheval, tant il craignait d'être rejoint par sa victime. Le soleil
n'était pas encore couché lorsque, le lendemain, Labakan découvrit
au loin la colonne, qui se dressait sur un monticule, au milieu d'une
vaste plaine stérile. Son cœur se mit à sauter dans sa poitrine à
cette vue; il avait eu tout le loisir de méditer le rôle qu'il allait avoir
à jouer, c'est vrai, mais il n'avait pu s'habituer aux reproches de sa
conscience; il eut besoin de la conviction qu'il réparait une injustice
du sort pour reprendre du courage et persévérer dans sa résolution.

La contrée où se trouvait la colonne était aride et déserte, et
Labakan eût été dans une situation fort difficile pour attendre le
moment fixé du rendez-vous, s'il n'avait eu la précaution d'emporter
des vivres pour plusieurs jours. Il s'installa sous un bouquet de
palmiers qu'il avait aperçu à quelque distance.

Le jour suivant, il vit, vers midi, un convoi considérable de
chevaux et de chameaux qui se dirigeait à travers la plaine vers la
colonne, pour faire halte au pied du monticule sur lequel la colonne
avait été édifiée. De magnifiques tentes furent dressées; Labakan se
dit que ce ne pouvait être que l'escorte d'un riche seigneur et que
tous ces gens s'étaient dérangés de fort loin à son intention, puisqu'il était bien résolu maintenant à devenir prince. Pour un peu il
eût cédé à son désir de leur faire connaître immédiatement leur
futur maître; il contint son impatience cependant : dans quelques
heures il serait au comble de ses vœux.

Rien ne le pressait le lendemain, quand le soleil se leva, et
Labakan fut aussitôt sur pied pourtant; le jour qui commençait était

le plus important de sa vie, puisqu'il allait faire d'un modeste ouvrier tailleur le fils d'un prince. Tout en sellant son cheval, notre homme n'était pas sans se répéter qu'il commettait peut-être une mauvaise action, et que celui qu'il dépouillait devait être en proie au plus violent désespoir. Mais il se consolait en songeant que ce qui était fait n'était plus à faire, qu'il était né pour les grandeurs, que le souverain le plus puissant n'aurait pas à rougir de lui, que par conséquent le père d'Omar serait loin de perdre au change, et qu'en somme les choses iraient mieux ainsi. Il se mit donc en selle et fit appel à tout son courage pour prendre le galop, en piquant des deux vers la colonne, qu'il atteignit en moins d'un quart d'heure. Labakan sauta à terre et attacha son cheval à l'un des rares buissons épars sur ce sol rebelle; il tira le poignard de sa ceinture, gravit la colline et se trouva en présence d'un vieillard autour duquel six hommes se groupaient dans une attitude respectueuse. Ce vieillard était de haute taille, et son maintien avait quelque chose de vraiment royal; ses vêtements étaient de brocart d'or, sa ceinture de cachemire blanc, et son turban orné de pierres précieuses annonçait en lui un seigneur riche et puissant.

« Je suis celui que vous cherchez, dit Labakan, qui s'inclina profondément devant le vieillard en lui présentant le poignard.

— Loué soit le Prophète qui t'a protégé, répliqua le vieillard dont les yeux s'emplirent de larmes de joie. Embrasse ton vieux père, Omar, mon cher enfant. »

Cet accueil à la fois ému et solennel impressionna beaucoup notre brave tailleur, qui se jeta dans les bras de son prétendu père; il était heureux de sa fortune, mais un peu de honte se mêlait à ce contentement.

Cependant son bonheur ne devait être que de bien courte durée; quand il se dégagea de l'étreinte affectueuse du vieux prince, il vit un cavalier qui traversait la plaine dans la direction de la colonne.

La monture de ce cavalier n'avançait plus que par saccades avec une allure qui n'était ni le trot ni le pas, mais le cavalier la poussait des mains et des pieds. Labakan n'eut aucune peine à reconnaître son pauvre Mourva dans cette bête fourbue, et le prince Omar dans ce cavalier si pressé; l'esprit du mensonge s'était emparé de lui, et il se promit de tenir tête à l'orage qui le menaçait.

Du plus loin qu'il avait aperçu les gens réunis près de la colonne, le nouveau venu s'était mis à faire des signes; dès qu'il fut au bas du monticule, il s'élança à terre et escalada la pente en quelques bonds.

« Qui que vous soyez, arrêtez, arrêtez! cria-t-il; ne vous laissez pas tromper par le plus misérable des imposteurs. C'est moi qui suis Omar, et malheur à qui ose abuser de ce nom. »

Une vive surprise se peignit sur le visage des assistants, mais aucun n'exprimait un étonnement aussi grand que celui du vieillard, dont les regards allaient alternativement de l'un à l'autre. Ce fut Labakan qui rompit le premier le silence en disant d'un air affecté :

« Mon seigneur et mon père, ne vous laissez pas induire en erreur par les propos de cet homme. C'est, si je ne me trompe, un pauvre tailleur d'Alexandrie du nom de Labakan; il n'a plus toute sa raison et mérite plus notre pitié que notre colère. »

Ces paroles firent entrer Omar dans une fureur facile à concevoir, et il se serait jeté sur Labakan si les autres ne s'y étaient opposés et ne l'avaient maintenu vigoureusement.

« En vérité, mon cher fils, cet homme est fou, reprit le père; qu'on l'attache soigneusement sur un chameau : nous verrons plus tard ce qu'il nous sera possible de faire pour lui. »

A ces mots, le prince se calma comme par enchantement; il se mit à pleurer en disant :

« Mon cœur me dit que vous êtes mon père : par la mémoire vénérée de ma mère, je vous en conjure, écoutez-moi...

« C'est moi qui suis Omar. »

— Le pauvre garçon recommence à battre la campagne, fit le vieillard apitoyé; comment est-il possible qu'un homme soit ainsi éprouvé... »

Il prit le bras de Labakan; sur lequel il s'appuya pour descendre la colline; ils enfourchèrent ensuite de magnifiques chevaux caparaçonnés, et s'éloignèrent à la tête de leur nombreuse escorte. Pendant ce temps on avait solidement attaché le malheureux Omar sur un chameau, et deux cavaliers, placés à sa droite et à sa gauche, avaient reçu l'ordre de ne pas le quitter des yeux un seul instant.

Or, le vieillard n'était autre que Saoud, sultan des Wahabites. Il avait atteint déjà la maturité de l'âge sans avoir d'enfant, lorsqu'un fils lui était né. Les astrologues, consultés sur l'avenir réservé à l'héritier du puissant souverain, avaient déclaré que le jeune Omar ne serait sûr du pouvoir qu'à sa vingt-deuxième année. Le sultan n'avait pas hésité devant cet oracle menaçant; il avait éloigné son fils, qu'il avait confié à son ami le plus dévoué, préférant se priver des caresses de l'enfant plutôt que de l'exposer à un danger mystérieux.

Tout en chevauchant près de celui qu'il croyait bien être sa chair et son sang, Saoud lui contait ces choses. Le sultan était heureux et fier de voir que son cher Omar avait si bonne mine et si bonne tournure.

Dès qu'ils se trouvèrent dans les États de Saoud, ils se virent accueillis partout sur leur passage de la façon la plus enthousiaste. La nouvelle s'était répandue avec une merveilleuse rapidité du retour du jeune prince. Ce ne fut qu'une marche triomphale sous des arcs de verdure, par des routes couvertes des plus précieux tapis, aux acclamations de la foule qui remerciait Allah et le Prophète d'avoir veillé sur le futur souverain. Tout ceci gonflait de joie et d'orgueil le cœur de Labakan, mais ne faisait que rendre plus violent le désespoir du véritable Omar, qui était toujours chargé de

liens. C'était à lui que tous ces honneurs s'adressaient réellement,
et pourtant personne ne semblait penser à lui que ses deux gardiens. Si un curieux s'informait par hasard de ce qu'était ce prisonnier si bien garrotté et si bien surveillé, Omar entendait répondre
sur un ton de pitié :

« Un pauvre tailleur qui est fou. »

On arriva enfin à la capitale du sultan, où avait été préparée une
réception encore plus belle que dans toutes les autres villes. La
femme du sultan, une digne et douce matrone, trônait au milieu de
la cour, dans la salle la plus éblouissante du palais. Le sol y disparaissait sous un immense tapis, les murailles sous des soieries
bleues, retenues par des cordelières d'or à de grands crochets
d'argent. Comme la nuit approchait déjà au moment où le cortège
fut annoncé, des lampes innombrables, qui se balançaient aux
voûtes peintes, avaient été allumées et versaient par leurs verres
aux couleurs vives une lumière aussi brillante que le jour ; mais la
partie la plus éclairée était cependant le fond de la salle où la princesse se tenait. Son trône était d'or pur ; il fallait gravir quatre
marches pour y atteindre, et il était incrusté de grosses améthys-
tes. Quatre émirs soutenaient un baldaquin de soie rouge au-
dessus de la sultane, que le scheik de Médine éventait doucement à
l'aide d'un large éventail en plumes de paon.

La mère d'Omar était en proie à la plus vive impatience : elle
non plus elle n'avait pas revu son fils depuis tant d'années ; mais
elle avait rêvé de lui si souvent qu'elle se faisait fort de le reconnaître entre mille. Enfin des clameurs, des fanfares, se firent entendre ;
les fers des chevaux sonnèrent sur les dalles des cours ; des pas
pressés se rapprochèrent ; les portières de velours s'écartèrent, et
Saoud et Labakan apparurent ; ce fut en se tenant par la main qu'ils
se dirigèrent vers le trône de la sultane, entre deux rangs de cour-
tisans prosternés.

« Je te ramène celui que ton cœur désire depuis si longtemps, dit le vieillard d'une voix que l'émotion faisait trembler.

— Non, non, ce n'est pas là mon fils ! s'écria la princesse avec emportement ; ce ne sont pas là les traits que le Prophète m'a montrés dans mes rêves. »

Le sultan allait essayer de lui faire comprendre combien elle avait tort, quand les portes s'ouvrirent une seconde fois pour livrer passage à Omar. Ses gardiens, à la vigilance desquels il était parvenu à se soustraire, le suivaient. Il courut se jeter aux pieds de la sultane, en disant :

« Je ne supporterai pas plus longtemps une semblable humiliation, je le jure... Je veux mourir ici ; tuez-moi, père cruel... »

Ces paroles provoquèrent une stupéfaction générale. Pourtant on ne tarda pas à se remettre de cette impression ; les gardiens se saisirent de l'infortuné, malgré la résistance de celui-ci. Ils se disposaient à l'entraîner, lorsque la sultane revint de son étonnement et se leva précipitamment.

« Arrêtez, s'écria-t-elle, c'est lui qui est mon fils ; c'est lui que mes rêves m'ont montré, et c'est lui que mon cœur appelle. »

Les gardiens s'étaient reculés involontairement, mais Saoud leur ordonna avec colère d'emmener le malheureux jeune homme : il était furieux de voir semblable spectacle à la cour.

« C'est moi qui suis le maître ici, ajouta-t-il, et j'entends qu'on obéisse à mes ordres, et non aux rêves d'une femme. Voici mon fils, — il désigna Labakan, — je le sais par des signes certains et indiscutables. C'est lui qui m'a présenté le poignard et qui m'a dit les paroles convenues.

— Il m'a volé le poignard, protesta Omar, et s'il a pu vous dire les paroles, c'est que j'ai été assez naïf pour avoir confiance en lui et les lui apprendre. »

Cependant le sultan ne l'écoutait déjà plus ; Saoud avait pour

habitude de n'en faire qu'à sa tête, et les gardiens durent s'en tenir
aux ordres que le maître leur avait donnés; ils durent employer
la force pour emporter Omar. De son côté, Saoud se retirait avec
Labakan : il n'avait pas encore pardonné à la sultane, avec laquelle
il avait passé vingt-cinq années dans la plus parfaite union.

La sultane avait peine à contenir son chagrin. Elle était
entièrement convaincue que Saoud était la victime d'un intrigant,
et que son cher Omar était certainement ce pauvre garçon envers
lequel le sultan faisait preuve d'une telle dureté. Quand sa douleur se fut un peu apaisée, elle réfléchit à ce qu'elle pouvait bien
faire pour avoir raison de l'aveuglement de son mari. La tâche était
assez malaisée, car l'imposteur s'était présenté avec le poignard
d'Elfi Bey, et Omar lui en avait raconté suffisamment pour qu'il pût
jouer facilement son rôle sans se trahir.

La reine fit venir les serviteurs qui avaient accompagné le sultan à la colonne d'El Sérouïah et leur fit raconter minutieusement
ce qui s'y était passé; puis elle tint conseil avec ses femmes les
plus dévouées. Divers moyens furent proposés, discutés et finalement rejetés; déjà la sultane commençait à perdre courage,
lorsque Méleksalah, une vieille Circassienne, lui dit :

« Si j'ai bien compris, ô maîtresse vénérée, celui qui a remis
le poignard a déclaré que celui que tu crois ton fils ne serait
qu'un ouvrier tailleur nommé Labakan ?

— Il en est bien ainsi, Méleksalah, mais où veux-tu en venir ?

— Ne vous semble-t-il pas possible, reprit l'esclave, que le
coquin ait affublé votre fils de son nom et de son propre état ? Dans
ces conditions, je connais un excellent moyen de le démasquer,
mais je ne veux vous le confier que dans le plus grand secret. »

Elle se pencha à l'oreille de la sultane et lui souffla quelques
mots, qui parurent être fort au goût de la sultane.

Or, la mère d'Omar était une avisée, qui connaissait bien les faiblesses du sultan et aussi la façon d'en faire son profit. Elle feignit donc de céder dans cette circonstance et elle annonça qu'elle était prête à ouvrir ses bras à son fils retrouvé, mais à une condition. Le sultan se reprochait le mouvement de colère auquel il s'était laissé aller contre sa femme : il consentit donc volontiers à la condition.

« Voici donc ce que je désire, ajouta la sultane. J'entends que les deux rivaux me donnent une preuve de leur adresse. Une autre mère voudrait peut-être leur voir lancer le javelot ou manier la lance, mais ce sont là des choses que tous les jeunes gens sont à même de faire, et je préfère une épreuve d'un autre genre. Que chacun d'eux fasse un caftan et des pantalons ; je verrai lequel se sera montré le plus habile. »

Le sultan se mit à rire.

« Vraiment, répliqua-t-il, ton idée est nouvelle. Comment ! tu veux que mon fils tire l'aiguille à qui mieux mieux avec ce pauvre fou ? Tu comprends bien que ce n'est pas possible. »

La sultane n'en voulut point démordre ; comme le sultan avait donné sa parole et qu'il n'avait jamais eu qu'une parole, il se résigna enfin. Mais il jura que le fou aurait beau faire un pur chef-d'œuvre, jamais il ne consentirait à l'accepter pour héritier. Il s'en fut lui-même demander à Labakan de se prêter à la fantaisie de la sultane. En apprenant ce dont il s'agissait, le brave garçon ne se sentit pas d'aise : si ce n'était que cela, la princesse ne tarderait pas à être satisfaite.

Les deux concurrents furent enfermés isolément dans deux chambres ; on ne remit à chacun que le fil, l'étoffe et les aiguilles nécessaires au travail convenu.

Saoud était curieux, comme on le pense, de voir le caftan que son fils allait faire ; mais, de son côté, la sultane n'était pas sans inquiétude au sujet du résultat de son stratagème. Deux jours

avaient été accordés à Omar et à Labakan pour mener l'œuvre à
bonne fin; le troisième jour, le sultan les fit appeler par-devant lui.
Ce fut d'un air de triomphe que Labakan lui présenta son ouvrage
en disant :

« Vois, mon père, vois, ma mère, si ce n'est pas là un beau
caftan ! Je défie bien le tailleur le plus renommé de la cour de le
réussir mieux. »

La sultane se contenta de sourire et de se tourner vers Omar.

« Et toi, mon fils ? » lui dit-elle.

Omar jeta à terre l'étoffe et les ciseaux qui lui avaient été
remis.

« On m'a appris à dompter un cheval et à manier une épée,
répliqua-t-il avec humeur; ma lance touche le but à soixante pas;
mais je n'entends rien au maniement de l'aiguille. C'est là une occu-
pation indigne d'un élève d'Elfi Bey, le maître du Caire.

— Cher enfant, s'écria la sultane au comble de la joie, viens,
que je te serre dans mes bras... Pardonnez-moi, mon seigneur et
maître, continua-t-elle en s'adressant à Saoud, pardonnez-moi
d'avoir eu recours à cette ruse innocente. Doutez-vous encore lequel
des deux est le prince ou le tailleur? Pour moi, je trouve le caftan
irréprochable, et si je savais chez qui votre fils a appris son métier,
j'irais tout de suite le complimenter pour faire d'aussi bons
ouvriers. »

Le sultan gardait le silence; ses regards pleins de méfiance
allaient de sa femme, qui était toute rayonnante, à Labakan, qui
rougissait et ne savait comment dissimuler son trouble, furieux
contre lui-même d'avoir donné si facilement dans le panneau.

« Cette épreuve ne me suffit pas, dit enfin Saoud; mais, grâces
soient rendues à Allah, j'ai un moyen de connaître sûrement la
vérité. »

Il fit seller son meilleur cheval et partit au galop vers une grande forêt que l'on voyait à quelque distance de la ville. On disait qu'elle servait de retraite à une fée du nom d'Adolzaïde, à laquelle les aïeux de Saoud n'avaient jamais demandé en vain un bon conseil dans les pas difficiles : c'est elle que le sultan allait consulter.

Il gagna une clairière entourée de cèdres énormes qui se trouvait au centre de la forêt; il attacha sa monture à l'un des arbres, se plaça au milieu de la clairière et dit d'une voix haute et claire :

« S'il est vrai que tu aies daigné venir au secours de mes pères dans les heures difficiles, daigne encore m'aider de tes lumières en ce moment où ma seule raison ne peut me tirer d'embarras. »

Il avait à peine dit, qu'un cèdre s'ouvrait et qu'une dame voilée de longues étoffes blanches lui apparut.

« Je sais ce qui t'amène, sultan Saoud, et, comme ton cœur est droit, je ne t'abandonnerai pas en cette circonstance. Prends ces deux cassettes et fais-en choisir une à chacun des deux jeunes étrangers qui prétendent être ton fils : je sais que leur choix sera bon. »

La fée lui remit en même temps deux ravissantes cassettes en ivoire, richement incrustées d'or et de perles fines; les couvercles portaient une inscription en diamants. Ce fut inutilement que le sultan essaya de les ouvrir.

Tout en galopant vers le palais, Saoud se demandait ce que pouvaient contenir ces mystérieuses cassettes; les inscriptions Bonheur et Richesse pour l'une, Honneur et Gloire pour l'autre, ne le renseignaient guère sur ce point. Elles lui semblaient aussi alléchantes l'une que l'autre, et il dut s'avouer qu'il eût été fort en peine de choisir lui-même.

Quand il fut de retour, il s'empressa de mettre sa femme au courant de ce qui s'était passé; la princesse fut prise aussitôt d'un vif espoir : pour elle, celui qu'elle considérait comme son seul enfant ne manquerait pas de choisir de manière à lui donner raison.

Deux guéridons furent placés au bas du trône de Saoud, et le sultan y déposa lui-même les précieuses cassettes. Quand il se fut assis, il fit un signe, et les portes s'ouvrirent, laissant affluer les émirs et les pachas que le sultan avait convoqués, et qui s'installèrent sur les divans garnis de riches et moelleux coussins. Sur un second signe, Labakan fut introduit; il traversa la salle d'un pas dégagé et vint se prosterner au pied du trône.

« Que désire mon seigneur et mon père? » demanda-t-il.

Le sultan se leva et dit :

« Mon fils, des doutes ont été émis sur l'authenticité des droits que tu as à ce titre. Ces doutes doivent disparaître ; l'une des cassettes que tu vois renferme la confirmation de tes droits : à toi de choisir. Je suis persuadé que tu ne décevras pas mon attente. »

Labakan examina les deux cassettes et réfléchit longuement avant de répondre :

« O très vénéré père, peut-il y avoir quelque chose de plus enviable que le bonheur de se retrouver ton fils et la richesse de ton affection? Je prends donc la cassette qui porte ces mots : Bonheur et Richesse.

— Nous verrons tout à l'heure si ton choix est heureux, répliqua Saoud; pour l'instant, va t'asseoir près du pacha de Médine. »

Il fit un signe encore, et Omar entra. Le jeune homme avait l'air sombre et abattu; aussi sa vue inspira-t-elle l'intérêt le plus sincère chez tous les assistants. Comme Labakan, il se prosterna devant le trône et s'informa de ce que son père réclamait de lui. Le sultan lui dit qu'il avait à choisir entre les deux cassettes, et Omar s'en fut à son tour les regarder attentivement et lire les inscriptions.

« Les derniers jours qui viennent de s'écouler, dit-il enfin, m'ont appris à estimer le bonheur et les richesses à leur juste valeur. Ils m'ont fait comprendre aussi que l'honneur n'était pas un bien aussi périssable, et que la gloire ne pâlissait pas aussi rapidement.

Dussé-je perdre une couronne en vous choisissant, Honneur et
Gloire, c'est pourtant pour vous que je me prononce. »

« Prends ces deux cassettes. »

Déjà il portait la main à la cassette en question, lorsque le
sultan lui donna d'un geste l'ordre de patienter. Labakan dut se
rapprocher de la table et appuyer également une main sur sa
cassette.

Le sultan se fit apporter un bassin plein d'une eau puisée à la fontaine sacrée de la Mecque; il fit ses ablutions et, se tournant ensuite vers le levant, il se prosterna et pria en ces termes :

« Dieu de mes pères, ne permets pas qu'un indigne souille le nom immaculé des Abbassides; couvre mon véritable fils de ta protection en ce jour d'épreuves. »

Saoud se releva et remonta sur son trône. L'attention de tous était si grande en ce moment suprême, que chacun retenait sa respiration et qu'on aurait entendu courir une souris dans la salle. Aussi ceux qui étaient au second rang allongeaient le cou pour ne rien perdre de ce qui allait se passer.

« Ouvrez, » ordonna enfin le sultan.

Et les cassettes, dont aucune force humaine n'avait pu jusqu'alors soulever le couvercle, s'ouvrirent d'elles-mêmes.

Dans celle d'Omar, il y avait une petite couronne et un sceptre minuscule en or qui reposaient sur un coussin de velours; dans celle de Labakan, rien de plus qu'une grande aiguille avec un bout de fil. Le sultan les fit venir auprès de lui. Il prit la couronne d'or, et on put voir une chose extraordinaire : la couronne grandir dans les mains de Saoud jusqu'à devenir de taille à ceindre la tête d'Omar quand elle arriva sur le front du jeune homme. Saoud embrassa tendrement Omar, qu'il fit asseoir à sa droite; puis, s'adressant à Labakan :

« Il y a un proverbe que tu dois connaître et qui dit : « Chacun « son métier, et les vaches seront bien gardées. » Comme tu le vois, il est décidé que tu es tailleur, et que tailleur tu resteras. Tu ne mérites pas mon indulgence, mais il y a quelqu'un qui a intercédé en ta faveur et à qui je ne veux rien refuser aujourd'hui. Toutefois, si tu veux m'en croire, tu quitteras mes États le plus tôt possible : c'est un bon conseil que je te donne. »

Le pauvre diable était si confus, si anéanti, qu'il ne trouva pas

un seul mot à répondre; il se jeta aux genoux de sa victime et balbutia, tandis que ses yeux s'emplissaient de larmes :

« Prince, pourrez-vous jamais me pardonner?

— « Sois fidèle à tes amis et généreux envers tes ennemis, » dit
la devise des Abbassides, riposta Omar; va donc en paix. »

Et il releva celui dont il avait eu si peu à se louer.

« Mon fils, mon fils, je te reconnais bien là! s'exclama Saoud
en le serrant dans ses bras.

Son émotion semblait avoir gagné l'assistance entière; les émirs
et les pachas furent debout en un clin d'œil et se mirent tous à crier :
« Longue vie au prince Omar!... » Labakan jugea à propos de mettre
le moment à profit pour s'esquiver, avec sa cassette, bien entendu.

Sans perdre un seul instant, il se dirigea vers les écuries, sella
Mourva et l'enfourcha pour prendre la direction d'Alexandrie. Quand
il pensait à sa courte carrière de fils de roi, c'était pour se dire qu'il
avait été sans doute le jouet d'un rêve, et il l'eût cru si la cassette
incrustée d'or, de perles et de diamants n'avait été là pour lui
prouver le contraire.

Quand il fut de retour à Alexandrie, le hasard le fit passer dans
la rue où demeurait son ancien patron; il mit pied à terre, attacha
sa monture à la porte et entra à l'atelier. Le patron ne vit pas tout
d'abord à qui il avait affaire et il se mit avec empressement aux
ordres d'un nouveau client qui avait si bonne mine et si belle mise;
mais, dès qu'il eut reconnu Labakan, il appela tous ses ouvriers et
tous ses apprentis à la rescousse, et tous fondirent sur lui comme
un seul homme, qui avec une aune, qui avec un carreau, de sorte
que le pauvre diable, qui était loin de s'attendre à une pareille
réception, fut moulu de coups avant de s'en être douté. Ils le criblè-
rent à coups d'épingles, ils le lardèrent à coups de ciseaux, si bien
qu'il finit par s'affaisser sur un tas de vieux habits qui se trouvait
dans un coin.

Ce petit règlement de compte terminé, le patron l'accabla de reproches et d'injures, au sujet de l'habit avec lequel Labakan lui avait brûlé la politesse autrefois. Labakan essaya de protester timidement, en déclarant que c'était précisément pour cet habit qu'il revenait; il s'offrit généreusement à indemniser son maître en lui payant le triple de ce que valait le malheureux habit : on lui répondit par une nouvelle raclée, encore plus épouvantable que la première, et on le poussa dehors à grands coups de pied. Labakan se hissa comme il put sur Mourva et s'en alla dans un caravansérail, où il n'eut rien de plus pressé que de se coucher. Là, il put méditer tout à loisir sur les vicissitudes de la vie; le résultat de ses réflexions fut qu'il prit la résolution de ne plus courir après les richesses et de vivre modestement en honnête citoyen.

Le lendemain il n'avait pas changé d'avis; les mauvais traitements dont on s'était montré si prodigue envers lui la veille, paraissaient lui avoir rendu la notion exacte de sa situation et aussi l'avoir corrigé de son sot orgueil.

Il vendit sa cassette à un joaillier, qui lui en donna un prix considérable, tout en faisant une excellente affaire; il acheta une maison et se monta un atelier, car il voulait vivre désormais du travail de ses mains, et il en porta la nouvelle à la connaissance du public par une enseigne sur laquelle on pouvait lire en beaux grands caractères : LABAKAN, *tailleur d'habits*. Il commença par raccommoder ses propres vêtements, qui avaient fort souffert de l'aventure de la veille, et il se servit naturellement de l'aiguille et du fil que contenait sa cassette. Il fut dérangé dans sa besogne, et jugez de son ahurissement quand, en voulant la reprendre, il trouva l'aiguille qui cousait toute seule et qui allait un train d'enfer, faisant des points mieux perlés que ceux de Labakan lui-même, qui n'était pourtant pas le premier ouvrier venu.

Vraiment, le moindre cadeau a sa valeur, surtout quand il vient d'une fée. Labakan le vit bien mieux encore lorsqu'il se fut aperçu que le bout de fil devait être inusable, pour avoir fait tant et tant de coutures sans rien perdre de sa première longueur.

Dans ces conditions, maître Labakan pouvait avoir des préten-tions modestes, car le travail lui coûtait peu de peine et peu de temps : il coupait, assemblait et mettait l'aiguille à l'œuvre. Bientôt il eut une clientèle énorme, et il fut le tailleur le plus fameux à plusieurs lieues à la ronde. Ce qui déroutait un peu les curieux, c'est qu'il s'enfermait pour travailler et qu'à lui seul il suffisait à toutes les commandes.

Comme on le voit, la cassette ne l'avait pas trompé en lui pro-mettant bonheur et richesse. Il était parfaitement heureux, et sa fortune grossissait à vue d'œil. Il n'était pas sans entendre parler parfois des exploits du prince Omar, qui était décidément la joie et l'orgueil de Saoud; il se disait alors que les choses étaient bien comme elles étaient, et il aurait certainement refusé de troquer. Labakan était content de lui-même, de son sort, de ses voisins, dont il avait l'estime, de tout le monde enfin; si l'aiguille a toujours sa vertu magique, elle coud encore dans la bonne ville d'Alexandrie avec l'éternel fil de la bonne fée Adolzaïde.

LE VAISSEAU ENCHANTÉ

LE VAISSEAU ENCHANTÉ

Mon père était un petit marchand de Bassorah. Ni riche ni pauvre, il était de ceux qui ne se risquent pas volontiers au hasard parce qu'ils possèdent. Il m'éleva simplement et honnêtement; il désirait que je lui fusse utile le plus tôt possible. Je venais de prendre mes dix-huit ans, et lui de se laisser entraîner à sa première spéculation aléatoire, quand il mourut, rongé sans doute par le remords d'avoir confié mille bonnes pièces d'or aux caprices de la mer. Ce fut un bonheur pour lui jusqu'à un certain point; il n'eut pas à apprendre, quelques semaines plus tard, comme je l'appris, que le navire sur lequel se trouvait sa fortune s'était perdu corps et biens. C'était une véritable catastrophe pour moi; je ne me laissai pas abattre cependant. Je fis argent de tout ce que mon père m'avait laissé, et je m'en allai tenter la fortune au loin. Je n'emmenai qu'un vieux serviteur de ma famille qui, par dévouement, n'avait pas voulu se séparer de moi.

Nous nous embarquâmes à Bassorah même par un vent des plus favorables; le vaisseau à bord duquel nous nous trouvions faisait voile pour les Indes. Nous naviguions depuis une quinzaine de jours déjà, sans aucun incident, lorsque le capitaine nous fit avertir

qu'une tempête était imminente. Il avait l'air soucieux ; je crois qu'il
ne connaissait pas suffisamment ces parages pour se sentir à l'abri
de sérieuses inquiétudes. Il donna l'ordre de carguer ce que nous
avions de toile, et nous n'avançâmes plus qu'avec une prudente len-
teur. La nuit survint claire et froide : le capitaine se félicitait de ce
que les événements ne venaient pas confirmer son pronostic, quand
un navire dont personne n'avait signalé l'approche glissa rapidement près du nôtre. Des cris furieux et des chants qui partaient du
pont montèrent jusqu'à nous, et j'en éprouvai un étonnement très
vif : c'était singulier au moins, pour nous qui étions dans la crainte
du gros temps. Le capitaine se tenait à côté de moi en ce moment, et
je le vis devenir pâle comme un linge.

« Voilà la mort qui passe, bégaya-t-il ; nous sommes perdus ! »
Je n'eus pas le loisir de lui demander une explication de ces
mots, car les hommes de l'équipage se précipitèrent vers lui en
hurlant :

« Vous l'avez vu ? Nous sommes perdus !... Nous sommes
perdus !... »

Le capitaine fit lire des passages du Coran, et se mit lui-même
à la barre, mais ces moyens n'eurent aucun effet. La tempête se
déchaîna avec une violence inouïe, et une heure ne s'était pas écoulée qu'un choc formidable se produisit, accompagné d'un craquement sinistre. Le navire s'arrêta aussitôt ; nous avions touché. Les
embarcations furent mises à la mer en toute hâte ; nous eûmes à
peine le temps d'y descendre, car le vaisseau coulait brusquement
au bout de quelques minutes. Pour ma part, je n'emportai que les
vêtements dont j'étais couvert ; ce naufrage achevait la ruine commencée par le précédent. Mais ce n'était là que le début de nos infor-
tunes. Loin de s'apaiser, la tempête semblait se faire de plus en
plus terrible ; nous ne pouvions plus songer à autre chose qu'à fuir
devant elle, car le canot n'obéissait plus au gouvernail par une mer

aussi démontée. Mon fidèle serviteur me tenait étroitement embrassé ;
nous nous étions promis de nous sauver ou de mourir ensemble. Le
jour se levait enfin quand une bourrasque plus furieuse fit chavirer
notre embarcation : de cet instant je n'ai jamais revu aucun des
hommes du bord. Cette chute m'avait étourdi ; lorsque je revins à
moi, j'étais dans les bras de mon brave compagnon, qui s'était cram-
ponné au canot renversé et qui avait réussi à m'arracher à la mort.
Le calme se rétablit, mais ce fut en vain que nous interrogeâmes
l'horizon pour découvrir notre navire ou ce qui pouvait en rester.
En revanche, nous ne tardâmes pas à voir apparaître, à peu de distance, un voilier vers lequel les flots nous poussaient. Je pus bientôt
reconnaître en lui ce vaisseau mystérieux qui avait plongé notre
capitaine et nos matelots dans une telle épouvante, et je ne pus me
défendre d'un vif sentiment d'horreur. La terreur que les faits
n'avaient que trop bien justifiée, l'aspect lugubre de ce bâtiment sur
lequel personne ne donnait signe de vie, en dépit de nos appels et
de nos cris réitérés, tout m'inspirait de la répulsion. Cependant
c'était notre seul moyen de salut, et nous rendîmes grâce au Prophète qui l'avait placé sur notre route.

Un câble pendait au gaillard d'avant : ce fut de ce côté que nous
nageâmes. Je pus le saisir enfin, et je hélai de nouveau, mais sans
plus de résultat qu'auparavant ; le même silence continua à régner
à bord du fantastique navire. Nous résolûmes alors de nous hisser
sur le pont, et, comme j'étais le plus jeune, je passai le premier. Un
spectacle affreux se présenta à ma vue. Le pont était rougi par le
sang ; des cadavres habillés à la turque gisaient çà et là, au nombre
de vingt ou trente ; un homme richement vêtu, le sabre à la main,
les traits livides et convulsés, était fixé au grand mât par un clou
énorme qui lui traversait le front. J'étais si glacé d'horreur que je
ne pouvais faire un pas et que je n'osais respirer pour ainsi dire.
Mon compagnon me rejoignit enfin, et ce qu'il éprouva fut sans

doute en tout pareil à ce que j'éprouvais moi-même. Nous prîmes
enfin sur nous de nous avancer parmi tant de corps inertes et san-
glants, et, tout en invoquant la protection d'Allah, nous parcou-
rûmes lentement le pont, nous attendant sans cesse à découvrir de
nouvelles abominations. Nous en fûmes pour nos craintes toutefois, car nous ne vîmes rien; en dehors des cadavres qui nous
avaient tant effrayés d'abord, il n'y avait pas un être vivant autour
de nous. Malgré nous, nous baissions la voix; il nous semblait
que, d'un instant à l'autre, l'homme cloué au grand mât allait
ouvrir les yeux ou que l'un des morts allait tourner la tête. Nous
nous trouvâmes enfin devant le panneau qui donnait accès dans
l'intérieur du navire : nous fîmes halte et nous nous regardâmes,
chacun de nous hésitant à exprimer les pensées auxquelles il était
en proie.

« Seigneur, dit enfin mon compagnon, il s'est passé ici des
choses atroces; le vaisseau est certainement au pouvoir d'assas-
sins; mais je préfère me remettre tout de suite entre leurs mains
que de rester plus longtemps parmi ces cadavres! »

J'étais de son avis; nous fîmes donc appel à tout notre courage
et nous nous engageâmes dans l'escalier. Bientôt nous fûmes à
l'entrée de la chambre; je collai l'oreille à la porte et j'écoutai,
mais je ne surpris aucun bruit. J'ouvris, et nous constatâmes que
tout y était dans le plus grand désordre ; des vêtements, des armes
et d'autres objets y traînaient pêle-mêle. L'équipage, ou tout au
moins le capitaine, avait dû y faire bombance peu de temps avant,
s'il fallait en croire les apparences. Nous visitâmes les moindres
recoins : partout les marchandises les plus précieuses étaient
entassées, et je ne me possédais pas de joie à l'idée que toute cette
soie, toutes ces perles, tout ce sucre, m'appartenaient, puisque le
navire était sans maître. Mon serviteur Ibrahim me rappela à la
réalité ; il me fit remarquer que nous étions à une très grande dis-

Un homme, le sabre à la main, était fixé au grand mât.

tance des côtes et que, n'étant que deux pour suffire à la manœuvre, nous n'avions aucune chance d'atterrir jamais.

Nous bûmes et nous mangeâmes, car il y avait à bord des provisions abondantes; nous remontâmes ensuite sur le pont, où le
même frisson nous reprit. Comme il ne nous était pas possible de
supporter plus longtemps l'effroyable tableau qui s'y étalait, nous
résolûmes de jeter tous les corps à la mer. Je renonce à vous
décrire l'épouvante qui s'empara de nous lorsque nous constatâmes
que tous semblaient fixés au pont, et que nos plus violents efforts
ne parvenaient pas à les en détacher. Il nous eût fallu scier les
planches sur lesquelles ils reposaient, et c'était là une tâche au
dessus de nos forces; d'ailleurs nous manquions des outils indispensables. Ce fut en vain aussi que nous essayâmes de retirer le
clou qui rivait le capitaine à son mât; nous ne pûmes même pas
lui enlever le sabre sur lequel ses doigts étaient crispés. Nous pas-
sâmes la journée dans les plus tristes réflexions, et, lorsque le soir
vint, je permis volontiers à mon fidèle Ibrahim d'aller se coucher.
Pour moi, j'étais bien résolu à veiller sur le pont, afin de ne pas
laisser échapper une occasion de salut, si par hasard il s'en présentait une pendant la nuit. La lune se leva; selon mes calculs, il
pouvait être onze heures environ quand je me sentis envahi par un
sommeil si puissant que je m'étendis inconsciemment derrière une
barrique qui se trouva là. Ce devait être pourtant de l'engour-
dissement, de la lassitude plutôt que du sommeil, car j'entendais
parfaitement le bruit de la mer contre les flancs du navire et les
susurrements du vent dans les cordages. Tout à coup, je crus distinguer des voix et des pas; je voulus me redresser, mais je me
sentis incapable de faire un mouvement, et mes paupières elles-
mêmes ne réussirent pas à s'écarter. Les voix devenaient plus dis-
tinctes cependant; on eût dit que tout un équipage en belle humeur
allait et venait pour les besoins de la manœuvre. Parfois aussi un

36

commandement retentissait, et les grincements des poulies et les claquements de la toile me prouvaient que les ordres s'exécutaient. Insensiblement, je perdais la notion exacte des choses, et je finis par m'endormir profondément : je crus encore entendre un cliquetis d'armes, et ce fut tout.

Quand je me réveillai, le soleil était déjà haut, et ses rayons me frappaient en plein visage. Je me souvins de ce qui s'était passé pendant la nuit et je promenai autour de moi des regards étonnés ; je vis que tout était dans le même état que la veille, et j'en conclus que j'avais rêvé. Je dus rire et je me mis sur pied pour aller retrouver Ibrahim. Il se précipita vers moi au même instant ; ses traits étaient bouleversés, et je lui demandai la cause de son trouble.

« Maître, s'écria-t-il, j'aimerais mieux être au fond de la mer que de passer une nuit de plus sur ce navire maudit. Je dormais depuis quelques heures quand je me suis éveillé ; on marchait au-dessus de ma tête. Pour commencer, j'ai cru que c'était toi, mais je me suis rendu compte qu'il devait y avoir au moins une vingtaine de personnes sur le pont avec un pareil va-et-vient. Je n'étais pas rassuré, tu le comprends ; mais ce fut bien pis encore quand un pas pesant fit craquer l'escalier. Je ne me suis pas évanoui, mais c'est tout comme, et je ne me rappelle que bien confusément le reste. Il est certain, en tout cas, que l'homme qui était cloué au grand mât est entré et s'est mis à boire et à chanter. Il s'est assis à la table, et celui qui est habillé en rouge et qui est étendu sur le pont, tout près du mât, est ensuite venu boire avec lui. »

Vous me croirez facilement, mes chers amis, si je vous affirme qu'en ce moment j'éprouvai une véritable angoisse. Il ne m'était plus permis de douter : je n'avais pas rêvé, et c'étaient bien les morts qui avaient repris possession du vaisseau dans le courant de la nuit. En quelle sinistre compagnie il nous fallait naviguer !... Ibrahim paraissait réfléchir profondément.

« Je l'ai, » dit-il tout à coup avec transport.

Il venait de se rappeler les termes d'une formule que son père, homme d'expérience et de bon conseil, lui avait dit un jour être fort efficace contre les sorts et les maléfices de tout genre. Quant au sommeil étrange auquel nous avions succombé la veille, mon brave serviteur prétendit que nous pourrions aisément le vaincre en récitant des versets du Coran. La proposition me parut raisonnable, et je l'approuvai. Ce fut dans des dispositions d'esprit que je ne tenterai pas de vous décrire que nous attendîmes l'heure critique. Il y avait près de la chambre du conseil un réduit dans lequel nous décidâmes de nous enfermer. Ibrahim perça la porte de plusieurs trous assez larges pour nous permettre de voir dans tous les sens; nous nous barricadâmes ensuite de notre mieux, et, quand nous eûmes tracé le nom du Prophète aux quatre angles, nous attendîmes les événements. Vers onze heures, la même torpeur se fit sentir dans tous mes membres; mon serviteur s'en aperçut et me conseilla de recourir au moyen qu'il m'avait indiqué. Je le fis et je m'en trouvai bien. Soudain, tout s'anima sur le navire; les voiles frissonnèrent, la mâture craqua, des pas sonnèrent, des voix retentirent distinctement. Plusieurs minutes s'écoulèrent dans une anxiété inouïe, puis quelqu'un descendit l'escalier. Mon compagnon s'empressa de réciter la formule magique que son père lui avait apprise; je puis encore la redire aujourd'hui, tant elle s'est bien gravée au fond de ma mémoire :

> Esprits, nés de la mer,
> Du feu, de la terre ou de l'air,
> Esprits, souvenez-vous
> Qu'Allah est votre maître à tous.

J'avoue que je n'avais pas une bien grande confiance dans les propriétés de cette formule et que mes cheveux se dressèrent sur ma tête lorsque la porte de la chambre du conseil s'ouvrit violemment. L'homme du grand mât parut; il avait encore son clou au front, mais il avait remis son sabre au fourreau. Il fut suivi aussitôt d'un autre dont le vêtement était moins magnifique. Ils prirent place à la table qui occupait le centre de la chambre et ils continuèrent un entretien fort animé; ils se servaient d'une langue qui m'était inconnue. La discussion se fit de plus en plus bruyante, jusqu'au moment où le capitaine se leva brusquement en frappant la table de son poing. Le second éclata de rire et fit signe à son interlocuteur de le suivre; le capitaine dégaina, et ils s'éloignèrent. Nous respirâmes; nous n'étions pas au terme de nos terreurs cependant. Le bruit ne faisait que grandir sur le pont; on courait, on criait, on riait, on jurait. Il y eut des chocs d'armes, des hurlements de douleur et de détresse, puis le silence le plus complet se fit. Lorsque nous osâmes quitter notre retraite, nombre d'heures plus tard, le vaisseau avait repris son aspect accoutumé; tous les corps gisaient dans la position que nous connaissions bien, et tous étaient aussi rigides que le bois.

Nous étions à bord depuis plusieurs jours déjà; nous n'avions cessé de marcher vers l'est, car Ibrahim pensait que les terres les plus proches se trouvaient de ce côté, et cependant nous n'avancions pas : c'était à faire supposer que le navire reprenait sa marche en sens inverse quand venait la nuit; il n'y avait pas d'autre explication d'ailleurs pour les manœuvres que nous avions entendu ordonner et exécuter par nos fantastiques compagnons de route. Pour mettre fin à ces procédés, les voiles furent soigneusement carguées avant le soir, et les cargues attachées avec des bandes de parchemin sur lesquelles nous avions écrit le nom du prophète et la formule magique. La précaution était bonne, car, si le tumulte fut plus effrayant encore cette nuit-là, nous vîmes, le lendemain matin, que la voilure était dans l'état où nous l'avions laissée. Nous livrâmes à la brise juste ce qui était nécessaire pour aller à moyenne allure, et de cette façon nous pûmes faire un bon bout de chemin pendant les cinq jours qui suivirent.

A l'aube du sixième, nous découvrîmes la terre, et nous rendîmes grâce à Allah, qui nous avait si manifestement protégés en cette circonstance effrayante. Nous louvoyâmes vingt-quatre heures devant cette côte, et le matin du septième jour nous crûmes distinguer un port à quelque distance. Nous jetâmes l'ancre aussitôt et,

Je lui expliquai mon cas.

ayant mis une embarcation à la mer, nous fîmes force de rames dans cette direction.

En nous informant adroitement du nom de ce port, nous apprîmes que nous nous trouvions dans une ville des Indes, peu éloignée de celle où j'avais l'intention de débarquer. Je m'enquis près de mon hôtelier s'il ne me serait pas possible de rencontrer un homme de bon conseil; je lui laissai entendre que cet homme devait être quelque peu initié aux secrets de la magie. Il me guida dans une rue écartée jusqu'à une maison sans apparence et me laissa, après avoir frappé à la porte et m'avoir recommandé de demander Moulleh, le taleb.

Je fus introduit près d'un vieillard de petite taille, aux cheveux grisonnants et au nez pointu; il me dit être Moulleh lui-même. Je lui expliquai mon cas.

Je désirais savoir ce qu'il me faudrait faire pour me débarrasser des corps. Il me dit que, suivant toute probabilité, ces malheureux expiaient ainsi quelque grand crime, que le charme se dissiperait si on parvenait à les descendre à terre, et que le seul moyen d'y parvenir, c'était de les emporter sur les planches où ils gisaient. Le navire et toute sa cargaison m'appartenaient, cela ne faisait l'ombre d'un doute pour personne; mais il était bien préférable cependant, pour ma propre tranquillité, de n'en point parler : si je voulais lui accorder une modeste indemnité, Moulleh mettrait ses esclaves à ma disposition pour enlever les cadavres. Je lui assurai que j'étais tout prêt à le récompenser généreusement de sa complaisance, et nous partîmes avec cinq esclaves, munis de haches et de scies. Tout en marchant, il me félicita de l'heureuse idée que nous avions eue au sujet des voiles; selon lui, c'était la seule chance de salut dans un cas aussi surnaturel.

La journée était encore peu avancée quand nous remontâmes à bord. Tout le monde se mit immédiatement à l'œuvre, et une heure ne s'était pas écoulée que quatre des corps se trouvaient dans le canot. Deux des esclaves les conduisirent à terre pour leur donner la sépulture; ils revinrent beaucoup plus tôt que nous ne l'espérions, et ils nous en dirent la raison : dès qu'ils avaient touché le sol, les corps étaient tombés en poussière. Nous continuâmes notre lugubre besogne, et, lorsque le soleil se coucha, il n'y avait plus à bord que le capitaine. Malgré tous les efforts que nous fîmes, il nous fut impossible de le détacher du mât, que je ne pouvais cependant faire abattre pour en finir; ce fut encore Moulleh qui me tira de ce pas si difficile. Il envoya prendre de la terre dans un vase, puis il la répandit sur la tête du capitaine, en pro-

nonçant des paroles mystérieuses. L'homme ouvrit les yeux et res-
pira profondément; sa blessure se mit à saigner, et nous n'eûmes
aucune peine à enlever le clou. Le capitaine s'affaissa dans les
bras de l'un des esclaves.

« Qui m'a amené ici ? » demanda-t-il quand il parut avoir repris
un peu de force.

Moulleh me désigna, et je m'approchai.

Le capitaine s'affaissa dans les bras d'un des esclaves.

« Reçois mes remerciements les plus vifs, ami que je ne connais
pas, mais qui n'en a pas moins mis fin à de longues et cruelles
souffrances. Il y a cinquante ans que mon corps erre ainsi par les
mers et que mon âme est condamnée à le réintégrer chaque nuit.
Maintenant que ma tête a touché la terre, je vais donc pouvoir
mourir ! »

Comme je le priai de nous dire par suite de quelles circonstances il en avait été réduit à cet affreux destin, il poursuivit :

« Il y a cinquante ans, j'étais un homme riche et considéré;
j'habitais Alger. L'amour de l'or me poussa à armer un navire et à

faire la course, comme tant d'autres. Je m'adonnais depuis quelque
temps à ce honteux métier, quand je pris à Zante un derviche dont
le passage devait être gratuit. Je n'étais guère plus délicat que les
brutes placées sous mes ordres, et, loin de faire respecter le saint
homme, je le criblai de mes grossières plaisanteries. Il me fit les
plus énergiques remontrances sur mon coupable genre de vie, et,
un soir que j'avais bu plus que de coutume avec mon pilote, la
fureur me prit en songeant à ce que ce derviche avait osé me dire :
le sultan lui-même eût payé cher pareille audace. Je me précipitai à
sa recherche et je le poignardai sur le pont. Le derviche nous maudit en mourant, et il nous annonça que la mort nous fuirait jusqu'au jour où notre front toucherait la terre. Quand il eut rendu le
dernier soupir, nous le jetâmes à la mer; nous ne fîmes que rire,
naturellement, de sa prédiction. Dès le soir même, elle eut cependant des effets terribles. Une partie de mon équipage se mutina,
une mêlée sanglante s'engagea; tous ceux qui m'étaient restés fidè-
les succombèrent, et les rebelles me clouèrent au grand mât. Eux-
mêmes ne survécurent pas à leurs blessures, et mon navire ne fut
plus qu'un gigantesque cercueil. Mais, à la même heure qui avait vu
mourir le derviche, la vie rentra en nous la nuit suivante, et nous
répétâmes exactement tout ce que nous avions dit et tout ce que
nous avions fait ce soir-là. Il en fut de même toutes les nuits depuis
lors, et voici un demi-siècle que nous sommes ainsi dans l'impossibilité de vivre aussi bien que de mourir; nous ne pouvions pas
espérer d'atteindre jamais la terre. Chaque soir le navire était
chargé de toile; nous disions que peut-être une tempête nous bri-
serait sur un écueil et que nous irions reposer au fond de la mer,
mais les écueils semblaient nous éviter. Merci, merci, encore; si
mes richesses peuvent t'être agréables, prends-les en témoignage
de ma reconnaissance. »

En disant ces mots, le capitaine laissa retomber sa tête et

rendit l'âme; au même instant son corps s'en allait en poussière, ainsi que l'avait fait celui de ses compagnons. Nous recueillîmes cette cendre dans un vase, que nous enterrâmes, puis j'allai à la ville chercher des ouvriers pour remettre mon navire en bon état. Quand j'eus échangé, avec un bénéfice considérable, contre d'autres marchandises celles que j'avais trouvées à bord, je recrutai des matelots, je m'acquittai largement envers Moulleh, et je mis à la voile pour ma ville natale. Je fis escale sur différents points et dans plusieurs îles pour tirer parti de ma cargaison; la fortune me sourit, et, quand je rentrai à Bassorah, j'avais doublé ce que le capitaine barbaresque m'avait laissé. Ceux qui me connaissaient furent fort surpris de mon retour en de telles conditions; beaucoup prétendirent que j'avais dû mettre la main sur les mines de diamant de Sinbad le marin. Je ne fis rien pour leur enlever cette croyance, et maintenant la plupart des jeunes gens de Bassorah s'en vont à la recherche de la fortune dès qu'ils atteignent leur dix-huitième année. Pour ma part, je vis heureux et tranquille; tous les cinq ans, je me rends en pèlerinage à la Mecque pour y remercier Allah et son prophète et leur demander d'être miséricordieux à l'équipage du vaisseau fantôme.

LE PETIT MOUCK

LE PETIT MOUCK

Dans la bonne et chère ville de Nicée où je suis né, il y avait autrefois un homme qui s'appelait Mouck. J'étais très jeune alors, mais je me souviens encore parfaitement de lui, et j'en ai de bonnes raisons, car c'est à cause de lui que mon père m'a roué de coups un jour. Le Mouck en question était un drôle de petit bonhomme, qui n'était plus de la première jeunesse et n'avait pas quatre pieds de haut; son corps était chétif au possible et faisait paraître plus grosse encore sa tête, plus grosse que celle d'un homme de taille moyenne. Le petit Mouck vivait seul, dans une grande maison, et il cuisinait lui-même ses repas. Comme il ne sortait que toutes les quatre semaines, on aurait pu facilement le croire mort, si une colonne de fumée n'était montée de sa cheminée tous les jours à midi, et si on ne l'avait vu se promener de temps en temps, le soir, sur la terrasse de sa maison. De la rue on n'apercevait que sa grosse tête qui avait l'air de rouler sur la balustrade. Je ne valais pas mieux que mes camarades, et mes camarades étaient de petits garnements qui ne respectaient rien et qui se moquaient de tout; les vraies fêtes pour nous, c'étaient les jours de sortie de Mouck. Nous les connaissions bien, je vous en réponds, et nous ne les

aurions manqués pour rien au monde. On se donnait rendez-vous
devant sa maison et on se mettait à pousser des hurlements de
sauvages aussitôt que la porte s'ouvrait. C'étaient le turban et la
grosse tête qui se montraient les premiers; le corps se risquait
ensuite, perdu dans un petit manteau tout usé, des pantalons
immenses et une ceinture qui avait je ne sais combien de tours.
Il y avait dans la ceinture un poignard de si fortes dimensions
qu'on se demandait si c'était Mouck qui portait le poignard ou le
poignard qui soutenait Mouck. Le petit bonhomme répondait à nos
cris par un salut bien grave, et il descendait la rue en faisant flic
flac, à cause de ses savates qui étaient longues et larges à n'en plus
finir. On courait derrière lui en braillant : « Voilà le petit Mouck,
le petit Mouck, le petit Mouck... » Nous avions même arrangé une
espèce de chanson pour cela :

> Encor' quatr' semain' passées,
> V'là le petit Mouck qui passe;
> Encor' quatr' semain' passées,
> V'là le petit Mouck passé.

Il y avait longtemps que les choses allaient comme ça, et elles
auraient pu aller longtemps encore comme ça, quand tout se gâta
par sa faute. Je dois avouer que je ne donnais pas ma part aux
autres et que souvent je poussais l'effronterie plus que les camarades. Je ne me gênais pas pour le tirer par son manteau. Un jour
je m'avisai de m'approcher de lui tout doucement par derrière, et
de marcher sur la semelle de ses savates; alors, crac, voilà mon
petit Mouck par terre. Je vous assure que nous en avons eu mal au
ventre de rire. Le petit Mouck, lui, ne riait pas; l'envie de rire m'a
quitté tout d'un coup quand je l'ai vu se relever sans rien dire et
s'en aller tranquillement du côté de notre maison. Il entra, et je
me cachai pas loin de là pour le voir sortir. Il me fit attendre un
bout de temps; puis il revint, et mon père le reconduisit poliment

jusque dans la rue. Ce n'était pas rassurant pour moi : d'abord je
n'osai pas rentrer; puis la faim me talonna, et je me glissai d'un
air honteux vers mon père.

« Il paraît que tu as été malhonnête avec le petit Mouck, me
dit-il d'un ton sévère; je vais te raconter son histoire, pour que tu
sois plus poli envers lui à l'avenir; mais tu auras ton ordinaire
avant et après. »

« Mon ordinaire », c'était vingt-cinq coups, bien comptés et
bien appliqués. Mon père commença donc par « mon ordinaire »,
et il me frotta plus vigoureusement que d'habitude, avec un rotin
qui servait de tuyau à son chibouk et dont il avait eu soin de
dévisser le bouquin d'ambre; puis il continua en me recommandant
la plus grande attention, et il me raconta l'histoire promise.

Le petit Mouck, ou Moukrah, pour dire le vrai nom, avait eu
pour père un homme très estimable, mais très pauvre, qui menait,
lui aussi, une vie très retirée. Ce brave homme n'avait éprouvé que
de l'aversion pour l'enfant, à cause de la difformité de celui-ci, et il
n'avait voulu rien faire pour l'instruire. A seize ans, le petit Mouck
était encore un véritable enfant, et sa gaieté et son insouciance
irritaient son père, qui lui reprochait de ne pas être plus sérieux.

Un jour, celui-ci fit une chute grave, et il mourut des suites,
laissant le petit Mouck dans la misère la plus complète. Des parents
au cœur dur, à qui le défunt devait beaucoup plus que son héritage
ne valait, chassèrent le pauvre petit en lui disant de se débrouiller
comme il pourrait, que cela n'était pas leur affaire. Le petit Mouck
répondit bravement qu'il ne demandait pas mieux que de s'en aller
si on voulait lui donner les habits de son père, et on les lui donna.
Le père était un grand gaillard dans les nippes duquel on eût logé
trois Mouck, mais le petit Mouck ne s'embarrassait pas pour si
peu : il rogna ce qui était trop long et s'habilla. Il n'avait pas l'air

de se douter qu'il aurait dû rogner en largeur aussi bien qu'en longueur, et voilà pourquoi il fut accoutré toute sa vie d'un turban énorme, d'une ceinture sans fin, de pantalons en sac et d'un manteau impossible : ce sont les habits de son père qu'il a portés constamment et qu'il portait encore lorsque je l'ai connu.

Le petit Mouck avait passé dans sa ceinture le grand poignard damasquiné de son père, s'était armé d'une canne, et était parti gaiement.

Il marcha toute la journée sans prendre autrement de souci. Quand il trouvait un morceau de verre, il le ramassait soigneusement, en se figurant que c'était un gros diamant. Quand il voyait la coupole d'une mosquée ou les eaux claires d'un lac miroiter au loin devant lui, il se précipitait de son côté en s'imaginant que c'était le paradis; mais il finit par reconnaître que rien de tout cela n'était réel et par ne plus rien sentir, en dehors de la fatigue qui lui coupait bras et jambes, et de la faim qui lui déchirait les entrailles. Le deuxième jour fut pareil, de sorte qu'il commença à désespérer de trouver la fortune; il n'avait pour toute nourriture que des fruits sauvages et pour tout matelas que la dure. Enfin, le matin du troisième jour, il découvrit du haut d'une colline une grande cité, avec beaucoup de minarets et de coupoles; des bannières flottaient sur les toits et semblaient lui faire signe de se dépêcher. Le petit Mouck resta un bon moment à contempler la ville, à l'admirer, puis il s'exclama brusquement :

« Mon petit Mouck, c'est là qu'il faut dénicher la fortune; si ce n'est pas là, ce ne sera nulle part; c'est moi qui te le dis. »

Et, sur ce, il rassembla ce qu'il avait encore de forces et il marcha vers la ville. Mais elle avait beau lui paraître tout près, il n'en finissait pas d'arriver, et ce fut à midi seulement qu'il se trouva aux portes. Le petit Mouck drapa coquettement son manteau, remit son turban, étala sa ceinture, inclina plus crâne-

ment encore son poignard, épousseta ses chaussures; et fit son
entrée solennelle en brandissant sa canne.

Il parcourut ainsi plusieurs rues; il était fermement convaincu que, d'un instant à l'autre, une porte allait s'ouvrir et
qu'une voix aimable allait lui crier :

« Par ici, mon petit Mouck, par ici. Daigne manger, boire
et te reposer. »

A son grand étonnement et à son grand chagrin, personne ne
l'appelait.

Il était justement occupé à inspecter du haut en bas une belle
maison, quand il vit une fenêtre s'ouvrir et une vieille femme passer
la tête en nasillant :

« Mimis, mimis, petits amis, le couvert est mis; petis amis,
petits mimis... »

Quelques instants plus tard, la porte de la maison s'ouvrait
aussi pour laisser entrer tous les chiens et tous les chats qui voulaient bien venir. Le petit Mouck resta là à se demander s'il ne
devait pas faire comme eux, puis il se décida et il les suivit.

Il monta un escalier en haut duquel il rencontra la vieille
femme qui s'était mise à la fenêtre pour rappeler les chats.

« J'ai faim et je voudrais manger, » lui dit-il gentiment.

La vieille éclata de rire.

« Ah! drôle de petit corps, s'écria-t-elle, d'où sors-tu donc?
Tout le monde sait que je ne donne à manger qu'à mes chats et
aux bêtes du voisinage, que j'invite de temps en temps. »

Le petit Mouck lui raconta combien il était malheureux depuis
la mort de son père, et il la supplia de le laisser manger avec
les chats. Elle le trouva amusant; puis le petit Mouck avait un air
de franchise qui plaisait, et elle consentit volontiers à ce qu'il
lui demandait. Elle le rassasia et le réconforta si bien que le petit
Mouck ne s'était jamais senti aussi content.

33

« Mon petit Mouck, dit-elle enfin, veux-tu rester avec moi? Tu ne seras pas à plaindre, car tu n'auras pas grand'chose à faire et tu seras bien traité.

— Bien certainement, s'empressa de répondre le petit Mouck, qui avait trouvé la bouillie tout à fait bonne.

— Eh bien, reprit Ahavzi Hanoum, voilà ce que tu devras faire tous les jours. Le matin, tu peigneras et tu parfumeras mes deux chats et mes quatre chattes; dans la journée, tu leur serviras leur repas, et tu les garderas quand je sortirai; le soir, tu les coucheras sur leurs coussins de soie et tu les couvriras avec leurs couvertures de velours. Il y a bien aussi quelques petits chiens, mais ils ne te donneront pas beaucoup de mal, ils sont moins délicats que les chats : et puis, vois-tu, mes chats, ce sont mes enfants, à moi. Cela te convient-il? »

Si cela convenait au petit Mouck!...

Il vécut aussi seul, chez Ahavzi Hanoum, que chez son père, car la vieille ne recevait jamais personne, et le petit Mouck ne quittait jamais la maison. Tout allait bien depuis un certain temps déjà, quand la situation changea. Les chats ne savaient plus quelles niches jouer au pauvre Mouck; ils sautaient sur les meubles, cassant tout ce qui les gênait dans leurs ébats; puis, quand ils entendaient leur maîtresse remonter l'escalier, ils faisaient les innocents, se roulaient en boule sur leurs coussins et se frottaient contre elle en ronronnant. La vieille se fâchait alors en voyant les dégâts, et elle s'en prenait naturellement à Mouck. Mouck jurait ses grands dieux que ce n'était pas lui; elle n'en croyait rien : est-ce que des bêtes aussi gentilles pouvaient être malavisées comme ce petit vaurien de Mouck aurait voulu le faire entendre?

Le petit Mouck n'était plus aussi gai, cela se devine; finalement, il se dit que ce serait encore préférable pour lui de ne pas rester plus longtemps au service de la vieille Ahavzi Hanoum, et il

songea à la manière dont il pourrait se procurer le montant des
gages qu'elle lui avait promis, mais qu'elle ne lui payait pas. Il

« Tu leur serviras leur repas... »

savait par expérience qu'un homme sans argent n'est pas bon à
faire son chemin dans la vie. Il se souvint que dans la maison se
trouvait une chambre où il n'avait pas encore pu entrer, parce que
sa maîtresse la tenait soigneusement fermée. Le petit Mouck aurait
donné gros pour savoir ce que renfermait cette chambre : les tré-

sœes de la vieille sans doute, c'est-à-dire de quoi se payer largement de ce qu'elle lui devait.

Un matin qu'elle l'avait laissé seul comme elle le faisait souvent, le petit Mouck sentit qu'on le tirait par le fond de son pantalon; il se retourna et vit que c'était l'un des petits chiens, pour
lesquels on avait bien moins d'attentions. L'animal tirait, tirait,
comme pour dire à Mouck de le suivre, et Mouck se laissa faire.
Il arriva ainsi devant une porte qui s'ouvrait dans la chambre de
la vieille et qu'il ne connaissait pas. La petite porte était poussée :
le petit Mouck se faufila par l'entre-bâillement, et son saisissement
fut grand en se voyant dans la salle où il désirait tant entrer. Il
fureta partout, espérant découvrir de l'argent ou de l'or; mais rien :
des vieux habits et des objets de forme bizarre encombraient tous
les coins. En revanche, le petit Mouck aperçut tout à coup un vase
qui l'intéressa beaucoup; c'était un vase tout en cristal, sur lequel
de jolies figures étaient gravées. Mouck le tournait et le retournait
avec curiosité, quand, patatras, le couvercle, qui n'était que posé
sur le vase, tomba à terre et se brisa en miettes.

Le pauvre petit Mouck resta ahuri. Quand il fut un peu remis,
il se dit qu'à présent il n'avait plus le choix, qu'il devait s'en aller
le plus tôt possible s'il ne voulait pas être tué par Ahavzi Hanoum.
Seulement il tenait à ne pas s'en aller les mains vides, et il fit le
tour de la salle une dernière fois pour voir si quelque chose pouvait
lui convenir. Il aperçut une paire de pantoufles; elles n'étaient pas
belles, c'est vrai, mais elles paraissaient bonnes, et c'était tout ce
qu'il demandait, car les siennes étaient usées et n'auraient pas tardé
à l'abandonner. Vite il enfila les pantoufles. Il aperçut encore une
canne dont la pomme représentait une tête de lion finement sculptée;
il la prit et courut à sa chambre, où il mit son manteau, son turban,
sa ceinture et son poignard. Tous ces préparatifs faits en quelques
secondes, le petit Mouck descendit l'escalier quatre à quatre, galopa,

galopa, galopa. Quand il fut sorti de la ville, il n'en continua pas moins à courir comme un enragé, par crainte de la vieille toujours. Jamais de sa vie il n'avait couru d'un tel train; une force mystérieuse semblait l'entraîner : il ne voulait plus courir qu'il courait encore. En fin de compte, le petit Mouck se dit que la chose n'était pas naturelle, et il pensa que ses nouvelles pantoufles en étaient peut-être la cause. Tout en réfléchissant, il allait, il allait, si bien qu'il était brisé. Il essaya de s'arrêter, mais il eut beau s'y prendre de différentes façons, il n'y réussit pas. Il s'avisa en dernier lieu de dire : « Hoho! » comme avec les chevaux, et le moyen fut bon. Alors il se laissa tomber à terre, il n'en pouvait plus.

Le petit Mouck était enchanté de ses nouvelles pantoufles; au moins il aurait gagné quelque chose au service d'Ahavzi Hanoum, et ces chaussures lui permettraient certainement de se tirer d'embarras dans plus d'un pas difficile. Il finit par succomber à la fatigue et s'endormir, malgré son contentement qui l'empêchait de fermer les yeux : c'est que le méchant petit corps de Mouck n'était pas taillé pour résister à de pareilles étapes. Il eut un rêve dans lequel le petit chien lui apparut et lui dit :

« Mon bon petit Mouck, tu ne sais pas te servir de tes pantoufles. Tu n'as qu'à faire trois tours sur ton talon pour être transporté tout de suite à l'endroit où tu veux aller. Pour ta canne, elle est encore plus précieuse : s'il y a de l'or dans la terre près de toi, elle frappe trois fois à la place où est l'or; si c'est de l'argent, elle frappe deux coups seulement. »

Quand le petit Mouck se réveilla, il n'avait pas oublié son rêve et il se promit de tenter l'expérience sans plus tarder. Il mit ses pantoufles, tint une jambe en l'air et essaya ses trois tours sur le talon. Ce n'était pas facile avec des chaussures comme celles qu'il avait, beaucoup trop grandes pour lui, et avec une tête aussi grosse, qui le faisait pencher tantôt à droite, tantôt à gauche; ce

n'est donc pas étonnant qu'il n'y parvînt pas immédiatement. Il
tomba même plus d'une fois sur son nez, mais il ne se découragea pas, et il en fut bien récompensé. Il pirouetta prestement sur
lui-même en se souhaitant dans la grande ville la plus rapprochée,
et froutt... le petit Mouck se trouva sur une place où se tenait un
marché et où il y avait une affluence considérable. Il fit une petite
promenade entre les rangées d'étalages, mais il ne crut pas devoir
prolonger ce plaisir : les uns lui marchaient sur ses pantoufles,
ce qui l'exposait à tomber, les autres s'accrochaient à son poignard et le bousculaient. Il jugea prudent de prendre des rues
moins fréquentées, afin d'échapper aux horions qui commençaient
à pleuvoir sur lui.

Une fois qu'il fut plus tranquille, le petit Mouck réfléchit
sérieusement à ce qu'il ferait bien pour gagner sa vie. Il avait une
canne qui révélait les trésors enfouis, c'est vrai, mais encore ce
n'étaient pas les trésors eux-mêmes; il attendrait peut-être longtemps l'occasion d'éprouver les vertus de sa canne. Restaient ses
pantoufles; de ce côté c'était plus sûr, puisqu'il pouvait trouver
à s'occuper comme messager extra-rapide. En garçon pratique,
le petit Mouck eut tout de suite l'idée de s'adresser au roi, qui
certainement devait mieux payer que n'importe qui, et il se fit
indiquer le palais royal. La sentinelle qui était de garde à l'entrée
lui demanda ce qu'il voulait; il répondit qu'il désirait un emploi
à la cour, et on le renvoya à l'intendant des esclaves. Le petit
Mouck renouvela sa requête à ce personnage, en précisant ce qui
lui convenait le mieux : un poste parmi les messagers royaux.
L'intendant le toisa des pieds à la tête.

« Comment! avec tes deux pouces de jambes, tu oses demander une place de messager? s'écria le personnage. File, et bon
train, si tu ne veux apprendre comment je reçois ceux qui osent se
moquer de moi. »

Mais le petit Mouck lui jura qu'il ne songeait pas le moins
du monde à se moquer de lui, qu'il n'avait jamais parlé plus
sérieusement et même qu'il défierait quand on voudrait les meilleurs coureurs du roi. Cette fois, l'intendant trouva la chose plai-
sante; il prévint le petit Mouck que le défi était relevé pour le soir
même. En attendant, il le conduisit aux cuisines, où le petit Mouck
se restaura comme il voulut, mangeant et buvant autant que le
cœur lui en dit.

Cependant, l'intendant s'était rendu près du roi et lui avait
raconté l'aventure. Le roi était un souverain bon enfant qui aimait
à rire, et il félicita son serviteur de ne pas avoir rabroué ce drôle
de petit homme. Il donna l'ordre de transformer en piste une
grande pelouse qui se trouvait à peu de distance du palais, et de
prendre toutes les mesures nécessaires pour que la cour entière
pût assister commodément à la course. Il recommanda encore qu'on
prît grand soin du nouveau coureur. Puis il n'eut rien de plus
pressé que d'aller mettre au courant les princes et les princesses,
lesquels racontèrent la chose à leur entourage, qui ne considéra
pas le secret comme lui appartenant, si bien que, à l'heure fixée,
une foule énorme s'écrasait sur les tribunes élevées en toute hâte :
personne ne voulait manquer un spectacle aussi extraordinaire.

Le roi, les princes et les princesses ayant pris place, le petit
Mouck arriva à son tour. Il traversa la piste et s'en fut les saluer
respectueusement. Dès qu'on l'aperçut, ce fut une explosion de
rires, d'applaudissements, de cris de joie, de trépignements : « Ah !
le singulier petit homme et le bizarre accoutrement! Un homme
tout petit, tout petit, dans un grand turban, un grand manteau,
une grande ceinture, de grands pantalons, de grandes pantoufles,
et avec un grand poignard. » Mais le petit Mouck ne perdait pas
la carte; il laissait rire et faisait tranquillement les cent pas en
attendant son concurrent. L'intendant avait désigné le meilleur

coureur parmi les messagers du roi; c'était le petit Mouck lui-
même qui l'avait demandé. Les deux rivaux furent mis en position,
et la princesse Amara en personne donna le signal du départ en
agitant son voile.

Tout d'abord ce ne fut pas le petit Mouck qui eut l'avantage;
il fut distancé, et de beaucoup même; mais il ne tarda pas à regagner ce qu'il avait perdu, à rejoindre le messager, à le dépasser,
et il s'éventait gentiment au but que l'autre avait encore un bon
bout de chemin à parcourir. La foule avait été si interloquée
pour commencer, que personne ne bougea; mais quand le roi eut
donné lui-même l'exemple en frappant des mains, ce fut de la fré-
nésie; on hurlait : « Hourra pour le petit Mouck! »

Mais le petit Mouck ne se laissa pas griser par son succès : il
alla se prosterner devant le souverain et dit :

« Roi tout-puissant, ce que tu viens de voir n'est qu'un bien
faible échantillon de mon savoir-faire. Daigne donc ordonner que
je sois admis au nombre de tes messagers.

— Je veux faire mieux que cela, petit Mouck, répliqua le roi;
je te nomme mon courrier privé et je t'alloue cent pièces d'or par
an pour tes gages. De plus, tu mangeras à la table de mon personnel de première classe. »

Le petit Mouck était dans le ravissement : cette fois il comptait bien tenir le bonheur après lequel il avait tant couru. Il fut
donc heureux et se montra content; le roi ne lui marchandait pas
ses bontés, et pour cause : Mouck s'acquittait de ses fonctions avec
un zèle et une célérité que le souverain n'avait jamais rêvés.

Le personnel de la cour était cependant de plus en plus mal
disposé à l'égard du petit Mouck; tous étaient jaloux de se voir
supplantés dans la faveur royale par un méchant nabot dont tout
le mérite était de courir plus vite que les autres. Il s'organisa de
ténébreuses machinations pour renverser le nouveau favori; elles

tournèrent toutes à la plus grande honte de leurs auteurs, car le
roi semblait avoir une confiance inébranlable en son premier messager privé, grade auquel le petit Mouck n'avait pas tardé à être
promu.

Mouck se rendait parfaitement compte de ce qui se passait
autour de lui; il ne songeait point à se venger de ses ennemis : ce

Il ne tarda pas à le dépasser.

brave petit Mouck était bien trop bon pour cela; mais il s'ingé-
niait à trouver le moyen de se concilier toutes les affections. Il
pensa à sa canne, dont il n'avait encore tiré aucun parti jusqu'a-
lors : s'il pouvait mettre la main sur un trésor, il serait généreux,
et cela lui ramènerait tous les cœurs. Or, le petit Mouck avait
entendu dire bien des fois que le roi, père du roi actuel, avait dû
cacher des sommes considérables, lors d'une guerre malheureuse
avec un voisin, et qu'il était mort sans avoir eu le temps de les
reprendre ni d'informer son fils. Le petit Mouck prit alors l'habi-

39

tude de ne plus faire un pas sans sa canne; il espérait bien que
le hasard le ferait passer un jour ou l'autre près d'une cachette,
et que la canne ferait toc toc toc. Or, un soir qu'il se promenait
dans une partie fort retirée des jardins, il sentit sa canne glisser
vers le sol et frapper nettement une fois, deux fois, trois fois... Le
petit Mouck comprit. Il tira son poignard et tailla des marques
dans les arbres afin de retrouver facilement l'endroit. De retour
au palais, il se procura une bêche et attendit la nuit avec la plus
grande impatience.

La besogne fut plus dure que le petit Mouck ne l'avait sup-
posé; il n'avait que de pauvres petits bras à son service, et la
bêche était lourde, et la terre était dure, et le trésor était enfoui
profondément. Il creusa pendant deux bonnes heures avant de rencontrer un objet très dur qui sonnait comme du fer. Ce résultat
lui rendit du courage; il dégagea l'objet complètement, sauta dans
le trou et reconnut un couvercle en fer, sous lequel il trouva un
grand pot plein de pièces d'or. Comme le petit Mouck n'était pas
de taille à l'emporter, il dut se contenter de bourrer ses poches
et sa ceinture, d'emplir son manteau, qu'il noua par les quatre
coins et qu'il chargea sur son dos, après avoir eu soin de remettre
tout en état. Certainement le petit Mouck n'aurait pas fait dix pas
avec un fardeau pareil, sous lequel ses reins ployaient, s'il n'avait
pas eu aux pieds ses bonnes pantoufles, qui le remorquèrent jusque
dans sa chambre. Là, il cacha ses richesses dans les coussins de
son divan; il croyait être sûr que personne ne l'avait vu.

Une fois en possession d'une telle fortune, le petit Mouck s'ima-
gina que ce serait facile pour lui de réduire ses ennemis au silence
et de s'assurer la bienveillance et l'amitié de tout le monde. Si le
petit Mouck avait été moins ignorant, il ne se fût pas bercé de
telles illusions : il eût su que les véritables amis, les amis sincères,
ne s'achètent pas à poids d'or. Il eût bien mieux fait de graisser

consciencieusement ses pantoufles, de recharger sa trouvaille sur
ses épaules et de partir sans tambour ni trompette.

Le petit Mouck prodigua donc les largesses autour de lui, et
tout ce qu'il obtint ainsi, ce fut de susciter l'envie et d'exciter les
animosités.

Ahouli, le chef des cuisines, dit :

« C'est un faux monnayeur. »

Akmed, l'intendant des esclaves, pensa :

« C'est un carottier. »

Mais Archaz, le trésorier, qui n'était pas sans quelques
peccadilles sur la conscience, déclara nettement :

« C'est un voleur! »

Ils arrangèrent une petite comédie pour tirer l'affaire au clair.
En conséquence, Korchouz, le grand échanson, se présenta un jour
devant le roi avec une mine si désolée que le roi lui demanda ce
qui le chagrinait.

« Ce qui me chagrine, ô roi, répliqua le compère, c'est de
voir que tu as détourné de moi ta bonté.

— Je ne te comprends pas, ami Korchouz, riposta le souverain; depuis quand le soleil de ma grâce ne rayonne-t-il plus
sur toi?

— Ne vois-je pas, insinua le fourbe, que tu accables de présents ton premier coureur privé, tandis que tu ne laisses jamais
tomber la moindre parcelle de ton or sur ton humble serviteur?

— Je te comprends de moins en moins, fit le roi; expli-
que-toi. »

C'est ce que voulait le grand échanson. Il s'expliqua donc
tout au long : il raconta les prodigalités de Mouck, qu'il ne se fit
pas faute d'exagérer encore, naturellement. Il n'eut aucune peine
à amener le roi à croire que le petit Mouck volait sans doute le
trésor royal. En donnant cette tournure à l'affaire, le trésorier se

tira habilement une belle épine du pied ; de cette façon il était
couvert pour le cas où ses comptes eussent été examinés de trop
près par son maître. Le roi donna l'ordre de surveiller Mouck de
fort près ; il était essentiel que le petit scélérat fût pris sur le fait.

Ce soir-là, justement, le petit Mouck devait aller s'approvisionner à nouveau, car il avait eu la main si largement ouverte
que ses pièces d'or étaient complètement épuisées. Quand il prit
sa bêche et se dirigea vers les jardins, il ne se doutait pas que
des gardes le suivaient à quelque distance, sous les ordres d'Archaz et d'Ahouli. Au moment où il emplissait son manteau, ils
se jetèrent sur lui, le garrottèrent et s'en furent le remettre,
séance tenante. Le souverain se montra peu disposé en faveur de
son premier messager privé ; d'abord, il était furieux de se voir
réveillé à une heure semblable ; ensuite, le cas était grave. Il pro-
céda immédiatement à l'interrogatoire de l'accusé.

Comme pièces à conviction, il avait devant lui le pot qui avait
été déterré, la bêche et le manteau de Mouck ; maître Archaz s'était
empressé de charger l'inculpé, en affirmant que celui-ci était occupé
à enterrer tout cet or quand on s'était emparé de lui.

« Où as-tu pris cet or? demanda le roi.

— O roi, répondit le petit Mouck, qui se sentait fort de son
innocence, je ne l'enterrais pas ; je le déterrais. »

Ses ennemis éclatèrent de rire devant une telle assertion,
mais le roi entra dans une grande fureur et s'écria :

« Comment, petit misérable, ce n'est pas assez de me voler,
il faut que tu viennes encore me mentir avec un pareil aplomb?
Trésorier, je te somme de me dire si ce n'est pas là ce qui manque
à notre trésor.

— Seigneur, je le jure, » cria Archaz avec une docilité
touchante.

Le roi ordonna alors de mettre le petit Mouck aux fers et de le

jeter dans un cachot. Le trésorier eut mission de faire enlever l'or,
pour qu'il fût restitué au trésor royal. Le coquin ne se le fit pas
répéter; il compta exactement les pièces d'or, mais il se garda
bien de parler à âme qui vive du parchemin qui se trouvait au
fond du pot et qui contenait ces lignes :

« L'étranger a envahi mon pays; je cache ici une partie de

Il ne se doutait pas que des gardes le suivaient.

mes richesses. Que celui qui les découvrira soit maudit s'il ne
les restitue pas aussitôt à mon fils. SADI, roi. »

Pendant ce temps, le petit Mouck se morfondait dans son
cachot, en proie à des pensées qui n'étaient pas couleur de rose.
Il savait que les vols commis au détriment de la cassette royale
se punissaient de mort. D'un autre côté, il ne pouvait se décider
à tout avouer au prince : il se disait que, probablement, celui-ci
ferait main basse sur la canne et aussi sur les pantoufles; ce
n'était pas douteux. Ah! s'il n'avait pas été aux fers, ses bonnes
pantoufles n'en auraient pas eu pour longtemps à le tirer de là!

Quand on vint lui signifier, le lendemain, sa condamnation

à mort, il réfléchit que, après tout, la vie sans la canne valait
encore mieux que la corde avec la canne; il pria le roi de lui
accorder une audience secrète, dans laquelle il raconta toute son
histoire. Naturellement le roi n'en voulut rien croire pour commencer; il ne se rendit qu'à l'évidence, après avoir vu la canne
dénoncer en quelques secondes l'endroit où il avait caché lui-
même une poignée d'or. Il comprit alors qu'il avait été trompé
par son trésorier, et, suivant la coutume de l'Orient, il lui envoya
un cordon de soie; Archaz sut qu'il n'avait plus qu'à s'étrangler
s'il ne tenait pas à être livré au bourreau, et il s'exécuta.

« Je t'ai promis la vie sauve, dit le roi au petit Mouck,
je tiendrai ma promesse, mais je t'en fais une seconde : c'est
que tu finiras tes jours dans un cachot si tu ne m'apprends pas
également le secret de ta rapidité à la course. Je suis convaincu
que, là-dessous aussi, il y a quelque chose qui n'est pas naturel. »

Le petit Mouck avait goûté du cachot et ne tenait pas du
tout à y passer le reste de sa vie. Il avoua donc au roi qu'il ne
devait sa rapidité extraordinaire qu'à ses pantoufles.

Cette fois encore le roi voulut faire un essai; il mit les
pantoufles, et les pantoufles détalèrent bon train, promenant le
roi à tort et à travers dans le jardin, si longtemps si longtemps
que le roi finit par perdre connaissance. Le petit Mouck n'était
pas fâché de se venger un peu du roi, qui lui avait fait passer
un si mauvais quart d'heure la veille; en conséquence, il n'avait
pas dit de quelle manière on arrêtait les pantoufles.

Dire que le roi était furieux quand il revint à lui, ce n'est
pas assez dire.

« Tu vivras et tu seras libre, vociféra-t-il; un roi n'a qu'une
parole; mais je te jure que, si tu es encore sur mes terres dans
douze heures, je te fais brancher haut et court, sans rémission. »

Le petit Mouck se le tint pour dit. Il quitta donc, plus

pauvre que jamais, la ville où il avait cru être toujours heureux.
Fort heureusement pour lui, cependant, que le roi n'était qu'un
petit roi, et le royaume un petit royaume dont il put sortir en
huit heures. Il n'allait pas vite pourtant, car des pantoufles
comme il en avait eu font facilement perdre l'habitude de la
marche. Quand il eut la frontière derrière lui, le petit Mouck
laissa la grande route pour prendre à travers champs et s'enfoncer dans les bois; il avait honte de sa propre sottise et gardait rancune aux hommes de leur méchanceté. Il rencontra un
endroit tout à fait agréable : un vert gazon sur les bords d'un
ruisseau limpide, à l'ombre de grands figuiers chargés de fruits.
Il se laissa tomber sur le gazon avec la ferme intention de ne
plus manger ni boire; il en avait assez de la vie. Ce fut tout
en ruminant ces noirs desseins que le petit Mouck s'endormit,
au murmure du ruisseau, dans l'ombre des figuiers. Lorsqu'il se
réveilla, il sentit qu'il avait faim, il reconnut que la faim n'avait
rien pour l'attirer, que mourir de faim serait certainement bien
long et bien douloureux. Et le petit Mouck chercha du regard
s'il n'apercevrait pas quelque part n'importe quoi à se mettre
sous la dent.

En relevant les yeux, il vit les belles figues si mûres et
si appétissantes dont les branches étaient chargées, et il n'eut
rien de plus pressé que de grimper au figuier qui les portait et
d'en manger tout son soûl. Les figues lui semblèrent exquises;
elles l'altérèrent cependant, et il redescendit pour étancher sa soif
au ruisseau. Comme il se penchait sur l'eau pour puiser avec le
creux de sa main, il vit son image et laissa échapper un cri
en portant ses deux mains à sa tête. Le petit Mouck ne s'était
pas trompé : c'était bien des oreilles longues comme des oreilles
d'âne et un nez pareil à une petite trompe qui agrémentaient sa
physionomie à présent.

« C'est bien fait, s'écria-t-il, je me suis conduit comme une bonne bourrique, et me voilà avec des oreilles de baudet; je n'ai pas eu de flair, et je suis sûr de ne plus en manquer avec un pif de cette dimension. »

Il erra dans le bois jusqu'au moment où son estomac lui rappela que l'heure de dîner était venue. Le petit Mouck mangea encore des figues, par la bonne raison qu'il ne voyait pas autre chose que des figues. Elles ne lui parurent pas moins succulentes que les premières, bien qu'elles ne fussent pas du même arbre, et ne lui donnèrent pas moins soif. Cela le fit penser à ses oreilles et à son nez; il fut curieux de savoir s'il réussirait jamais à cacher ses oreilles sous son turban, ce qui le rendrait en tout cas beaucoup moins ridicule; il tâta et fut tout surpris de ne plus rien toucher d'anormal. Le petit Mouck courut aussitôt au ruisseau, et là il put voir de ses yeux qu'il était bien délivré de ces ornements extraordinaires. Alors le petit Mouck songea, songea, et il finit par se dire que les premières figues étaient d'une espèce qui faisait pousser le nez et les oreilles, et que les secondes étaient d'une espèce qui les ramenait à leurs proportions véritables. Cette découverte le transporta de joie : c'était une chance peu commune qui se présentait à lui de se remettre à flot, et il se promit bien d'en tirer un bon parti.

En conséquence, il cueillit une bonne provision des deux espèces et il reprit le chemin du pays dont il venait d'être expulsé; dans la première localité qu'il trouva sur sa route, il se grima de manière à se rendre méconnaissable, puis il s'en fut droit à la ville où le roi avait son palais.

La saison était encore peu avancée, de sorte que les fruits mûrs n'abondaient pas encore. Le petit Mouck alla se poster avec une corbeille de figues de la première espèce à la grande porte du palais : il savait que le roi était très friand de primeurs et que le chef des cuisines avait l'habitude de venir passer lui-même en revue à cet endroit ce que les marchands offraient pour la table du roi. Le petit Mouck venait de s'installer quand le chef arriva; celui-ci ne trouvait rien de beau, rien de bon; cependant, lorsqu'il fut devant la corbeille de figues, il eut un cri d'admiration :

« Voilà mon affaire, dit-il; je t'achète tout : combien en veux-tu? »

Mouck ne fut pas bien exigeant, et le marché fut conclu aussitôt. Mais aussitôt aussi le petit Mouck prit la poudre d'escampette et s'en fut s'enfermer soigneusement dans la chambre qu'il avait louée : il savait qu'on remuerait ciel et terre pour le retrouver quand les figues auraient produit leur effet.

Le roi était ce jour-là de l'humeur la plus charmante; il mangea du meilleur appétit et fit appeler son chef à différentes reprises pendant le dîner pour le féliciter de tant de choses délicieuses. L'autre, qui avait son idée, recevait les compliments sans broncher; il se contentait de répondre en souriant par des phrases énigmatiques que personne ne comprenait.

Tantôt c'était :

« Qui vivra verra. »

Ou bien encore :

« C'est la fin qui couronne l'œuvre. »

Et je vous assure que la curiosité des princesses était si grande qu'elles se trémoussaient sur les sièges comme si elles eussent été sur des charbons ardents. Mais lorsque le chef fit servir les figues, il n'y eut qu'un ah! d'admiration.

« De ma vie je n'en ai vu d'aussi belles, s'écria le roi avec enthousiasme. Chef, tu as les droits les plus indiscutables à notre clémence. »

Le roi ne perdait pas de temps; il procédait lui-même au partage de ce dessert royal : deux figues à chaque princesse et à

40

chaque prince, une figue seulement à chaque dame de la cour, à
chaque vizir et à chaque aga, et le reste au roi, qui les avala de
l'air béat que peut avoir un gourmand faisant bonne chère.

« Par Allah, qu'as-tu donc, père? » fit tout à coup la princesse Amarza d'une voix étranglée.

Tous regardèrent le roi, et tous purent voir que le nez et les
oreilles du roi s'allongeaient, s'allongeaient d'une façon abominable; tous s'entre-regardèrent, et tous purent voir qu'ils étaient plus
ou moins victimes de la même transformation. Ce n'est pas chose
facile que de décrire la désolation et le désespoir qui régnèrent à la
cour. On manda d'urgence tous les médecins de la ville; ils vinrent
par bataillons serrés, et ce fut par monceaux qu'ils prescrivirent les
pilules, les onguents et les pommades; mais rien n'y fit : les oreilles
et les nez résistèrent énergiquement à tous les traitements. On alla
même jusqu'à opérer l'un des princes, qui s'était dévoué : le nez et
les oreilles repoussèrent immédiatement.

Ce fut le moment que Mouck choisit pour reparaître : on parlait assez de l'événement pour qu'il fût au courant, même dans le
coin où il s'était réfugié. Avec l'argent des premières figues, il avait
acheté ce qui lui était nécessaire pour se métamorphoser en savant :
une grande fausse barbe achevait de lui donner un aspect tout à
fait vénérable.

Il se munit d'un petit sac de figues de la seconde espèce, et il
alla se présenter au palais comme médecin étranger, de passage
dans la ville. Tant de docteurs fameux avaient épuisé leur savoir
sans apporter le moindre soulagement à l'affection du roi et de la
cour, qu'on se montra d'abord fort sceptique à l'égard du médecin
étranger; cependant, quand il eut fait manger l'une de ses figues à
la princesse Amarza et que la princesse fut redevenue ce qu'elle
avait toujours été, c'est-à-dire une fort belle personne, chacun se
précipita vers lui pour avoir de ces fruits merveilleux. Le roi y

mit le holà en emmenant le médecin providentiel dans la chambre
du trésor, dont il referma soigneusement la porte sur eux.

« Grand homme, dit le roi, voici toutes mes richesses. Choisis
ce qui te plaira, je te l'accorde d'avance, si tu veux me délivrer
de cette affreuse infirmité. »

Mais le petit Mouck ne l'écoutait déjà plus : il venait d'apercevoir ses chères pantoufles, sa bonne petite canne. Il feignit donc
de chercher quelque chose à sa convenance dans toutes ces merveilles; puis, quand il fut à proximité des bienheureuses chaussures, il y glissa vivement ses pieds, ramassa la canne, arracha sa
fausse barbe et dit au roi, tout stupéfait de se retrouver en tête-à-
tête avec son ex-premier messager privé :

« O roi fourbe, tu as payé d'ingratitude les loyaux services
que je t'avais rendus; je te laisse ton infirmité, pour que tu n'oublies pas le petit Mouck. »

Le petit Mouck pirouetta sur son talon en se souhaitant à
une bonne distance du palais, et frouttt!!... il avait disparu que le
roi n'était pas encore revenu de son étonnement.

Mouck se retira alors dans sa ville natale, où il vécut dans
la solitude; il n'avait plus que dédain et mépris pour les hommes.
L'expérience avait fait de lui le sage que j'ai connu, et mon père
était d'avis que le petit Mouck avait droit à l'estime de tous.

Je ne manquai pas, naturellement, de faire part à mes camarades de ce que j'avais appris sur le compte du petit Mouck; à
partir de ce moment, il fut pour nous un véritable personnage,
que nous saluions plus bas encore que le cadi et le mufti.

COMMENT FATMÉ FUT DÉLIVRÉE

COMMENT

FATMÉ FUT DÉLIVRÉE

Mon frère Mustapha et ma sœur Fatmé étaient à peu près du même âge; ils s'aimaient tendrement et réunissaient leurs efforts pour rendre plus léger à notre père le poids d'une vieillesse que la maladie aggravait souvent.

Lorsque Fatmé atteignit sa seizième année, Mustapha organisa une petite fête pour célébrer cette heureuse date. Toutes les compagnes de la reine du jour y furent conviées; des mets choisis leur furent servis dans les jardins, et, à l'heure où la chaleur commençait à baisser, il leur proposa une promenade en mer, dans une barque qu'il avait tenue prête et décorée richement. Elles acceptèrent avec la joie la plus vive, car le temps était superbe, et la ville présente du large un tableau vraiment admirable. Elles y trouvèrent tant de plaisir qu'elles voulurent aller plus loin, toujours plus loin. Mustapha céda, mais non sans inquiétude, car on prétendait qu'un corsaire croisait dans ces parages depuis quelques jours. Le port d'Akara est abrité par un promontoire qui s'enfonce au loin dans les flots; les jeunes filles insistèrent pour gagner la pointe, d'où elles pourraient assister au coucher du soleil en mer. Leur bar-

que avait à peine doublé le cap, qu'une balancelle, montée par des
gens armés, apparut à peu de distance. Mustapha donna aussitôt
l'ordre de virer de bord; la balancelle fit force de rames, dépassa
les promeneurs et manœuvra de manière à se maintenir entre
ceux-ci et la côte. En se rendant compte du danger auquel elles
étaient exposées, les jeunes filles perdirent la tête; elles se levèrent en criant et en pleurant; ce fut en vain que mon frère essaya
de les rassurer, ce fut en vain qu'il les supplia de rester calmes,
leurs mouvements brusques pouvant faire chavirer l'embarcation
d'un moment à l'autre : rien n'y fit, et quand elles virent que la
balancelle n'était plus qu'à quelques coups d'aviron, elles se précipitèrent toutes à la fois vers l'arrière, de sorte que la barque
se renversa. Cependant on avait remarqué de la terre ferme les
allures suspectes de la balancelle, et plusieurs barques se détachè-
rent bientôt de la plage; elles arrivèrent pour recueillir les victimes de l'accident. La balancelle profita de la confusion pour prendre
le large et disparaître. Quand on se compta, on constata, hélas!
que ma sœur et l'une de ses compagnes manquaient. En revanche, on découvrit au fond de l'une des barques un homme que
personne ne connaissait. Devant les menaces terribles de Mustapha, il finit par avouer qu'il appartenait, comme tous les hommes
de la balancelle, à l'équipage d'un corsaire mouillé à deux milles
de là vers l'est; il était tombé à la mer en voulant porter secours
aux gens de la barque chavirée, et ajouta qu'il avait vu ses compagnons hisser deux jeunes filles à leur bord.

La douleur de mon père fut immense; elle ne pouvait se com-
parer qu'à celle du pauvre Mustapha. Non seulement celui-ci perdait une sœur adorée et se reprochait de la perdre par sa propre
faute, il perdait encore, dans cette amie de Fatmé, celle qu'il avait
choisie pour être la compagne de sa vie. S'il n'avait point osé jusque-là faire part de son choix à notre père, c'est que les parents

de Zoraïde étaient pauvres et d'humble condition. Mon père était un homme droit et sévère : quand sa douleur se fut un peu calmée, il fit venir Mustapha et lui dit :

« Ta folie me prive de la consolation de ma vieillesse et de la joie de mes yeux. Je te chasse et je te maudis, et je maudis en toi tes descendants. Que la malédiction de ton père pèse sur toi et sur eux, jusqu'au jour où tu m'auras rendu Fatmé. »

Mon frère n'avait pas prévu ce nouveau coup. Il avait déjà pris la résolution de se mettre à la recherche des deux amies et il allait demander à mon père de le bénir avant de s'engager dans une entreprise si aventureuse. C'est avec la malédiction paternelle sur le front qu'il devait partir maintenant; il se dit qu'il n'avait pas mérité cette cruauté, et cette conviction lui rendit une énergie que la souffrance lui avait enlevée.

Il s'en fut questionner le pirate qui avait été fait prisonnier; par lui il apprit que le corsaire se livrait au commerce d'esclaves et faisait route pour Bassorah, où se tient un grand marché pour ce genre de trafic. En rentrant à la maison pour faire ses derniers préparatifs de départ, il trouva toute prête une bourse pleine d'or que mon père, revenu à des sentiments un peu plus humains sans doute, lui envoyait. Ce fut en pleurant que Mustapha prit congé des parents de Zoraïde : savait-il s'il les reverrait jamais?

Pour se rendre à Bassorah, il avait choisi la voie de terre, car il n'y avait ce jour-là aucun navire en partance pour cette destination. Comme il avait un bon cheval et pas de bagages, il espérait, en doublant les étapes, être rendu vers la fin du sixième jour; l'urgent était de n'arriver que peu de temps après le corsaire, s'il ne voulait pas courir le risque de perdre la piste des deux amies. Vers le soir du quatrième jour, il galopait dans un pays désert, quand il se vit cerné tout à coup par trois cavaliers armés jusqu'aux dents. Il reconnut que la résistance eût été parfaitement inutile, et il s'em-

41

pressa de leur crier qu'il s'en remettait à leur discrétion. Ses assaillants sautèrent à terre pour lui attacher solidement les jambes
sous le ventre de sa monture, puis ils l'encadrèrent au milieu d'eux,
et l'escorte et le prisonnier prirent le trot. Les cavaliers n'avaient
pas prononcé un mot.

Mustapha s'abandonnait au plus profond désespoir : pour lui,
c'était la malédiction dont il avait été frappé qui le poursuivait
déjà. Une heure de cette allure les amena dans un petit vallon
solitaire où tout invitait au repos. En voyant les frais ombrages,
le gazon vert et serré, le ruisseau limpide et babillard, mon frère
songea que des hommes vivant dans une retraite aussi riante ne
pouvaient avoir de sombres pensées. Quinze ou vingt tentes étaient
groupées en effet dans un repli de terrain, et des chameaux, des
chevaux de grand prix attachés aux piquets; les notes sautillantes
d'une guitare se faisaient entendre sous l'une des tentes, accompa-
gnant deux voix d'hommes agréables et bien timbrées. Tout ceci
était plutôt rassurant, et mon frère se prêta complaisamment à ce
que ses compagnons exigèrent de lui après lui avoir rendu la
liberté de ses mouvements. Ils le guidèrent vers l'une des tentes,
sous laquelle ils l'introduisirent; l'intérieur en était d'une élégance
et d'une richesse remarquables : de magnifiques coussins tissés
d'or, d'épais tapis, des brûle-parfums du travail le plus délicat, arrêtaient partout le regard.

Peu de temps après leur arrivée, la portière s'écarta pour
livrer passage à un nouveau venu, beau comme un prince des *Mille
et une Nuits*. A l'exception d'un sabre et d'un poignard ornés de
pierreries, tout son habillement était de la plus grande simplicité;
mais son regard plein de fierté, son maintien plein de noblesse,
commandaient le respect sans inspirer la crainte.

Le maître prit place sur des coussins, et ses hommes amenèrent mon frère devant lui.

« Voici celui que tu nous as ordonné de prendre, » dit l'un.

Le maître regarda longuement le prisonnier avant de laisser
tomber d'une voix lente et menaçante :

« Voici celui que tu nous as ordonné de prendre. »

« Pacha de Souléika, ta conscience doit te renseigner sur ce
qui te vaut l'honneur de paraître devant Orbasan?. »

A ce nom redouté, mon frère se jeta aux pieds du maître en
disant :

« Seigneur, tu sembles être dans l'erreur à mon égard, car je ne suis qu'un pauvre diable, et non le pacha dont tu parles. »

Les cavaliers manifestèrent un grand étonnement, mais Orbasan se contenta de répliquer :

« Tes feintes te serviront peu, car il y a ici des gens qui te connaissent. Qu'on aille chercher Zouléima. »

Il fut obéi, et Zouléima ne tarda pas à paraître ; c'était une vieille qui s'écria, lorsqu'on lui demanda si elle reconnaissait le pacha de Souléika :

« Par le tombeau du Prophète, c'est lui ; c'est lui bien certainement.

— Tu vois, misérable, que ta ruse était inutile, reprit le maître ; je te méprise trop pour souiller mon poignard de ton sang, mais demain, au lever du jour, tu seras attaché à la queue de mon cheval, et nous galoperons ensemble jusqu'à l'heure où le soleil se couchera derrière les collines de la ville. »

Cette fois, Mustapha se laissa gagner par le découragement.

« Maudit ! je suis maudit ! s'exclama-t-il en pleurant, et la malédiction s'étend sur toi, douce Fatmé, et sur toi, chère Zoraïde.

— Fais-nous grâce de toutes tes simagrées, intervint brutalement l'un des bandits, tout en lui ficelant les mains derrière le dos ; je vois que le maître se mord les lèvres et taquine le manche de son poignard. Va-t'en, c'est plus sage si tu tiens à vivre encore quelques heures ! »

Déjà ils emmenaient mon frère, quand trois autres des leurs parurent, traînant un second prisonnier. Mustapha le regarda machinalement, et aussitôt il fut frappé de la ressemblance extraordinaire qui existait entre eux ; la barbe et le teint du nouveau venu étaient plus foncés, mais c'était la seule différence.

« Voici celui que tu nous as ordonné de prendre, » dit-on en poussant le prisonnier devant Orbasan.

Le maître ne put se défendre d'un mouvement de surprise.

« Lequel de vous deux est donc le vrai? demanda-t-il en s'adressant à l'un aussi bien qu'à l'autre.

— Si tu veux parler du pacha de Souléika, c'est moi, » riposta le second prisonnier d'un ton hautain.

Orbasan reposa sur lui un long regard tout chargé de menaces, puis il fit signe de l'emmener. Quand il fut seul avec mon frère, il tira son poignard et coupa lui-même les liens de Mustapha. Il le pria enfin de s'asseoir près de lui sur des coussins et poursuivit en ces termes :

« Étranger, je regrette sincèrement de t'avoir confondu avec ce monstre; je ne pouvais prévoir malheureusement que, toi qui lui ressembles tant, tu passerais ici à l'heure fixée pour la fin de ce misérable. »

En voyant Orbasan dans ces dispositions, mon frère le supplia de ne pas s'opposer à ce qu'il se remît immédiatement en route. Orbasan lui conseilla alors de prendre une nuit de repos, dont lui et son cheval avaient le plus grand besoin, et promit de le mettre le lendemain matin sur une voie qui lui permettrait d'atteindre facilement Bassorah en un jour et demi. Mon frère ne pouvait qu'accepter, et c'est ce qu'il fit. Après avoir pris un repas réconfortant, il se coucha dans la tente même du maître et y dormit profondément jusqu'à l'aube.

« Que la paix soit avec toi, Mustapha, lui dit Orbasan le lendemain matin, il est temps que tu te prépares à partir. »

Mon frère prit encore quelques aliments, puis ils sautèrent en selle. Il se sentait le cœur tout léger. Tous deux suivirent un sentier qui courait sous bois, tandis que les chevaux bien reposés allongeaient le trot. Orbasan fit halte, indiqua à son compagnon la route à suivre, et ajouta en lui tenant la main :

« D'étranges circonstances ont fait de toi, Mustapha, l'hôte du

brigand Orbasan. Je ne te demanderai pas de me garder le secret
sur ce que tu as vu ou entendu. Cependant je suis cause que tu as
pu craindre sérieusement pour ta vie, et je te dois un dédomma-
gement pour les angoisses par lesquelles tu as passé. Prends ce
poignard en souvenir de notre rencontre; si jamais tu te trouves
dans une situation où je puisse t'être utile, envoie-le-moi, et je
m'empresserai de voler à ton secours. Prends aussi cette bourse;
elle te rendra peut-être service plus tard. »

Le septième jour après son départ, Mustapha se présentait à
midi aux portes de Bassorah. Il se logea dans un caravansérail, et
la première chose qui l'occupa, ce fut naturellement le marché aux
esclaves. Il s'en informa et fut fort désappointé en apprenant que
le marché était fini depuis deux jours déjà. On le plaignait d'être
arrivé trop tard, d'autant plus que, la veille même de la clôture,
on y avait amené deux jeunes filles dont la beauté n'avait pas de
rivale. On se les était disputées avec une véritable fureur, et celui
qui les avait achetées les avait payées un prix si exorbitant
que lui seul en réalité pouvait se permettre des fantaisies aussi coû-
teuses. A quelques détails qu'il se fit donner, Mustapha ne put
conserver le moindre doute : ces deux esclaves si belles n'étaient
autres que Fatmé et Zoraïde. Il apprit encore que l'acquéreur était
un ancien capitan-pacha du nom de Thiouli-Kos; qu'il était immen-
sément riche et qu'il vivait dans ses propriétés, à quelque quarante
heures de marche de Bassorah.

Mon frère eut d'abord l'idée de se mettre aux trousses de
Thiouli-Kos, lequel n'avait guère qu'une journée d'avance sur
lui; puis il réfléchit que, seul comme il l'était, il n'avait aucune
chance de délivrer les deux captives, le capitan-pacha ayant certainement une bonne escorte. Il se souvint fort à propos de cette
ressemblance avec le pacha de Souléika qui avait failli lui jouer un
si mauvais tour, et il résolut d'en tirer parti pour se présenter en

pacha chez Thiouli-Kos. Celui-ci ne lui refuserait certes pas l'hospitalité; il serait ainsi dans la place, et c'était l'essentiel : pour le reste, il aviserait quand le moment serait venu. Il se procura de riches vêtements, quelques chevaux et quelques domestiques, ce que la bourse d'Orbasan lui permit de faire aisément, puis il partit dans la direction prise par le capitan-pacha.

Cinq journées l'amenèrent en vue du château, qui était situé dans une vaste plaine et que de hautes murailles entouraient. Les murailles étaient même si hautes, que l'on ne voyait presque rien du château. Mon frère prit alors la précaution de se teindre les cheveux et la barbe; il se lava aussi avec le suc d'une plante qui lui donna le teint bronzé du pacha. Puis il envoya l'un de ses serviteurs à Thiouli-Kos, avec mission de le prévenir que le pacha de Souléika lui demandait l'hospitalité. Le serviteur reparut bientôt, accompagné de quatre esclaves noirs magnifiquement habillés, qui prirent par les rênes la monture de mon frère et le conduisirent au château dans cet apparat. Quatre autres esclaves le reçurent dans la cour d'honneur et lui firent gravir un large escalier de marbre.

Thiouli était un bon vivant sur le retour; il fit le meilleur accueil à Mustapha et lui servit un dîner pour lequel son cuisinier s'était surpassé. Après le repas, mon frère amena insensiblement la conversation sur le marché aux esclaves et sur les dernières emplettes de son hôte; le capitan-pacha vanta leur beauté vraiment peu commune. Il ne regrettait qu'une chose, c'était qu'elles fussent si mélancoliques; mais il espérait bien que cette tristesse n'aurait qu'un temps. Mon frère se montra enchanté de la réception qui lui avait été faite, et il avait bon espoir quand il s'en fut se mettre au lit.

Il dormait depuis une heure peut-être lorsqu'il se réveilla, gêné par la clarté d'une lanterne dont la lumière lui tombait sur le visage. Étonné, il se redressa, et se crut le jouet d'un songe en reconnaissant dans l'homme qui tenait la lanterne un nain nommé Hassan, qui appartenait à Orbasan et qui se trouvait dans la tente du bandit au moment où Mustapha y avait été amené sous le nom de Souléika.

« Que fais-tu là ? lui demanda-t-il enfin lorsque son ahurissement fut passé.

— Calmez-vous, seigneur, répliqua le nain ; je devine ce qui vous amène ici. Je me rappelle parfaitement dans quelle circonstance je vous ai déjà rencontré, et si je n'avais aidé moi-même à arrêter le pacha, je m'y serais fait prendre tout le premier.

« Si vous voulez me donner votre sœur pour femme, vous pourrez compter sur moi ; si vous refusez, je vais renseigner mon nouveau maître sur les avatars du pacha de Souléika. »

Le pauvre Mustapha ne se possédait plus. Quoi ! échouer misérablement au moment même où il se voyait au terme de ses épreuves, et cela par la faute de ce misérable Hassan ! Il avait beau se creuser la cervelle, il ne voyait qu'un moyen, un seul moyen... Et mon frère se jeta brusquement sur le nain. Celui-ci avait sans doute prévu le cas ; il évita adroitement le choc, laissa tomber sa lanterne, qui s'éteignit, puis il se sauva dans les ténèbres en poussant des cris épouvantables.

La situation de Mustapha était critique, et les secondes avaient leur prix. Il s'approcha de la fenêtre et vit que la distance qui le séparait du sol n'était pas effrayante, mais qu'en revanche une haute muraille se dressait à quelques pas ; il devrait sans doute escalader cette muraille pour gagner la campagne. Déjà des pas se faisaient entendre dans les appartements ; ces pas se faisaient plus distincts ; ils étaient à sa porte... Mustapha s'empara à la hâte de ses vêtements et sauta par la fenêtre ; en bas, il constata qu'il n'avait aucun membre cassé, et il franchit la muraille avec une célérité qui stupéfia les gens lancés à sa poursuite. Il courut longtemps sans s'accorder le loisir de souffler, et ne s'arrêta que dans un petit bois, où il se crut en sécurité. Il s'affaissa à terre et réfléchit à ce qui lui restait à faire; il avait dû sacrifier ses chevaux et ses domestiques, mais, en revanche, il avait emporté sa bourse, et elle était encore suffisamment garnie.

Mon frère avait l'esprit inventif; il eut donc vite combiné un nouveau plan. Il marcha jusqu'au prochain village, où il acheta un cheval, ce qui le mit à même d'atteindre rapidement la ville voisine. Là, il s'informa d'un médecin, auprès duquel il se procura une drogue qui pouvait plonger plusieurs heures dans un sommeil ayant toutes les apparences de la mort; il se procura également une seconde drogue qui détruisait instantanément les effets de la première.

Il se munit ensuite d'une pacotille de fioles, de pots, d'emplâtres, qu'il chargea sur un âne; il s'affubla d'une fausse barbe et d'un talar noir, et, bien certain cette fois d'être absolument méconnaissable, il reprit le chemin du château de Thiouli-Kos. Il se fit annoncer au capitan-pacha comme le fameux médecin Chakamankaboudibaba, et ce nom mirifique lui valut aussitôt la confiance du vieil original, qui l'invita à sa table séance tenante. Une heure plus tard, Thiouli-Kos et Chakamankaboudibaba étaient dans les meilleurs termes du monde, et le capitan-pacha prenait la résolution de profiter de l'occasion pour se fixer sur l'état de santé de toutes ses esclaves. Le prétendu docteur eut grand'peine à contenir sa joie; il allait donc revoir celles qu'il cherchait, et ce fut avec un cœur tout palpitant de bonheur qu'il suivit le capitan-pacha. Cependant celui-ci lui fit faire halte dans une salle absolument vide.

« Mon cher Chamdibaba, dit-il, mets-toi près de cette ouverture qui est dans le mur; je vais appeler mes femmes et chacune

42

y passera son bras : de cette façon tu pourras leur tâter le pouls et m'apprendre si elles sont bien portantes ou malades. »

Chakamankaboudibaba eut beau se récrier contre cette manière d'examiner des patientes, il en fut pour ses frais d'éloquence et il dut se résigner. Thiouli-Kos tira de sa ceinture une grande feuille de papier et se mit à faire l'appel de ses esclaves. Les six premières furent déclarées en excellente santé; mais comme la septième se nommait Fatmé, le médecin garda plus longtemps la petite main blanche entre ses doigts, et peu à peu sa figure se rembrunit. Le capitan-pacha s'alarma aussitôt, mais ce fut bien pis encore lorsque le docteur se mit à hocher la tête en déclarant que le cas était grave, très grave. Du coup, Chakamankaboudibaba fut supplié d'administrer dare dare un remède. Mustapha sortit un instant et écrivit le billet suivant :

« Fatmé, je suis prêt à te délivrer, si tu consens à prendre une potion qui te fera passer pour morte pendant deux jours; j'ai le moyen sûr de te rappeler ensuite à la vie. Si tu consens, tu n'auras qu'à me faire dire ces mots : « Le remède ne produit pas d'effet. » Je saurai que tu acceptes. »

Il entra dans la salle où Thiouli-Kos l'attendait. Il tâta de nouveau le pouls de Fatmé, ce qui lui permit de glisser adroitement son billet sous le bracelet; puis il lui passa la fiole en lui faisant diverses recommandations.

Le capitan-pacha était dans de telles transes qu'il renvoya à un autre jour la fin de la consultation; ils quittèrent donc la salle, et, dès qu'ils furent dehors, Thiouli-Kos, dont l'inquiétude croissait visiblement, dit avec un gémissement :

« Franchement, que penses-tu de Fatmé, mon bon Boukababa?

— Hélas! soupira Chakamankaboudibaba de son air le plus

dolent, elle est atteinte d'une fièvre pernicieuse qui peut la faire
passer de vie à trépas.

— Tu es fou! archifou! Crois-tu qu'une esclave de deux mille
pièces d'or meure comme cela? Je te préviens que, si tu ne la
sauves pas, je te fais couper la tête. »

Le médecin garda plus longtemps la petite main blanche.

Le docteur s'aperçut qu'il avait fait un pas de clerc, et
il s'efforça de son mieux à rendre un peu d'espoir au pauvre
Thiouli-Kos.

En ce moment survint un esclave noir qui annonça que le
remède n'avait produit aucun effet.

« Carabamba, gémit le capitan-pacha, mets en œuvre toute ta
science; je te payerai ce que tu me demanderas. »

Il était pris d'épouvante à la seule pensée qu'une femme aussi
chère était en danger.

« Je vais lui donner une potion qui la tirera d'embarras, répondit Chakamankaboudibaba.

— C'est cela, c'est cela, donne-lui une potion, Bouriboura-baba; donne-lui une potion. »

Mustapha, tout joyeux, courut chercher son narcotique, qu'il remit au noir, en lui expliquant la façon d'en user; puis il revint à Thiouli-Kos, auquel il déclara qu'il avait besoin de certaines plantes : il comptait bien les trouver sur le bord du lac voisin, et il y allait de ce pas.

Il n'était pas absent depuis une heure qu'on apprenait à Thiouli-Kos l'état désespéré de Fatmé. Il envoya aussitôt des esclaves à la recherche du médecin, mais ils revinrent en disant qu'il avait dû se noyer dans le lac : ils avaient vu flotter son talar, et sa grande barbe reparaître de temps en temps à la surface. Dans l'intervalle, Fatmé avait rendu l'âme entre les bras de ses compagnes. Thiouli-Kos donna l'ordre de la mettre immédiatement dans un cercueil et de la porter au caveau, rien ne lui étant plus pénible que de savoir un mort sous son toit. Les porteurs qui s'acquittèrent de cette lugubre besogne déposèrent le cercueil dans un coin et prirent la fuite en toute hâte : il leur avait semblé entendre des soupirs et des gémissements sortir des autres tombes.

Lorsqu'ils se furent éloignés, mon frère, qui s'était caché en cet endroit, alluma une lampe dont il avait eu le soin de se pourvoir, puis il versa dans un verre la potion antinarcotique et ouvrit le cercueil de Fatmé. Jugez de son accablement lorsque des traits qui lui étaient complètement étrangers lui apparurent... Il fut longtemps à se remettre, tant le choc avait été rude; mais enfin sa pitié l'emporta sur sa colère : il administra la potion, et la jeune femme laissa échapper un grand soupir; elle ouvrit les yeux et sembla n'avoir aucune notion de ce qui s'était passé : puis elle se rappela, et son premier mouvement fut de se précipiter aux genoux de Mustapha en s'écriant :

« Comment te remercier, ô noble étranger, du service que tu m'as rendu en m'arrachant à une odieuse captivité ?

— Comment se fait-il donc que ce soit vous, et non ma sœur Fatmé, que j'ai délivrée ? » demanda Mustapha, pour couper court à ces témoignages de gratitude.

Elle le regarda d'un air plein d'étonnement.

« Je comprends, répliqua-t-elle, je comprends maintenant : c'est par suite d'une erreur que je suis libre. »

Mon frère la questionna sur les deux dernières esclaves achetées par le capitan-pacha ; elle lui affirma qu'elles se trouvaient bien au château, mais que, suivant son habitude, Thiouli-Kos avait changé leurs noms ; elles se nommaient à présent Mirza et Nourmahal.

Mustapha était dans un tel découragement que ce fut au tour de l'esclave de se sentir émue de pitié, et voici ce qu'elle lui dit :

« Tu auras certainement remarqué, dans la cour intérieure du château, une belle fontaine d'où l'eau jaillit par dix bouches : cette eau vient d'un ruisseau qui, me dit un jour Thiouli-Kos, passe à mille pas d'ici ; elle arrive par un canal voûté où un homme peut marcher à son aise sans se courber. Que de fois n'ai-je pas souhaité avoir la force d'un homme pour soulever la dalle qui se trouve près de la fontaine et prendre la fuite par l'aqueduc !... Je te montrerai l'endroit où il aboutit ; en le suivant, tu pénétreras facilement dans le château. Seulement, il faudra que tu aies deux hommes au moins avec toi, à cause des esclaves qui gardent le harem la nuit. »

Mon frère la remercia vivement de ces renseignements. Il lui promit de lui fournir les moyens de regagner la maison de son père, comptant bien qu'en retour elle ferait tout ce qui serait en son pouvoir pour le seconder. Une seule chose le préoccupait sérieuse-

ment : où trouverait-il les deux hommes sûrs dont il avait besoin?
Tout à coup il se souvint du poignard d'Orbasan; le roi du désert
le tirerait certainement d'embarras, et il résolut d'avoir recours à
lui au plus tôt.

Mon frère et elle se dirigèrent immédiatement vers la ville.
Avec ce qui lui restait d'argent, il procura un asile à la jeune fille
chez une pauvre femme du faubourg et s'acheta un cheval; puis,
sans perdre un instant, il galopa vers les montagnes où il avait
rencontré Orbasan. Le troisième jour il mettait pied à terre devant
la tente du maître, qui parut agréablement surpris de cette visite
imprévue.

Mustapha lui raconta ses aventures. Le lendemain, au lever du
jour, tous deux partaient, accompagnés de trois hommes à toute
épreuve; ils menèrent si bon train que deux jours leur suffirent
pour arriver à la ville, où l'esclave délivrée les attendait. Ils la prirent et se dirigèrent avec elle vers le petit bois où l'aqueduc s'amor-
çait, et ils s'y cachèrent pour attendre la nuit. Dès que l'entrée du
canal souterrain eut été découverte, Mustapha, Orbasan et deux des
hommes s'y engagèrent, tandis que la jeune fille restait près du
ruisseau sous la protection du troisième. Bien qu'ils eussent de
l'eau jusqu'à la ceinture, ils avançaient assez rapidement, et en
moins d'une demi-heure ils furent au terme de leur course. Quelques pesées vigoureuses avec des leviers firent basculer plusieurs
dalles et livrèrent un passage suffisant. Orbasan sauta le premier
dans la cour, où les autres le suivirent aussitôt. Mais là leur embarras fut grand : Mustapha savait que les deux amies occupaient un
appartement dont la porte était la sixième en partant de la tour de
gauche; or, l'une des portes était murée, et ils se demandaient si
cette porte, condamnée tout récemment, comme ils le reconnais-
saient bien, avait été comptée. Mais Orbasan était un esprit énergique.

Elles suivirent mon frère.

« J'ai une bonne lame qui ouvre toutes les portes, » dit-il résolument.

Et il ouvrit celle qui lui semblait la bonne. Une demi-douzaine d'esclaves noirs y dormaient. Orbasan, qui était toujours pour les procédés expéditifs, mit son poignard sur la gorge de l'un d'eux en le sommant de lui dire où se trouvaient Mirza et Nourmahal; le pauvre diable s'empressa de lui montrer la chambre voisine. Mustapha s'y précipita, et il revit enfin celles pour lesquelles il avait couru tant de dangers; Fatmé et Zoraïde, éveillées par tout ce bruit, étaient sur pied : elles rassemblèrent à la hâte leurs vêtements et leurs bijoux et suivirent mon frère.

Un court et heureux voyage ramena Mustapha et les deux amies à la maison paternelle. Je ne vous surprendrai pas en vous disant que mon père faillit mourir de joie et que, dès le jour suivant, il donna une grande fête pour célébrer dignement cet événement.

Puis, lorsqu'elle fut terminée, mon père se leva et, allant prendre Zoraïde par la main, il la conduisit à mon frère en disant :

« Je retire la malédiction que j'avais lancée contre toi, et je te donne en récompense celle que tu as su reconquérir si vaillamment. Soyez bénis tous deux, dans vous et dans vos enfants, et puisse notre cité avoir toujours des citoyens qui te soient comparables pour le dévouement, le courage et l'intelligence. »

43

ALMANZOR

ALMANZOR

HISTOIRE D'UN PETIT ÉGYPTIEN

Le père d'Almanzor occupait un rang élevé dans une ville
d'Égypte. Il avait passé ses premières années dans le bonheur le
plus parfait, au milieu de tout ce que le luxe le plus intelligent
peut procurer de bien-être; il ne fut pas élevé en enfant gâté toutefois, car son père était un homme sage, qui lui enseigna la vertu de
bonne heure, et de plus lui donna pour maître un célèbre savant :
de cette manière Almanzor apprit tout ce que doit savoir un homme
de son rang.

Almanzor avait une dizaine d'années quand les Francs passèrent la mer et s'en vinrent faire la guerre en Égypte. Le père de
mon ami n'était pas sans doute suffisamment dévoué aux nouveaux-
venus, car un matin qu'il se préparait à se rendre à la mosquée, ils
envahirent sa maison et exigèrent qu'il leur remît sa femme en otage.
Il refusa, et alors ils s'emparèrent de son fils, qu'ils emmenèrent de
vive force dans leur camp...

En ce moment, le scheik se couvrit le visage de ses deux
mains, tandis qu'un murmure hostile courait de bouche en bouche.

« Mais c'est de la folie, s'écria un ami du maître de la maison;

comment ose-t-il se permettre de raviver ainsi les souffrances au lieu de les faire oublier ?

— Tais-toi, esclave, ordonna l'intendant, que l'indignation suffoquait.

— Seigneur, ai-je donc dit quelque chose qui ait pu te déplaire ? » demanda le conteur d'un air étonné.

A ces mots, Ali Banou redressa la tête et répondit :

« Calmez-vous, ô mes amis; voici trois jours à peine que ce jeune homme est ici : comment pourrait-il être instruit de mon malheur ? N'est-il pas possible qu'un autre père ait été éprouvé de la même façon et en même temps que moi ? N'est-il pas admissible aussi que cet Almanzor... ? Continue donc, l'ami. »

L'esclave s'inclina de nouveau et reprit :

Almanzor fut donc gardé au camp des Francs. Il y fut bien traité, grâce à l'intervention d'un capitaine qui l'avait fait venir dans sa tente et qui avait trouvé plaisir aux réponses de l'enfant. Almanzor ne manqua ni de vêtements ni de nourriture; toutefois le chagrin d'être séparé de ses parents ne lui permettait pas de se considérer autrement que comme fort malheureux. Il pleura pendant des jours et des jours, mais ses larmes laissèrent ces hommes insensibles ! On leva le camp enfin, et Almanzor pensa qu'il allait être rendu à sa famille : et il se trompait. L'armée franque parcourut le pays et livra des batailles aux mamelouks, tout en traînant l'enfant avec elle dans toutes ses marches et contremarches. Quand il suppliait les chefs de le renvoyer, ils lui répondaient que cela ne se pouvait, qu'on le conservait comme un gage de la loyauté de son père. Les semaines et les semaines passaient ainsi.

Tout à coup il se produisit dans le camp une agitation qui n'échappa pas à Almanzor : il entendit prononcer les mots de retraite, d'embarquement, et il ne se sentit plus de joie, car si les

Francs quittaient l'Égypte, il serait libre certainement. L'armée
se replia donc vers la côte; la mer apparut, et avec la mer les
vaisseaux qui devaient remmener la bande des envahisseurs. Les
troupes furent transportées à bord, mais la nuit vint avant que
l'embarquement fût terminé. Almanzor avait le plus grand désir
de rester éveillé, parce qu'il s'attendait à être libéré d'un moment
à l'autre, mais il s'endormit cependant : il était convaincu que les
Francs avaient mêlé un narcotique à ses aliments. Lorsqu'il se
réveilla, le jour était venu, et Almanzor se vit dans une chambre
tout étroite qu'il ne connaissait pas. Il sauta à bas de son lit,
mais il roula à terre : le plancher vacillait sous lui et lui avait
fait perdre l'équilibre. Il se releva vivement et se tint à la muraille
pour sortir. Un grondement puissant, des murmures et des cla-
potis se faisaient entendre autour de lui, de sorte qu'il ne savait
s'il dormait ou s'il était éveillé. Il atteignit enfin un petit escalier qu'il eut beaucoup de peine à gravir, et quand il fut en haut,
il fut épouvanté en constatant qu'il était sur un vaisseau : déjà
il n'y avait plus que le ciel et la mer aussi loin que les regards
pouvaient s'étendre. Il se mit alors à sangloter et à crier en demandant qu'on le reconduisît à son père; il voulut se jeter à l'eau
pour s'en retourner à la nage, si bien qu'on fut obligé de l'attacher. Un chef lui expliqua que ce qu'il demandait n'était pas possible, mais que s'il était bien sage il reverrait bientôt son pays.
On avait été forcé de l'emmener, parce qu'il aurait péri misérablement si on l'avait laissé à terre.

Les Francs ne tinrent pas parole. Le navire vogua pendant
des jours et des jours, puis, quand il aborda, ce ne fut pas en
Égypte, mais bien dans un port du Franghistan. Pendant son séjour
au camp, et aussi pendant la traversée, Almanzor avait appris la
langue franque, dont il se trouva bien dans un pays où sa propre
langue n'était parlée par personne. De ce port on le fit voyager

dans l'intérieur du pays et longtemps; sur tout le parcours les
gens affluaient pour le regarder curieusement; les soldats qui l'accompagnaient disaient que c'était le fils du roi d'Égypte, envoyé par
son père dans leur pays pour y faire son éducation. Ils ne parlaient
ainsi que pour faire croire au peuple qu'ils avaient conquis l'Égypte.
On arriva enfin dans une très grande ville qui était le but du
voyage, et Almanzor fut confié à un médecin, chez lequel il dut se
familiariser avec des mœurs et des habitudes toutes nouvelles.

Il fut forcé tout d'abord de mettre des habits à la franque,
qui sont étroits, collants et de beaucoup moins beaux que les
vêtements d'Égypte; ensuite il ne put plus saluer en se croisant
les bras sur la poitrine et en disant : *Salam aleïkoum,* mais bien
en ôtant une grosse calotte de feutre pareille à celle que tous
les hommes portent dans ce pays, en se passant la main gauche
sur le côté et en grattant la terre avec le pied droit. On lui défendit de s'asseoir à la turque; il prit place sur des sièges élevés et
laissa pendre ses jambes, ce qui lui paraissait bien incommode.
Les repas furent un supplice pour lui pendant les premiers temps,
car on exigeait de lui qu'il piquât chaque morceau au bout d'une
fourchette en fer avant de le porter à sa bouche.

Le docteur était un homme dur et sévère qui n'entendait pas
plaisanterie; si Almanzor s'oubliait jusqu'à dire : *Salam aleïkoum,*
au lieu de : « votre serviteur, » il était bien certain d'être rappelé
immédiatement à l'ordre par un bon coup de canne. Défense for-
melle aussi de parler, d'écrire et même de penser en Égyptien.
Almanzor n'aurait pas tardé sans aucun doute à perdre complètement sa langue maternelle, s'il n'avait rencontré un professeur
qui lui rendit les plus grands services.

C'était un vieillard très savant qui connaissait beaucoup de
langues orientales, le persan, le copte, l'arabe, le chinois; il
passait parmi les siens pour un puits de science, et on lui don-

nait beaucoup d'argent pour qu'il enseignât aux autres ce qu'il savait.

Ce savant fit venir Almanzor plusieurs fois par semaine auprès de lui; il offrait à l'enfant des fruits de tout genre, et pendant ces visites le petit pouvait se croire transporté dans son pays. Le professeur avait fait faire pour l'enfant des vêtements orientaux, qu'il gardait dans une chambre spéciale; quand Almanzor arrivait, un domestique le conduisait à cette chambre, où il s'habillait, puis de là dans une salle qu'on appelait la petite Arabie.

Dans la petite Arabie se voyaient des plantes rares au Franghistan, des palmiers, des bambous, et d'autres qui ne poussent naturellement que dans les pays chauds et que le savant obtenait à force de soins. Le sol était couvert de tapis de Perse; des divans chargés de coussins couraient autour des murailles et remplaçaient les chaises et les fauteuils. Le professeur s'installait, les jambes repliées, sur ce divan; un châle turc roulé autour de la tête lui servait de turban, une grande barbe postiche qui lui tombait sur la poitrine lui donnait l'air vénérable des sages d'Orient. Il était vêtu d'un talar arrangé dans une robe de chambre, de larges pantalons, et chaussé à la turque de babouches en maroquin jaune. Bien que ce fût un homme extrêmement pacifique, il ceignait dans ces circonstances un grand yatagan, et des poignards ornés de pierres fausses étaient passés dans sa ceinture. Il fumait une pipe longue de plusieurs coudées, et parmi ses serviteurs, vêtus à la persane pour la circonstance, certains avaient le visage et les mains noircis.

Almanzor trouva ceci bien extraordinaire pour commencer, puis il reconnut vite quels avantages avaient ces visites pour lui, surtout lorsqu'il se prêtait à tous les désirs du vieillard. Si le docteur se fâchait pour un mot d'égyptien, le professeur interdisait impitoyablement le plus petit mot de franc. En entrant

44

dans la petite Arabie, il saluait à la mode orientale, et le professeur lui rendait gravement le salut; puis le brave homme lui faisait signe de prendre place sur un coussin et se mettait à parler arabe, ou persan, ou copte, avec Almanzor : c'était ce qu'il appelait une séance de conversation orientale. Il avait près de lui un domestique qui tenait un gros livre; ce gros livre était un dictionnaire, et quand le professeur ne se souvenait pas d'un mot, il le cherchait dans le dictionnaire.

Les esclaves, ou les prétendus esclaves, servaient des sorbets, et si Almanzor voulait faire un grand plaisir à son hôte, il n'avait qu'à dire que les choses ne se passaient pas autrement dans la demeure de son père. Il lisait fort bien le persan, et c'était tout ce que le professeur demandait : il possédait beaucoup de manuscrits persans qu'Almanzor lui lisait, qu'il relisait lui-même ensuite à haute voix, et de cette façon il s'assurait une bonne prononciation.

Le pauvre Almanzor n'avait de bon temps que les quelques heures où il se trouvait chez le professeur, lequel ne le laissait jamais partir sans un cadeau agréable ou utile, de l'argent ou des étoffes, toutes choses dont le médecin se montrait fort avare envers lui. Plusieurs années s'écoulèrent ainsi, pendant lesquelles il ne cessa de regretter amèrement son pays. Il venait d'avoir quinze ans quand se produisit un incident qui eut la plus grande influence sur la destinée du malheureux enfant.

Les Francs venaient de prendre pour sultan le premier de leurs capitaines, celui-là même avec lequel Almanzor s'était si fréquemment entretenu au camp d'Égypte. Almanzor n'ignorait pas cet événement, que de grandes réjouissances marquèrent d'ailleurs, mais il ne se doutait pas que le nouveau souverain fût son protecteur d'autrefois, qui était un homme tout jeune encore. Un jour Almanzor traversait un des nombreux ponts qui servent à franchir le fleuve arrosant la capitale du Franghistan, lorsqu'il aperçut un soldat accoudé sur le parapet et occupé à regarder couler l'eau. Les traits de cet homme le frappèrent : il reconnut sans

« *Salam aleïkoum,* petit caporal, » dit-il.

peine son bon capitaine dont il ne savait pas le nom. Il prit son courage à deux mains, s'approcha du soldat et dit, en croisant ses bras :

« *Salam aleïkoum,* petit caporal. »

Il avait entendu les Francs le désigner ainsi quand ils parlaient de lui.

L'homme se retourna avec surprise, fixa sur Almanzor un regard pénétrant, et répliqua après avoir songé un instant :

— Comment! c'est toi, Almanzor? Que fait ton père? Que devient-on en Égypte? Qu'es-tu venu faire ici? »

Alors le petit ne put se contenir plus longtemps, et il fondit en larmes.

« Tu ne sais donc pas, petit caporal, que tes hommes m'ont embarqué avec eux quand ils sont partis? Tu ne sais donc pas que je n'ai pas revu mon pays depuis des années et des années?

— J'espère bien, riposta l'officier, dont les sourcils se froncèrent, j'espère bien qu'on ne t'a pas enlevé de vive force?

— Tu es dans l'erreur, petit caporal. Heureusement qu'un capitaine a été pris de pitié pour moi, il paye ma pension chez un docteur maudit qui me roue de coups et me laisse mourir de faim. Dis donc, petit caporal, poursuivit-il sur un ton tout différent, je suis joliment content de t'avoir rencontré. Tu veux bien me rendre un service, n'est-ce pas?

— Tout à ta disposition, Almanzor, répondit l'autre en souriant.

— Ce n'est pas de l'argent que je veux te demander, tu sais. Tu as toujours été bien gentil avec moi, c'est vrai, mais tu n'étais pas riche en Égypte et tu n'as pas l'air d'avoir fait fortune avec ta vieille redingote grise. Seulement les gens d'ici ont nommé un nouveau sultan ces jours derniers, et tu connais peut-être quelqu'un de sa suite?

— Certainement, plusieurs même. Après.

— Tu pourrais leur parler de moi pour qu'ils obtiennent du sultan de me renvoyer dans mon pays et de me donner l'argent pour faire le voyage. Surtout ne va pas raconter l'histoire à mon docteur ou à mon professeur d'arabe : je serais bien sûr de ne jamais repartir.

— Qui est-ce, ton professeur d'arabe?

— Un homme pas comme les autres, mais je t'en dirai plus
long sur son compte une autre fois. Alors, c'est entendu, je peux
compter sur toi?

— Sûrement, et même si tu veux venir tout de suite avec moi...

— Pas possible, fit Almanzor, ça me retarderait trop, et je
recevrais une raclée de mon docteur en arrivant. Il faut même
que je me dépêche pour rattraper le temps que je perds à bavarder avec toi.

— Qu'est-ce que tu as là dans ton panier? » reprit le petit
caporal.

Almanzor devint tout rouge et ne voulut pas répondre tout
d'abord; mais, l'officier insistant, il finit par dire d'un air honteux :

« Vois-tu, petit caporal, on me fait faire ici ce qu'on ne fait
faire qu'au dernier des esclaves chez mon père. Le docteur est un
vieil avare; pour économiser quelques sous, il ne regarde pas à
me faire faire deux heures de marche tous les matins, et il m'envoie aux provisions à la halle; aujourd'hui je rapporte du beurre,
des harengs et de la salade. Ah! si mon père le savait!... »

Le petit caporal fut touché de la détresse de l'enfant.

« Viens avec moi, reprit-il, et ne t'inquiète pas de ton docteur :
tant pis pour lui s'il se passe de ses harengs, de son beurre et de
sa salade. »

Il saisit la main de l'enfant, qu'il entraîna; il y avait tant d'assurance dans sa voix et dans l'expression de son visage, qu'Almanzor se laissa faire, tout en ayant la chair de poule chaque fois
qu'il pensait à son docteur. Ils parcoururent ainsi plusieurs rues,
une main dans celle du petit caporal, son panier dans l'autre;
il remarqua avec étonnement que tout le monde saluait et s'arrêtait pour les regarder passer. Son compagnon, à qui il en parla,
se mit à rire, mais ne répliqua rien. Ils arrivèrent enfin devant

un palais magnifique, vers la porte duquel l'officier se dirigea
sans hésiter.

«C'est ta maison, petit caporal? demanda Almanzor.

— Oui, et je vais te conduire près de ma femme.

— Tu es vraiment bien logé. C'est le sultan qui te l'a donnée?

— Justement, c'est l'empereur qui m'a logé. »

Ils entrèrent; ils gravirent ensuite un escalier superbe, furent
introduits dans un riche vestibule, où le petit caporal dit à Almanzor de déposer son panier, et pénétrèrent dans une salle fort riche,
où une belle dame était assise sur un divan. L'officier causa avec
elle dans une langue inconnue de l'enfant et rirent de bon cœur;
la dame vint ensuite questionner Almanzor en langue franque sur
l'Égypte et les Égyptiens.

Tout à coup le petit caporal lui dit :

« Tu ne sais pas, ce qu'il y a encore de mieux à faire, c'est de
te présenter tout de suite à l'empereur et de lui raconter tout. »

Almanzor fut pris d'une grande frayeur; mais il se souvint de
sa misère et de sa chère patrie.

« Allah donne le courage au malheureux quand paraît le
danger, répliqua-t-il. Allah ne m'abandonnera certainement pas.
Je suis prêt à me rendre auprès de l'empereur; seulement il faut
me dire, petit caporal, comment je dois l'approcher : dois-je me
prosterner devant lui, toucher le sol de mon front à ses pieds? »

Ils rirent de sa simplicité et lui déclarèrent que rien de tout
cela n'était nécessaire.

« Comment est-il? poursuivit l'enfant; a-t-il l'air majestueux
et terrible? A-t-il une grande barbe? des yeux de flammes? Comment est-il?

— Je préfère ne pas te le dépeindre, riposta le petit caporal, qui
riait toujours; j'aime mieux que tu le reconnaisses toi-même, et,
pour le reconnaître, tu n'as qu'à te souvenir d'une chose : lorsque

tous les généraux de l'empereur sont avec lui, ils ôtent leur chapeau. Celui qui garde son chapeau sur sa tête, c'est donc l'empereur. »

Il prit de nouveau l'enfant par la main et le conduisit dans la salle du trône. Plus ils en approchaient, plus Almanzor se sentait intimidé, et ses genoux tremblaient sous lui quand ils furent devant la porte. Un laquais la leur ouvrit à deux battants, et ils se virent en présence d'un demi-cercle formé d'une trentaine d'hommes revêtus des costumes les plus magnifiques, et tout galonnés, et tout brodés d'or, et tout chamarrés de décorations. Almanzor se dit que le petit caporal devait être le dernier des derniers parmi tous ces grands personnages. Cependant ils étaient tous découverts; il chercha vainement parmi eux celui qui avait gardé son chapeau et qui devait être l'empereur : il était sur le point de croire que l'empereur n'était pas encore arrivé, lorsque ses yeux tombèrent par hasard sur son protecteur : le petit caporal avait gardé son chapeau.

« Petit caporal, dit-il en s'empressant de se décoiffer, je suis à peu près sûr de ne pas être l'empereur, et il ne m'appartient pas de rester couvert. Comme tu as gardé ton chapeau, c'est donc que tu es le sultan des Francs?

— Juste, Almanzor, je suis le sultan du Franghistan, et de plus ton ami. Tu aurais tort de me reprocher ton malheur; si tu as été emmené, c'est par suite de la précipitation et du désordre dans lesquels s'est fait le départ. Je te promets que tu feras voile pour l'Égypte à la première occasion qui se présentera. Maintenant va retrouver l'impératrice et raconte-lui ton histoire. J'enverrai le panier à ton docteur, que tu ne reverras pas, car je te garde jusqu'au moment de ton départ. »

Ainsi parla l'homme qui était l'empereur; Almanzor se laissa tomber à genoux et lui baisa respectueusement la main en balbutiant :

« Pardonne-moi ma familiarité, petit caporal, je ne pouvais pas deviner que tu étais l'empereur.

— C'est de ma faute, répliqua le petit caporal en souriant; je ne suis empereur que depuis quelques jours, vois-tu, et je n'ai pas encore eu le temps de le faire écrire sur mon chapeau. »

Désormais Almanzor vécut heureux. Il ne revit pas le docteur, mais il put rendre encore plusieurs visites au professeur d'arabe, car quelques semaines s'écoulèrent avant que l'empereur lui annonçât le prochain appareillage d'un navire à destination d'Alexandrie. Il quitta le petit caporal avec un cœur plein de reconnaissance et de riches présents.

Allah lui réservait d'autres épreuves cependant. Il n'était pas encore en vue des côtes de sa patrie quand le navire fut capturé par les vaisseaux d'une autre nation avec laquelle l'empereur était en guerre. L'équipage fut transbordé sur un bâtiment plus petit remorqué par un vaisseau ennemi.

Mais la mer est moins sûre encore que le désert, où les caravanes peuvent être constamment surprises, massacrées, pillées par les brigands. Une tempête sépara le petit bâtiment du reste de l'escadre, et il fut pris par un corsaire qui vendit tout, équipage et passagers, sur le marché d'Alger.

Comme Almanzor était un croyant, il fut traité moins durement par son maître que les chrétiens, mais il n'en perdit pas moins tout espoir de rentrer dans son pays et de revoir son père. Il passa cinq années à cultiver et à arroser les fleurs; son maître mourut sans héritier : les biens furent vendus, les esclaves dispersés aux enchères, et Almanzor fut racheté par un marchand qui partait tous les ans avec un convoi pour un pays étranger afin de tirer plus d'argent de sa marchandise humaine. J'étais moi-même l'esclave de ce marchand et je me trouvais à bord de son navire; ce fut ainsi que je connus Almanzor. Mais admire, ô noble seigneur, les voies

mystérieuses d'Allah : ce fut dans la patrie d'Almanzor que nous
abordâmes, ce fut sur le marché de sa ville natale que nous fûmes
exposés, ce fut par son père qu'Almanzor se vit racheté.

* *

Le scheik avait écouté le récit de l'esclave avec un intérêt
extraordinaire; sa poitrine se soulevait par saccades, ses yeux étin-
celaient, mais la fin ne le satisfaisait certainement pas.

« Ne dis-tu pas que cet Almanzor a vingt et un ans? demanda-
t-il en sortant d'une profonde songerie.

— Il peut avoir mon âge, vingt et un ou vingt-deux ans.

— Et le nom de sa ville natale? Tu ne nous le dis pas.

— Si je me souviens bien, c'est Alexandrie.

— Alexandrie! répéta Ali Banou dans un grand cri; mais c'est
mon fils!... Où est-il? Il s'appelle Kaïram, n'est-ce pas? Et ses cheveux sont noirs? Et ses yeux sont noirs, n'est-ce pas?

— Tu l'as dit, ô seigneur.

— Allah, Allah!... Mais ne t'es-tu pas trompé? Es-tu bien sûr
que ce soit son père qui l'a racheté? Est-ce lui qui te l'a affirmé?

— Il m'a dit : « Allah soit loué après tant d'épreuves, car voici
« le marché de ma ville natale. » Et comme un homme de distinction débouchait quelques instants plus tard sur la place, il me dit
encore : « Que la vue est donc un don précieux! Il m'est permis de
« revoir enfin mon père. » L'homme s'approcha, nous examina, et
celui à qui tout ceci est arrivé fut parmi ceux que l'homme acheta.
Alors il remercia Allah avec ferveur et me murmura à l'oreille :
« Maintenant il ne manquera plus rien à mon bonheur, car c'est
« mon père lui-même qui me ramènera dans la maison de mes
« ancêtres. »

45

— Ce n'est donc pas mon fils, mon Kaïram, » s'écria le scheik d'un accent déchirant.

Cette fois, l'esclave ne put se maîtriser plus longtemps; des larmes de joie ruisselèrent sur ses joues, et il se laissa glisser aux genoux d'Ali en disant :

« C'était ton fils cependant, ô seigneur, car je suis Almanzor, et c'est toi qui m'as racheté.

— Par Allah, voilà un véritable miracle, » s'exclama-t-on de toutes parts.

Et les assistants se pressèrent autour d'Ali.

Celui-ci ne trouvait plus une parole, et il fixait sur le jeune homme des regards qui ne paraissaient rien voir.

« Mustapha, dit-il enfin, mes yeux sont couverts d'un voile de pleurs et je ne puis reconnaître s'il a bien les traits de ma femme qu'avait mon Kaïram. Approche et dis-moi si tu le reconnais. »

Le vieillard fit ainsi que le scheik le voulait; il étudia longuement le visage du jeune homme, puis il lui posa les mains sur la tête en l'apostrophant ainsi :

« Kaïram, fils d'Ali Banou, quelle est la sentence que moi, ton maître, je t'ai apprise au jour de malheur, quand tu partis pour le camp des soldats francs?

— O mon maître vénéré, répliqua Kaïram en lui baisant humblement la main, tu m'as dit : « Celui qui aime Allah et qui a une « conscience pure ne sera jamais seul, même au plus profond de « l'adversité, car il aura toujours à ses côtés deux compagnons pour « le soutenir et le réconforter. »

Alors le vieillard leva vers le ciel un regard reconnaissant, puis, ayant attiré le jeune homme dans ses bras, il le poussa vers le père en reprenant :

« Ali, celui-ci est le fils que tu as pleuré pendant dix ans. »

Le scheik ne se possédait plus de joie; sans se lasser il contemplait les traits de celui qu'il avait longtemps cru perdu pour toujours, et il y retrouvait tous les traits du petit Kaïram enlevé jadis par les Francs. Et les spectateurs partageaient sa joie, car tous ils aimaient Ali Banou et tous étaient aussi heureux que s'ils eussent retrouvé un fils après l'avoir longtemps cru perdu pour toujours.

Maintenant les chants et le son des instruments de musique remplissaient la salle comme aux plus beaux jours d'autrefois. Le jeune homme dut redire son histoire si merveilleuse, en entrant naturellement dans beaucoup plus de détails encore, et tous répétèrent les louanges du professeur d'arabe, et tous firent les éloges de l'empereur qui avait pris Kaïram sous sa protection si puissante. Il était fort tard lorsqu'on pensa enfin à se séparer, chacun emportant de riches présents que Banou avait voulu distribuer à tous ses amis présents, afin de perpétuer dans leur mémoire le souvenir de ce retour inespéré.

NASIBUS ET MIMI

NASIBUS ET MIMI

CONTE DE JADIS

Dans une ville de n'importe quel pays, il y avait alors un savetier et sa femme qui vivaient très pauvrement. L'homme passait ses journées à raccommoder de vieux souliers dans une misérable échoppe : il aurait bien su faire des chaussures neuves, mais l'argent lui eût manqué pour s'approvisionner du cuir nécessaire à cette confection.

La femme, installée dans un coin du marché, vendait les quelques fruits et légumes qu'elle récoltait dans un jardin situé aux portes de la cité. Beaucoup de personnes préféraient se fournir auprès d'elle, parce qu'elle était toujours mise avec une extrême propreté, et qu'elle savait donner un aspect agréable à son étalage.

Ces bonnes gens avaient pour enfant unique un petit garçon, joli de figure et très fort pour ses huit ans. La mère avait l'habitude de l'emmener avec elle sur le marché; il aidait les clients trop chargés à porter leurs provisions chez eux, et il revenait rarement les mains vides : tantôt c'était une fleur, tantôt c'était une pièce de monnaie ou un gâteau qu'on lui avait donné en payement de sa complaisance; les maîtres le cajolaient autant que les domestiques, tant sa gentillesse plaisait à tout le monde.

Un jour, la savetière était à son poste, comme de coutume, au marché; elle avait devant elle des mannes où s'entassaient des choux et autres légumes, et aussi un panier de poires hâtives et d'abricots. Jacques, ou Jacquot, comme on disait plutôt, était assis près de sa mère et faisait l'article de sa voix mince et claire, qu'il enflait de son mieux.

« Par ici, ma bonne dame, par ici, mon bon Monsieur; regardez les beaux choux, les légumes bien frais, les poires bien jaunes et les abricots bien mûrs. Maman ne vend pas cher, profitez de l'occasion. »

Comme Jacquot criait ainsi, une vieille, qui venait de l'autre bout de la place, se dirigea de ce côté. Elle n'avait pas l'air bien riche; ses vêtements avaient des accrocs, sa figure en lame de couteau était toute ratatinée par l'âge; elle avait des yeux rouges et un grand nez crochu qui faisait casse-noisette avec le menton. La vieille s'appuyait sur un bâton pour marcher, et pourtant elle avançait on ne savait pas comment : elle se tortillait, se poussait, se déhanchait, à faire croire qu'à tout moment elle allait se casser la figure sur les pavés.

La savetière ne quittait pas des yeux cette vieille sorcière. Il y avait déjà seize ans qu'elle vendait au marché tous les jours, et c'était cependant la première fois qu'elle voyait cette étrange vieille. La vieille vint droit à elle.

« C'est vous, Jeanne la savetière? demanda-t-elle d'une affreuse voix de crécelle, tout en dodelinant de la tête à chaque mot.

— Oui, répliqua la mère de Jacquot; qu'est-ce que vous désirez?

— Il faut que je voie d'abord si tu as ce qu'il me faut. »

La vieille se pencha et plongea ses vilaines mains noires dans les mannes; elle prenait, tournait, retournait, flairait. La savetière avait le cœur serré en voyant traiter de la sorte sa marchandise si fraîche et si appétissante, mais qu'y faire? C'est le droit du client d'examiner avant d'acheter; puis elle avait peur de la vieille.

« Rien de bon, rien de bon, grommela celle-ci, quand elle eut tout mis sens dessus dessous; rien de ce que je veux. Tout était bien meilleur il y a cinquante ans. »

Cette fois, le petit Jacquot se mit sérieusement en colère.

« Tu n'es qu'une vieille effrontée, lui cria-t-il en venant se camper bravement en face d'elle; tu fourres partout tes doigts sales, tu tripotes tout, tu fouilles tout avec ton grand nez. Si bien que ceux qui t'ont vue ne voudront plus rien acheter à maman; et maintenant tu viens de dire qu'il n'y a rien de bon. Sais-tu que c'est nous qui fournissons la cuisine du duc? »

La vieille regarda l'enfant de travers et éclata de rire.

« Là, là, mon garçon, dit-elle d'une voix enrouée, tu le trouves donc de ton goût, mon nez, mon beau grand nez? Eh bien! tu en auras un qui te descendra plus bas que le menton. »

Tout en parlant, elle s'en était allée cahin-caha du côté des mannes où étaient les choux; elle les prenait l'un après l'autre, les beaux choux à grosses pommes jaunes comme l'or, elle les serrait entre ses doigts crochus à les faire craquer; et elle fit pour les choux comme elle avait fait pour les légumes :

« Rien de bon, rien de bon...

— Pourquoi donc remues-tu tout le temps la tête? reprit Jacquot; ton cou n'est pas plus gros qu'une queue de chou, et s'il se cassait, la tête tomberait dans notre panier; c'est pour le coup que personne ne voudrait plus de nos choux.

— Je vois ce que c'est, répliqua la vieille en ricanant; tu n'aimes pas les grands cous. On ne t'en donnera pas du tout,

46

comme cela tu n'auras pas peur que ta tête tombe de dessus tes
épaules.

— Laissez donc le petit tranquille, fit enfin la savetière avec
humeur; si vous avez besoin de quelque chose, dépêchez-vous;
vous voyez bien que vous faites sauver mes clients.

— Bien, bien, ma fille, grogna la vieille avec un regard hai-
neux; je prends ces six choux-là. Comme il faut que je me serve
de mon bâton pour marcher, je ne peux pas les porter; dis à ton
garçon de venir avec moi; je le récompenserai de sa peine. »

Mais Jacquot ne voulait pas entendre parler d'aller avec la
vieille, qui lui faisait peur, vraiment peur. Sa mère fut obligée de
se fâcher pour le faire obéir; elle trouvait que c'eût été péché que
de laisser la vieille porter un aussi gros paquet. Ce fut donc tout
en pleurnichant et en rechignant que Jacquot noua les choux
dans une toile et suivit la vieille.

Ils n'allaient pas vite, naturellement, et ils étaient en route
depuis trois bons quarts d'heure quand la vieille s'arrêta devant
une petite maison qui menaçait ruine, dans une rue déserte, au
fond d'un quartier éloigné. Elle tira de sa poche un vieux clou tout
rouillé, qu'elle introduisit adroitement dans une fente de la porte;
et crac, la porte s'ouvrit comme par enchantement. Jacquot écar-
quilla les yeux quand il fut entré, car la maison, qui était une
masure au dehors, était un palais au dedans. Les murs et les pla-
fonds étaient du plus beau marbre, les meubles étaient en bois
d'ébène incrusté d'or et de pierres précieuses, et le sol était de
cristal si poli et si brillant que Jacquot glissa et tomba tout de son
long au deuxième ou au troisième pas. La vieille prit dans sa
poche un sifflet d'argent et se mit à siffler; aussitôt plusieurs
cochons d'Inde dégringolèrent l'escalier; Jacquot ne pouvait en
croire ce qu'il voyait. Les gentilles petites bêtes, habillées à la
dernière mode, se tenant sur leurs pattes de derrière, étaient

chaussées de coquilles de noix, avec lesquelles elles patinaient fort bien sur le cristal.

Jacquot suivit la vieille.

« Où sont mes pantoufles, canailles? leur cria la vieille. Est-ce que vous allez me faire attendre encore longtemps comme cela? »

Et elle leur allongea quelques coups de son bâton, qui leur firent escalader les degrés quatre à quatre, en poussant de petits cris plaintifs. Ils revinrent tout de suite avec une paire de demi-coquilles de noix de coco soigneusement capitonnées, que la vieille mit prestement à ses pieds, et avec lesquelles elle patina aussi vite que ses singuliers domestiques. Alors elle jeta son bâton, dont elle n'avait plus besoin, et partit à fond de train en entraînant Jacquot à l'autre bout de la maison, dans une grande pièce qui devait être la cuisine, à en juger par les ustensiles accrochés de tous les côtés, mais qu'on aurait bien pu prendre pour une chambre de gala, avec ses beaux canapés couverts de tapis et sa magnifique table en acajou massif.

« Assieds-toi, lui dit la vieille en prenant un air aimable, en le poussant dans l'angle d'un canapé et en roulant la table devant lui de manière à l'empêcher de s'en aller; assieds-toi. Tu dois être fatigué : c'est lourd, des têtes d'hommes.

— Est-ce que vous déraisonnez? riposta Jacquot tout interloqué; sans doute, je suis fatigué, mais c'est d'avoir porté les choux que vous avez achetés à maman.

— C'est toi qui ne sais pas ce que tu dis, mon garçon, » fit-elle en souriant.

Elle dénoua la toile, y plongea la main et en retira une tête humaine qu'elle tenait par les cheveux. Jacquot resta muet d'épouvante; il ne comprenait pas comment pareille chose avait pu se faire; mais il se disait que si cette histoire venait à se savoir, elle ferait certainement du tort à sa maman et qu'on voudrait même peut-être la mettre en prison.

« Puisque tu as été bien gentil, je vais te faire manger quelque chose de bon, dit la vieille : une petite soupe dont tu te souviendras toute ta vie. »

Elle donna un nouveau coup de sifflet, et d'autres cochons d'Inde arrivèrent. Ils avaient des tabliers blancs, dans la ceinture desquels étaient passés des couteaux à découper. Ils furent suivis

d'une légion d'écureuils, qui avaient des pantalons à la turque, des
calottes en velours vert, et qui marchaient sur leurs pattes de
derrière seulement. Les écureuils devaient être les marmitons, car
ils apportaient les casseroles, les plats, les œufs, le beurre, la
farine, les épices à la vieille, qui se démenait devant les fourneaux
sans perdre une minute. Jacquot vit bien qu'elle se donnait réellement beaucoup de peine pour lui faire quelque chose de bon. Bientôt le feu pétilla et flamba; ce qui se trouvait dans la casserole
commença à chanter et à bouillir, tandis qu'une odeur délicieuse se
répandait dans l'air. La vieille allait et venait toujours; les cochons
d'Inde et les écureuils faisaient autant de pas qu'elle; et chaque fois
qu'elle passait devant le fourneau, elle se penchait au-dessus de la
casserole pour en humer le fumet. Enfin, ce qui bouillait déborda
et s'épancha sur la braise, qui siffla; la vieille enleva la casserole et
vint la poser devant Jacquot en disant :

« Goûte-moi ça, mon garçon; quand tu auras mangé cette
bonne soupe-là, il ne te manquera plus rien de ce qui te plaisait
tant. On fera de toi un cuisinier de premier ordre; mais la plante,
tu ne trouveras jamais la plante... Aussi, pourquoi ta mère ne l'avait-
elle pas dans ses paniers? »

Jacquot ne prêtait pas grande attention à ces bizarres propos;
il ne demandait pas mieux que de se consacrer tout entier à la
soupe, qui lui semblait décidément très réussie. Bien sûr, sa mère
lui avait fait déjà plus d'un petit plat excellent, mais jamais rien de
pareil à ce qu'il savourait là. Pendant qu'il mangeait, le parfum des
plantes que la vieille avait mises dans la soupe lui montait à la tête,
le grisait; il fut gris tout à fait quand, son festin achevé, les écureuils brûlèrent de l'encens d'Arabie, dont les nuages bleuâtres
remplirent la cuisine en peu d'instants. Jacquot sentit que s'il restait là, il allait s'endormir; songeant que sa mère l'attendait, il fit
de courageux efforts pour résister au sommeil et se lever, mais il

n'y parvint pas. En fin de compte, au bout de quelques minutes Jacquot ronflait comme un sabot.

En dormant, Jacquot fit les rêves les plus étonnants. Il rêva que la vieille le déshabillait et l'enveloppait d'une peau d'écureuil; il rêva qu'il sautait, qu'il gambadait, qu'il grimpait tout comme un de ces petits animaux; qu'il était, ainsi que les cochons d'Inde, au service de la vieille, et que son service consistait à cirer les chaussures; il mettait de l'huile sur les noix de coco, et les frottait jusqu'à ce qu'elles fussent bien reluisantes. Comme il avait souvent fait quelque chose d'approchant chez son père, il se tirait fort convenablement de cette besogne.

Il rêva encore qu'au bout d'un an il était appelé à des fonctions plus délicates. Il était alors chargé, avec d'autres écureuils, de recueillir les atomes qui dansent dans les rayons de soleil et de les passer dans un crible extrêmement fin; c'était avec cette substance toute particulière que se faisait le pain de la vieille, et cela pour deux raisons : elle ne trouvait rien de meilleur et elle n'avait plus une seule dent, ce qui ne lui permettait pas de manger autre chose.

Au bout de la seconde année, Jacquot monta encore en grade. Devenu échanson, il n'eut pas simplement, comme on serait tenté de le croire, à aller puiser de l'eau dans une citerne ou dans un tonneau recevant les eaux de pluie; il devait récolter, avec des coquilles de noisettes, la rosée qui scintillait sur les roses, la vieille n'ayant pas d'autre boisson. Comme elle buvait beaucoup, les petits échansons n'avaient pas le loisir de s'amuser. Au terme de la troisième année, il fut admis au service de la maison; il commença par être frotteur, et il eut de la besogne par-dessus la tête, avec ces parquets de cristal sur lesquels tout faisait tache, et qui ne devaient pas moins être d'une propreté, d'une limpidité irréprochables. Enfin, il fut jugé digne de prendre rang parmi les marmitons et de faire un apprentissage en règle dans le noble art culinaire. Il prouva que l'on n'avait pas eu tort d'avoir confiance en ses facultés, et acquit une habileté incomparable, aussi bien comme pâtissier que comme cuisinier. Il était parfois même étonné de son savoir; les sauces les plus difficiles, les mets les plus compliqués, les gâteaux les plus recherchés, n'avaient pas de secrets pour lui.

Sept années avaient fui ainsi, quand la vieille lui ordonna un jour de lui préparer un poulet rôti pour l'heure à laquelle elle rentrerait. Jacquot fit les choses comme elles devaient être faites. Il saigna proprement son poulet, le pluma, le flamba, le vida; puis il se mit en quête de ce dont il avait besoin pour le garnir. Tout en fouillant de côté et d'autre, il découvrit un placard que jusqu'alors il n'avait pas remarqué; il l'ouvrit par curiosité, et vit une rangée de corbeilles d'où s'échappait un parfum pénétrant; dans une de ces corbeilles, il trouva une plante qu'il ne connaissait pas encore : la tige et les feuilles étaient d'un vert bleuâtre, la fleur d'un rouge ardent bordé de jaune. En la respirant, il se rappela la bonne soupe que la vieille lui avait fait manger le jour où il l'avait rencontrée; l'odeur était si forte qu'il se mit à éternuer, à éternuer tellement qu'il se réveilla.

Il se retrouva sur le canapé de la vieille et promena ses regards étonnés autour de lui.

« Est-il possible de faire des rêves aussi bêtes ! se dit-il. J'aurais mis ma main au feu que tout ça m'était arrivé, que j'étais écureuil, et grand cuisinier par-dessus le marché. C'est maman qui rira quand je lui raconterai tout cela. En attendant, elle va joliment me gronder de m'être endormi chez des étrangers, au lieu de retourner de suite auprès d'elle. »

En même temps, il se mit sur pied pour partir; mais il avait dormi si profondément qu'il en avait les membres tout engourdis et qu'il y avait gagné une sorte de torticolis, car le cou lui faisait mal dès qu'il essayait de tourner la tête à droite ou à gauche. Puis il

devait n'être encore réveillé qu'à moitié, car à tout instant il donnait
du nez contre un mur ou contre un meuble. Pendant qu'il se dirigeait vers la porte, les écureuils et les cochons d'Inde le suivaient
en poussant de petits cris. Quand il fut sur le seuil, il les invita à
venir avec lui ; mais ils se sauvèrent à l'intérieur de la maison avec
des hurlements qu'il entendait encore dans la rue.

Comme il n'était jamais venu dans ce quartier, il eut de la
peine à retrouver son chemin. D'ailleurs il y avait foule aussi dans
toutes les voies que Jacquot prenait ; cela tenait probablement à ce
qu'un nain se promenait dans les mêmes rues, car à chaque instant
il entendait l'un ou l'autre s'exclamer :

« Ah ! mon Dieu, qu'il est petit !... Seigneur, est-il possible
d'être aussi laid !... Avez-vous jamais vu un nabot pareil ?... C'est
moi qui aurais du chagrin d'avoir un nez comme celui-là... Ce sont
des pattes d'araignée qu'il a au bout des bras... »

Jacquot n'était pas le dernier à courir, quand il s'agissait de
voir quelque chose de curieux, géant, nain, ou personnage bizarre-
ment accoutré ; en d'autres circonstances il se serait mis aux trousses du petit homme qui faisait une telle sensation, mais il avait hâte
de rejoindre sa mère, et il résista à la tentation.

Il n'était pas fort rassuré en arrivant sur le marché. La savetière était encore là, et Jacquot en conclut qu'il n'avait pas dû dormir autant qu'il le croyait ; mais il remarqua qu'elle avait l'air tout
triste ; au lieu de s'efforcer d'attirer les clients, elle ne disait rien et
gardait la tète entre ses mains. Plus il s'approchait, plus il la trouvait pâle et changée, si bien qu'il hésitait à lui parler. Enfin, prenant son parti, il se glissa doucement derrière elle, et, lui passant
un bras autour du cou :

« Tu es fâchée, petite mère ? » lui dit-il.

La savetière se retourna et, se redressant d'un bond, avec un
cri d'horreur :

« Qu'est-ce que tu me veux, vilain monstre? riposta-t-elle; je n'aime pas ces plaisanteries-là. File, et plus vite que ça!

— Pourquoi me chasses-tu, maman? demanda le pauvre Jacquot tout interloqué.

— Je te dis de passer ton chemin, cria la savetière en colère : entends-tu, affreux magot!

— Il faut que ma pauvre maman ait perdu la tête, pensa l'enfant chagrin; qu'est-ce que je ferais bien pour la ramener à la maison? Petite mère, regarde-moi, je t'en prie : tu ne reconnais donc pas ton Jacquot?

— Par exemple, c'est trop fort, vitupéra la savetière en s'adressant à sa voisine. Croyez-vous que cet avorton, qui fait sauver tous mes clients, a le front de se moquer de mon malheur? Il a l'aplomb de me dire qu'il est mon garçon... »

Les commères firent facilement chorus à l'indignation de la savetière; elles accablèrent Jacquot d'une avalanche d'injures, — et Dieu sait si le vocabulaire de ces dames est riche sous ce rapport. — Comment! il osait rire aux dépens d'une malheureuse à laquelle on avait volé, sept ans auparavant, un amour d'enfant? Eh bien, s'il ne déguerpissait pas au plus vite, elles se chargeaient de lui apprendre à vivre.

Cette fois, Jacquot n'y était plus du tout. Selon ce qu'il croyait fermement, il était venu le matin au marché comme d'habitude, il avait aidé sa mère à faire l'étalage, il avait porté le paquet d'une cliente, mangé un peu de soupe, dormi un peu : et voilà que les marchandes parlaient de sept années, ni plus ni moins!... Et on le traitait de magot, de monstre... Non, Jacquot n'y comprenait plus rien.

Quand il vit qu'il ne gagnerait rien à insister davantage auprès de sa mère, il s'en alla, avec de grosses larmes plein les yeux, par la rue au bas de laquelle était l'échoppe de son père.

47

« Je verrai bien, songeait-il, si lui non plus ne me reconnaît pas. Je m'arrêterai sur le pas de la porte et je causerai avec lui. »

Ce fut en effet de cette façon qu'il s'y prit pour renouveler connaissance avec son père. Le savetier était tellement absorbé par son travail qu'il fut quelque temps avant de remarquer la présence du nouveau venu; il l'aperçut en relevant le regard par hasard, et il en éprouva un tel saisissement qu'il en laissa tomber son alène et son soulier.

« Mon Dieu, qu'est-ce que c'est que ça? ne put-il s'empêcher de dire.

— Bonsoir, patron, comment ça va? demanda Jacquot en entrant délibérément.

— Pas mal, mon petit homme, riposta le savetier, qui, décidément, ne paraissait pas se douter de l'identité de son interlocuteur; je me fais vieux et j'aurais besoin d'un ouvrier, mais je ne suis pas assez riche pour me payer ce luxe-là.

— Vous n'avez donc pas de garçon qui pourrait vous donner un coup de main? insinua Jacquot.

— J'ai eu un fils qui s'appelait Jacques, et qui irait maintenant sur ses vingt ans. Ah! si je l'avais encore, les choses marcheraient autrement qu'elles ne marchent. C'est qu'il était grand, et fort, et intelligent, et qu'il aurait fait un beau gars, c'est moi qui vous le dis. Avec lui, j'aurais repris du cœur à l'ouvrage; on aurait fait le neuf; mais il ne faut plus y penser.

— Et pourquoi ne faut-il plus y penser, patron? s'informa le pauvre Jacquot, d'une voix toute tremblante.

— Parce qu'on nous a volé notre garçon sur le marché, il y a de cela quelque chose comme sept ans.

— Sept ans? répéta l'enfant anéanti.

— Oui, mon petit homme, sept ans, et il me semble que ça nous est arrivé hier. Je vois encore ma femme qui rentre en s'arra-

chant les cheveux et en hurlant comme une bête. Elle avait cherché
le petit toute la journée, dans tous les coins de la ville, sans pouvoir
remettre la main dessus. Elle était fière de son garçon, et comme
tout le monde le trouvait gentil, elle l'envoyait souvent porter ceci
ou cela chez un client ou l'autre. Moi, je lui avais déjà dit bien
des fois : « Tu as tort, tu verras qu'on nous le volera. » Et c'est
arrivé. Un jour, voilà qu'une vieille, que personne ne connaissait,
achète à ma femme plus de légumes qu'elle n'en pouvait porter ; Jeanne, qui est bonne comme le bon pain, lui donne Jacquot
pour l'aider, et Jacquot n'est jamais revenu.

— Et vous dites qu'il y a sept ans de ça ?

— Il y aura sept ans au printemps prochain, mon petit homme.
Nous l'avons fait tambouriner, nous avons couru toutes les rues
et toutes les maisons ; comme tout le monde le connaissait et l'aimait, les gens comprenaient notre chagrin et se mettaient à chercher avec nous ; mais ils ont perdu leur temps, tout comme nous.
Personne ne se souvenait d'avoir jamais vu la vieille qui avait acheté
les légumes. Une bonne femme qui approchait de la centaine nous
a dit pourtant que ce devait être la méchante fée Soupauzerbe, qui
ne venait faire des provisions que tous les cinquante ans. »

Là-dessus, le savetier reprit son soulier et se remit à tirer son
ligneul à deux poings. Petit à petit, Jacquot comprenait : il comprenait qu'il n'avait nullement rêvé, qu'il avait bien passé sept ans
de temps au service de la vieille dans la peau d'un écureuil ; il
comprenait que personne ne pouvait le reconnaître, et un chagrin
profond s'emparait de lui, avec une véritable rage contre l'horrible
Soupauzerbe. Ainsi, elle lui avait pris sept années, et que lui avait-
elle donné en retour ? Il était bien avancé, maintenant, de savoir
faire reluire des noix de coco, briller les parquets de cristal, préparer des plats exquis !... Comme il restait toujours là à réfléchir
amèrement sur son sort, le savetier reprit :

« Est-ce que vous auriez besoin de quelque chose, mon petit homme? Voudriez-vous une bonne paire de chaussures, ou bien — et il sourit — un bon étui pour votre nez ?

— Que voulez-vous dire? Pourquoi mettrais-je un étui à mon nez?

— Parce qu'il se porte joliment bien, et qu'avec un bon étui il serait moins exposé. Tenez, j'ai justement là ce qu'il vous faut, une basane rouge qui est douce comme de la soie; il m'en reste une aune; et je pense que nous en aurions assez. Enfin, puisque ça ne vous dit pas, n'en parlons plus; mais je suis sûr que vous devez plus d'une fois donner du nez dans les passants ou les voitures. »

Jacquot s'empressa de tâter son nez, et il put constater que ce nez était d'une grosseur phénoménale et d'une longueur extraordinaire; la vieille avait tenu parole.

« Patron, dit-il d'une voix étranglée, n'auriez-vous pas un miroir à me prêter pour un instant.

— Mon garçon, répliqua gravement le savetier, vous n'êtes pas tout à fait ce qu'on appelle un Adonis, et je ne vois pas pourquoi vous perdriez votre temps à vous regarder dans une glace. Si vous en avez l'habitude, c'est une mauvaise habitude dont vous devriez vous défaire au plus vite, car elle vous rend ridicule.

— Je vous en prie, prêtez-moi un miroir; je vous assure que ce n'est pas le moins du monde par vanité.

— Eh! laissez-moi la paix, avec votre miroir. Je n'en ai pas à moi, et je ne sais où ma femme cache le sien. Si vous tenez absolument à vous admirer, vous n'avez qu'à traverser la rue et à entrer chez Urbain, le barbier; vous y trouverez votre affaire. Sur ce, bonsoir. »

Le savetier le poussa doucement dehors, referma sa porte et se remit à la besogne. Jacquot avait le cœur serré, comme bien on

« N'auriez-vous pas un miroir à me prêter? »

pense. Il traversa la rue et entra chez le barbier Urbain, un de ses bons amis d'autrefois.

« Bonsoir, Urbain, dit-il; je viens vous demander un petit service; auriez-vous la complaisance de me laisser regarder un instant dans votre miroir?

— Comment donc! mais avec plaisir, mon cher Monsieur, se récria le barbier en riant; on n'a rien à refuser à un beau garçon comme vous qui a tout pour lui : un cou de cygne, des mains de reine et un amour de nez. Vous êtes un peu vaniteux de votre personne, je comprends ça; mais, foi d'Urbain, on ne dira pas que, par envie, je vous ai refusé mon miroir. »

Les clients du barbier pouffaient de rire; le pauvre Jacquot ne parut pas s'en soucier, et il alla se placer devant la glace. Pendant qu'il s'examinait attentivement, ses yeux s'emplissaient de larmes.

« Maman chérie, se dit-il, comment aurais-tu pu reconnaître ton petit Jacquot dont tu étais si fière? »

Car Jacquot avait maintenant de petits yeux bridés, un nez extravagant, qui lui descendait plus bas que le menton, la tête enfoncée entre les épaules au point qu'il la tournait difficilement, un buste plus large que haut, pareil à un sac bien bourré, de pauvres petites jambes si chétives que l'on se figurait toujours les voir prêtes à se casser sous la charge de ce sac, des bras qui n'en finissaient plus, et des mains qui ressemblaient à de monstrueuses pattes d'araignée. Il n'avait nullement besoin de se baisser pour ramasser quelque chose à terre. Voilà ce que la méchante fée Soupauzerbe avait fait du gentil petit Jacquot d'autrefois.

« Eh bien, mon prince Charmant, vous êtes-vous suffisamment admiré? reprit le barbier. Ma parole, il faut le voir pour y croire. Tenez, si vous le voulez, nous pouvons faire une bonne affaire ensemble. Ma boutique est bien achalandée, mais elle ne l'est pas encore autant que je le voudrais; la raison, c'est que mon concur-

rent Samousse a déniché un colosse qu'il a embauché pour garçon
et qui lui attire beaucoup de monde. Devenir grand, ce n'est pas un
miracle, et tout un chacun peut en faire autant; mais rester comme
vous voilà, mon garçon, ce n'est pas permis; et, si le cœur vous en
dit, je vous embauche à mon tour. Vous aurez la table, le logement
et le vêtement; tout le travail que vous ferez, ce sera de vous tenir
sur le pas de ma porte pour amener des clients; vous les savonne-
rez, et je mets ma main au feu que vous ferez, avec les pourboires,
de meilleures journée que moi. Est-ce convenu? »

Jacquot fut fort indigné qu'on osât lui proposer de servir d'enseigne à la boutique d'un barbier; mais il ne laissa rien voir de ses
sentiments et, se bornant à répondre dignement qu'il n'en avait pas
le temps, il s'en alla.

Si la vieille avait déformé le corps de Jacquot à sa guise, elle
n'avait eu cependant aucune prise sur l'intelligence du pauvre garçon; il s'en rendait parfaitement compte. Il n'était plus l'enfant
qu'elle avait emmené chez elle sept ans auparavant; il était plus
sérieux, plus réfléchi, et s'il était triste, ce n'était pas d'être défi-
guré, mais bien d'avoir été chassé comme un chien galeux par son
père et par sa mère. C'est pourquoi il se décida à risquer une
seconde démarche auprès de la savetière.

Il alla donc la retrouver sur le marché et la supplia de l'écouter
tranquillement. Alors il lui raconta minutieusement ce qui s'était
passé le jour de sa disparition, tout ce que la vieille avait dit et
fait; il lui rappela ensuite diverses particularités de son enfance,
et enfin lui expliqua comment il était resté sept ans au service de
la méchante fée, qui avait ainsi tiré vengeance des moqueries qu'il
s'était permises à son égard. La savetière ne savait plus que
penser; tout ce que le magot lui détaillait sur les jeunes années
de Jacques était absolument exact, mais elle se révoltait quand
il lui parlait du temps qu'il avait passé dans la peau d'un écu-

reuil : « Cela n'est pas possible, disait-elle, il n'y a plus de fées. »
Puis, chaque fois qu'elle le regardait, elle avait un frisson d'horreur, et elle se disait que jamais, jamais, elle ne pourrait traiter
comme son enfant ce misérable avorton. En fin de compte, elle ne
trouva rien de mieux à faire que d'aller consulter son mari ; elle
ramassa donc ses mannes, et la femme et le magot se dirigèrent
vers l'échoppe du savetier.

« Dis donc, lui dit-elle en entrant, il m'arrive une drôle d'histoire. Cet affreux bonhomme me soutient qu'il est notre fils Jacques.
Il m'a conté comment la chose s'était faite, et comment la fée l'avait
rendu tout difforme.

— Ah ! il t'a conté tout ça, fit le savetier qui tremblait de
colère ; eh bien ! il n'a pas eu beaucoup de peine à l'apprendre,
puisqu'il est venu tantôt me tirer les vers du nez. Cette petite
canaille ne manque pas d'aplomb, ma foi, mais il va savoir de
quel bois je me chauffe. »

Sur quoi, le savetier, saisissant son tire-pied, s'élança sur le
pauvre Jacquot, auquel il administra une correction comme le petit
n'en avait certainement jamais reçu. Jacquot fut réduit à prendre
la fuite, en poussant des hurlements de douleur.

Le pauvre nain, pour tâcher de les apitoyer sur son sort, alla
trouver plusieurs de ses connaissances, à qui, le plus sincèrement
du monde, il conta de nouveau son aventure ; mais ce fut en pure
perte, on se moqua de lui ; quand il insista, on le chassa brutalement. Qu'allait-il devenir, ainsi rebuté de tous, sans la moindre
pièce de monnaie dans sa poche ?

Le soir venu, il ne s'était encore rien mis sous la dent, et,
quand la nuit tomba, le seul abri qu'il trouva pour se reposer fut
le porche d'une église.

Le lendemain, les rayons du soleil vinrent l'y réveiller de
grand matin ; il s'assit et réfléchit mûrement à ce qui lui restait à

48

faire. Il avait trop de fierté pour accepter le marché d'Urbain.
Comment allait-il s'y prendre pour gagner sa vie? Tout à coup, il
se souvint des progrès qu'il avait faits en cuisine chez la vieille;
et, se sentant en état de rivaliser avec le premier maître queux
venu, il résolut de chercher à tirer parti de ses talents.

Quand la matinée fut un peu avancée et qu'une certaine animation régna dans les rues, après avoir fait sa prière dans l'église,
il se mit en quête d'une place. Le pays avait alors pour souverain
un duc qui passait à bon droit pour le plus fameux gourmand de
la terre. Il ne soignait rien tant que sa table, et ne reculait devant
aucun sacrifice pour s'attacher les meilleurs cuisiniers du monde.
Ce fut droit vers le palais ducal que le nain se dirigea. Aux gardes
qui l'arrêtèrent dès la première grille il déclara qu'il désirait parler au chef des cuisines. On lui rit au nez, mais on ne l'en guida
pas moins à travers les corridors, et, sur tout le parcours, il fit
sensation : les garçons d'écurie abandonnèrent l'étrille, les bat-
teurs de tapis leurs baguettes, pour suivre cet étonnant personnage, de sorte qu'il avait une escorte imposante par le nombre,
mais non par la tenue, quand il se trouva sous le grand péristyle.
Là, il se vit inopinément en présence de l'intendant, qui n'avait pas
l'air engageant et qui brandissait un fouet à solides lanières.

« Chiens! cria-t-il, oubliez-vous que Monseigneur repose encore? »

Et il fit une abondante distribution de coups de fouet sur les
épaules et les échines qui étaient à sa portée.

« C'est un nain, Monsieur, lui répliqua-t-on; vous ne voyez
donc pas que nous amenons un nain? »

L'intendant bouscula ceux qui ne s'écartaient pas assez promptement pour lui livrer passage, et soudain il resta muet de saisissement en apercevant Jacquot. Si sa dignité ne lui avait pas sévèrement défendu de s'égayer devant toute cette valetaille, l'intendant
eût certainement ri à ventre déboutonné.

« Tu t'exprimes mal, sans doute, mon garçon, dit-il, quand il sut que ce bizarre visiteur demandait le chef des cuisines, c'est à moi, l'intendant du duc, que tu désires parler; c'est pour être nain du duc, n'est-ce pas ?

« Du tout, Monsieur, répliqua Jacquot; je pense être assez bon cuisinier, et si le chef des cuisines de Monseigneur veut me mettre à l'épreuve, il ne le regrettera pas.

— Comme tu voudras, mon garçon, mais, entre nous soit dit, tu ne choisis pas le bon lot. Le nain d'un prince comme Monseigneur n'a rien à faire qu'à bien boire, bien manger et porter de beaux habits; d'un autre côté, je doute fort que tu en saches assez long pour passer cuisinier en titre, et ce serait dommage de faire de toi un simple laveur de vaisselle. »

Sur ce, l'intendant le prit par la main et le conduisit au chef des cuisines.

« Monsieur, dit le nain à ce personnage, n'auriez-vous pas besoin d'un bon cuisinier? »

Le chef le toisa des pieds à la tête, puis partit d'un gros éclat de rire.

« Toi, cuisinier! s'écria-t-il enfin, quand il put parler; est-ce que tu te figures qu'on a fait les fourneaux de Monseigneur pour des Tom Pouce de ton espèce? Mon pauvre garçon, celui qui t'a envoyé à moi s'est tout simplement moqué de toi. »

Et le chef fut pris d'un nouvel accès de fou rire, que partagèrent l'intendant et tous les domestiques témoins de la scène. Ce n'était pas encourageant, mais le nain ne se découragea pas.

« Qu'est-ce que c'est qu'un peu de beurre, de farine ou quelques œufs dans une maison comme celle de Mgr le duc? insista-t-il. Mettez-moi à l'épreuve, donnez-moi quelque chose de difficile à préparer, en me fournissant tout ce qu'il faut; et vous verrez que je n'ai pas trop bonne opinion de moi. »

Il avait un accent si convaincu, ce diable de nain, ses yeux brillaient d'un tel feu, ses grands bras avaient des gestes d'une telle éloquence, que le chef finit par se laisser fléchir.

« Eh bien, soit, j'y consens, fit-il, allons à la cuisine, quand ce ne serait qu'histoire de rire. »

Ils traversèrent plusieurs salles, longèrent plusieurs couloirs, et arrivèrent à une immense cuisine où tout était installé avec un luxe incomparable. Vingt fourneaux y flambaient constamment, un ruisseau d'eau vive y coulait dans toute la longueur et servait à conserver le poisson, aussi bien qu'à rafraîchir l'air ; les ingrédients d'un usage journalier encombraient des étagères de marbre ou de bois précieux. Il y avait, en outre, à droite et à gauche de la cuisine, dix salles immenses qui étaient l'office et dans lesquelles s'entassaient toutes les choses de nature à flatter le goût. Une armée de cuisiniers, de marmitons, de valets, allaient et venaient, remuaient les casseroles, manipulaient les louches et les écumoires ; tous s'arrêtèrent à l'entrée du chef et des gens qui l'accompagnaient. On n'entendit plus que le pétillement des feux et le murmure du ruisseau.

« Qu'est-ce que Monseigneur a commandé pour son déjeuner ? s'informa le chef au premier de ses aides.

— Une soupe à la danoise et des boulettes hambergeoises, Monsieur.

— Tu as entendu, mon garçon ? Alors tu te charges de confectionner cela ? Je te préviens que c'est assez compliqué ; en admettant que tu t'en tires pour la soupe, je suis sûr que ton embarras ne sera pas mince pour les boulettes ; car la recette est une recette à nous, et nous en gardons le secret.

— Oh ! je m'en charge bien volontiers, s'écria le nain, à la grande stupéfaction de tous ; pour la soupe, il me faut telles ou telles herbes, telles et telles épices, de la graisse de sanglier, des œufs et des carottes ; mais pour les boulettes, ajouta-t-il en baissant la voix, il me faut quatre viandes différentes, du vin, de la graisse de canard, du gingembre et une certaine plante qu'on appelle le séssibong.

— Mort de ma vie ! se récria le premier ahuri, quel est le sorcier qui t'a raconté tout ça ? C'est qu'il n'a rien oublié, ma foi... Et dire que nous n'avons jamais pensé nous-mêmes au séssibong. Tu es la perle des cuisiniers, mon petit.

— J'avoue que je ne m'en serais jamais douté, dit le chef à son tour, mais nous allons bien voir. Donnez-lui tout ce qui est nécessaire et laissez-le préparer le déjeuner de Monseigneur. »

On s'empressa d'exécuter les ordres du chef, et bientôt ustensiles et ingrédients s'alignèrent sur les fourneaux. Mais une difficulté se présenta. Jacquot ne pourrait pas arriver à la hauteur de ces fourneaux, et il fallut aviser pour y remédier. On approcha deux sièges, sur lesquels on coucha une table de marbre, et Jacquot put, ainsi rehaussé, montrer ce dont il était capable. Les cuisiniers, les marmitons, les valets, se pressaient et faisaient cercle autour de l'adroit petit bonhomme, qui semblait avoir dix bras et dix mains, tant la besogne avançait merveilleusement. Quand tout fut prêt, il pria de mettre les deux casseroles au feu et de laisser bouillir jusqu'au moment où il dirait de les retirer ; puis il se mit à compter : un, deux, trois, quatre, et ainsi de suite jusqu'à cinq cents. Alors il cria halte, les casseroles furent enlevées, et le nain pria le chef de vouloir bien goûter le mets qu'il venait de préparer.

Le premier se fit apporter par un marmiton une cuiller d'or, qu'il passa lui-même dans l'eau claire du ruisseau avant de la présenter au chef. Celui-ci la prit et s'approcha solennellement des casseroles, dans lesquelles il la plongea ; il goûta, ferma béatement les yeux, fit claquer sa langue et dit :

« Divin ! divin ! sur mon honneur ! ... Si le cœur vous en dit, Messire intendant ? »

L'intendant s'inclina, goûta et parut absolument ravi.

« Sur ma parole, fit-il en s'adressant au chef, vous êtes un maître, mais jamais vous n'avez réussi la soupe et les boulettes comme ce petit homme. »

Alors, tendant la main à Jacquot :

« L'ami, lui dit-il, tu me donneras des leçons; ton séssibong fait mieux encore que je ne m'y étais attendu. »

En ce moment, le valet de chambre du duc vint annoncer que Monseigneur réclamait son déjeuner. On s'empressa de verser le contenu des deux casseroles dans des plats d'argent et de les servir; pendant ce temps, le chef emmenait Jacquot dans sa chambre et causait avec lui. Ils y étaient depuis quelques minutes à peine, qu'un domestique venait prévenir le chef que Monseigneur le demandait sur-le-champ. Le chef endossa vivement un frac et courut à la salle à manger.

Il y trouva le duc d'une humeur charmante; les plats d'argent étaient consciencieusement nettoyés, et Monseigneur se caressait la barbe de l'air d'un homme parfaitement heureux.

« Chef, dit-il, j'ai toujours été content de tes services, mais jamais autant que ce matin : voudrais-tu m'apprendre quel est celui de tes hommes qui a préparé mon déjeuner aujourd'hui? Je tiendrais à lui faire remettre quelques ducats en témoignage de ma satisfaction toute spéciale.

— C'est une bien singulière histoire, Monseigneur, » répliqua le chef.

Et il conta ce qui s'était passé.

Le duc, au comble de l'étonnement, n'eut rien de plus pressé, naturellement, que de mander le nain par-devant lui et de le questionner. Ce pauvre Jacquot ne pouvait raisonnablement dire toutes ses mésaventures, qu'on aurait, sans aucun doute, traitées d'absurdités; il se borna donc à dire qu'il n'avait plus ni père ni mère, et

« Divin! divin! sur mon honneur!... » dit le chef.

qu'il avait appris la cuisine chez une vieille, ce qui n'était pas un mensonge, si ce n'était pas toute la vérité. Le duc ne lui en demanda pas davantage, d'ailleurs il était enchanté de son nouveau cuisinier, et le reste importait peu.

« Si tu veux entrer à mon service, lui dit-il, tu auras cinquante ducats par an, avec un habit et deux pantalons, moyennant quoi tu confectionneras toi-même mon déjeuner tous les jours, et tu surveilleras la préparation de mon dîner. Comme j'ai l'habitude de donner à mes gens le nom qui me convient, je t'appelle Nasibus et je te nomme sous-chef. »

Le nain salua jusqu'à terre, baisa la pantoufle du duc, et jura de servir fidèlement son nouveau maître.

Jacquot n'avait plus à s'inquiéter de l'avenir; il put donc se consacrer tout entier à ses sauces et à ses ragoûts.

La vérité exige de proclamer hautement que le duc fut un tout autre homme à partir de ce jour mémorable. Auparavant, Monseigneur avait souvent la mauvaise habitude de jeter les plats à la tête du chef; celui-ci avait même reçu, dans une occasion plus critique, un pied de veau insuffisamment cuit et lancé avec tant de force que le pauvre diable était tombé à la renverse et avait dû garder le lit pendant trois fois vingt-quatre heures; le duc donnait bien des poignées de ducats en guise d'emplâtres à ceux qu'il avait ainsi malmenés, mais ni chef, ni premier, ni valet, ne se sentaient à l'aise en lui servant un plat quelconque. A présent, plus de ces manquements à l'étiquette; Monseigneur faisait cinq repas au lieu de trois; Monseigneur ne se fâchait jamais, et Monseigneur engraissait à vue d'œil. Souvent même il mandait le chef et le nain, faisait asseoir l'un à sa droite et l'autre à sa gauche, et poussait l'amabilité jusqu'à leur introduire de fins morceaux dans la bouche, et cela de sa propre main. Et c'était là une faveur extraordinaire, que l'un et l'autre savaient apprécier convenablement.

49

En ville, le nain passait pour l'une des sept merveilles du monde. On faisait des bassesses pour obtenir la permission de voir Nasibus à ses fourneaux; les plus grands seigneurs intriguaient pour faire autoriser leurs cuisiniers à profiter de ses séances comme d'autant de leçons, pour lesquelles chacun versait un demi-florin par jour au fameux nain. Jacquot abandonnait cet argent à ses collègues, autant pour leur être agréable que pour les empêcher de prendre ombrage de son influence vraiment exceptionnelle.

Deux années s'écoulèrent ainsi, pendant lesquelles Jacquot vécut aimé et considéré. Il eût été parfaitement heureux sans le souvenir de ses parents, et il eût continué à vivre ainsi jusqu'à la fin de ses jours probablement, sans un fait peu commun que voici.

Nasibus, soucieux de la qualité des substances qui entraient dans ses préparations culinaires, faisait son marché lui-même. Un matin, il se dirigea vers le quartier de la volaille pour se procurer de bonnes oies bien tendres et bien grasses, des oies comme Monseigneur en voulait. Il avait déjà exploré le marché dans tous les sens sans trouver ce qu'il désirait, — et ce n'était vraiment pas la faute des marchandes, car elles mettaient assez d'empressement à faire voir leur marchandise au cuisinier favori du duc, — lorsqu'il aperçut une femme qui se tenait à l'écart et ne cherchait pas le moins du monde à attirer l'attention des clients sur les bêtes qu'elle avait à vendre. Nasibus se dirigea de ce côté, regarda, retourna, soupesa les oies, les vit à point et fit acquisition de trois, avec la cage qui les contenait. Il chargea le tout sur ses larges épaules et reprit le chemin du palais. Tout en marchant, il fut frappé de ce que deux des oies seulement poussaient des cris ordinaires de leur espèce, tandis que la troisième soupirait et gémissait ni plus ni moins qu'un être humain.

« Je crois que je ferai bien de tuer celle-là la première, dit-il à demi-voix; elle est sûrement malade, »

Il n'avait pas fini que l'oie lui répliquait en langage clair et net :

« Si tu me saignes, je te mordrai, et si tu me tues, je t'entraî-
nerai avec moi dans la tombe. »

Nasibus faillit laisser tomber sa cage; il se dépêcha de la poser
à terre, et vit que l'oie le regardait d'un air intelligent avec de
beaux yeux pleins de tristesse.

« Eh, ma commère, s'écria-t-il, vous savez donc parler? Voilà
une chose dont je ne me serais jamais douté. Allons, allons, rassurez-vous, on ne coupe pas le cou ainsi à un animal aussi rare. Je
parierai bien ce qu'on voudra que vous n'avez pas toujours eu ce
plumage; moi, tel que vous me voyez, j'ai bien été écureuil pendant
sept ans.

— Tu ne te trompes pas si tu crois que je ne suis pas née
sous cette forme humiliante. Ah! je te le jure, personne n'avait
prédit à la naissance de Mimi, la fille du grand enchanteur Flamboyant, qu'elle finirait à la broche.

— Là, là, vous n'y êtes pas encore, Mademoiselle Mimi, fit
observer judicieusement le cuisinier de Monseigneur; foi de Nasibus, je vous promets même qu'on ne vous arrachera pas une seule
plume. Je vous installerai dans ma chambre, je vous nourrirai, je
vous soignerai, et je viendrai passer avec vous tout le temps dont
je pourrai disposer. Je dirai que je veux faire un extra pour mon
maître, et je trouverai bien un moyen de vous rendre la liberté le
jour où cela vous conviendra. »

Mimi le remercia d'une voix émue. Jacquot tint parole : l'oie
eut une grande cage dans la chambre de Nasibus, elle fut nourrie
de gâteaux et de pâtisseries, et son protecteur vint lui tenir compagnie aussi souvent et aussi longtemps que possible. Jacquot conta
son histoire, Mimi rendit confidence pour confidence, et Jacquot
apprit ainsi qu'elle était la fille du grand enchanteur Flamboyant,
dont le château se trouve dans l'île de Gotland. L'enchanteur s'était

pris de querelle avec une vieille fée, laquelle avait été plus maligne que lui, et, pour se venger, avait changé en oie la fille unique de son adversaire. A ces détails, Mimi ajouta ce commentaire :

« Je ne suis pas tout à fait ignorante sur ce chapitre; car mon père nous a enseigné, à moi et à mon frère, bien des secrets de son art. Ce que tu me dis de la façon dont ta vieille s'y est prise, des mots qu'elle marmottait en préparant le philtre, tout me prouve que c'est un charme à la plante, c'est-à-dire que tu pourras rompre le charme quand tu auras la plante à laquelle la vieille pensait en te métamorphosant.

C'était là une mince consolation pour Nasibus, car il ne voyait guère la possibilité de découvrir la plante mystérieuse; cependant il reprit un peu d'espoir.

Vers cette époque, le duc fut avisé officiellement de la visite qu'un prince voisin, son ami et allié, avait l'intention de lui rendre très prochainement. En conséquence, il fit venir Nasibus et lui tint ce discours :

« Nasibus, voici le moment ou jamais de prouver si tu es un dévoué serviteur et un cuisinier sans rival. Il est de notoriété publique que mon noble ami est la plus belle fourchette du monde après moi, et sa table la meilleure de l'univers, après la mienne. Fais l'impossible pour que, de repas en repas, il aille de surprise en surprise, pendant toute la durée de son séjour; donc, sous peine de disgrâce, ne nous présente pas deux fois le même plat, tant qu'il sera là. En revanche, tu as carte blanche, ne recule devant aucune dépense : mon trésorier aura des ordres en conséquence. Quand tu devrais faire fondre des rubis et des diamants, me réduire à la mendicité, ne te laisse arrêter par rien; il y va de mon honneur : je ne veux pas avoir à rougir devant mon hôte.

— Il sera fait comme vous le désirez, Monseigneur, » répliqua le nain, en saluant respectueusement avant de se retirer.

Et le petit cuisinier de Monseigneur fit vraiment des merveilles. Il ne ménagea pas l'argent de son maître, c'est incontestable,
mais il ne ménagea pas davantage sa propre personne. Du matin
au soir, il planait à la cuisine dans un nuage de vapeur et de fumée,

Jacquot lui conta son histoire.

et sa voix aigre ne cessait de retentir sous les larges voûtes, car
c'était lui qui avait la suprême direction des cuisines pour d'aussi
graves circonstances.

Il y avait déjà deux semaines que le prince était arrivé, lorsque, le quinzième jour, le duc crut bien faire en présentant Nasibus à son ami, et en demandant à celui-ci s'il était satisfait de
ce maître queux.

« On ne peut plus satisfait, répondit le prince; c'est un gaillard qui sait ce que c'est que bien manger. Depuis que je suis ici, le même plat n'est pas revenu deux fois sur la table, et tout était parfait. Une seule chose m'étonne, c'est qu'il ne nous ait pas encore fait goûter le fin du fin, le pâté à la suzeraine. »

Nasibus resta tout interloqué : jamais, pas même chez Soupau-zerbe, il n'avait entendu parler de ce pâté. Il fit cependant bonne contenance, et ce fut bravement qu'il répliqua :

« Prince, j'espérais voir longtemps encore votre visage rayonner à la cour du duc mon maître ; et c'est pourquoi j'avais tardé jusqu'à présent à servir ce roi des pâtés : quel plat plus digne d'être le plat des adieux pourrait-on vous offrir ?

— Alors, fit le duc en riant, il me faudrait, moi, attendre jus-qu'à ma mort pour déguster ce fameux pâté ! Merci bien, je trouve que c'est trop long ; tu t'arrangeras de manière à imaginer un autre plat des adieux, mon bon Nasibus, car j'entends que le pâté à la suzeraine figure au menu de demain.

— Il sera fait comme vous le désirez, Monseigneur, » dit le nain en se retirant.

Mais il avait le cœur joliment serré, le pauvre nain ; c'était là un mauvais pas dont il ne sortirait certainement point à sa plus grande gloire.

Il gagna donc sa chambre, et là il donna libre cours à son cha-grin et à ses larmes. Mimi accourut auprès de lui et s'informa.

« Quoi ! ce n'est que cela ? s'écria-t-elle. Le pâté à la suzeraine était une des gourmandises de mon père, et on en faisait si souvent à la maison que je puis te donner la recette ou à peu près. En admettant qu'elle ne soit pas tout à fait complète, ton maître n'a pas le palais assez exercé pour s'en rendre compte. »

Jacquot sauta de joie ; pour la millième fois il se félicita d'a-voir acheté une oie aussi extraordinaire ; et il se mit immédiatement à la confection du « roi des pâtés ». L'essai qu'il tenta d'abord le contenta pleinement : le chef, qui fut appelé à émettre son opinion, ne put que complimenter Nasibus.

Le lendemain, il soigna plus encore, si c'était possible, le pâté destiné à la table de son maître; il le servit au sortir du four, après l'avoir artistement garni de fleurs fraîches. Puis il s'en alla passer son habit de gala et se rendit à la salle à manger. Comme il entrait, le grand écuyer tranchant découpait religieusement le pâté et chargeait l'assiette des deux convives avec une truelle d'argent. Le duc mordit à belles dents dans son morceau et leva les yeux au plafond d'un air extasié.

« Pâque-Dieu! s'écria-t-il quand il eut le gosier libre, on a bien raison de l'appeler le roi des pâtés, mais on devrait aussi appeler mon Nasibus le roi des cuisiniers; n'est-ce pas, mon cousin ?

— Ce n'est pas mal, fit-il, mais, je m'en doutais bien, ce n'est pas le pâté à la suzeraine. »

Les sourcils du duc se froncèrent, et son front s'empourpra.

« Chien de nain! hurla-t-il, comment oses-tu infliger pareil affront à ton maître? Faut-il que je fasse de la chair à pâté avec ta vilaine hure, pour te punir de nous présenter de la cuisine de gargote?

— Monseigneur, je vous jure que j'ai préparé le pâté selon toutes les règles de l'art, et qu'il ne doit rien y manquer, protesta humblement Nasibus, qui tremblait de tous ses membres.

— Et moi je te dis qu'il y manque quelque chose, pour que mon cousin s'en aperçoive, tonna le duc en allongeant un coup de pied à son ex-favori.

— De grâce, dit le malheureux en se traînant aux pieds du prince, dont il étreignit les genoux, de grâce, apprenez-moi ce qui manque... Ne me laissez pas mettre à mort pour un morceau de viande ou une poignée de farine.

— Quand je te l'aurai dit, tu ne seras guère plus avancé, mon

pauvre garçon, riposta le prince, qui souriait toujours d'un air mauvais ; toute ton habileté n'y pourra rien, et jamais ton maître ne man-
gera du véritable pâté à la suzeraine, parce que ce qui manque à
ton pâté, c'est une plante qui se nomme l'éternudon, et qui ne vient
pas dans ce pays. »

Cette fois, le duc fut pris d'une véritable fureur.

« Et moi je vous dis que j'en mangerai, cria le duc en grinçant
des dents ; et j'en mangerai dès demain, ou la tête de cet imbécile
de Nasibus sera piquée au haut de la grande grille de mon palais.
Et maintenant, va-t'en, et souviens-toi que c'est le dernier délai que
je t'accorde. »

Jacquot s'en alla encore conter sa peine à Mimi, mais sans rien
espérer d'elle ; cependant jamais il n'avait vu cette plante, et certainement il touchait à sa dernière heure.

« Allons, dit la fille de l'enchanteur, tu ne seras pas encore
haché menu comme chair à pâté cette fois ; remercies-en mon père,
qui a eu la bonne idée de m'enseigner à connaître les plantes. Il est
vrai que tu as de la chance aussi, car l'éternudon ne fleurit qu'à la
pleine lune, et précisément c'est aujourd'hui pleine lune. Sais-tu
s'il y a des vieux châtaigniers aux environs?

— Oui, répondit le nain qui respirait déjà, je me souviens d'en
avoir vu dans le parc, près de la pièce d'eau ; pourquoi me deman-
des-tu cela?

— Parce que l'éternudon ne pousse que sous les vieux châtaigniers. Mais il n'y a pas de temps à perdre ; prends-moi dans tes
bras et allons au parc. »

Quand il voulut sortir du palais, le garde de faction croisa la
hallebarde devant lui.

« Je le regrette, Nasibus, mais c'est la consigne, dit-il ;
défense expresse de te laisser mettre les pieds dehors. C'est le duc
lui-même qui a donné l'ordre.

Le garde croisa la hallebarde.

— Il doit y avoir erreur, certainement, mon brave, riposta
Jacquot ; le duc sait bien que je puis avoir besoin d'aller chercher
des plantes au parc. Veux-tu demander à l'un de tes camarades de
s'en informer ? »

On se rendit au désir de Nasibus, et l'intendant ne vit, en effet,
aucun empêchement à ce que le cuisinier descendît au parc : le
parc était clos de bonnes et hautes murailles que le nain n'était pas
de taille à escalader.

Nasibus posa Mimi à terre avec les plus grandes précautions,
et l'oie se dirigea tout droit vers les châtaigniers. Jacquot la suivit
sans perdre un instant ; son parti était pris : si elle ne trouvait rien,
il se jetterait à l'eau plutôt que de se laisser couper la tête. Mimi
cherchait, cherchait, elle écartait tous les brins de gazon avec son
bec, ne trouvait rien, et sentait ses yeux se remplir de larmes ; car
la nuit commençait à venir, et elle ne distinguait plus les objets que
difficilement. Tout à coup, les regards du nain, qui erraient au
hasard, aperçurent un grand châtaignier isolé à quelque distance.

« Allons là-bas, lui dit-il, peut-être nous y trouverons ce qu'il
nous faut. »

Mimi y courut, elle y vola plutôt, et Jacquot prit ses petites
jambes à son cou pour galoper du même côté. Il faisait déjà si sombre et la verdure de l'arbre était si épaisse que l'oie allait pour
ainsi dire au hasard. Soudain elle s'arrêta, battit des ailes, et cueillit
délicatement quelque chose qu'elle s'empressa de porter à son ami.

« Voilà ton affaire, s'écria-t-elle, et il y en a une telle quantité
que tu n'en manqueras jamais. »

Jacquot, devenu pensif, examinait toujours la plante mystérieuse ; elle répandait un parfum pénétrant, qui lui rappelait vivement la scène de sa métamorphose ; la tige et les feuilles étaient
d'un vert bleuâtre, et la fleur d'un rouge ardent, bordé de jaune.

« Mon Dieu, dit-il enfin, au comble de la joie, je crois bien que c'est la plante qu'il me faut pour redevenir ce que j'étais. J'ai bien envie de m'en assurer tout de suite ; qu'en penses-tu ?

— Patiente encore quelques minutes. A ta place, j'en cueillerais une poignée, je remonterais à ma chambre, je ferais un paquet de ce qui m'appartient, sans oublier mon argent, et alors j'essayerais. »

Comme le conseil était bon, Jacquot n'eut garde d'en faire fi. Il ramassa tout ce qui lui appartenait, — ses vêtements, ses chaussures et une cinquantaine de ducats, toutes ses économies, — puis il aspira longuement l'odeur de l'éternudon en murmurant :

« Que la grâce de Dieu me vienne en aide ! »

Au même instant, il sentit des craquements se produire dans tous ses membres ; son cou s'étira, son nez fondit comme neige au soleil, son buste prit forme humaine, et ses jambes s'allongèrent. L'oie assistait avec un véritable émerveillement à toutes les phases de ce miracle.

« Que tu es grand ! que tu es beau ! s'exclama-t-elle ; je défie bien n'importe qui de reconnaître en toi l'affreux Nasibus. »

Jacquot exultait ; mais le bonheur ne pouvait faire de lui un ingrat. Quoique impatient d'aller se jeter dans les bras de sa mère et de son père, il résista vaillamment à la tentation.

« C'est à toi que je dois cette métamorphose, dit-il à Mimi ; sans toi, est-ce que j'aurais jamais pu découvrir la plante ? Je n'oublie pas ce que je te dois, va, et je te prendrai, je te rapporterai à ton père, et il aura vite fait de rompre le charme qui te tient sous ce plumage. »

Mimi pleurait de joie ; il va sans dire qu'elle accepta. Comme personne ne reconnut Jacquot, il put quitter aisément le palais, et tous deux se mirent en route pour l'île de Gotland.

Ils firent bon voyage. L'enchanteur Flamboyant délivra sa fille et combla Jacquot ; avec ces présents, Jacquot fut l'un des plus riches habitants de sa ville natale, où, à son retour, ses parents ne firent aucune difficulté pour accueillir à bras ouverts et traiter en fils chéri un damoiseau d'aussi fière mine.

Mais la fuite du nain fut la source des plus graves complications politiques. Quand il ne fut plus possible de douter de la disparition de Nasibus, le prince ne se fit pas scrupule d'insinuer agréablement que le duc n'en était sans doute pas aussi furieux qu'il voulait bien se donner la peine de le paraître. Cette disparition le dispensait de tenir parole et de se priver ainsi des services de son meilleur cuisinier. Le duc n'était pas alors d'humeur à se laisser marcher sur le pied par personne : il riposta en déclarant la guerre à son cousin. On se battit avec un grand acharnement de part et d'autre. Cette campagne est restée fameuse sous le nom de guerre de l'éternudon, et la paix qui y mit fin fut appelée le traité du Pâté, parce que le jour de la signature, en signe de bonne réconciliation, le prince offrit au duc un mirifique pâté à la suzeraine.

TABLE DES MATIÈRES

9 Januar 7

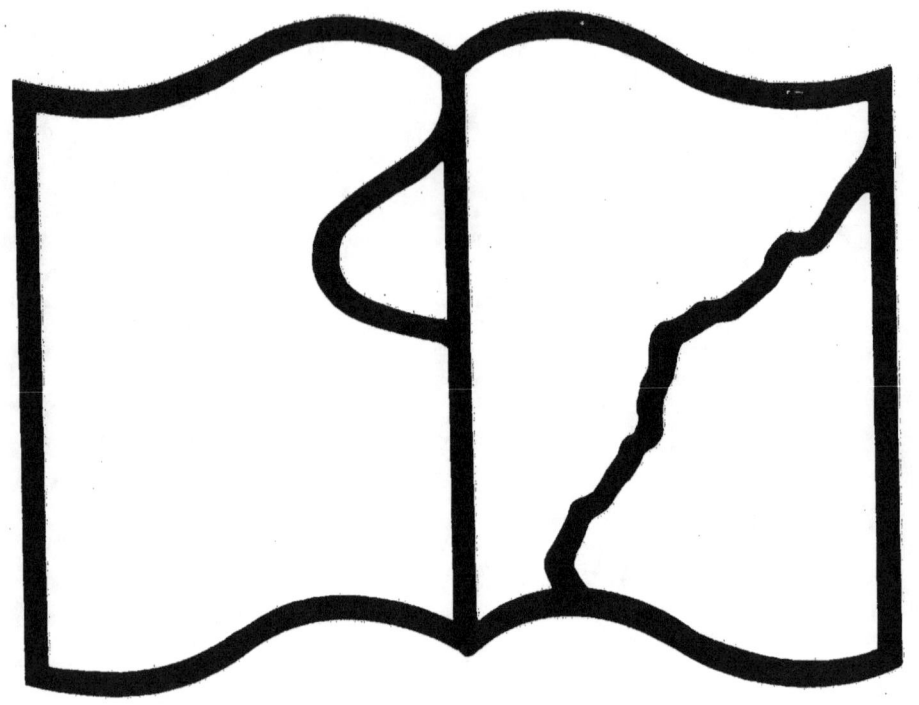

Texte détérioré — reliure défectueuse

NF Z 43-120-11

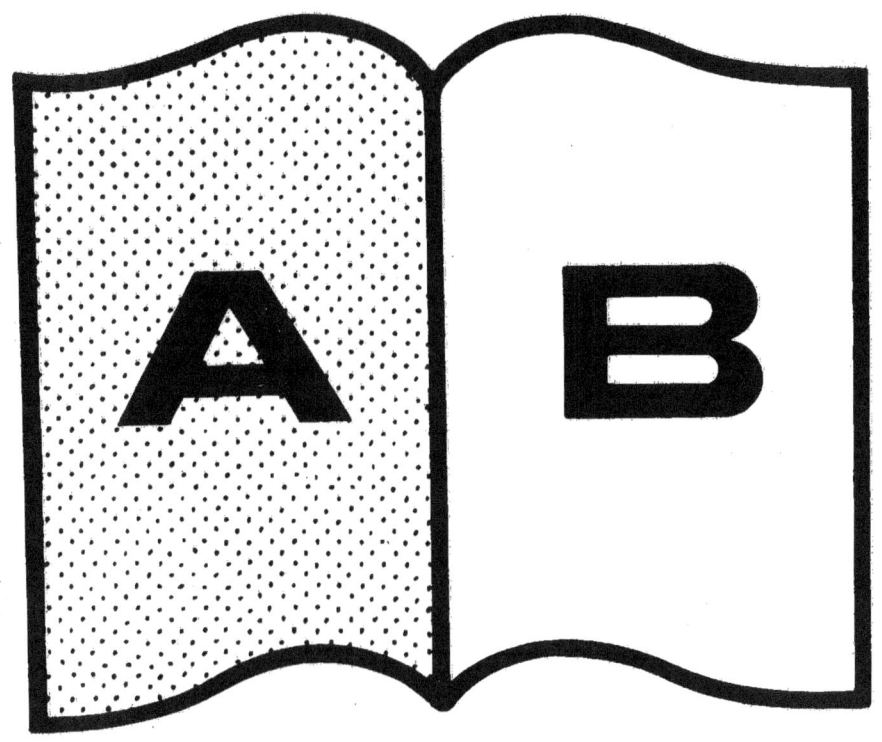

Contraste insuffisant

NF Z 43-120-14